Pour l'amour d'une sœur

*

Une fuite sans fin

CAROL ERICSON

Pour l'amour d'une sœur

Traduction française de
FABRICE CANEPA

BLACK ROSE

HARLEQUIN

Collection : BLACK ROSE

Titre original :
CANYON CRIME SCENE

HARPERCOLLINS FRANCE
83-85, boulevard Vincent-Auriol, 75646 PARIS CEDEX 13
Service Clients — www.harlequin.fr
ISBN 978-2-2804-9819-7 — ISSN 1950-2753

Composé et édité par HarperCollins France.
Imprimé en janvier 2024 par CPI Black Print (Barcelone)
en utilisant 100% d'électricité renouvelable.
Dépôt légal : février 2024.

MIXTE
Papier issu de sources responsables
FSC® C159065

Pour limiter l'empreinte environnementale de ses livres, HarperCollins France s'engage à n'utiliser que du papier fabriqué à partir de bois provenant de forêts gérées durablement et de manière responsable.

1

Tandis qu'elle s'éloignait en voiture de l'Institut Correctionnel de Californie, Lori écrasa une larme qui perlait au coin de son œil. À chaque fois, c'était la même chose : tant qu'elle se trouvait face à Danny, elle parvenait à réprimer son chagrin. Mais c'était toujours en sortant de la prison qu'il la rattrapait.

C'était la sixième année qu'il passait derrière les barreaux pour un crime qu'il n'avait pas commis. Et elle n'avait malheureusement aucune bonne nouvelle à lui apporter. Elle savait pourtant que Danny n'avait pas pu tuer sa petite amie qu'il aimait passionnément.

Paradoxalement, c'était cette passion qu'avait évoquée le procureur pour expliquer que Danny ait pu assassiner Elena. C'était d'ailleurs la raison pour laquelle il avait requis une condamnation pour homicide involontaire plutôt que pour meurtre.

Danny avait alors choisi de plaider coupable. Mais c'était uniquement pour obtenir cette requalification de sa peine qui lui avait évité la perpétuité. Il avait cependant assuré à Lori qu'il n'avait pas tué Elena et elle le croyait d'autant plus aisément que l'on avait retrouvé sur les lieux du crime une empreinte digitale qui n'avait jamais pu être identifiée.

Évidemment, après avoir obtenu la confession de Danny, l'accusation n'avait plus cherché à approfondir la question. Lori, elle, n'avait jamais renoncé. C'était même l'une des raisons pour lesquelles elle avait choisi de rejoindre la police scientifique.

Elle s'était rapidement spécialisée dans la dactyloscopie, et les empreintes digitales n'avaient aujourd'hui plus aucun secret pour elle. Elle venait d'ailleurs de prendre part à une enquête particulièrement sensible qui avait conduit à l'identification d'un tueur en série qui sévissait à Los Angeles depuis de nombreuses années.

À la surprise générale, celui que la presse avait surnommé le Joueur s'était révélé être Clive Stewart, le propre patron de Lori au sein de la police scientifique. Clive était mort aujourd'hui, mais le fait qu'un tueur en série se soit dissimulé au sein même du LAPD durant toutes ces années avait fait très mauvaise impression.

Sterling, le chef de la police, avait donc décidé de revoir en profondeur toutes les procédures en vigueur. Aux yeux de Lori, cela ne faisait que compliquer les choses sans vraiment garantir une sécurité accrue. Mais, bien sûr, personne ne lui avait demandé son avis.

Comme elle laissait derrière elle les crêtes enneigées des Tehachapi Mountains pour pénétrer dans la vaste étendue de désert qui séparait le pénitencier de Los Angeles, le téléphone de Lori se mit à sonner. Avisant le nom de sa mère qui s'affichait à l'écran, elle activa la fonction mains-libres.

— *Hola, mama*, lui dit-elle.

— Est-ce que tu es allée voir ton frère ?

— J'en sors tout juste.

— Est-ce qu'il est en bonne santé ? Est-ce qu'il mange suffisamment ?

— Il avait plutôt bonne mine, je trouve.

Lori s'abstint en revanche de lui parler du nouveau tatouage qui ornait le cou de Danny. Pensait-il vraiment que ce genre de souvenirs l'aiderait à trouver du travail, une fois qu'elle serait parvenue à prouver son innocence ?

— Tu es sûre ? insista sa mère. Il n'est pas trop maigre ?

— Il a toujours été maigre, mama, lui fit remarquer Lori.

— Est-ce qu'il te dit toujours qu'il est innocent ? s'enquit sa mère.

— Il n'a pas besoin de me le dire. Je suis convaincue qu'il l'est.

— Je sais, *mija*, soupira sa mère avec un mélange de patience et de résignation.

Lori savait que, pas plus que ses frères et sœurs, sa mère ne partageait sa conviction concernant l'innocence de Danny. Tous avaient pris les aveux de ce dernier au pied de la lettre. Aucun d'entre eux ne prenait d'ailleurs la peine d'aller lui rendre visite.

Sa mère était retournée au Mexique pour s'occuper de la grand-mère de Lori. Raymund, l'aîné de la fratrie, travaillait pour la police de San Antonio. Quant à Rita, la sœur aînée de Lori, elle était partie s'installer aux Pays-Bas avec son époux qui travaillait pour le Département d'État. Leur père aurait peut-être cru Danny, lui, mais il était mort deux ans avant que son fils ne se fasse arrêter.

Tout en écoutant d'une oreille distraite sa mère lui donner des nouvelles de chacun des membres de la famille, elle observait le paysage désolé dans lequel elle évoluait. Cette partie de la Californie était naturellement très aride et les violents incendies qui avaient fait rage l'année précédente avaient dévasté le peu de végétation qui poussait sur ces terres inhospitalières.

— Lori ? l'interpella alors sa mère, la tirant brusquement de ses pensées.

— Je suis désolée, maman. Qu'est-ce que tu disais ?

Sa mère poussa un soupir théâtral.

— Je te demandais si tu t'étais remise de tes émotions, lui dit-elle.

— De quelles émotions est-ce que tu parles ?

— Eh bien, ce n'est pas tous les jours que l'on découvre que son patron est un tueur en série !

— C'est vrai, reconnut Lori. Mais je n'ai jamais été en danger, tu sais. Clive n'aurait pas pris le risque d'assassiner quelqu'un proche de lui.

— Si tu crois que ce genre d'arguments me rassure...

— Je t'avoue que je n'en menais pas large, après coup. Mais, sur le moment, je n'avais aucun moyen de savoir que j'avais affaire à un psychopathe.

— *Dios mio*..., soupira sa mère.

— Maman, je vais devoir te laisser. Je vais m'arrêter pour prendre un café. Embrasse *abuelita* de ma part, d'accord ?

— C'est promis.

Sa mère raccrocha et Lori s'arrêta sur le parking du *diner* dont elle avait repéré l'enseigne. Elle alla chercher au comptoir un double-café dont elle avait grand-besoin pour se remettre les idées en place après ce passage au pénitencier. De retour à sa voiture, elle choisit une radio locale qui diffusait en continu des morceaux de hard rock des années 1980.

Ce flot de musique aussi joviale qu'énergique l'aida à chasser sa mélancolie et elle ne tarda pas à reprendre à tue-tête les refrains des chansons qu'elle connaissait. Mais comme elle approchait des faubourgs de Los Angeles, son téléphone se remit à sonner. Cette fois, il s'agissait de Doug, son supérieur hiérarchique.

Coupant le son de la radio, elle décrocha.

— Lori ? Est-ce que par hasard tu serais dans les parages ? lui demanda Doug en guise d'entrée en matière. Et ne me dis pas que tu es en week-end de ski à Big Bear ou en train de parfaire ton bronzage au bord d'une piscine de Palm Springs !

— J'aimerais bien, répondit Lori en riant.

— C'est ce que m'ont répondu les deux collègues que je viens d'appeler, expliqua Doug. Or j'ai impérativement besoin que quelqu'un aille relever des empreintes sur une possible scène de crime à Hollywood.

— Une *possible* scène de crime ? répéta-t-elle, surprise. Que veux-tu dire par là ?

— Un homme est venu déclarer que l'une de ses amies avait disparu. Évidemment, l'agent qui était de service lui a répondu qu'il devait s'écouler quarante-huit heures avant que la disparition ne soit considérée comme inquiétante. Le type a rappelé aujourd'hui en expliquant qu'il était entré par effraction chez son amie et qu'il avait trouvé l'appartement en désordre et remarqué des traces de sang. Il se peut donc qu'il s'agisse d'une scène de crime. À moins que la fille en question ne se soit juste coupée en faisant la vaisselle...

— Je vois, acquiesça Lori.

Elle jeta un coup d'œil à son navigateur GPS.

— Je suis en voiture. A priori, je devrais pouvoir atteindre le poste d'ici une quarantaine de minutes pour récupérer mon équipement.

— Parfait, approuva Doug. C'est l'inspectrice Falco qui est en charge de l'affaire.

Lori savait que son estimation était relativement optimiste. Mais elle était bien décidée à ne pas laisser passer cette nouvelle occasion de faire ses preuves. Basculant sur la file centrale de l'autoroute, elle enfonça la pédale d'accélérateur.

Une heure plus tard, Lori se gara à proximité de l'adresse que Doug lui avait indiquée. Il s'agissait d'une belle maison de Hollywood aux murs décorés de stuc qui avait dû connaître des jours plus fastes mais avait toujours fière allure.

Descendant de voiture, Lori récupéra le sac qui contenait son matériel et se dirigea vers l'inspectrice Jane Falco qui se tenait sur le perron, entourée de quatre agents en uniforme. En avisant le tailleur-pantalon très strict que son vis-à-vis arborait, Lori regretta de ne pas avoir eu le temps de rentrer chez elle pour se changer.

Le jean, le T-shirt floqué du logo d'un de ses groupes de rock préféré et les baskets montantes qu'elle portait ne plaidaient pas vraiment en faveur de son professionnalisme. Et cette tenue devait la faire paraître plus jeune qu'elle ne l'était.

— Vous êtes Del Valle, de la scientifique ? lui demanda Falco en la dévisageant avec une évidente curiosité.

— C'est bien moi, acquiesça-t-elle.

Lori ne s'étonnait plus d'être reconnue depuis qu'elle avait contribué à identifier le Joueur. Malheureusement, ce qui aurait pu apparaître comme un exploit était quelque peu terni par le fait qu'elle avait longuement travaillé aux côtés de Clive Stewart sans se douter de rien.

Certes, elle était loin d'être la seule dans ce cas : aucun des policiers qui avaient collaboré avec lui au fil des ans n'avait su le percer à jour. Mais cela ne suffisait pas réellement à réconforter Lori qui se sentait toujours vaguement coupable de n'avoir rien décelé d'anormal dans son attitude.

— Voici la situation, déclara Falco à l'intention de tous les agents présents. Courtney Jessup, la jeune femme qui habite cette maison, avait rendez-vous avec un ami pour déjeuner, hier midi. Elle n'est pas venue et il a tenté de la contacter par téléphone, d'abord, puis en venant frapper à sa porte. Comme elle ne donnait pas signe de vie, il est passé au commissariat pour signaler sa disparition. Bien sûr, nous ne pouvions rien faire avant que quarante-huit heures ne se soient écoulées. Trey Ferrar, l'ami en question, a donc décidé de prendre lui-même les choses en main et s'est introduit dans l'appartement. Il a immédiatement remarqué le désordre qui régnait à l'intérieur ainsi que des traces de sang dans la chambre à coucher et le garage. Alors, il nous a rappelés.

— Est-ce que nous avons déjà les empreintes de cet homme ? s'enquit Lori. Cela nous permettra de les éliminer parmi celles que nous trouverons dans l'appartement.

— Je vous laisserai le soin de les relever. Nous allons conduire Ferrar au poste pour l'interroger.

L'inspectrice Falco transmit ses instructions aux agents en uniforme qui se dirigèrent vers les maisons voisines pour dénicher d'éventuels témoins. Pendant ce temps, Falco et Lori pénétrèrent dans le domicile de la victime présumée. Trey Ferrar s'était introduit à l'intérieur en forçant la fenêtre de la cuisine qui donnait sur l'arrière du bâtiment.

Il avait laissé une empreinte terreuse de chaussure dans l'évier en se glissant dans la pièce. Lori prit soin de relever une empreinte palmaire et plusieurs empreintes digitales qui se trouvaient sur la vitre et sur le plan de travail sur lequel il avait dû prendre appui avant de sauter au sol.

Elle ignora le reste de la cuisine, sachant qu'elle y trouverait probablement des dizaines d'empreintes différentes laissées par Courtney et ses différents visiteurs. Elle préférait se concentrer sur les endroits où l'on avait vu des traces de sang.

Elle passa donc dans le garage, juste à côté de la cuisine. La voiture de la jeune femme ne s'y trouvait plus, ce qui signifiait peut-être qu'elle était partie de son plein gré. Qui sait si elle ne s'était pas tout simplement rendue aux urgences après s'être coupée ? Peut-être se trouvait-elle toujours à l'hôpital.

Évidemment, cela n'expliquait pas le fait qu'elle n'ait pas donné de nouvelles à son ami. Mais, dans l'émotion du moment, elle avait peut-être tout simplement oublié leur rendez-vous...

Lori s'approcha de la porte du garage sur laquelle on distinguait effectivement une trace de sang. S'en approchant, elle s'aperçut qu'au centre se découpait une empreinte clairement reconnaissable.

— Inspectrice ! appela-t-elle. J'ai trouvé quelque chose d'intéressant.

Falco accourut.

— Il y a une trace de main, indiqua Lori en désignant la

tache de sang. On distingue parfaitement la paume et les cinq doigts.

— Bien vu, Del Valle, approuva Falco.

— Vous pouvez m'appeler Lori. Et n'ayez pas l'air si surprise. Clive Stewart était peut-être un tueur psychopathe mais cela ne l'empêchait pas d'être un excellent instructeur.

— Ce n'est pas drôle, Del Valle.

— Je n'ai jamais prétendu le contraire, répliqua Lori qui refusait de se laisser marcher sur les pieds.

Falco avait la réputation d'être très à cheval sur les questions de procédure. Mais si Lori voulait trouver sa place au sein de la division Nord-Est, elle allait devoir apprendre à se détendre. Tout particulièrement si elle espérait faire bon ménage avec les deux étoiles montantes du service, Jake McAllister et Billy Crouch qui venaient de mettre hors de course coup sur coup quatre tueurs en série, dont le Joueur qui avait échappé durant si longtemps à la police.

Après l'avoir photographiée sous différents angles, Lori releva soigneusement l'empreinte. Elle se rendit ensuite dans la chambre qui était effectivement en grand désordre. La table de nuit était renversée. Et les produits de beauté, au lieu d'être posés sur la coiffeuse, étaient éparpillés sur le sol.

Cette fois-ci, Lori entreprit de relever de façon systématique toutes les empreintes qu'elle put trouver sur place. Si des gens s'étaient battus ici, elle parviendrait peut-être à les identifier. Il lui fallut un bon moment pour venir à bout de cette tâche. Elle remballa ensuite ses affaires et reprit sa voiture pour rentrer au poste de police.

Lorsqu'elle arriva, le sergent Cerda, qui était de permanence ce jour-là, lui rappela que l'inspectrice Falco souhaitait qu'elle relève les empreintes de Trey Ferrar. Elle gagna donc la salle d'interrogatoire où ce dernier attendait que l'on prenne sa déposition.

C'était un homme d'une vingtaine d'années, aux cheveux

et aux yeux bruns. En la voyant entrer, il sursauta légèrement et tourna vers elle un regard inquiet.

— Bonjour, monsieur Ferrar, lui dit-elle. Je suis Lori Del Valle, de la police scientifique de Los Angeles. Je vais devoir relever vos empreintes digitales de façon à pouvoir les éliminer lorsque j'analyserai celles que nous avons trouvées au domicile de Courtney.

— D'accord, répondit Trey.

— Parfait, si vous voulez bien m'accompagner, nous n'en aurons que pour quelques minutes.

Il la suivit jusqu'à la petite salle dans laquelle était installée la machine qui permettait d'effectuer le relevé électronique des empreintes.

— Posez votre main droite bien à plat sur cette plaque, lui demanda-t-elle lorsqu'elle l'eut activée.

Il s'exécuta.

— Qu'est-ce qui vous a poussé à prévenir la police, hier ? s'enquit Lori, curieuse.

— Courtney n'a pas l'habitude de rater nos rendez-vous, expliqua Trey.

— Est-ce que vous sortez ensemble ?

— Non, répondit Trey en souriant. Je ne m'intéresse pas vraiment aux femmes. Mais Court est ma meilleure amie et ma confidente.

— Paraissait-elle inquiète ? Vous avait-elle donné des raisons de penser qu'il se passait quelque chose de particulier dans sa vie ?

Trey hésita avant de lui répondre :

— À vrai dire, ces derniers temps, elle était…

Il s'interrompit en voyant la porte de la pièce s'ouvrir brusquement.

— Est-ce que vous avez terminé ? s'enquit Falco en jetant un coup d'œil chargé de reproches en direction de Lori.

Celle-ci avait parfaitement conscience du fait qu'elle n'était pas censée interroger les témoins. Mais elle ne regrettait absolument pas de l'avoir fait. Trey aurait parfaitement pu lui révéler une information intéressante – et peut-être l'aurait-il fait, d'ailleurs, s'ils n'avaient pas été interrompus de cette façon.

— C'est fait, confirma-t-elle.

— Monsieur Ferrar, si vous voulez bien me suivre, lui dit Falco.

Tous deux sortirent, et Lori leur emboîta le pas. Tandis qu'ils retournaient en direction de la salle d'interrogatoire, elle se dirigea vers l'aile du bâtiment qui abritait les laboratoires de la police scientifique. Comme souvent le dimanche, le personnel était réduit au strict minimum, et Lori eut directement accès à l'un des terminaux informatiques reliés aux bases de données de la police.

Elle introduisit dans le système les empreintes de Courtney et de Trey et constata rapidement qu'aucune d'entre elles ne correspondaient à la trace de main ensanglantée trouvée dans le garage.

Elle transmit l'empreinte en question au IAFIS, le système d'identification automatique des empreintes digitales géré par le FBI. Mais comme il s'agissait d'un cas de disparition inquiétante et non d'un crime grave, elle savait que sa requête ne serait pas traitée en priorité et qu'elle n'obtiendrait probablement pas de réponse avant plusieurs jours.

Lorsqu'elle eut terminé son travail, elle prit congé de ses collègues qui étaient de service ce jour-là et quitta les locaux de la police scientifique. Comme elle se dirigeait vers la sortie, elle eut la surprise d'entendre des éclats de voix provenant de l'espace d'accueil.

Curieuse, elle passa la tête par l'embrasure de la porte et jeta un coup d'œil en direction de la réception. Un homme de haute taille se tenait face au sergent Cerda. De là où elle se trouvait, elle ne pouvait voir son visage.

— Je me contrefiche que cela fasse moins de quarante-huit heures ! s'exclama-t-il rageusement. Je connais ma sœur !

Lori se figea brusquement, le cœur battant à tout rompre. Car, même après toutes ces années, elle aurait reconnu cette voix entre toutes les autres. C'était celle de l'homme qui lui avait brisé le cœur et dont elle avait trahi la confiance.

2

Cade Larson avisa le regard résigné que l'agent qui lui faisait face adressait à quelqu'un qui devait se trouver derrière lui. Se retournant, il aperçut une jeune femme aux cheveux bruns mi-longs et à la silhouette élancée. Il lui fallut quelques instants pour prendre conscience de l'identité de celle qui le considérait avec autant de stupeur qu'il en éprouvait lui-même.

— Cade ? articula-t-elle enfin.

— Lori ? Mais qu'est-ce que tu fais ici ?

— C'est ici que je travaille, répondit-elle.

— C'est vrai, acquiesça-t-il. Tu es entrée dans la police scientifique, n'est-ce pas ?

Elle le regarda avec étonnement, surprise qu'il soit au courant. Après tout, ils n'avaient eu aucun contact depuis près de dix ans – depuis qu'elle avait décidé de disparaître et de couper totalement les ponts avec lui.

— Je suis spécialiste des empreintes digitales, confirma-t-elle en s'avançant vers lui.

Il hésita, ne sachant comment la saluer, mais ce fut elle qui prit l'initiative et lui serra la main de façon toute professionnelle.

Ce simple contact suffit pourtant à éveiller sur sa peau un frisson qui remonta le long de son avant-bras. Le temps et la distance ne l'avaient apparemment pas immunisé contre le trouble qu'elle avait toujours su éveiller en lui. Ce n'était pourtant pas faute d'avoir fait tout son possible pour tenter de l'oublier...

— C'est moi qui devrais être surprise de te trouver ici, remarqua-t-elle alors. Je pensais que tu vivais toujours sur la côte est.

Cade ne put s'empêcher de se demander si elle aussi s'était renseignée à son sujet depuis qu'ils s'étaient perdus de vue. Probablement pas puisque c'était elle qui avait rompu le contact avec lui.

— C'est le cas, lui confirma-t-il. Mais je suis de passage à Los Angeles où je pensais rendre visite à ma sœur. Seulement, elle a disparu.

— Tu veux parler de Summer ? lui demanda-t-elle.

Cade hocha la tête. Il avait deux sœurs : Sarah, l'aînée, était bien trop raisonnable et organisée pour disparaître inopinément. Summer, leur benjamine, en revanche, avait toujours eu le don de s'attirer des ennuis.

C'était d'ailleurs en parlant de ses problèmes et de ceux de Danny que Lori et lui s'étaient découverts des points communs, autrefois, en dépit de leurs origines sociales très différentes. Qui sait ? Sans l'argent de ses parents qui l'avaient protégée à maintes reprises, Summer aurait peut-être fini en prison, elle aussi.

— Depuis combien de temps a-t-elle disparu ? s'enquit Lori.

— Depuis hier soir, répondit-il. Nous avions rendez-vous pour dîner ensemble à sept heures à Santa Monica et elle n'est jamais venue.

— À Santa Monica ? s'étonna Lori. Tu n'es pas au bon poste de police.

— Summer vit dans ce quartier. C'est mon hôtel qui se trouve du côté de Santa Monica.

— Je vois. Malheureusement, ainsi que te l'a probablement dit le sergent Cerda, nous ne pouvons prendre de plainte pour disparition concernant un adulte tant que quarante-huit heures ne se sont pas écoulées. À moins, bien sûr, qu'il n'y ait des circonstances inquiétantes.

— Je comprends, soupira Cade. Et je suis désolé d'avoir haussé le ton, sergent. Mais je suis très inquiet pour ma sœur. Ça ne lui ressemble pas du tout de me poser un lapin de cette façon.

— Je comprends parfaitement, monsieur Larson, répondit Cerda. Et j'espère qu'il ne s'agit que d'un malentendu. Si jamais votre sœur ne se manifeste pas au cours des prochaines vingt-quatre heures, n'hésitez surtout pas à revenir et vous pourrez parler à l'un de nos inspecteurs.

— Merci, Gary, lui dit Lori avant de se tourner vers Cade. Je pourrai être là demain, si tu viens faire une déposition.

— Avec plaisir, répondit Cade.

L'idée de devoir attendre vingt-quatre heures de plus ne l'enthousiasmait guère mais il comprenait qu'il n'avait pas le choix. Et il devait bien reconnaître que ce délai imposé faisait sens : les policiers ne pouvaient pas se lancer à la recherche de tous ceux qui avaient eu une panne d'oreiller, oublié un rendez-vous ou décidé de faire faux bond à quelqu'un.

Il était cependant convaincu que Summer ne se trouvait dans aucun de ces cas de figure : elle s'était montrée très enthousiaste à l'idée de le revoir et tous deux avaient projeté de passer tout l'après-midi ensemble.

Depuis, elle ne lui avait envoyé aucun message et ne répondait pas à son téléphone. Avant de venir au commissariat, il était allé sonner chez elle mais avait trouvé porte close.

— Lori, que dirais-tu d'aller boire un verre ou un café ?

Lori se rembrunit légèrement, et il vit sa main se crisper sur la lanière de sa sacoche. Il remarqua furtivement qu'elle ne portait pas d'alliance, mais cela ne voulait pas forcément dire qu'elle était célibataire. Malgré lui, il ne put s'empêcher de jalouser celui qui partageait sa vie à l'heure actuelle.

— Je suis désolé, s'excusa-t-il. Ce n'est peut-être pas une bonne idée. Tu as sans doute mieux à faire.

Il s'interrompit, bien conscient du fait que, tout comme les premières fois où il s'était adressé à elle au lycée, il était en train de bafouiller assez lamentablement. Lori avait toujours eu le don de l'impressionner.

— Je n'ai rien de particulier à faire, répondit-elle en jetant un regard en direction du sergent Cerda qui ne perdait pas un mot de leur conversation. Je comptais juste rentrer chez moi et manger un morceau. Je suis allée voir Danny juste avant de venir travailler et je n'ai rien avalé depuis ce matin.

— Parfait, lâcha-t-il avant de s'interrompre. Enfin... Pas que tu sois affamée ou que tu reviennes de prison... Je voulais dire nous pourrions aller dîner quelque part...

— D'accord, acquiesça-t-elle, mettant fin à son supplice.

— Tu connais mieux la ville que moi. Où veux-tu aller ?

— J'habite à Venice, lui dit-elle. Ce n'est pas très loin de Santa Monica, où tu es descendu.

— Joli quartier, commenta Cade.

Il savait que les loyers étaient très élevés – beaucoup trop, a priori, pour quelqu'un comme Lori qui était issue d'un milieu très modeste et travaillait dans la police. Cela signifiait-il que son petit ami était fortuné ?

— C'est l'une de mes collègues qui en est propriétaire, lui expliqua Lori qui avait dû percevoir son étonnement. Elle me le loue pour une bouchée de pain en prétendant qu'elle a du mal à trouver des gens intéressés après ce qui s'est passé là-bas.

— Que s'est-il passé, au juste ? s'enquit Cade, curieux.

— Un meurtre, répondit-elle sans entrer dans les détails. Je te suggère que nous allions nous garer sur le parking de la Troisième rue, à Santa Monica. Retrouvons-nous devant l'entrée et nous irons dîner sur le front de mer.

Cade aurait voulu l'interroger au sujet de ce meurtre, lui demander si son quartier était sûr, savoir si elle vivait seule, si elle était en couple. À vrai dire, il avait des milliers de questions à lui poser. Mais le moment était probablement mal choisi pour le faire.

— C'est parfait, conclut-il. Je te suis.

Ils gagnèrent le parking du commissariat et elle désigna un SUV noir.

— C'est ma voiture, indiqua-t-elle. À cette heure, il ne devrait pas y avoir trop de monde sur la route. Tu vas pouvoir me suivre facilement. Je vais quand même te donner mon numéro de portable au cas où nous nous perdrions de vue.

Cade sortit son téléphone.

— Je t'écoute.

Lori lui dicta le numéro et il l'appela pour qu'elle ait aussi le sien.

— À tout à l'heure, lui dit-elle.

Il gagna la voiture qu'il avait louée en arrivant à l'aéroport et suivit Lori hors du parking, puis jusqu'à l'autoroute qui traversait la ville d'est en ouest. Cela faisait longtemps qu'il n'était pas revenu ici mais, chaque fois qu'il retournait à Los Angeles, il était frappé par l'impression de se sentir chez lui malgré toutes ces années passées sur la côte est.

Lori aussi avait grandi ici. Ils avaient fréquenté le même lycée privé grâce à la bourse que Lori avait décrochée. Et bien qu'elle vienne d'un milieu très différent de celui de la plupart des élèves, elle avait rapidement réussi à y trouver sa place. Ce n'était pas étonnant, d'ailleurs. Après tout, Lori était incontestablement la personne la plus intelligente, sympathique et attachante qu'il ait jamais connue.

Malheureusement, si ses indéniables qualités lui avaient permis de gagner le cœur de Cade, ses parents avaient ouvertement désapprouvé leur relation. Et le fait que son frère Danny ait été condamné pour meurtre n'avait pas arrangé les choses. Peut-être auraient-ils mieux fait de s'intéresser un peu moins à Lori et un peu plus à leur propre fille.

Summer avait toujours été une enfant difficile et elle ne s'était pas assagie avec l'âge. Officiellement, elle était inscrite à l'université, mais Cade était convaincu qu'elle n'y avait pas mis les pieds depuis bien longtemps. À sa connaissance, elle ne travaillait pas non plus. Refusant de voir la réalité en face, leurs parents se contentaient de lui envoyer régulièrement de l'argent depuis le Japon où ils vivaient désormais.

Récemment, Cade avait pris conscience du fait que lui non plus ne savait plus grand-chose de la vie de sa sœur. Il ne connaissait pas ses amis, ni le petit ami auquel elle avait vaguement fait allusion, à un moment. Chaque fois qu'il l'interrogeait sur ses activités, elle demeurait assez vague, laissant juste entendre qu'elle faisait beaucoup la fête.

Si leurs parents paraissaient se satisfaire de cette situation, ce n'était pas le cas de Cade. Il avait donc décidé de prendre quelques semaines de vacances pour passer du temps avec Summer et tenter de la remettre dans le droit chemin. Peut-être l'avait-elle compris, peut-être était-ce la raison pour laquelle elle avait disparu.

Cette idée le rassurait et l'attristait à la fois. Si Summer cherchait simplement à l'éviter, cela signifiait qu'elle allait bien, ce qui était le plus important. Mais cela indiquait aussi qu'elle n'avait aucunement envie de reprendre sa vie en main. À ses yeux, c'était un immense gâchis, car il demeurait convaincu que sa sœur avait énormément de potentiel.

Il leur fallut un peu plus d'une demi-heure pour traverser la ville d'est en ouest et atteindre le parking qui se trouvait sur la Troisième rue. Cade était parvenu à suivre le SUV de Lori et il se gara à proximité. Tous deux descendirent de voiture et se dirigèrent vers l'escalier conduisant à la sortie.

— Je me suis dit que nous pourrions aller manger au marché aux poissons qui se trouve sur les quais.

— Ça me convient parfaitement, répondit-il.

Il aurait préféré un environnement plus intime, mais Lori

souhaitait visiblement maintenir une certaine distance entre eux. Il était bien décidé à respecter cette volonté en dépit du trouble indéniable qu'elle lui inspirait.

Loin de la rendre moins désirable, les années qui s'étaient écoulées depuis lors n'avaient fait qu'accentuer sa beauté, gommant les dernières traces de l'enfance pour la transformer en une femme irrésistiblement séduisante.

Tandis qu'il la suivait dans l'escalier, il avait du mal à détacher les yeux de sa silhouette sensuelle. Elle n'avait pas changé de parfum et son odeur, mêlée à celle de sa peau, éveillait en lui une émotion terriblement familière. Des souvenirs affleuraient à la surface de son esprit, accentuant encore son trouble.

Il avait toujours existé entre eux une véritable alchimie. Et il se rappelait parfaitement leurs étreintes torrides à l'arrière de sa voiture ou sur la plage, près de la maison de ses parents.

S'efforçant de faire abstraction de l'emprise qu'elle exerçait sur lui, il se concentra sur son environnement immédiat. Santa Monica n'avait guère changé, au fil des années. C'était toujours un endroit bigarré, fourmillant de vie, où se pressaient aussi bien les locaux que des touristes venus du monde entier.

En dépit de l'heure encore précoce, le marché aux poissons était déjà très fréquenté. Ils commandèrent de la daurade aux épices cajun accompagnée d'une barquette de frites et de coleslaw et finirent par trouver une table disponible qui offrait une vue imprenable sur les pontons de bois de la jetée.

Après avoir avalé une gorgée de son verre de vin blanc, Lori s'attaqua à son plat avec appétit. Cade fit de même, se forçant à attendre quelques minutes avant de lui poser la question qui lui brûlait la langue.

— Est-ce que tu es mariée ?

Lori sursauta légèrement et il la vit s'empourprer.

— Non, répondit-elle. Et toi ?

Il parvint à grand-peine à réprimer un soupir de soulagement.

— J'ai failli, répondit-il. Mais ça ne s'est pas fait.

— Pourquoi ?

Cade hésita, se sentant bizarrement pris de court.

— Je me suis rendu compte que ce n'était pas ce que je voulais. Je crois que nous n'étions pas faits l'un pour l'autre. Et toi ? Est-ce que tu as trouvé la perle rare ?

Lori joua nerveusement avec un morceau de poisson avant de lui répondre :

— J'ai eu quelques petits amis mais ça n'a jamais duré. À chaque fois, j'avais l'impression que ce n'était pas le bon, que notre relation n'irait nulle part.

Elle haussa les épaules.

— Je ne suis peut-être pas faite pour vivre en couple, conclut-elle.

Cade en doutait fortement : il se rappelait parfaitement toutes les qualités qui faisaient d'elle la meilleure petite amie qu'il ait jamais eue. Mais force était de reconnaître que cela n'avait pas suffi à sauver leur relation.

— De toute façon, je préfère me concentrer sur mon travail, déclara-t-elle.

Il hocha la tête. C'était plus ou moins la conclusion à laquelle lui-même était parvenu, ces derniers temps.

— Parle-moi de ta maison à Venice. Que s'est-il passé, exactement ?

Lori parut se détendre légèrement, maintenant que la conversation prenait un tour moins personnel.

— J'imagine que tu as entendu parler du Joueur et de ses copycats, lui dit-elle.

— Comme tout le monde, acquiesça-t-il.

Il n'avait pas suivi l'affaire en détail mais savait qu'un tueur en série surnommé le Joueur avait sévi à Los Angeles, inspirant plusieurs imitateurs qui avaient été tour à tour arrêtés ou éliminés.

— Ne me dis pas que la personne qui habitait la maison a été l'une des victimes, s'exclama-t-il.

— Oui et non, répondit-elle. En fait, elle appartenait à l'inspecteur qui avait enquêté sur le Joueur, il y a vingt ans. Il a aidé les policiers qui sont parvenus à l'identifier récemment. Mais cela lui a coûté la vie. Je connais bien Kyra Chase, l'héritière de l'inspecteur Quinn, et lorsque ma propriétaire a décidé de reprendre l'appartement que j'occupais, Kyra m'a proposé de m'installer dans la maison.

Cade fronça les sourcils.

— Est-ce que vous êtes sûrs d'avoir identifié tous les imitateurs du Joueur ? demanda-t-il, saisi d'une brusque inquiétude.

— Tu penses à ta sœur ? s'enquit Lori.

Il hocha la tête.

— Nous n'avons strictement aucune raison de penser qu'il puisse rester un copycat en liberté, déclara Lori avec assurance. Je doute qu'il s'agisse de quelque chose d'aussi dramatique. Comme a dû te le dire le sergent Cerda, des tas de gens disparaissent chaque jour à Los Angeles, et la plupart d'entre eux refont surface quelque temps plus tard sans même s'imaginer que leur absence ait pu inquiéter qui que ce soit. Est-ce que Summer a un petit ami ?

— Je ne sais pas trop, avoua Cade. Pour tout te dire, je n'ai pas été un frère aussi attentionné que j'aurais dû. Je me suis laissé déborder par mon travail et je l'ai un peu perdue de vue. C'est d'ailleurs l'une des raisons de mon voyage à Los Angeles. J'espérais que nous pourrions prendre le temps de nous retrouver.

— Si mes souvenirs sont bons, Summer a toujours été quelqu'un de très indépendant, remarqua Lori.

— C'est le moins que l'on puisse dire, reconnut Cade.

— J'imagine que tu n'as pas la clé de son appartement ?

Cade laissa échapper un petit rire sardonique.

— J'ai déjà de la chance qu'elle m'ait donné son adresse, répondit-il.

Lori hésita un instant avant de porter son verre de vin blanc à ses lèvres.

— Je connais cette expression, remarqua Cade. Qu'est-ce que tu mijotes ?

— Eh bien, il se trouve que je viens tout juste d'être confrontée à une situation similaire, répondit-elle en haussant les épaules. Un type est venu au poste pour signaler la disparition d'une amie. Lui aussi s'est vu répondre qu'il devait attendre quarante-huit heures. Alors il a décidé de prendre les choses en main et s'est introduit par effraction chez elle.

— Tu suggères que je fasse la même chose ? s'étonna Cade.

— Je ne suggère rien du tout, répondit-elle malicieusement. Je me contente d'établir un parallèle.

— Et que s'est-il passé ensuite ?

— Malheureusement, dans son cas, son amie semble avoir eu réellement un problème. On a retrouvé des traces de lutte et de sang dans l'appartement. Mais son intrusion a eu au moins le mérite d'impliquer plus rapidement la police et d'accélérer les recherches.

— Je vois, acquiesça Cade, pensif. J'imagine que je ferais bien d'y aller dès ce soir...

— Où habite ta sœur, exactement ? s'enquit Lori.

— Dans le quartier de Los Feliz.

— C'est assez huppé, remarqua-t-elle. Si elle vit dans un immeuble, nous aurons moins de chance de pouvoir nous introduire chez elle.

— Ce sont mes parents qui paient son loyer et elle a insisté pour avoir sa propre maison.

— Dans ce cas, nous avons peut-être une possibilité.

— Nous ? répéta Cade, surpris. Est-ce que tu comptes m'accompagner ?

Elle hocha la tête.

— Bien sûr, répondit-elle. Contrairement à toi, j'ai l'habitude de fréquenter des scènes de crime. Je verrai peut-être quelque chose qui t'échapperait. Et je t'empêcherai de contaminer les lieux.

Cade la considéra avec un mélange d'étonnement et de reconnaissance. Jamais il n'aurait imaginé qu'elle accepte de l'aider d'aussi bon cœur. Et pourtant, refaire équipe avec elle après toutes ces années lui paraissait être la chose la plus naturelle du monde.

— Nous ferions mieux d'y aller, dans ce cas. Si quelqu'un nous voit tourner autour de la maison après minuit, il risque d'appeler la police.

— Tant que nous ne sommes pas pris en flagrant délit d'effraction, tu pourras toujours dire que tu es venu parce que tu t'inquiétais pour ta sœur. Et ce sera la plus stricte vérité. Mais je suis d'accord : mieux vaut ne pas perdre de temps. Prenons ta voiture. Tu me ramèneras ici lorsque nous aurons terminé.

— D'accord, acquiesça Cade.

Après avoir rapporté leurs plateaux, ils allèrent récupérer son véhicule de location et reprirent la direction de l'est. Il y avait peu de monde à cette heure, et le trajet ne leur prit qu'une petite vingtaine de minutes. En chemin, ils s'en tinrent à des sujets relativement anodins et discutèrent de leurs métiers ainsi que de leurs familles respectives.

Lori cherchait toujours à préserver une certaine distance entre eux. Sans doute aurait-il dû lui en être reconnaissant. Elle lui simplifiait les choses, l'empêchant de se bercer d'illusions au sujet de ce qui aurait pu se passer entre eux.

Après tout, il n'était que de passage dans cette ville. Dès qu'il aurait localisé Summer et qu'il l'aurait remise sur la bonne voie, il rentrerait à New York et reprendrait le cours de sa vie habituelle...

Quittant la voie rapide, Cade ralentit pour s'engager sur

Los Feliz Boulevard. Tandis qu'il remontait cette artère, il sentit monter en lui l'inquiétude qu'il était parvenu à dompter depuis qu'il avait quitté le poste de police. Quelques minutes plus tard, il se gara en face de la petite maison de sa sœur.

— C'est ici, indiqua-t-il à Lori.

Elle observa attentivement les alentours.

— Est-ce que Summer a une voiture ? demanda-t-elle.

— Oui, répondit-il. Mais je ne sais pas si elle se gare dans l'allée ou dans le garage, d'habitude.

— En revanche, tu es sûr qu'elle vit seule ?

— Certain, répondit-il en ôtant les clés de contact. Et qui sait ? Avec un peu de chance, elle aura oublié de verrouiller la porte d'entrée. Ce ne serait pas la première fois.

Ils descendirent de voiture et s'avancèrent vers la maison pour aller sonner au portillon extérieur. N'obtenant pas de réponse, ils essayèrent de l'ouvrir mais il était fermé à clé.

— Si nous voulons passer par-dessus la clôture, nous devrions faire le tour, suggéra Cade. Cela évitera d'attirer l'attention des voisins.

Lori hocha la tête et ils contournèrent la maison pour passer par l'arrière, hors de vue de ceux qui pouvaient passer dans la rue. Après s'être assuré que personne ne se trouvait dans les parages, ils escaladèrent la clôture et s'avancèrent dans le jardin.

À l'arrière de la maison se trouvait un petit patio auquel on pouvait accéder par une porte-fenêtre coulissante. Elle aussi était verrouillée.

— On dirait que ta sœur a appris de ses erreurs, constata Lori.

Elle désigna alors une fenêtre à guillotine dépolie qui devait donner sur la cuisine.

— Nous devrions tenter notre chance par là, suggéra-t-elle.

— Quitte à casser une vitre, autant en choisir une par laquelle nous pourrons nous faufiler.

— Qui te parle de casser quoi que ce soit, rétorqua Lori. Je te rappelle que je suis de East LA, *cabron*. Mon frère et ses amis m'ont appris deux ou trois petites choses... Pose tes mains sur la vitre, bien à plat.

Cade s'exécuta.

— Et maintenant ? demanda-t-il.

Lori sortit de la poche de son jean un couteau à lame autobloquante qu'elle ouvrit du bout du pouce.

— Pousse la vitre vers l'avant par petits à-coups secs. Pas trop fort, surtout, pour ne pas la casser.

Cade fit ce qu'elle lui demandait et parvint rapidement à ménager un léger espace entre la fenêtre et son encadrement. Lori y glissa la lame de son couteau et opéra un mouvement de levier. Elle s'y reprit à deux reprises avant qu'un claquement sec se fasse entendre.

— Tu devrais pouvoir soulever la vitre à présent, lui dit-elle.

— Impressionnant. Mais ce n'est pas assez large pour que je puisse passer, ajouta-t-il en observant l'ouverture qu'il venait de ménager.

— Contente-toi de faire en sorte que la fenêtre ne me retombe pas dessus, lui dit-elle en rangeant son couteau.

Prenant appui sur le rebord de la fenêtre, elle passa la tête à l'intérieur.

— Je suis juste au-dessus de l'évier, constata-t-elle. Avec un peu de chance, je devrais pouvoir passer sans me casser quelque chose.

Elle commença à se tortiller comme une anguille pour se glisser à l'intérieur, offrant à Cade une vue imprenable sur son charmant postérieur. Faisant preuve d'une agilité incroyable, elle ne tarda pas à disparaître à l'intérieur. Quelques instants plus tard, il vit son visage apparaître dans l'encadrement de la fenêtre.

— Retrouve-moi à la porte d'entrée, lui dit-elle. Je vais aller t'ouvrir.

Impressionné par la ressource dont elle faisait preuve, Cade hocha la tête et contourna la maison à grands pas pour gagner le porche qui se trouvait devant la maison. Il entendit alors le verrou cliqueter et la porte s'ouvrit, laissant apparaître Lori. Il lui suffit de voir sa mine pour comprendre que quelque chose n'allait pas. Son visage était pâle et ses yeux arboraient une expression inquiète.

— Que se passe-t-il ? lui demanda-t-il, le cœur battant à tout rompre.

— Je ne suis pas sûre, répondit-elle. Mais j'ai jeté un coup d'œil à la chambre de ta sœur dont la porte était ouverte... Tu ferais mieux de venir voir par toi-même...

Elle se détourna et il lui emboîta le pas, non sans avoir pris soin de refermer la porte d'entrée derrière eux. Tout cela ne lui disait rien de bon : Lori avait dû voir suffisamment de scènes de crime pour ne pas s'affoler sans raison.

Ils ne tardèrent pas à atteindre une chambre qui se trouvait au fond de la maison. La porte était effectivement grande ouverte, laissant apercevoir une pièce en grand désordre. Summer n'avait jamais été très soigneuse mais le chaos qui y régnait dépassait de très loin ce qu'il aurait pu s'attendre à trouver.

— On dirait que des gens se sont battus ici, remarqua Lori d'une voix blanche.

Sans répondre, Cade se détourna pour parcourir le reste de la maison à la recherche de sa sœur. Le salon était désert. Dans la cuisine, il trouva une pile d'assiettes sales dans l'évier et un verre brisé sur le sol. Par acquit de conscience, il alla au garage pour s'assurer que la voiture de Summer ne s'y trouvait pas.

De retour dans le salon, il vit Lori agenouillée à proximité de la porte d'entrée.

— Est-ce que tu as trouvé quelque chose d'intéressant ? lui demanda-t-il.

— Je crois que oui, répondit-elle d'une voix blanche.

S'écartant légèrement, elle désigna une trace sur le mur. Cade s'approcha pour l'observer de plus près et constata avec horreur qu'il s'agissait d'une empreinte de main de couleur sombre.

— Est-ce que c'est du sang ? articula-t-il d'une voix blanche.

— Je le crains, murmura Lori.

3

Lori vit Cade fermer brièvement les yeux, comme s'il était pris d'un brusque vertige. Puis il prit une profonde inspiration et les rouvrit. Dans son regard, l'angoisse avait cédé la place à une résolution impérieuse.

Il couvrit la distance qui les séparait et vint s'agenouiller à ses côtés pour considérer l'empreinte qui ressemblait de façon troublante à celle qu'elle avait trouvée dans le garage de Courtney Jessup, quelques heures auparavant.

— Ce pourrait être celle de Summer, remarqua alors Cade. Peut-être s'est-elle coupée avec le verre dans la cuisine.

— C'est possible, concéda Lori sans conviction.

Elle détourna les yeux pour ne pas se laisser submerger par la détresse qui se lisait dans ceux de Cade.

— Nous aurions dû prendre ton matériel, remarqua-t-il. Tu aurais pu relever cette empreinte et la comparer avec celle de Summer.

Elle secoua la tête.

— Étant donné les circonstances, je me garderais bien de faire le moindre relevé en l'absence d'un inspecteur de police. Contrairement à ce que j'espérais, il semble s'être passé quelque chose ici. Et le plus étrange, c'est que cela ressemble beaucoup à ce que nous avons vu au domicile de la femme dont je t'ai parlé.

Elle se redressa et observa la pièce dans laquelle ils se tenaient.

— Mes collègues devront bien reconnaître que nous sommes en présence de circonstances inquiétantes : ta sœur a disparu depuis plus de vingt-quatre heures, elle a raté votre rendez-vous, elle ne répond pas à son téléphone et il y a des traces de bagarre et de sang à son domicile... Appelle la police, expose toute la situation et on t'enverra certainement une équipe.

— Je préférerais que ce soit toi qui te charges des relevés et des analyses, Lori, implora Cade en se relevant à son tour.

— Je crois pouvoir me débrouiller pour ça, répondit-elle.

De fait, la ressemblance troublante de cette scène de crime avec celle qu'elle avait analysée un peu plus tôt dans la journée semblait indiquer un lien entre les deux affaires. Les traces de mains sanglantes dans les deux maisons n'étaient probablement pas l'effet du hasard : de toute évidence, elles avaient été laissées volontairement. Toute la question était de savoir par qui et pour quoi...

Bien décidée à le découvrir, Lori indiqua à Cade les mots qu'il devait employer de façon à maximiser ses chances que la police se déplace le soir même. Le stratagème se révéla payant et, un peu moins d'une heure plus tard, ils furent rejoints par l'équipe avec laquelle Lori avait travaillé dans l'après-midi.

Cette fois-ci, elle n'était pas dirigée par Jane Falco mais par son homologue, l'inspecteur Marino. Ce dernier commença par interroger Cade au sujet de sa sœur.

Lori, quant à elle, emprunta le kit de dactyloscopie qu'avaient apporté ses collègues de la police scientifique et entreprit d'effectuer un relevé systématique des empreintes dans la chambre à coucher et sur les portes et fenêtres de la maison.

Elle était en plein travail lorsque Marino revint à l'intérieur après avoir demandé à Cade de patienter dans sa voiture de location.

— On dirait que votre ami ne sait pas grand-chose au sujet de sa sœur. Cela signifie que nous sommes probablement en train de perdre notre temps ici…

— Qu'est-ce qui vous fait dire cela ? s'enquit-elle.

Il haussa les épaules.

— Qu'avons-nous, au juste ? Une chambre à coucher en désordre, ça ne signifie pas grand-chose. Il pourrait s'agir d'une partie de jambes en l'air un peu trop enthousiaste. Ou d'une crise de nerfs.

— Que faites-vous de l'empreinte ensanglantée ? objecta Lori.

— La fille a très bien pu se couper à cause du verre brisé dans la cuisine.

— Même si c'est le cas et qu'elle s'est rendue aux urgences, cela n'explique pas qu'elle n'ait pas cherché à contacter son frère avec qui elle avait rendez-vous, ni qu'elle ne réponde pas à son téléphone portable.

— Elle a peut-être oublié de prendre son chargeur, répondit Marino.

Il se fendit d'un sourire ironique.

— On dirait que vous avez travaillé trop longtemps pour l'équipe chargée de traquer le Joueur, plaisanta-t-il. Ça vous a rendue parano.

— Ne me dites pas que cette disparition vous paraît parfaitement anodine, protesta Lori.

— Vous savez comme moi que des tas de jeunes femmes disparaissent chaque jour dans cette ville, répondit Marino en haussant les épaules. Nous n'avons ni le temps ni les moyens de les rechercher toutes. Si nous sommes ici, c'est uniquement parce que Cade Larson est l'un de vos amis. Et qu'il est le fils de l'un des plus gros entrepreneurs de la région.

De fait, le père de Cade avait fondé Larson Constructions. Et, bien qu'il ne vive plus à Los Angeles depuis longtemps, il avait conservé de nombreux contacts dans les hautes sphères du pouvoir – à commencer par le maire lui-même qui était l'un de ses proches amis.

— Si cela se trouve, Summer Larson cuve une gueule de bois carabinée après une soirée trop arrosée, suggéra Marino. Ou bien elle a décidé sur un coup de tête de prendre des vacances en France ou aux Bahamas. Qui sait, avec ce genre de personnes ? Ce n'est pas comme si son frère avait la moindre idée de ce qu'elle peut bien faire de son temps, en général…

— Il vit à l'autre bout du pays, objecta Lori. Et il vient tout juste d'arriver à Los Angeles.

— Justement, remarqua Marino non sans une certaine finesse, il se sent peut-être coupable de ne pas assez s'occuper de sa petite sœur. Alors, il surréagit.

Lori faillit protester mais se garda finalement de le faire. Elle ne pouvait nier le fait que Cade se sentait coupable de ne pas s'être montré plus attentif à l'égard de Summer. Il le lui avait avoué lui-même que c'était la raison de sa présence à Los Angeles.

Avec un peu de chance, Marino avait raison : Summer referait rapidement surface. Cade pourrait passer quelques jours en sa compagnie puis il repartirait pour New York, disparaissant de la vie de Lori tout comme il l'avait fait dix ans auparavant.

Elle avait bien réussi à l'oublier avant et elle pourrait recommencer – d'autant que, cette fois-ci, leurs relations étaient demeurées totalement platoniques et qu'elle entendait bien continuer ainsi.

Après avoir terminé son travail, elle décida qu'il vaudrait sans doute mieux qu'elle rentre au commissariat avec son équipe plutôt qu'en compagnie de Cade. Après tout, il était le frère de la victime et elle une enquêtrice en charge de l'affaire. Elle interpella donc le photographe judiciaire qu'elle connaissait bien :

— Sam ? Est-ce que tu pourrais me ramener au poste ? Je n'ai pas ma voiture.

— Bien sûr, répondit celui-ci.

Sans doute se demanda-t-il comment elle était venue. Elle se garda cependant de répondre à cette question muette.

— Laisse-moi juste cinq minutes, ajouta-t-il.

Elle acquiesça et alla rapporter son kit de dactyloscopie dans la camionnette de la police scientifique. Comme elle en ressortait, elle tomba sur Cade qui venait aux nouvelles.

— Alors ? Est-ce que vous avez appris quoi que ce soit d'intéressant ?

— Pas encore, répondit-elle. Mais je vais retourner au labo avec le reste de l'équipe.

— D'accord, acquiesça-t-il. Je vais vous suivre en voiture et je t'attendrai à la sortie du commissariat.

— Ce n'est pas la peine, lui assura-t-elle. Il se fait tard et tu ferais mieux de rentrer à ton hôtel. Si j'ai du nouveau, je t'appellerai immédiatement.

— Mais ta voiture est toujours garée à Santa Monica, objecta-t-il. Comment comptes-tu la récupérer ?

— Je prendrai un taxi.

— Pour te rendre dans un parking au beau milieu de la nuit ? Et te retrouver toute seule aux environs de Venice ? Il n'en est pas question.

Lori ne put s'empêcher de sourire. Elle s'était toujours targuée d'être une femme autosuffisante et parfaitement capable de se défendre. Mais elle avait toujours aimé le tempérament chevaleresque que manifestait Cade, autrefois. Apparemment, il n'avait pas changé.

— Je ne sais pas combien de temps je devrai rester au labo, objecta-t-elle. Et je ne peux pas te laisser y entrer.

— Je t'attendrai dans la voiture, répondit-il sans hésiter. Et prends tout le temps qu'il te faudra. Je te dois bien ça après tout ce que tu as fait pour moi aujourd'hui.

— Je n'ai pas fait grand-chose, protesta-t-elle.

— Tu plaisantes ? Sans toi, je serais en train de faire les cent pas dans ma chambre d'hôtel en attendant que quarante-huit heures se soient écoulées. Tu nous as fait gagner un temps précieux, Lori.

Elle ne pouvait prétendre le contraire : si par malheur, Summer s'était fait enlever, ces quelques heures s'avéreraient peut-être déterminantes.

— Très bien, lui dit-elle. N'oublie pas de t'arrêter en route pour te commander un café. Cela t'aidera à rester éveillé.

— Ne t'en fais pas pour ça. J'en profiterai pour répondre à mes e-mails de travail. Tu n'auras qu'à venir me retrouver sur le parking du commissariat dès que tu auras terminé. J'essaierai de me garer au même endroit que tout à l'heure.

— Entendu, acquiesça Lori, troublée.

Cela faisait bien longtemps que personne ne s'était montré aussi prévenant à son égard. C'était une sensation très agréable mais elle savait aussi qu'elle pouvait être dangereuse. Il serait beaucoup trop tentant de s'y habituer. Or elle savait que Cade n'était que de passage.

Tandis que ce dernier se dirigeait vers sa voiture, elle alla rejoindre Sam qui prenait une dernière série de clichés de la maison. Lorsqu'il eut terminé, il conduisit Lori comme promis auquartier général de la division Nord-Est de la police de Los Angeles.

Il ne leur fallut que quelques minutes pour l'atteindre et, lorsqu'ils arrivèrent sur le parking, elle remarqua le véhicule de Cade qui était déjà garé là où il le lui avait indiqué.

— Vas-y, Sam, je vous rejoins tout de suite, dit-elle au photographe.

Elle se dirigea alors vers la voiture de location. La voyant approcher, Cade abaissa sa vitre.

— J'ai suivi ton conseil, lui dit-il. Je me suis arrêté pour prendre un café et j'en ai profité pour t'en commander un aussi. Je ne savais pas si tu le buvais toujours noir et sans sucre alors je t'en ai pris quelques morceaux.

Il lui tendit un gobelet qu'elle lui prit des mains. Leurs doigts se frôlèrent, ajoutant au trouble qu'elle éprouvait à l'idée qu'après toutes ces années il n'ait pas oublié la façon dont elle prenait son café.

— Toujours noir et sans sucre, lui dit-elle. Merci d'avoir pensé à moi. Si tu changes d'avis, n'hésite surtout pas à rentrer à l'hôtel. Tu n'auras qu'à m'envoyer un SMS pour me prévenir.

— Je t'attends, lui assura-t-il. Prends tout ton temps.

Elle hocha la tête et se détourna pour rejoindre le poste de police. Une fois à l'intérieur, elle se dirigea immédiatement vers les labos.

Elle commença par s'assurer qu'aucune réponse ne lui était parvenue au sujet des empreintes qu'elle avait envoyées dans le cadre de l'affaire Courtney Jessup. Cela ne la surprenait pas outre mesure : c'était aux affaires de meurtre que les ressources du centre fédéral des empreintes digitales étaient affectées en priorité.

Elle prépara donc les empreintes qu'elle avait relevées chez Summer. La première chose qui la frappa fut que la trace sanglante près de la porte d'entrée ne correspondait pas aux empreintes trouvées en plus grand nombre dans la maison et qui devaient être celles de la sœur de Cade.

Ce constat lui arracha un frisson d'angoisse. Elle essaya de se rassurer en se disant qu'il pouvait très bien s'agir d'une amie ou du petit ami de la jeune femme. Ce pouvait être quelqu'un qui s'était coupé avec le verre ou qui l'avait aidée après qu'elle-même se fut blessée.

Elle continua à travailler pendant une bonne vingtaine de minutes. La plupart des autres techniciens avaient déjà quitté les lieux et elle ne pouvait réprimer un certain malaise, comme chaque fois qu'elle se trouvait seule au laboratoire.

Cela n'avait jamais été le cas avant qu'elle ne découvre que

Clive Stewart était en réalité un tueur en série. Mais cette révélation avait fait vaciller toutes ses certitudes concernant la sécurité qui pouvait régner au sein d'un commissariat de police.

Elle essaya de se rassurer en se disant qu'elle n'était pas réellement seule, que plusieurs agents et inspecteurs se trouvaient sur place et qu'en cas de problème un coup de téléphone suffirait à faire venir des renforts armés et entraînés.

Quelque peu rassérénée, elle termina l'enregistrement et l'archivage de toutes les empreintes qu'elle avait collectées. Puis elle se dirigea vers le vaste open space où travaillaient les inspecteurs de la police criminelle. Après avoir échangé quelques mots avec ceux qu'elle connaissait, elle leur souhaita une bonne soirée et regagna le parking.

Fidèle à sa promesse, Cade l'avait attendue. Tandis qu'elle s'approchait de la voiture, elle constata qu'il était en train d'écrire un SMS. Elle tapa doucement à la vitre du côté passager et il lui ouvrit. Se glissant à l'intérieur, elle s'installa confortablement dans le fauteuil.

— Tout s'est bien passé ? lui demanda-t-il.

Elle hocha la tête.

— Tu n'étais vraiment pas obligé de m'attendre, déclara-t-elle.

— Tu m'as donné un jour le même conseil et je le regrette encore aujourd'hui, répliqua-t-il avec un sourire qui trahissait un mélange de tristesse et d'autodérision.

Était-ce vraiment ainsi qu'il se rappelait leur séparation ? Avant qu'elle ait pu l'interroger à ce sujet, il reprit la parole :

— J'imagine qu'il est trop tôt pour que tu aies pu découvrir quelque chose.

— Effectivement. Pour le moment, je me suis contentée de répertorier les empreintes et d'envoyer celles que j'ai relevées dans la chambre de Summer et sur le mur près de la porte au service fédéral qui se chargera de les identifier.

J'ai aussi lancé une consultation de nos propres bases de données locales. Ce devrait être plus rapide mais nous avons nettement moins de références.

Cade lui lança un regard amusé.

— Qu'y a-t-il ? lui demanda-t-elle.

— Je me disais juste que je n'aurais jamais imaginé que tu entrerais un jour dans la police. Qu'est-ce qui t'y a poussée ? Était-ce vraiment une vocation ou bien cherchais-tu à aider Danny ?

Lori sentit son cœur se serrer dans sa poitrine et songea que Cade la connaissait beaucoup trop bien.

— Cela n'a rien à voir avec mon frère, mentit-elle. C'est un métier qui m'a toujours passionnée.

— Tant mieux, approuva-t-il.

Il s'abstint d'ajouter quoi que ce fût mais c'était inutile : s'il s'était toujours gardé de critiquer directement son frère, elle savait qu'il désapprouvait la dévotion dont elle faisait preuve à son égard. Sans doute ne croyait-il pas lui non plus à l'innocence de Danny.

— Je suis fatiguée, soupira-t-elle en se laissant aller contre le fauteuil.

— La journée a été longue, concéda Cade.

Tandis qu'il démarrait et quittait le parking, elle ferma les yeux et ne tarda pas à basculer dans un état intermédiaire, quelque part entre la veille et le sommeil. Cade demeura silencieux durant tout le trajet. Regrettait-il de lui avoir parlé de son frère ? Elle n'aurait su le dire.

Ce dont elle avait parfaitement conscience, en revanche, c'était qu'elle accordait beaucoup trop d'importance à l'opinion qu'il avait d'elle. Or elle ne pouvait se le permettre. Cade n'était plus rien pour elle. Il avait quitté sa vie, emportant son cœur avec lui.

De plus, il existait un secret qui creusait entre eux un gouffre infranchissable. Et Lori ne se sentait pas du tout prête à lui dire toute la vérité sur ce qui s'était passé, dix ans auparavant.

Lorsqu'ils arrivèrent enfin au parking où elle avait laissé sa voiture, elle rouvrit les yeux et se tourna vers Cade.

— Merci de m'avoir raccompagnée, lui dit-elle. Et merci pour le dîner. J'ai ton numéro. Si j'apprends quoi que ce soit au sujet de ta sœur, je t'appellerai.

Sur ce, elle sortit de la voiture sans lui laisser le temps de répondre et claqua la portière derrière elle. Pressant le pas, elle se dirigea vers le parking. Fort heureusement, Cade ne chercha pas à la suivre.

Cette nuit-là, Lori eut beaucoup de mal à trouver le sommeil. Et lorsqu'elle parvint enfin à s'endormir, ce fut pour rêver de Cade. En se réveillant, le lendemain matin, elle se sentait à la fois frustrée et en colère contre elle-même. Elle s'en voulut de ne pas faire preuve de plus de force de caractère.

Elle ne risquait pourtant pas d'oublier la façon tragique dont s'était terminée leur relation et le prix qu'elle avait dû payer. Or rien n'avait réellement changé depuis : Cade et elle appartenaient toujours à deux mondes différents. Si intense que puisse être l'attirance mutuelle qui avait toujours existé entre eux, elle ne suffirait jamais à combler le gouffre infranchissable qui les séparait.

Ils retrouveraient probablement Summer chez l'une de ses amies ou chez son petit ami, une main bandée après s'être coupée avec le verre brisé de la cuisine. Cade pourrait alors repartir pour New York. Quant à Lori, il ne lui resterait plus qu'à essayer de l'oublier au plus vite pour pouvoir retourner à une existence normale.

En attendant, mieux valait sans doute éviter de s'exposer à la tentation et garder ses distances vis-à-vis de lui. Forte de cette décision, elle s'arracha à son lit, alla prendre une douche et se prépara une tasse de café bien noir qu'elle avala avant de se rendre au poste.

Là, elle retrouva Josh Warner, le technicien du laboratoire dont elle se sentait le plus proche. Tous deux avaient suivi les mêmes études avant de rejoindre la division Nord-Est. Ils étaient même brièvement sortis ensemble avant de se rendre compte qu'ils n'étaient pas faits l'un pour l'autre.

— Alors ? lui demanda-t-elle. Comment s'est passé ton week-end à Big Bear ?

— Fantastique, répondit-il. Il faisait un temps splendide et la neige était parfaite. Hanna était ravie.

— On dirait que les choses deviennent sérieuses, entre vous, remarqua Lori en souriant.

Josh hocha la tête.

— C'est vrai, reconnut-il. Je commence à me dire que cette fois, c'est peut-être la bonne...

Lori ne put s'empêcher de penser à Cade. Qu'était-on censé faire lorsqu'on avait trouvé la bonne personne mais qu'elle était hors de portée ?

— Est-ce qu'il s'est passé quelque chose d'intéressant pendant que j'avais le dos tourné ? s'enquit alors Josh.

Lori lui fit part des deux disparitions inquiétantes qui s'étaient produites au cours du week-end.

— Bizarre, cette histoire d'empreintes sanglantes, commenta Josh, pensif. Tu crois qu'il y a un lien entre les deux affaires ?

— C'est possible, reconnut-elle. Je les ai toutes envoyées à l'IAFIS.

— Tu as aussi consulté nos bases de données locales ?

— Bien sûr, répondit Lori qui avait allumé son ordinateur. On dirait que ça a donné quelque chose, d'ailleurs, ajouta-t-elle en apercevant l'alerte qui s'affichait à l'écran.

Elle ouvrit le message qu'elle avait reçu et parcourut le rapport qu'il contenait.

— Ce n'est pas possible, murmura-t-elle, troublée.

— Ne me dis pas qu'on a encore retrouvé les empreintes du Joueur, lui dit Josh entre ironie et inquiétude.

— Ce n'est pas ça, répondit Lori, la mine stupéfaite. Mais figure-toi que la trace de main sanglante que l'on a trouvée chez Courtney Jessup correspond aux empreintes digitales de Summer Larson !

4

Cade venait tout juste de prendre sa douche et de se brosser les dents lorsque son téléphone se mit à sonner. Espérant qu'il s'agissait de sa sœur, il sortit de la salle de bains pour aller récupérer le portable qu'il avait laissé sur la table de chevet. Avisant le nom qui s'affichait à l'écran, il décrocha sans attendre.

— Lori ? Est-ce que vous l'avez retrouvée ? s'enquit-il en s'efforçant de dominer l'inquiétude qui l'habitait.

— Non, répondit-elle. Mais je viens de découvrir quelque chose de très étrange… Je pense qu'il vaudrait mieux que nous en discutions de vive voix. Est-ce que tu serais libre pour déjeuner ?

— Oui, bien sûr, répondit-il sans hésiter. Mais ne me laisse pas dans l'incertitude. Dis-moi ce que tu as trouvé.

Lori hésita quelques instants avant de lui demander :

— Est-ce que le nom de Courtney Jessup te dit quelque chose ?

Il fouilla sa mémoire à la recherche d'un écho quelconque.

— Je ne crois pas, reconnut-il enfin. Qui est-ce ?

— La jeune femme dont je t'ai parlé, celle qui a récemment disparu et dans l'appartement de qui l'un de ses amis s'est introduit par effraction. Chez elle aussi, nous avons trouvé une trace de main ensanglantée. Eh bien, figure-toi que c'est Summer qui l'a laissée.

— Tu penses que Summer est allée chez cette femme après s'être coupée avec ce verre brisé ?

— Malheureusement, ce n'est pas aussi simple, répondit Lori. Car la trace sanglante trouvée chez ta sœur ne correspond pas à ses empreintes à elle...

— C'est à qui, alors ?

— Je l'ignore, pour le moment. Pas Summer, en tout cas, ni Courtney...

— Je ne comprends pas, murmura Cade en se laissant tomber sur son lit.

— Moi non plus, reconnut Lori. Tout ce que nous pouvons dire, à l'heure actuelle, c'est que Summer s'est rendue chez Courtney.

— Elles ont peut-être été enlevées toutes les deux. Et, dans ce cas, la seconde empreinte pourrait être celle de leur ravisseur.

— Il est encore bien trop tôt pour affirmer qu'il s'agit d'un enlèvement, objecta Lori d'une voix qui se voulait rassurante. J'ai transmis tous les éléments à l'inspecteur en charge de l'enquête. Mais j'estimais que tu avais le droit de savoir ce qui se passait.

— Merci, répondit Cade, bien conscient que, ce faisant, elle enfreignait peut-être la procédure en vigueur. Où veux-tu que nous nous retrouvions pour déjeuner ?

— Dans le quartier de Los Feliz, répondit-elle sans hésiter. Je t'envoie l'adresse du restaurant par SMS. Et apporte le trousseau de clés que tu as trouvé chez ta sœur.

— C'est d'accord, répondit Cade, se demandant ce qu'elle avait en tête.

Après avoir raccroché, il s'habilla et passa le reste de la matinée à travailler sur un projet immobilier d'envergure que sa société avait été chargée de réaliser. Il eut cependant beaucoup de mal à se concentrer, ne cessant de retourner dans son esprit les circonstances mystérieuses dans lesquelles sa sœur avait disparu.

Et plus il y réfléchissait, plus il se convainquait que ces deux empreintes n'avaient pas dû être laissées par hasard. La coïncidence paraissait bien trop énorme pour être crédible. En laissant cette trace chez Courtney, Summer avait-elle cherché à leur indiquer que leurs disparitions étaient liées ? Et si tel était le cas, y avait-il une autre victime qui avait laissé son empreinte chez Summer ?

Si tel était effectivement le cas, ils allaient devoir découvrir rapidement s'il existait un lien entre Summer, Courtney et cette troisième personne. Se connaissaient-elles ? Ou bien avaient-elles seulement été enlevées par le même ravisseur ?

Au moins, la police avait désormais de bonnes raisons de se lancer à la recherche des disparues. Il était évident qu'il ne s'agissait pas d'une simple escapade mais bien de quelque chose de bien plus préoccupant.

Lorsque vint enfin le moment de partir pour son déjeuner, Cade éteignit son ordinateur portable et, après réflexion, décida de l'emporter avec lui. Il ne comptait pas attendre passivement que la police fasse son travail.

Il était d'ailleurs convaincu que Lori était dans le même état d'esprit. Dans le cas contraire, elle ne lui aurait pas donné rendez-vous. Et elle ne lui aurait pas demandé de se munir des clés qu'il avait récupérées chez Summer.

Lori travaillait peut-être pour la police, mais cela ne signifiait pas pour autant qu'elle lui vouait une confiance aveugle. Depuis que son frère avait été emprisonné, elle entretenait même une certaine suspicion à l'égard de l'institution judiciaire.

Autrefois, Cade avait bien tenté de lui faire entendre que Danny était l'unique responsable de ses problèmes. Mais elle n'avait rien voulu entendre. Après quelques discussions animées à ce sujet, il avait fini par renoncer à lui faire entendre raison de peur que ce sujet ne finisse par ternir leur relation.

Mais à présent, la méfiance de Lori à l'égard de la police allait peut-être jouer en sa faveur. Et Cade comptait bien en profiter pour tenter de retrouver sa sœur au plus vite.

Il regrettait en revanche de ne pas avoir pris une chambre d'hôtel plus proche du quartier dans lequel habitait Summer. Il lui fallut en effet plus d'une heure pour atteindre le restaurant dans lequel Lori lui avait donné rendez-vous ce midi-là et quinze minutes de plus pour trouver un endroit où se garer à proximité.

Lorsqu'il pénétra dans la brasserie très animée que Lori avait choisie, il la repéra aussitôt, assise à l'une des tables situées près de la baie vitrée. Se frayant un chemin dans sa direction à travers la salle principale, il en profita pour l'observer à la dérobée.

Au fil des années, il avait essayé de se persuader qu'il avait exagéré l'importance de leur relation, que cela n'avait été qu'une simple amourette de lycée qui avait été condamnée d'avance. Pourtant, il n'était jamais vraiment parvenu à s'en convaincre.

L'empreinte que Lori avait laissée en lui était bien trop profonde. Il n'avait jamais cessé de comparer les femmes avec lesquelles il était sorti après elle. Et, aujourd'hui encore, elle continuait à façonner sa vision de ce que devait être une relation amoureuse harmonieuse.

— Charmant endroit, déclara-t-il en prenant place sur la chaise qui lui faisait face.

— Je viens régulièrement déjeuner ici, acquiesça-t-elle en jouant avec la paille dans son verre de Coca-Cola.

Il se rappela qu'autrefois elle avait été réellement accro à cette boisson. Visiblement, elle ne s'en était pas lassée.

— J'ai failli te commander un thé glacé mais je ne sais pas si tu aimes toujours ça, lui dit-elle.

— Toujours, confirma-t-il.

— Je crois que tu devais être l'un des seuls garçons du lycée à ne jamais boire de soda.

— Mon père refusait qu'il y en ait à la maison, lui rappela-t-il.

— Cela aurait pu te donner une raison d'en boire en dehors de chez toi, remarqua-t-elle d'un ton malicieux. D'après mes souvenirs, tu ne suivais pas toujours les recommandations paternelles...

De fait, en sortant avec elle, il avait défié l'autorité de son père qui voyait d'un très mauvais œil sa liaison avec une jeune femme d'un milieu nettement plus modeste et dont le frère était un criminel notoire.

Cade fit signe à l'une des serveuses et lui commanda un thé glacé. Il prit également un club-sandwich tandis que Lori optait pour une salade composée.

— J'ai revérifié l'empreinte que nous avons relevée chez Courtney, déclara-t-elle lorsque leur serveuse se fut éloignée. C'est bel et bien celle de Summer. Il n'y a aucun doute possible.

— Qu'en pense l'inspecteur en charge de l'affaire ? s'enquit Cade.

— Il ne m'a rien dit de particulier lorsque je lui ai transmis l'information. J'imagine qu'il va chercher à déterminer quel lien pouvait exister entre Courtney et Summer. Mais je doute qu'il nous communique les résultats, et nous ferions mieux de nous renseigner de notre côté.

— Tu es sûre que c'est une bonne idée ? demanda Cade. Je ne voudrais pas que cela te crée des ennuis.

— Ne t'en fais pas pour ça. Rien ne nous interdit de faire nos propres recherches.

Leur serveuse revint avec la boisson de Cade et les plats qu'ils avaient commandés. Tous deux se mirent à manger avec appétit.

— Est-ce que tu as apporté la clé de Summer ? s'enquit Lori au bout d'un moment.

— Oui, je l'ai, confirma Cade. Qu'espères-tu trouver, au juste ?

— Je l'ignore, répondit Lori. Une indication sur les relations de ta sœur avec Courtney ou sur les raisons qu'elle pouvait avoir de disparaître de cette façon.

— Mais ne risquons-nous pas de contaminer la scène de crime ?

— Elle a déjà été exploitée, le rassura-t-elle. Mais cela ne veut pas dire que mes collègues ont trouvé tout ce qu'il y avait à découvrir. D'autant que nous ne soupçonnions pas alors l'existence d'un lien avec la disparition de Courtney.

— Justement, la police ne risque-t-elle pas de fouiller de nouveau les lieux à la recherche de ce genre d'indices ?

— Il y a peu de chance pour que l'inspecteur en charge du dossier se donne ce mal.

— Même après avoir découvert cette empreinte sanglante et avoir établi un lien avec la disparition de Courtney ? s'étonna Cade.

— Il n'y a pas de crime avéré, répondit Lori. Et, comme je te l'ai dit, des tas de gens disparaissent chaque jour à Los Angeles. De plus, il y a des moyens plus simples d'établir l'existence d'une relation préalable entre Summer et Courtney : contrairement à nous, la police aura accès à leurs relevés d'appels qui lui seront fournis par leurs opérateurs téléphoniques respectifs. Cela permettra d'établir très facilement si elles se connaissaient ou pas. De notre côté, nous devrions interroger Trey Ferrar à ce sujet. Avec un peu de chance, Courtney lui avait peut-être parlé de ta sœur…

— Je ne sais pas si c'est une bonne idée, objecta Cade en fronçant les sourcils. Le fait que l'on ait trouvé l'empreinte de ma sœur au domicile de Courtney risque d'éveiller sa méfiance. À ce propos, j'imagine que tu n'as toujours pas pu identifier l'autre empreinte, celle qu'on a vue chez Summer.

— Elle ne correspond à aucune des empreintes qui sont

répertoriées dans les fichiers de la police locale, répondit Lori. Il reste encore la possibilité d'obtenir une identification grâce aux bases de données fédérales mais, pour le moment, ça n'a encore rien donné.

Cade repoussa son assiette vide et but une dernière gorgée de thé glacé.

— Si nous devons fouiller la maison de Summer de fond en comble, nous ferions mieux d'y aller, déclara-t-il. J'imagine que tu vas devoir retourner travailler ensuite.

— J'ai le temps, lui dit-elle. J'ai fait des heures supplémentaires ce week-end, et je peux les rattraper cette semaine.

Cade fit mine de sortir son portefeuille mais Lori secoua la tête.

— Tu m'as déjà invitée hier soir, lui rappela-t-elle. C'est mon tour.

Cade se garda de protester : lorsqu'ils sortaient ensemble, Lori avait toujours insisté pour payer sa part. Elle ne voulait surtout pas que l'on puisse penser qu'elle vivait à ses crochets.

Lorsqu'elle eut réglé leur addition, ils quittèrent la brasserie et récupérèrent leurs véhicules respectifs. Lori suivit Cade jusqu'à la maison de Summer devant laquelle ils se garèrent.

— Je m'attendais à trouver des scellés de la police sur la porte, remarqua Cade, surpris.

Lori haussa les épaules.

— L'endroit n'est pas vraiment considéré comme une scène de crime, déclara-t-elle. Allons-y.

Cade emboîta le pas à Lori et sortit de sa poche la clé qu'il avait récupérée chez sa sœur, la veille. Il déverrouilla la porte et poussa le battant. Une partie de lui espérait voir Summer s'avancer à leur rencontre, une lueur malicieuse dans son regard bleu. Mais le silence pesant qui régnait dans la maison dissipa cette illusion.

— Elle n'est pas là, murmura-t-il.

— Nous la retrouverons, lui assura Lori en posant sur son

épaule une main réconfortante. Occupe-toi du salon. Je vais inspecter la chambre à coucher.

— Qu'est-ce que nous cherchons au juste ? s'enquit Cade, incertain.

— Tout ce qui pourrait sortir de l'ordinaire, répondit-elle. Mais aussi un agenda, un journal intime, des reçus de carte bancaire, un carnet d'adresses, des notes que Summer aurait pu prendre...

Cade hésita. Il n'était pas sûr de vouloir s'immiscer de cette façon dans l'intimité de sa sœur. D'un autre côté, pouvait-il vraiment se permettre de passer à côté d'un indice qui aurait pu lui indiquer ce qui lui était arrivé ?

— Tu ne penses pas que la police a déjà embarqué tous les documents de ce genre ?

— Franchement, j'en doute. Pour le moment, ils considèrent probablement qu'il s'agit d'une simple disparition volontaire. Je ne pense pas qu'ils passent des heures à éplucher ses documents personnels. Quoi qu'il en soit, nous ne trouverons rien si nous ne nous mettons pas à chercher.

Lori avait dû sentir son hésitation. Sans doute avait-elle conscience du fait que sa famille avait toujours détourné les yeux lorsqu'il était question de sa sœur. Ses parents n'avaient jamais voulu regarder la réalité en face et reconnaître l'existence de ses problèmes.

Cade s'était montré plus réaliste à ce sujet mais qu'avait-il fait pour lui venir en aide ? Bien trop absorbé par son travail, il s'était contenté de l'appeler de temps à autre pour prendre des nouvelles. Aurait-elle disparu s'il avait réellement été là pour elle ?

— Je vais commencer par la cuisine, murmura-t-il.

Lori hocha la tête et se dirigea vers la chambre à coucher. Cade gagna la cuisine et ouvrit le premier placard. Des piles de bols et d'assiettes dépareillés se trouvaient à l'intérieur en équilibre instable. Un pâle sourire se dessina sur ses lèvres. Cette vaisselle était à l'image de la propriétaire des lieux.

Sarah, son autre sœur, devait avoir un service parfaitement assorti. Elle ne laissait aucune place à l'approximation, à l'improvisation ou à l'incertitude. Tout chez elle était pensé, réfléchi, optimisé. Et Cade devait bien reconnaître qu'au cours de ces dernières années il avait eu tendance à suivre le même chemin.

Il n'en avait pourtant pas toujours été ainsi : du temps où il sortait avec Lori, il s'était senti plus libre. Elle avait su lui communiquer ce mélange de naturel et d'authenticité qui la caractérisait. Mais après leur rupture et son installation sur la côte est, il avait perdu cette forme de légèreté.

Laissant échapper un soupir, Cade referma le placard et ouvrit l'un des tiroirs de la cuisine. Il y trouva un assortiment hétéroclite de stylos, de trombones et de post-it dont certains avaient été utilisés. Avec un peu de chance, il trouverait parmi eux quelque chose d'intéressant.

Mais, avant qu'il n'ait pu s'y intéresser d'un peu plus près, il entendit Lori l'interpeller depuis la chambre. Il la rejoignit à la hâte et la trouva juchée sur une chaise. Elle venait visiblement d'inspecter le sommet de l'armoire.

— J'ai trouvé quelque chose qui pourrait être important, déclara-t-elle.

— De quoi s'agit-il ?

Lori sauta au bas de la chaise et lui tendit une petite clé en métal argenté.

— Qu'est-ce qui te fait dire que c'est important ?

— Le fait qu'elle était cachée, répondit Lori. Summer l'avait scotchée à l'intérieur d'une boîte à chaussures.

— Malheureusement, nous ignorons ce que cette clé est censée ouvrir, maugréa Cade en l'observant attentivement.

— Il y avait autre chose dans la boîte, dit alors Lori d'une voix légèrement hésitante.

Cade l'interrogea du regard et elle ouvrit la boîte en question qu'elle avait posée sur le lit, révélant une paire de Dr Martens brillantes.

— Des chaussures dans une boîte à chaussures, remarqua-t-il avec un demi-sourire. Jusque-là, rien de très alarmant.

Lori plongea la main dans l'une des chaussures et en extirpa un petit sachet en plastique rempli de poudre blanche. En le voyant, Cade ne put réprimer un juron.

5

En avisant la déception et l'inquiétude qui se peignaient sur le visage de Cade, Lori regretta presque de lui avoir fait part de sa découverte. D'un autre côté, s'il comptait vraiment enquêter sur la disparition de sa sœur, c'était une réalité qu'il allait devoir regarder en face.

Elle n'était pas surprise de découvrir que Summer se droguait. La sœur de Cade avait toujours aimé jouer avec les limites et défier les règles qu'avaient tenté de lui inculquer ses parents. Ceux-ci préféraient se voiler la face.

— Elle m'avait assuré qu'elle avait arrêté, soupira alors Cade.

— C'est ce que disent tous les toxicomanes, hélas, répliqua Lori en posant une main réconfortante sur son épaule.

Elle avait un peu l'impression de se retrouver projetée des années en arrière, lorsque tous deux se réconfortaient mutuellement au sujet de leurs frère et sœur respectifs. Et voilà qu'aujourd'hui Danny était en prison pour meurtre tandis que Summer avait disparu dans d'étranges circonstances.

Malheureusement, le fait qu'elle ait consommé de la drogue n'augurait rien de bon. Pire encore, cela risquait de jouer en sa défaveur si ses collègues de la police venaient à l'apprendre : la plupart d'entre eux n'avaient que peu de sympathie pour les toxicomanes – particulièrement lorsqu'il s'agissait d'enfants gâtés comme Summer.

— Qu'est-ce que c'est, d'après toi ? demanda-t-elle en désignant le sachet rempli de poudre blanche.

— Ce pourrait être n'importe quoi, répondit Cade. Cocaïne, héroïne, GHB, fentanyl, MDMA...

— Je vois que tu t'y connais, lâcha Lori, surprise.

— Ce n'est malheureusement pas la première fois que Summer a recours à ce genre de substances. Alors, je me suis pas mal renseigné sur la question.

— Si elle a caché la clé avec la drogue, c'est peut-être qu'il existe un lien entre les deux, remarqua pensivement Lori.

— Est-ce que tu as trouvé autre chose à l'intérieur ?

— Juste les chaussures. Ce qui est curieux, d'ailleurs, c'est qu'elles ne correspondent pas vraiment à son style.

— Ça, je ne saurais pas trop te dire, reconnut Cade. En revanche, je crois savoir à quoi peut correspondre cette clé.

— Vraiment ?

Il hocha la tête.

— Elle ressemble beaucoup à celles qu'utilisent les banques pour leurs coffres.

— Je te crois sur parole, répondit Lori en haussant les épaules. Personnellement, je n'en ai jamais vu.

— Je suis à peu près certain que c'en est une, déclara Cade. En revanche, je me demande pourquoi Summer la cachait de cette façon.

— Est-ce que tu sais quelle banque utilise ta sœur ?

— Pas du tout, répondit-il. Mais en fouillant la maison, nous tomberons probablement sur des relevés.

— Est-ce que tu comptes parler à la police de la drogue que nous avons trouvée ? s'enquit Lori.

Cade secoua la tête.

— S'ils apprennent que Summer se drogue, les policiers en charge de l'affaire renonceront probablement à faire le moindre effort pour la retrouver.

Lori était bien placée pour savoir que ses collègues

préféraient le plus souvent se contenter des explications les plus simples. C'était précisément ce qui avait causé la perte de Danny.

— D'accord, acquiesça-t-elle.

— Je vais retourner fouiller le tiroir de la cuisine, déclara alors Cade. Je ne serais pas surpris d'y trouver un relevé ou un ticket de carte bleue. Continue à inspecter la chambre, pendant ce temps.

— Tu peux compter sur moi, acquiesça-t-elle.

Il sortit et Lori reprit la fouille systématique qu'elle avait entreprise. N'ayant rien découvert d'intéressant dans l'armoire, elle passa à la table de chevet. Le premier tiroir contenait une boîte de préservatifs, un masque de sommeil et un flacon de mélatonine.

Lori était sur le point de refermer le tiroir lorsqu'elle aperçut une carte de visite tout au fond. Curieuse, elle s'en empara et lut ce qui y était inscrit :

REED DUFRAIN, COORDINATEUR

CENTRE DE DÉSINTOXICATION LES JOURS MEILLEURS

— Cade ? appela Lori.

— J'ai trouvé sa banque, répondit-il depuis la cuisine.

Lori le rejoignit et vit qu'il était en train de passer en revue le contenu d'un tiroir empli de toutes sortes de papiers administratifs.

— Elle est à la First Western, lui dit-il en brandissant un relevé bancaire. Ce n'est pas étonnant, c'est l'établissement de mes parents. Il est d'ailleurs tout à fait possible que ce soient eux qui aient ouvert son compte et payé son coffre-fort.

— J'ai trouvé quelque chose moi aussi, dit-elle en lui tendant la carte de visite. Est-ce que tu connais ce centre ?

— Où as-tu trouvé ça ? s'étonna Cade.

— Dans sa table de nuit. Il y a deux adresses : une à Hollywood et une autre à Topanga Canyon.

— Je n'ai jamais entendu parler de ces centres, déclara Cade.

Mais cela n'a rien d'étonnant : Summer s'est bien gardée de me parler de son addiction et elle n'avait donc aucune raison d'évoquer une éventuelle cure de désintoxication.

— Tu ne trouves pas bizarre qu'elle ait une réserve de drogues au-dessus de son armoire et la carte d'un centre de désintoxication dans le tiroir de sa table de nuit ?

— Pas forcément, répondit Cade. Les toxicomanes ont tendance à alterner entre addiction et espoir de rédemption. N'était-ce pas le cas de Danny ?

Lori sentit son cœur se serrer dans sa poitrine.

— Danny n'a jamais vraiment cherché à décrocher, répondit-elle. Et s'il avait voulu le faire, il n'aurait pas eu la chance de pouvoir se payer un centre de désintoxication de luxe comme celui de Topanga.

— Je suis désolé, s'excusa Cade.

Elle se força à lui sourire.

— Il n'y a pas de quoi, dit-elle en haussant les épaules. Ce n'est pas ta faute si mes parents n'avaient pas les mêmes moyens que les tiens. Quoi qu'il en soit, cela pourrait valoir le coup d'aller jeter un coup d'œil à la clinique des Jours Meilleurs et de rendre visite à ce Reed Dufrain.

— Je suis d'accord, acquiesça Cade. Mais commençons par voir ce que Summer cache dans son coffre à la banque. En espérant qu'il ne s'agisse pas d'une autre réserve de drogues...

— Je doute qu'on te laisse ouvrir le coffre en question, souligna Lori. J'imagine que seul le propriétaire a le droit d'y accéder.

— En théorie, tu as raison, concéda Cade. Mais la First Western est ma banque ainsi que celle de mes parents. Et je suis persuadé que c'est mon père qui a ouvert le compte de Summer. Il y a même des chances pour qu'il soit cosignataire. Même si tel n'est pas le cas, il connaîtra probablement quelqu'un au sein du conseil d'administration qui pourra lui faire une faveur.

Lori soupira intérieurement : elle n'avait pas oublié la façon dont la famille Larson se débrouillait toujours pour obtenir ce qu'elle voulait.

— Je n'ai pas pour habitude d'abuser de mes privilèges, ajouta Cade qui avait remarqué sa désapprobation. Mais, cette fois-ci, la vie de Summer est peut-être en jeu et je ferai tout mon possible pour assurer sa sécurité...

— Je comprends, concéda-t-elle. Et, à ta place, j'en ferais probablement autant.

Une fois de plus, elle songea qu'avec de telles relations elle serait peut-être parvenue à faire sortir son frère de prison – ou, à tout le moins, à obtenir une révision de son procès.

Cade jeta alors un coup d'œil à sa montre.

— Si nous voulons passer à la banque avant l'heure de la fermeture, nous ferions mieux de ne pas tarder, déclara-t-il.

— Je suis sûre que ton père a suffisamment de crédit pour les faire rouvrir en dehors des horaires officiels.

— Lui, peut-être, reconnut Cade. Mais ce n'est pas mon cas. Et je préférerais éviter de le mêler à ça, tant que je pourrai l'éviter.

— Tu ne comptes pas lui dire que Summer a disparu ? s'étonna Lori.

— Pas tant qu'il nous reste une chance de la retrouver rapidement, répondit-il. Je ne tiens pas à ce qu'il l'enferme.

— Tu crois vraiment qu'il le ferait ? s'étonna-t-elle.

— Il se moque de ce que Summer peut bien faire de sa vie. La seule chose qu'il ne tolérerait pas, en revanche, c'est que ses incartades puissent porter atteinte à la réputation de notre famille.

Lori ne put s'empêcher de se demander quelles mesures le père de Cade aurait prises s'il avait découvert son secret, dix ans auparavant.

— Est-ce que tu es prête ? lui demanda Cade, la tirant de ses sombres réflexions.

— Est-ce que l'agence bancaire de Summer est dans le quartier ? s'enquit-elle.

— Elle n'est pas très loin. Nous pourrions prendre ma voiture. Je te raccompagnerai jusqu'à la tienne lorsque nous aurons terminé.

— Bonne idée, acquiesça Lori.

Ils quittèrent la maison de Summer en prenant soin de refermer à clé derrière eux. Lorsque Lori s'installa sur le siège passager de la voiture de location de Cade, elle ne put s'empêcher de repenser à tout le temps qu'ils avaient passé dans sa voiture, à l'époque du lycée.

C'était en effet le seul endroit où ils pouvaient disposer d'un peu d'intimité. Et la banquette arrière avait plus d'une fois accueilli leurs ébats passionnés. Ce simple souvenir éveilla en elle une irrépressible bouffée de chaleur.

— Je ne sais toujours pas comment tu comptes convaincre les employés de la banque de te laisser accéder au coffre de ta sœur, dit-elle pour se changer les idées.

— Nous improviserons une fois sur place, déclara Cade en démarrant.

— Avec un peu de chance, la seule mention de ton nom de famille nous servira de sésame...

En réalité, il fallut un peu plus que cela. Mais Cade lui démontra qu'il n'avait rien perdu du charme et du bagout qu'il possédait autrefois. Il ne laissa à la jeune femme qui se trouvait au guichet cet après-midi-là strictement aucune chance de résister au mélange d'assurance, d'éloquence et de séduction dont il usa.

Elle les accompagna jusqu'au coffre et leur apporta la boîte métallique dont ils possédaient la clé avant de les laisser seuls. Cade prit une profonde inspiration, puis déverrouilla le container blindé avant de soulever le couvercle. À l'intérieur, ils découvrirent une liasse d'actions et de titres de propriété ainsi qu'une importante quantité d'argent liquide et plusieurs bijoux.

— Je ne savais pas que les actions étaient encore émises sous cette forme, remarqua Lori en désignant les bons aux porteurs.

— Ce n'est effectivement plus le cas, confirma Cade. Mais elles nous ont été léguées par nos grands-parents. C'est aussi le cas de ces bijoux que ma grand-mère a répartis entre Sarah et Summer.

Tandis que Cade passait rapidement en revue les documents qui se trouvaient dans le coffre, il tomba sur une carte de visite identique à celle que Lori avait découverte dans la table de nuit de Summer.

— Bizarre, commenta-t-elle. Pourquoi ta sœur aurait-elle gardé ça au coffre ?

— Elle était peut-être mélangée aux autres papiers, suggéra Cade. Summer n'est pas vraiment un modèle d'organisation et de méthode.

Lori ramassa la carte et vit que trois prénoms étaient inscrits au dos.

— Est-ce que c'est l'écriture de ta sœur ? s'enquit-elle.

Cade hocha la tête.

— Diana, Chelsea et Karenna, lut Lori. Ça te dit quelque chose ? Ce sont des amies à elle ?

— Je ne l'ai jamais entendue mentionner ces prénoms, répondit Cade. Mais cela ne veut rien dire : je ne connais pas les gens qu'elle fréquente à Los Angeles. Lorsque tes collègues de la police m'ont demandé qui ils pourraient contacter pour les interroger sur sa disparition, je n'ai pas su quoi leur répondre.

— En tout cas, ces trois noms doivent être importants si Summer a jugé bon de cacher cette carte ici plutôt que chez elle.

— Tu as sans doute raison, acquiesça Cade. C'est la seule

chose qui sorte de l'ordinaire, ici. Dieu merci, d'ailleurs. Parce que je t'avoue que je m'attendais un peu à trouver de la drogue.

— Si nous pouvions obtenir le relevé de ses appels téléphoniques, nous pourrions éventuellement identifier ces trois personnes. L'une d'elles sait peut-être ce qui lui est arrivé. Tu n'aurais pas un contact travaillant pour le fournisseur d'accès de Summer, par hasard ?

— Pas que je sache, répondit Cade. Mais est-ce que tes collègues ne vont pas récupérer le relevé en question ?

— C'est possible. Mais nous ne pouvons en être certains. Il ne s'agit ni d'un meurtre, ni d'une agression, ni d'un vol avec violence, ce qui signifie que le dossier ne sera pas considéré comme prioritaire.

Cade étouffa un juron.

— Et ce serait pire encore si tes collègues savaient que Summer se droguait.

— Probablement, reconnut Lori. C'est l'un des éléments qui a conduit à une condamnation aussi rapide de Danny. Aux yeux des enquêteurs, ce n'était qu'un junkie dont il n'y avait rien à attendre.

Cade se garda de tout commentaire et referma le coffre-fort avant de presser le bouton que l'employée de la banque leur avait indiqué. Celle-ci les rejoignit quelques minutes plus tard. Après avoir sécurisé le coffre, elle les raccompagna jusqu'à la salle principale où elle prit congé d'eux.

— Je vais te raccompagner jusqu'à ta voiture, déclara Cade lorsqu'ils eurent pris place dans la sienne. Ça te dirait qu'on se retrouve pour dîner, ce soir ?

À ces mots, Lori sentit les battements de son cœur s'emballer dans sa poitrine. Elle s'efforça de se convaincre qu'il s'agissait juste d'un dîner entre amis, en tout bien tout honneur.

Mais elle n'était pas dupe : l'irrépressible attirance qui avait toujours existé entre eux n'avait pas disparu et Cade devait y être tout aussi sensible qu'elle. Leurs relations ne seraient jamais complètement innocentes : bien trop de souvenirs les liaient l'un à l'autre.

Qu'elle le veuille ou non, il avait été son premier amour – son seul véritable amour, peut-être. Personne n'avait su mieux que lui éveiller son désir et le combler. Et elle n'avait jamais oublié l'intensité magique de leurs étreintes.

Si elle n'y prenait garde, elle risquait de succomber de nouveau à son charme. Or c'était une chose qu'elle ne pouvait en aucun cas se permettre.

— Pourquoi pas ? répondit-elle d'un ton faussement détaché.

Un sourire légèrement empreint de malice se dessina sur les lèvres de Cade. Une fois de plus, il l'avait percée à jour. Il se garda cependant de tout commentaire.

— Je vais me renseigner sur le centre des Jours Meilleurs, déclara-t-elle pour faire diversion. Qui sait ? Avec un peu de chance, c'est là que se trouve Summer, à l'heure actuelle.

— Peut-être, reconnut Cade d'un ton dubitatif.

— Tu n'as pas l'air convaincu.

— Cela n'explique pas pourquoi on a trouvé une empreinte sanglante de ma sœur chez cette Courtney.

— Peut-être se sont-elles rendues à cette clinique ensemble.

— Nous ne savons toujours pas si elles se connaissaient, remarqua-t-il. À moins que l'inspecteur en charge du dossier ne te l'ait confirmé, ajouta-t-il en lui lançant un regard en biais.

Elle se demanda s'il la soupçonnait de lui cacher quelque chose. Elle ne lui avait pourtant menti qu'une seule fois depuis qu'ils se connaissaient – même s'il s'agissait du plus gros mensonge qu'elle ait jamais fait.

— Il ne m'a rien dit, confirma-t-elle. Et je doute qu'il le fasse.

— Nous pourrions aller poser la question à l'ami de Courtney, celui qui a signalé sa disparition.

— Trey, acquiesça Lori. Je devrais effectivement pouvoir le retrouver. Je vais aussi repasser au commissariat pour vérifier si l'empreinte qu'on a trouvée chez Summer a pu être identifiée. Avec un peu de chance, ajouta-t-elle, je parviendrai à glaner quelques informations au passage.

— Merci encore pour ton aide, lui dit alors Cade d'un ton presque solennel. Je ne sais vraiment pas ce que je ferais sans toi.

— Je suis certaine que tu te débrouillerais très bien tout seul, affirma-t-elle. J'ai bien vu la façon dont tu as charmé cette pauvre fille, à la banque.

— Je ne serais même pas arrivé à la banque si tu n'avais pas trouvé cette clé chez Summer, objecta-t-il. Et sans toi, je n'aurais jamais pu faire le lien entre la disparition de ma sœur et celle de Courtney. Tout ce que j'espère, c'est que tu ne vas pas t'attirer des ennuis à cause de moi.

Lori haussa les épaules.

— Ce que je fais de mon temps libre ne regarde que moi, déclara-t-elle.

En réalité, ce n'était pas tout à fait vrai : en tant que fonctionnaire de police assermentée, elle était tenue de respecter certaines règles déontologiques. En allant fouiller la maison de Summer et le contenu de son coffre-fort, elle en avait déjà enfreint plusieurs.

Mais elle estimait qu'elle devait bien cela à Cade. Et, d'une certaine façon, elle prenait une revanche sur la vie et sur sa propre incapacité à venir en aide à Danny.

— Nous y sommes, lui annonça alors Cade.

Levant les yeux, elle s'aperçut qu'ils étaient effectivement de retour devant chez Summer. Cade se gara et Lori ouvrit sa portière.

— Envoie-moi un message pour me dire où et quand on se retrouve, lui dit-elle.

— Entendu. À tout à l'heure.

Lori descendit de voiture et se dirigea vers son propre SUV qui était garé non loin de là. Mais comme elle s'en approchait, elle s'aperçut soudain que quelqu'un avait lacéré ses quatre pneus.

6

Cade avait suivi des yeux Lori tandis qu'elle traversait la rue pour aller vers sa voiture. Il la vit se figer brusquement, le regard rivé sur les roues du véhicule. Il constata, ahuri, que les deux pneus qu'il pouvait apercevoir de l'endroit où il se trouvait étaient à plat.

Un mauvais pressentiment l'assaillit et il sortit pour rejoindre Lori. En s'approchant de son SUV, il constata alors que les quatre pneus avaient été crevés.

— Que s'est-il passé ? murmura-t-il, sidéré.

Elle se tourna vers lui et il discerna le mélange de colère et d'inquiétude qui se lisait dans son regard.

— Quelqu'un essaie de nous intimider, répondit-elle.

— Mais pourquoi ?

— Probablement parce que nous nous intéressons un peu trop à ce qui est arrivé à ta sœur.

— Tu crois qu'on nous a suivis jusqu'ici ?

— Ou que cette personne surveillait la maison de Summer, suggéra Lori en observant les alentours.

Il fit de même mais n'aperçut rien ni personne qui lui parût suspect.

— Je ne vois pas trop en quoi nous représenterions une menace, remarqua Cade. Après tout, la police est déjà passée : quoi que nous ayons découvert, tes collègues auraient pu les trouver avant nous.

— Mais celui qui a fait ça ne peut rien contre la police.

— Soit, concéda Cade. Mais cela n'explique pas pourquoi il s'en prendrait à nous.

— Parce que, d'une façon ou d'une autre, il est impliqué dans la disparition de Summer et il ne veut pas que nous le découvrions.

Cade fronça les sourcils : cette interprétation se tenait peut-être mais l'hypothèse lui paraissait beaucoup trop fantaisiste.

— Tu viens tout juste de me dire que Summer et Courtney étaient probablement en cure de désintoxication, lui rappela-t-il.

— C'était avant que quelqu'un ne s'acharne sur mes pneus, répondit-elle. Le pire, c'est que je venais juste d'en changer deux.

— Tu ferais peut-être mieux d'appeler la police. Enfin, si tant est que tes collègues daignent se déplacer pour des pneus crevés…

— En temps normal, peut-être pas. Mais je suis l'une des leurs et ils enverront probablement quelqu'un. De toute façon, je vais devoir faire une déposition si je veux que l'assurance couvre les frais.

Lori laissa échapper un soupir résigné.

— Tu ferais mieux de retourner à ton hôtel, lui dit-elle. Avec un peu de chance, l'assurance me fournira un véhicule de remplacement en attendant que le mien soit réparé. Sinon, j'en emprunterai un au commissariat.

— Il est hors de question que je t'abandonne ici ! protesta vivement Cade, sidéré qu'elle puisse seulement envisager une telle éventualité.

Elle lui lança un regard à la fois surpris et reconnaissant.

— Est-ce que tu connais le numéro de ton assureur ? lui demanda-t-il.

— Je crois qu'il est dans mon répertoire, répondit-elle en sortant son téléphone portable de sa poche.

— Bien. Je vais attendre avec toi jusqu'à ce qu'ils t'envoient un remorqueur. Puis je te ramènerai chez toi. Nous pourrons manger dans ton quartier ou commander.

— Je pensais que tu avais du travail, souligna-t-elle.

— Ça peut attendre, lui assura-t-il.

Pensait-elle réellement qu'il était capable de l'abandonner là pour retourner travailler ? Si tel était le cas, c'est qu'il avait dû être un petit ami nettement moins attentionné qu'il ne se le rappelait.

— Cade à la rescousse, commenta Lori avec un pâle sourire.

Avant qu'il n'ait pu ouvrir la bouche, elle lui intima le silence d'un geste et commença à discuter avec son assureur. Ce dernier se révéla assez efficace puisque, moins de vingt minutes plus tard, ils furent rejoints par une dépanneuse et une voiture de patrouille.

Tandis que le dépanneur hissait le SUV sur son camion, une jeune agente de police prit la déposition de Lori, qu'elle paraissait très bien connaître.

— J'ai bien peur que nous ne puissions pas faire grand-chose, déclara-t-elle enfin. En revanche, je vais te donner un duplicata de ta plainte que tu pourras transmettre à ton assurance.

— Merci, Jen.

— De rien. Mais fais bien attention à toi, d'accord ? Crever ce genre de pneus n'est pas une mince affaire. La personne qui a fait ça doit vraiment t'en vouloir. Ce n'est pas un simple acte de vandalisme.

Cade soupira intérieurement en songeant que cette remarque ne ferait que renforcer les craintes de Lori. Il devait bien reconnaître aussi qu'elle lui insufflait également un doute. Se pouvait-il réellement que quelqu'un ait surveillé la maison de Summer ? Et si tel était le cas, cela signifiait-il que sa sœur avait bel et bien été enlevée ?

— Est-ce que ton frère s'est fait des ennemis en prison ? s'enquit alors Jen d'une voix légèrement hésitante.

— Je ne pense pas que ce soit lié à Danny, répondit Lori sur la défensive.

— Il est bien membre des Norteños, n'est-ce pas ?

— Mon frère n'a jamais appartenu à un gang.

— C'est un gang de détenus, pas un gang des rues, précisa Jen. De nombreux détenus finissent par se rallier à l'un d'eux pour se protéger. Je ne leur jette pas la pierre : la prison est un environnement difficile. Mais il arrive que les membres des gangs rivaux le fassent payer aux proches des détenus.

— Je doute que Danny ait rejoint l'un de ces gangs, déclara Lori avec assurance.

Jen ne parut pas convaincue mais elle s'abstint prudemment de tout commentaire.

— Merci de vous être déplacés, ajouta Lori à l'intention de la jeune femme et de son coéquipier.

Tous deux regagnèrent leur voiture de patrouille qui ne tarda pas à s'éloigner.

— Et si Jen avait raison ? murmura alors Cade. Si Danny s'était retrouvé confronté à un gang et que ses membres avaient décidé de s'en prendre à toi pour faire pression sur lui ?

— Je ne vois aucune raison de mêler mon frère à cette histoire, déclara Lori en lui jetant un regard noir.

Sur ce, elle se détourna pour aller s'entretenir avec le dépanneur. Cade la suivit pensivement des yeux. Il n'était pas surpris qu'elle prenne la défense de Danny de cette façon. C'était pour elle une façon de payer sa dette envers lui. Lorsqu'ils étaient jeunes, en effet, Danny l'avait toujours protégée dans le quartier difficile où ils avaient grandi.

Il avait permis à Lori de se concentrer sur ses études qu'elle avait réussies brillamment. Lorsque Danny avait eu des ennuis à son tour, Lori n'avait pas hésité à prendre sa défense. Elle était même la seule personne de sa famille qui fut toujours convaincue de l'innocence de son frère.

Cade était certain lui aussi que Danny avait bel et bien commis le crime dont il avait été accusé. À ses yeux, le fait qu'il ne l'ait jamais avoué à sa sœur constituait une forme de manipulation. C'était quelque chose qu'il connaissait bien : Summer n'hésitait pas non plus à mentir pour se protéger.

Qui sait ? Peut-être était-elle en train de jouer avec lui en cet instant même. Peut-être était-ce elle qui avait crevé les pneus de Lori…

Cade écarta cette idée. Il ne pouvait se laisser aller à ce genre d'hypothèses farfelues. Tout semblait indiquer que sa sœur avait un problème et il se devait de l'aider. Comme il se faisait cette réflexion, Lori le rejoignit.

— Il m'a dit que je pourrais récupérer la voiture dès demain. Le garage où il l'emmène est tout près du poste de police et je pourrai y aller à pied.

— Parfait, déclara Cade. Je passerai te chercher demain matin pour te conduire à ton travail.

— Tu n'es vraiment pas obligé de te donner ce mal, tu sais, lui assura-t-elle. Je peux très bien prendre un taxi.

— Je te dois bien ça, insista-t-il. Tu t'es donné beaucoup de mal pour m'aider à retrouver Summer. Et si tu as raison, c'est à cause de moi que l'on a crevé tes pneus. Le moins que je puisse faire, c'est te dépanner.

— D'accord, acquiesça-t-elle.

Tous deux prirent place dans la voiture de Cade, qui prit la direction de Venice.

— Tu crois vraiment que cela pourrait avoir un rapport avec Danny ? lui demanda Lori au bout d'un moment.

Il lui lança un regard étonné. Jamais il n'aurait cru qu'elle puisse accorder le moindre crédit à cette hypothèse.

— Cela ne m'avait pas traversé l'esprit avant que Jen ne le suggère, reconnut-il. Que sais-tu de la vie de Danny en prison ?

— Seulement ce qu'il veut bien m'en dire. Et je suis certaine que la version qu'il me livre est très édulcorée. C'est sa façon de me protéger.

— Est-ce que tu crois qu'il a pu rejoindre l'un de ces gangs ?

Lori poussa un long soupir.

— Jen a raison. Il y a deux gangs latinos qui sévissent dans les prisons de Californie : les Norteños et les Sudeños. Et tout le monde sait qu'en rejoignant l'un d'eux on augmente drastiquement le confort de son séjour. Les gangs offrent une forme de protection ainsi que l'accès à certains services. Mais il y a toujours un prix à payer pour cela.

— Et si l'on refuse de s'en acquitter ?

Lori haussa les épaules.

— Il arrive effectivement que des membres du gang s'en prennent à la famille d'un détenu hors de la prison. Mais je doute que ce soit le cas, cette fois-ci.

— Qu'est-ce qui te fait dire ça ?

— Le fait que la crevaison n'a pas été signée ou revendiquée. Tout l'intérêt d'exercer une pression sur les proches d'un détenu, c'est que ce dernier comprenne le risque qu'il leur fait courir et finisse par faire ce que l'on attend de lui.

— Ce n'est pas faux, reconnut Cade.

— Il y a aussi le fait que cet acte ait été commis devant chez ta sœur plutôt que près de chez moi, ajouta Lori. Je demeure convaincue que celui qui a fait ça cherchait à nous faire peur, à nous dissuader d'approfondir nos recherches.

— Possible, concéda Cade. Mais dans ce cas-là, c'est que quelque chose a dû nous échapper. Rien de ce que nous avons trouvé chez Summer ne constitue un indice vraiment très utile.

— Celui qui s'en est pris à ma voiture cherchait peut-être à récupérer la drogue.

— J'en doute. La quantité que nous avons trouvée dans la boîte à chaussures n'est pas assez importante pour pousser quelqu'un à menacer un membre de la police de Los Angeles.

— Cela a peut-être un rapport avec la clinique des Jours Meilleurs, suggéra Lori. Ou bien avec la liste des noms qui figure sur la carte de visite. Ce doit être important pour que Summer la cache dans son coffre-fort.

— Sauf si la carte s'est retrouvée mêlée à d'autres papiers par hasard, objecta Cade.

— Nous devrions aller parler à Trey, déclara Lori avec conviction. Il pourra peut-être nous en dire plus sur cette clinique.

— J'imagine que la police a déjà dû l'interroger au sujet des relations qui auraient pu exister entre Courtney et Summer. S'il n'a rien dit, c'est qu'il n'en a pas connaissance.

— Ou que, comme toi, il ne voulait pas leur dévoiler que Courtney était toxicomane. Si tel est le cas, il se montrera peut-être plus bavard avec nous, surtout s'il sait que tu es plus ou moins dans la même situation que lui.

— Peut-être ferais-je mieux d'aller lui parler seul, suggéra Cade, pensif. Il se confiera peut-être plus facilement.

— Mais il me connait déjà, objecta Lori. Et il se sentira plus en confiance si je suis là.

— Mais je ne veux pas que tu aies des problèmes à cause de cette histoire, objecta-t-il.

— Prends la prochaine sortie, lui indiqua Lori.

Cade s'exécuta non sans jeter un nouveau coup d'œil dans son rétroviseur. Il l'avait fait à plusieurs reprises depuis leur départ, craignant sans vraiment oser se l'avouer qu'ils ne soient suivis par ceux qui avaient crevé les pneus de Lori. Il ne repéra rien qui lui parût suspect mais il avait bien conscience que cela ne voulait pas dire grand-chose. Après tout, il était loin d'être un spécialiste en matière de filature.

— Tu es sûre d'être en sécurité à Venice ? demanda-t-il à Lori.

— Je n'ai pas de raison d'en douter, répondit-elle. Clive Stewart et ses copycats sont tous morts.

— Je ne pensais pas au Joueur, objecta Cade. Le quartier

a toujours eu une réputation un peu sulfureuse, en dehors du petit groupe de maisons luxueuses implantées le long des canaux.

— Ne t'en fais pas pour moi. Lorsque Kyra a hérité de la maison, elle a fait installer un système d'alarme dernier cri. Je ne crains vraiment rien, je t'assure.

Elle le guida jusqu'au parking le plus proche et tous deux traversèrent la grande avenue bordée de tentes occupées par des SDF. Ceux-ci évitaient généralement la zone des canaux nettement plus chic. On trouvait à Venice bien plus d'acteurs, d'écrivains ou d'art-thérapeutes que de banquiers ou d'avocats.

Ce n'était pas vraiment le genre d'endroit où l'on s'attendait à trouver un policier à la retraite. Mais Lori lui avait expliqué que Roger Quinn, le mentor de son amie Kyra, avait été marié à une autrice de romans policiers à succès.

Après avoir traversé une passerelle de bois, ils se dirigèrent vers une charmante petite maison à la porte et aux volets peints en rouge. En l'observant plus attentivement, Cade repéra deux caméras qui permettaient de surveiller les environs. Lori déverrouilla la porte et désamorça le système d'alarme.

— Entre, lui dit-elle alors.

Curieux, il pénétra dans la maison. Par-delà une minuscule entrée s'ouvrait un salon meublé de façon très spartiate. Il y avait un canapé installé devant la télé, une petite table basse, une table à manger et deux chaises.

— Kyra s'est débarrassée du mobilier, expliqua Lori qui avait dû remarquer son étonnement. Je crois que ça lui rappelait trop de souvenirs. Quant à moi, je n'ai apporté que le strict minimum parce que ce n'est qu'un logement temporaire.

— Dommage, remarqua Cade. L'endroit ne manque pas de charme.

— Et comme tu peux le voir, lui dit-elle en désignant le panneau de contrôle qui se trouvait dans l'entrée, je n'ai pas exagéré. Kyra a fait installer un système de sécurité très efficace.

— J'imagine que tu peux avoir accès aux images sur ton portable.

— Effectivement. Tu penses que je devrais passer les enregistrements en revue, après ce qui s'est passé tout à l'heure ?

— Ça ne peut pas faire de mal, répondit Cade. Qu'il s'agisse d'un gang qui en veut à Danny ou de gens qui surveillaient la maison de Summer, cette attaque était délibérément dirigée contre toi. Et je pense que tu devrais te tenir sur tes gardes dans les jours qui viennent.

— En tout cas, s'ils espéraient me dissuader d'enquêter sur la disparition de Summer, ils ont produit l'effet inverse. Je suis plus motivée que jamais.

— Moi aussi, acquiesça Cade. D'autant que, si c'est bien ce qui s'est passé, cela signifie qu'elle n'a pas disparu volontairement.

Il n'avait cessé de retourner cette idée dans sa tête depuis qu'ils avaient découvert les pneus lacérés de Lori.

— Où veux-tu aller dîner ? demanda-t-il à celle-ci.

— Ça t'ennuie si on commande une pizza ? lui demanda-t-elle. Je t'avoue que je n'ai pas particulièrement envie de ressortir. Et j'aimerais effectuer quelques recherches au sujet de la clinique des Jours Meilleurs.

— Ça me convient parfaitement, acquiesça Cade. Je vais commander. Tu as une préférence ?

— Il y a un menu accroché sur le réfrigérateur, lui dit-elle. Prends ce qui te fait envie à part une pizza hawaïenne. Je vais aller prendre une douche et me changer.

Lorsque Lori eut disparu, Cade gagna la cuisine attenante au salon et récupéra le menu de Chez Mario, une pizzeria située non loin de là. Passant en revue la liste des pizzas, il en choisit une qui contenait un mélange de tout ainsi qu'une salade pour l'accompagner.

Après avoir passé commande, il ouvrit une bouteille de vin rouge qu'il trouva dans l'un des placards et revint au salon.

Quelques instants plus tard, Lori le rejoignit. En la voyant vêtue d'un jean fatigué et d'un T-shirt de rock, les cheveux encore humides de la douche, il sentit monter en lui un irrésistible élan de tendresse et de désir mêlés.

Il avait l'impression de se retrouver projeté des années en arrière, du temps où ils étaient tout l'un pour l'autre.

— J'espère que tu ne gardais pas cette bouteille pour une occasion spéciale, lui dit-il.

— Je ne savais même pas que je l'avais, répondit-elle.

Il lui tendit un verre et ils trinquèrent.

— La pizza ne devrait pas tarder, lui dit-il.

— Tant mieux. Je suis affamée.

Elle alla chercher son ordinateur portable qu'elle posa sur la table basse et l'alluma avant de prendre place à son côté sur le canapé. Il s'efforça de dominer le trouble que lui inspirait cette proximité.

Mais s'il devait se passer quelque chose, cela viendrait de Lori et non de lui. Il était bien décidé à lui laisser prendre l'initiative. Car si c'était bien lui qui était parti pour la côte est, dix ans plus tôt, il n'était pas à l'origine de leur rupture. S'il n'avait tenu qu'à lui, ils auraient continué à sortir ensemble.

Les sentiments qu'il avait alors pour elle étaient bien assez forts pour lui permettre d'envisager une relation longue distance en attendant de décrocher son diplôme. Mais Lori ne lui avait pas laissé cette possibilité : après son départ, elle avait littéralement coupé les ponts avec lui.

— Tu as dit que Jours Meilleurs avait plusieurs cliniques, le lui rappela-t-il.

— Apparemment, ils ont plusieurs centres d'accueil de jour en ville, répondit Lori qui s'était déjà connectée à leur site. En revanche, il n'y a qu'une seule clinique où sont organisées les cures de désintoxication. Elle est située dans Topanga Canyon, un peu en dehors de la ville.

— Ça nous donne déjà quelques indications sur l'endroit, remarqua Cade.

Lori lui lança un regard interrogateur.

— La plupart des gens qui vivent à Topanga Canyon sont restés bloqués dans les années soixante. C'est un repaire de hippies et d'adeptes du New Age. Je ne suis pas étonné que Summer ait choisi un tel endroit.

— À ce stade, rien ne nous permet d'affirmer qu'elle a réellement voulu suivre une cure de désintoxication, remarqua Lori. Peut-être a-t-elle juste rencontré ce Reed Dufrain lors d'une soirée...

— C'est exact, reconnut Cade.

— En tout cas, l'endroit a l'air d'être très chic, lui dit Lori qui parcourait les photos de la clinique.

Le site était effectivement charmant. Niché dans un cadre bucolique, il offrait toutes les commodités que l'on pouvait désirer : piscine, spa, salle de sport, restauration bio et toute une série d'activités proposées aux patients.

— Si j'avais les moyens, je ferais semblant d'être accro juste pour pouvoir profiter de l'endroit, plaisanta Lori. Ça ressemble plus à un centre de loisirs de luxe qu'à une clinique.

— Effectivement, concéda Cade. Regarde, il y a une page consacrée au personnel.

Lori cliqua sur le lien qu'il lui indiquait et ils virent une série de portraits s'afficher à l'écran. Le premier représentait un homme aux cheveux rasés et à la barbe parfaitement entretenue. Il portait une paire de lunettes à montures d'écaille, une chemise à col mao et arborait un médaillon en forme de lune.

— Le parfait gourou, remarqua Cade en parcourant la biographie qui accompagnait la photo. Il coche toutes les cases... Tiens, ajouta-t-il, voilà qui est intéressant. Apparemment, la clinique est exclusivement réservée aux femmes.

— Le traitement a l'air d'être très axé sur la psychothérapie, remarqua Lori. Ils insistent beaucoup sur la prise en charge des traumas sur lesquels s'enracine généralement la toxicomanie. Est-ce que Summer a souffert de tels traumatismes ?

— Tu veux parler de l'excès d'argent et de privilèges ? ironisa Cade.

Lori lui lança un regard réprobateur.

— Tu dis toi-même que tu ne la connais pas très bien. Si cela se trouve, elle a vécu des situations difficiles mais elle ne t'en a jamais parlé.

— Possible, concéda Cade. Je dois bien reconnaître qu'elle n'a jamais dû me considérer comme un confident.

Après avoir parcouru les biographies des autres employés, ils s'intéressèrent aux activités proposées : tai chi, yoga, peinture, photographie, promenades en forêt... Sur la plupart des photos qui illustraient ce catalogue, les visages étaient floutés. Quelques patientes seulement avaientaccepté d'y apparaître. Aucun des clichés ne permettait de reconnaître Summer.

— Bingo ! s'exclama soudain Lori.

Il la considéra avec étonnement.

— Je reconnais cette femme, lui dit-elle en désignant la photo d'une brunette qui posait devant un terrain de tennis. C'est Courtney Jessup, l'autre disparue.

7

Cade avait du mal à contenir l'excitation qui l'habitait en cet instant. Si Lori avait vu juste, ils tenaient enfin le lien qui existait entre Summer et Courtney : toutes deux s'étaient intéressées à la même clinique et avaient même pu s'y rencontrer.

— Tu es sûre ? lui demanda-t-il en observant attentivement la photo.

— Absolument certaine, déclara Lori. J'ai vu les photos que son ami Trey a apportées au poste de police. Il faut que nous prévenions l'inspecteur Marino.

— Le seul problème, c'est que, pour expliquer comment nous sommes tombés sur cette image, il nous faudra admettre que nous sommes allés fouiller la maison de Summer, remarqua Cade.

— Et alors ? répliqua Lori en haussant les épaules. Tu es son frère. Tu as bien le droit de jeter un coup d'œil au domicile de ta sœur à la recherche d'indices pouvant t'indiquer où elle se trouve. Nous ne serons même pas obligés de parler à Marino du coffre-fort ou de la drogue. Nous pouvons lui montrer la carte de visite qui se trouvait dans la table de nuit et lui dire que nous sommes allés jeter un coup d'œil au site des Jours Meilleurs où nous sommes tombés sur une photo de Courtney...

— C'est pour toi que je m'inquiète : sans toi, je n'aurais

jamais pu la reconnaître. Or je ne suis pas sûr que tu aies le droit de me fournir de telles informations.

— Tu n'auras qu'à dire que j'étais avec toi pendant que tu consultais le site et que c'est moi qui ai reconnu Courtney. C'est plus ou moins ce qui s'est passé, d'ailleurs...

Ils furent interrompus par quelqu'un qui frappait à la porte de la maison. Lori fit mine de se lever pour aller ouvrir mais Cade la retint.

— Je m'occupe de la pizza, lui dit-il.

Tandis que Lori allait chercher des assiettes et des couverts, Cade alla ouvrir au livreur qu'il paya. Lorsqu'il revint au salon avec leur pizza, il la vit remplir de nouveau leurs verres de vin. Il se prit à songer que, s'ils vidaient la bouteille, il aurait une excellente excuse pour passer la nuit sur son canapé.

L'idée de la laisser seule alors que quelqu'un venait de la menacer ne lui plaisait guère. D'autant que, s'il s'agissait bien de gens qui surveillaient la maison de Summer, il était directement responsable du danger qui pesait sur elle.

Tous deux s'installèrent à table et Cade découpa la pizza avant de leur servir une tranche accompagnée d'un peu de salade.

— Je me demandais si je ne ferais pas mieux de passer la nuit ici, déclara alors Cade.

Lori faillit s'étouffer avec la bouchée qu'elle venait d'avaler.

— Voilà qui a au moins le mérite d'être direct, commenta-t-elle en le considérant d'un air sidéré. Tu étais plus subtil lorsque nous étions au lycée, dans mon souvenir.

Cade se sentit rougir jusqu'à la racine des cheveux.

— Ce n'est pas ce que je voulais dire, protesta-t-il vivement. Je pensais dormir sur le canapé au cas où quelqu'un essaierait de nouveau de s'en prendre à toi...

— Oh..., articula Lori, embarrassée à son tour. Je vois... C'est très gentil, Cade, mais ce n'est pas la peine. Je suis armée, tu sais. Et en tant que membre de la police, je m'entraîne régulièrement au tir. Je suis même plutôt douée. Si quelqu'un essaie de s'introduire chez moi en pleine nuit, il risque de le regretter amèrement.

— Est-ce que tu gardes ton arme auprès de toi, la nuit ?

— Dans le tiroir de ma table de nuit, confirma-t-elle. Et elle est chargée. Mais ne t'en fais pas, je ne risque pas de te tirer dessus si tu entres dans ma chambre au beau milieu de la nuit.

— Telle n'est pas mon intention, lui assura-t-il. En tout cas, je suis soulagé de savoir que tu as les moyens de te protéger.

Elle hocha la tête.

— Lorsque Danny a été arrêté, j'ai compris que j'allais devoir apprendre à me défendre toute seule, lui expliqua-t-elle. Je regrette juste de ne pas l'avoir fait plus tôt. Peut-être aurais-je pu le protéger, lui, à l'époque. En tout cas, je me serais plus battue que je ne l'ai fait pour prouver son innocence.

— Tu étais encore jeune. Il n'y avait pas grand-chose que tu pouvais faire...

Il prit ses mains et les serra doucement entre les siennes.

— J'espère que tu ne continues pas à t'en vouloir pour cela, lui dit-il gravement.

— La jeunesse n'excuse pas les mauvais choix et les erreurs de jugement, déclara-t-elle tristement.

— Bien sûr que si ! s'exclama Cade avec conviction. On commet des tas d'erreurs par manque d'expérience. Et même avec l'expérience, certains continuent d'en faire.

— Tu penses à Summer, j'imagine ?

Il hocha la tête.

— Ce n'est pas la même chose, lui dit-elle en retirant ses doigts. Summer est en situation de dépendance. Ce n'est pas une question de choix à ce stade.

— Tu as peut-être raison. Mais ce sont tout de même ses choix qui l'ont conduite à cette impasse.

Cade avala une nouvelle gorgée de vin pour faire passer le goût amer qu'il avait dans la bouche.

— Quelles qu'aient pu être ses erreurs passées, elle ne mérite pas de disparaître de cette façon, reprit-il. Mais j'ai peur que la police ne soit pas du même avis en apprenant qu'elle était toxicomane et qu'elle envisageait de faire une cure de désintoxication. Tes collègues risquent de penser qu'elle est partie quelque part pour essayer de décrocher.

— C'est possible, en effet, admit Lori. C'est la raison pour laquelle j'aurais préféré que ce soit l'inspectrice Falco qui hérite de l'affaire plutôt que l'inspecteur Marino. Il est de la vieille école alors qu'elle est plus moderne et plus ouverte d'esprit.

— Tu penses que nous devrions tout de même prévenir Marino que nous avons trouvé cette photo sur le site des Jours Meilleurs ?

— Oui, répondit-elle sans hésiter. C'est une piste sérieuse et, pour le moment, il n'en a probablement aucune, à ma connaissance. Mais je pense tout de même que nous devrions contacter Trey Ferrar de notre côté. Il pourrait s'écouler plusieurs jours avant que Marino n'ait le temps de le réinterroger. Nous irons nettement plus vite. Est-ce que tu veux un dernier verre ? ajouta-t-elle en désignant la bouteille qu'ils avaient presque terminée.

— Seulement si tu acceptes de me prêter ton canapé pour la nuit, répondit-il.

— Je peux faire mieux que ça, déclara-t-elle en les servant tous deux. Il y a trois chambres dans cette maison et tu peux prendre l'une des deux qui sont libres.

— Merci, répondit Cade.

— Il n'y a pas de quoi. Mais je te le répète : je ne crains vraiment rien.

— C'est ce que devait penser l'ex-inspecteur qui s'est fait assassiner ici même.

— Il n'avait pas de système de sécurité.

— Mais lui aussi avait probablement une arme à portée de main.

— Il n'avait aucune raison de s'en servir : il connaissait personnellement le tueur et le considérait comme un ami. Il n'a pas soupçonné un seul instant qu'il puisse s'agir du Joueur.

Cade haussa les épaules.

— De toute façon, j'ai trop bu pour reprendre la voiture, déclara-t-il.

Un sourire se dessina sur ses lèvres.

— Ça me rappelle quand nous piquions des bouteilles dans la cave de nos parents pour les apporter en soirée.

— De *tes* parents, le reprit-elle. Les miens n'avaient pas de cave à vin.

— C'est vrai, acquiesça-t-il.

Lori détourna alors les yeux et il la vit rougir légèrement. Peut-être repensait-elle elle aussi à la façon dont s'étaient souvent conclues ces soirées à l'arrière de sa voiture.

— Je vais appeler Trey, déclara-t-elle soudain comme si elle cherchait à faire diversion.

— Ce soir ?

Elle haussa les épaules.

— Quitte à le contacter, autant le faire rapidement. Bien sûr, Summer est peut-être en train de se prélasser dans un sauna à la clinique des Jours Meilleurs. Ou même de faire la fête à Honolulu en compagnie de Courtney. Mais au cas improbable où il leur serait arrivé quelque chose, nous gagnerons à agir vite. Dans les affaires de disparition, le temps joue toujours contre les enquêteurs.

— C'est bien pour cela que je ne comprends pas la passivité dont fait preuve la police.

— Je te l'ai déjà dit : en l'absence d'élément réellement inquiétant, ce genre d'affaires n'est pas prioritaire. La police concentre ses moyens sur les cas graves et avérés. Et puis, certaines personnes qui disparaissent le font volontairement et ne souhaitent pas qu'on les retrouve...

Lori alla récupérer son téléphone qu'elle avait branché à son chargeur. Pendant qu'elle composait le numéro de Trey, Cade débarrassa la table. Lorsqu'il revint de la cuisine, Lori s'était rassise et avait activé le haut-parleur de son téléphone.

— Allô ? fit une voix d'homme.

— Trey ? C'est Lori Del Valle. Nous nous sommes rencontrés au poste de police : c'est moi qui ai pris vos empreintes digitales.

— Je me souviens très bien, répondit-il. Est-ce que vous avez retrouvé Courtney ?

— Pas encore, hélas. Et je ne suis pas en charge de cette enquête. En revanche, je me permets de vous appeler parce que j'ai un lien plus personnel avec cette affaire. Et je me suis dit que nous pourrions peut-être échanger quelques informations à ce sujet.

— Je ne comprends pas. Est-ce que vous connaissez Courtney ?

— Non. Mais j'ai un ami qui se trouve à mes côtés en ce moment même et dont la sœur a disparu. Est-ce que le nom de Summer Larson vous dit quelque chose ?

— Non, répondit Trey sans hésiter.

— Vous êtes sûr ?

— Certain. Summer n'est pas un prénom très commun. Je m'en serais souvenu.

— Trey ? intervint alors Cade. Je suis Cade Larson, le frère de Summer. Courtney ne vous a jamais parlé d'elle ?

— Non. Qu'est-ce qui vous fait croire qu'elles se connaissaient, toutes les deux ?

— Trey, je vais vous faire part de quelque chose que Cade et moi avons découvert. Mais c'est un secret. Vous ne devez en parler à personne – pas même à la police. L'empreinte sanglante que nous avons retrouvée chez Courtney correspond à celle de Summer.

Trey ne put réprimer une exclamation de stupeur.

— Et vous pensez que cette Summer est mêlée à la disparition de Courtney ? demanda-t-il.

— Ma sœur a disparu, elle aussi, indiqua Cade. Cela pourrait signifier que quelqu'un les a enlevées toutes les deux. À vrai dire, il y avait même forcément une troisième personne parce qu'on a retrouvé une autre empreinte ensanglantée chez ma sœur.

— Et ce n'est pas celle de Courtney ?

— Non, répondit Lori.

— Je ne comprends pas, murmura Trey. Que leur est-il arrivé, exactement ?

— C'est précisément ce que nous cherchons à établir, déclara Lori. Mais, contrairement à mes collègues de la police, nous ne sommes pas tenus à la confidentialité et nous pensons que nous gagnerions du temps en partageant les informations que nous détenons.

— Je suis partant, leur assura Trey. J'en ai assez que la police ne me dise rien. Malheureusement, je n'ai jamais entendu parler de cette Summer et je ne sais pas si je pourrai vous être d'une grande aide.

— Est-ce que vous avez entendu parler d'une clinique appelée Les Jours Meilleurs ? lui demanda alors Cade.

Un long silence s'ensuivit.

— Trey ? Vous êtes toujours là ? lui demanda-t-elle, craignant visiblement qu'il n'ait raccroché.

— Pourquoi est-ce que vous me parlez des Jours Meilleurs ? leur demanda-t-il enfin.

— Nous avons trouvé une carte de visite appartenant au gérant de la clinique parmi les affaires de ma sœur, expliqua Cade. Summer a eu – a peut-être encore – des problèmes de toxicomanie. Je n'ai donc pas été surpris de découvrir une telle carte. Un peu déçu, peut-être, parce que je pensais qu'elle avait décroché et qu'elle était sobre, à présent, mais pas surpris. Est-ce que, par hasard, Courtney avait le même genre de problème que ma sœur ?

— Je ne tiens pas à parler de cette clinique au téléphone, déclara Trey d'une voix tendue. Si vous voulez en savoir plus, il va falloir que nous nous rencontrions.

8

Trey refusa catégoriquement de leur en dire plus et ils n'eurent d'autre choix que de lui fixer un rendez-vous le lendemain soir.

— C'est vraiment très étrange, murmura Lori lorsqu'elle eut raccroché. Dès l'instant où tu as mentionné la clinique, il s'est muré dans le silence. On aurait presque dit qu'il avait peur.

— C'est exactement le sentiment que j'ai eu, acquiesça Cade.

— Peut-être était-il juste embarrassé à l'idée de parler de la toxicomanie de Courtney au téléphone, suggéra Lori sans grande conviction.

— J'imagine que nous en saurons plus demain. Au moins, il a accepté de nous rencontrer. Je suppose qu'il n'a pas parlé de ça à tes collègues ?

— Si c'est le cas, ils ne m'en ont rien dit, répondit Lori. Mais, très franchement, je ne pense pas qu'il l'ait fait, pour les mêmes raisons que toi. Il se doute probablement que si l'on apprend que Courtney se droguait, la police risque de traiter l'affaire différemment.

— Tu as sûrement raison.

Lori ne put réprimer un bâillement.

— Je suis épuisée, avoua-t-elle.

— Va te coucher. Je finirai de ranger et je m'occuperai de la vaisselle.

— Tu n'es pas obligé.

— C'est la moindre des choses, protesta-t-il. Après tout, je me suis plus ou moins incrusté... Et puis, toute cette histoire me travaille et je ne suis pas sûr de pouvoir m'endormir immédiatement.

— N'hésite pas à allumer la télé, si tu veux, lui dit-elle.

— Pourquoi pas ? Et sinon, est-ce que tu aurais une brosse à dents pour moi ?

— J'en ai plein dans le placard de la salle de bains. Mon dentiste s'entête à m'en offrir alors que j'utilise une électrique. Tu pourras choisir la couleur que tu préfères. Je te sortirai aussi une paire de draps et une serviette.

— Merci, lui dit-il. Et merci encore pour tout ce que tu as fait pour moi aujourd'hui.

Elle haussa modestement les épaules.

— Je suis heureuse d'avoir pu t'aider, lui dit-elle. J'aurais bien aimé que quelqu'un en fasse autant lorsque Danny s'est fait arrêter.

— À quelle heure te lèves-tu demain ?

— Généralement, je me réveille à six heures et je pars vers sept heures. Mais n'hésite pas à dormir un peu plus tard, si tu veux. Je pourrai prendre un taxi pour me rendre au commissariat.

— Cela te coûterait une fortune, protesta-t-il. Tu peux compter sur moi : je te conduirai là-bas. De toute façon, j'ai des choses à faire dans le coin.

— D'accord. Bonne nuit, Cade.

— Bonne nuit, Lori. Fais de beaux rêves.

Sur ce, Lori se dirigea vers sa chambre. Au passage, elle sortit une serviette et des draps qu'elle déposa sur le lit de la chambre d'amis. Puis elle gagna sa propre chambre et, après s'être brossé les dents, elle enfila un pyjama. Elle n'en portait pas, d'ordinaire mais, au cas où elle devrait se lever en pleine nuit, elle préférait que Cade ne se fasse pas de fausses idées.

Le lendemain matin, lorsqu'elle ouvrit les yeux, Lori huma une odeur appétissante qui flottait dans l'air. Il lui fallut quelques instants pour se rappeler qui était la personne qui était apparemment en train de préparer le petit déjeuner.

Jetant un coup d'œil à son réveil, elle constata qu'il était six heures moins dix. Cade ne s'était peut-être pas encore adapté au décalage horaire qui existait entre New York et Los Angeles.

Après avoir désactivé son alarme, Lori se leva et se dirigea vers la cuisine. Le café provenait peut-être de son placard mais tel n'était pas le cas des œufs et du bacon dont le délicieux fumet venait lui chatouiller les narines.

— Ne me dis pas que tu es déjà sorti faire des courses, dit-elle en se juchant sur l'un des tabourets.

Cade se tourna vers elle en souriant. Il était déjà habillé de pied en cap et paraissait être en pleine forme.

— Je n'ai pas eu le choix : tout ce que tu avais, c'étaient les restes de la pizza d'hier soir, un œuf et deux yaourts aux fraises. Tu ne prends jamais de petit déjeuner ?

— En général, il se limite à un café et un yaourt. Mais je me réjouissais d'avance de pouvoir avaler une part de pizza froide.

— Désolé de te décevoir, répondit-il en faisant glisser deux œufs au plat et une tranche de bacon sur une assiette qu'il vint déposer devant elle. Est-ce que tu veux du café ?

— Volontiers.

Il lui servit une tasse.

— Noir et sans sucre, comme d'habitude ?

Elle hocha la tête et avala une gorgée.

— Parfaitement dosé, déclara-t-elle.

— Content qu'il te plaise, répondit Cade en se servant à son tour une tasse.

— Est-ce que tu te prépares un tel festin tous les matins ? lui demanda-t-elle après avoir goûté à son plat.

— Malheureusement, non. La plupart du temps, je commence par aller courir, puis je rentre prendre une douche et me préparer un milk-shake protéiné que j'avale sur le chemin de mon travail.

— Est-ce que tu prends ta voiture ? Un taxi ? Les transports en commun ? lui demanda-t-elle, curieuse.

Cade se servit à son tour des œufs et du bacon.

— Figure-toi que j'ai une voiture avec chauffeur, répondit-il.

— Bien sûr, ironisa-t-elle, où avais-je la tête ?

— Dois-je te rappeler que tu habites l'un des quartiers les plus chers de Los Angeles ?

— C'est vrai. Mais si tu savais combien je loue cette maison, je pense que tu ferais un malaise. Je te l'ai dit : Kyra me rend un sacré service alors qu'elle pourrait vendre la maison pour plusieurs millions de dollars ou la louer pour plusieurs milliers de dollars par mois. Malheureusement, toutes les bonnes choses ont une fin et je me verrai sans doute bientôt forcée de chercher un appartement nettement moins glamour...

— Le moment venu, choisis un quartier plus sûr que celui-ci. Venice est peut-être glamour, comme tu dis, mais les environs sont vraiment mal famés.

Lori ne s'était jamais vraiment sentie en danger depuis qu'elle s'était installée là. Mais elle se sentait flattée que Cade se soucie à ce point de sa sécurité.

— Que comptes-tu faire aujourd'hui, pendant que je serai au travail ? demanda-t-elle alors.

— Je vais travailler un peu, moi aussi. Mais je passerai te prendre à l'heure du déjeuner.

Elle fit mine de protester mais il l'interrompit d'un geste.

— Tu ne vas quand même pas me laisser seul dans cette ville inconnue.

— Inconnue ? répéta Lori en riant. Dois-je te rappeler que c'est là que tu as grandi ? Je suis sûre que tu as encore des tas d'amis dans le coin. Mais si tu insistes pour m'emmener déjeuner, je serais bien bête de refuser. D'autant que je pourrai alors te dire comment Marino aura réagi aux informations que je m'apprête à lui transmettre.

— Est-ce que tu lui parleras aussi de notre rendez-vous de ce soir avec Trey ?

— Ce n'est pas la peine, déclara-t-elle après réflexion. Si nous apprenons quelque chose d'intéressant, il sera toujours temps de transmettre l'information à Marino.

— Ne trouvera-t-il pas bizarre que Trey se soit confié à nous plutôt qu'à lui ?

— Tu t'inquiètes beaucoup trop, déclara Lori. Laisse-moi me charger des relations avec la police. Le plus important, pour le moment, c'est de récupérer un maximum de renseignements sur Courtney, Summer et les Jours Meilleurs.

Lori termina ses œufs et son café avant de débarrasser son assiette.

— Je vais aller prendre une douche et m'habiller, lui dit-elle.

— Je crois que je prendrai la mienne à l'hôtel après t'avoir accompagnée. File te préparer pendant que je range tout ça.

— Merci pour le petit déjeuner, Cade. C'était délicieux.

Lorsqu'elle eut pris sa douche et qu'elle se fut habillée, ils empruntèrent la voiture de Cade pour se rendre au poste de police.

— Tu vas regretter de ne pas être venu avec ton chauffeur, plaisanta-t-elle tandis qu'ils se frayaient péniblement un chemin au milieu des embouteillages.

— Ne t'en fais pas pour moi, j'ai toujours adoré conduire, lui assura Cade. D'ailleurs, n'hésite pas à m'appeler si tu as le moindre problème avec ta voiture.

— Je devrais pouvoir la récupérer dans la journée.

— Parfait. En attendant, je passerai te chercher à l'heure du déjeuner.

— D'accord, mais cette fois c'est moi qui t'invite, ajouta-t-elle.

En arrivant au poste de police, Lori alla trouver l'inspecteur

Marino pour lui faire part de ce que Cade et elle avaient découvert la veille.

— Quoi de neuf, Del Valle ? lui demanda-t-il en levant les yeux du dossier qu'il était en train de compulser.

Elle prit place sur la chaise qui faisait face à son bureau.

— J'ai des informations concernant la disparition de Courtney Jessup et de Summer Larson, déclara-t-elle.

— Vous avez réussi à identifier l'empreinte retrouvée chez Larson ?

— Non, répondit-elle en sortant de sa poche la carte de visite de Reed Dufrain. Vous savez que le frère de Summer Larson est un vieil ami à moi. Je suis allée chez elle avec lui, hier. Il voulait voir s'il ne trouvait pas des indices sur ce qui avait pu lui arriver.

— Est-ce qu'il a découvert quelque chose d'intéressant ?

— Ceci, lui dit-elle en lui tendant la carte de visite.

Marino la considéra avec attention.

— Un centre de désintoxication ? Cela signifie que sa sœur avait des problèmes de drogue. Cela pourrait expliquer pas mal de choses.

— Nous avons jeté un coup d'œil au site des Jours Meilleurs, ajouta Lori. Ils possèdent une clinique à Topanga Canyon. Et nous avons trouvé une photo sur laquelle on voit Courtney Jessup. Apparemment, elle a séjourné là-bas.

— Donc elles sont toutes les deux toxicos…

— Oui mais là n'est pas vraiment la question, répondit Lori en s'efforçant de surmonter son agacement. Toutes deux se connaissaient et étaient en lien avec la clinique des Jours Meilleurs. Ça vaudrait peut-être le coup d'interroger ce Reed Dufrain…

— Pourquoi pas ? répondit Marino d'un air indifférent. Après tout, il y a des chances pour qu'elles soient à la clinique, en ce moment même.

— Vous allez l'appeler ? insista Lori.

Il haussa les épaules.

— Dès que j'aurai un moment, lui dit-il. Mais très franchement, j'ai mieux à faire de mon temps que de courir après des droguées.

Lori fulminait intérieurement. Mais elle savait qu'elle ne gagnerait rien en s'emportant contre le policier. Après tout, il se produisait très précisément ce que Cade et elle avaient anticipé.

— Merci pour le tuyau, Del Valle, conclut Marino en glissant la carte de visite de Dufrain dans l'un de ses tiroirs.

Elle se félicita d'avoir conservé celle qu'ils avaient trouvée dans le coffre de Summer. Sachant qu'elle ne pouvait pas faire grand-chose de plus, à ce stade, elle se leva et se dirigea vers les locaux de la police scientifique. En chemin, elle croisa l'inspecteur Jake McAllister, le fiancé de Kyra.

— Salut, Lori, lui dit-il d'un ton enjoué. Quoi de neuf ? Est-ce que tu te plais toujours autant dans la maison de Roger ?

— Je l'adore... Mais tu peux dire à Kyra que je suis prête à déménager dès qu'elle voudra la vendre ou la récupérer.

— Elle est beaucoup trop absorbée par les préparatifs du mariage pour le moment, lui assura Jake. À mon avis, tu es tranquille pour six mois ou plus.

— Remercie-la encore de ma part.

— Ce sera fait. Sur quoi est-ce que tu travailles, en ce moment ?

— Deux disparitions inquiétantes, répondit-elle. C'est Marino qui s'occupe de l'affaire.

— Ça n'a pas l'air de te réjouir, constata Jake.

Elle haussa les épaules.

— C'est juste que, pour lui, c'est une affaire sans grande importance. Mais il se trouve que je suis amie avec le frère de l'une des victimes. Ça m'a permis de récupérer des informations intéressantes mais Marino n'a pas l'air pressé de les exploiter.

Lori regrettait que Jake et Billy Crouch, son coéquipier, n'aient pas été chargés de l'enquête. Ils se montraient généralement nettement plus réactifs et entreprenants que Marino. C'était d'ailleurs ce qui leur avait permis de venir à bout du Joueur et de ses copycats.

Mais elle savait que Jake ne se permettrait jamais de remettre en question l'un de ses collègues en se mêlant d'une affaire dont il avait été chargé.

— J'espère que la sœur de ton ami va bien, lui dit-il. Avec un peu de chance, elle resurgira bientôt. C'est le cas de l'immense majorité des gens qui sont portés disparus, tu sais.

— Je croise les doigts, acquiesça Lori.

— Il faut que je te laisse. Le capitaine Fields a demandé à me voir et je suis déjà en retard. À bientôt, Lori.

— À bientôt, répondit-elle avant de se remettre en route vers son laboratoire.

L'irritation qu'elle avait éprouvée face à la relative indifférence dont Marino faisait preuve commençait à refluer, laissant place à une détermination nouvelle. Si l'inspecteur refusait de s'en occuper, il ne leur restait plus qu'à s'en charger, comme ils avaient déjà commencé à le faire.

Elle était plus décidée que jamais à découvrir ce qui était arrivé à Summer. Malheureusement, les empreintes trouvées chez celle-ci n'avaient toujours pas été identifiées.

Lori dut se consacrer à d'autres dossiers sur lesquels son expertise était requise. Mais tandis qu'elle travaillait, son esprit ne cessait de ressasser la disparition de Summer. Billy, le partenaire de Jake, était devenu un véritable spécialiste de ce genre d'affaires depuis que sa propre sœur avait disparu.

Elle l'avait souvent entendu répéter que l'on n'imaginait pas le nombre de personnes qui semblaient s'évaporer chaque année pour ne plus jamais reparaître. Il lui avait dit aussi que les chances de les retrouver étaient souvent infimes. Évidemment, elle n'avait aucunement l'intention de transmettre ces informations à Cade. Mais elles ne contribuaient guère à la rassurer sur le sort de sa sœur.

La seule bonne nouvelle provint ce matin-là du garagiste qui s'était chargé de changer ses pneus et qui lui proposa de lui amener sa voiture directement au poste de police, ce qu'elle accepta avec reconnaissance. Il lui confirma aussi qu'en dehors de la franchise son assureur avait accepté de prendre en charge l'intégralité de la dépense.

Elle venait tout juste de récupérer son véhicule lorsque Cade l'appela pour lui proposer de passer la chercher pour l'emmener déjeuner. Une demi-heure plus tard, ils se retrouvèrent sur le parking du commissariat.

— Alors ? lui demanda-t-elle en s'installant sur le siège passager. Est-ce que tu as pu faire tout ce que tu avais prévu ?

— Quasiment, répondit-il. J'ai même pris le temps de jouer les détectives privés. Je me suis servi du réseau social de Summer pour identifier plusieurs de ses amis et prendre contact avec eux. J'ai réussi à discuter avec certains et j'ai laissé des messages à d'autres.

— Est-ce que tu as appris des choses intéressantes ?

— Rien, avoua-t-il. Ou, pour être plus exact, ceux que j'ai eus en ligne n'ont rien pu ou voulu me dire : ni sur un éventuel petit ami, ni au sujet de Courtney qu'ils semblaient ne pas connaître, ni à propos de Jours Meilleurs. Mais s'ils cherchaient à protéger ma sœur, il n'est pas étonnant qu'ils n'aient pas mentionné la clinique... J'ai failli appeler directement le centre mais peut-être valait-il mieux commencer par écouter ce que Trey avait à dire à son sujet.

— Je suis d'accord, approuva Lori. En tout cas, tu commences à penser comme un policier. J'ai l'impression que je t'ai perverti.

Un sourire se dessina sur les lèvres de Cade.

— Cela fait déjà longtemps, répondit-il d'un ton malicieux.

Lori ne put s'empêcher de rougir.

— Je crois plutôt que c'est le contraire. Mais pour en

revenir à notre enquête, je t'avoue que j'ai hâte d'entendre ce que Trey a à nous dire.

— Qu'est-ce que t'a dit l'inspecteur Marino lorsque tu lui as parlé de Jours Meilleurs ?

— Pas grand-chose, à vrai dire. Je lui ai dit ce dont nous étions convenus mais ça n'a pas eu l'air d'éveiller sa curiosité.

— Vraiment ? Je pensais pourtant qu'il n'avait aucune piste. Remarque, j'imagine que, s'il en avait, il ne t'en parlerait pas forcément...

— Effectivement. Et il est possible que ce soit le cas, concéda-t-elle sans grande conviction. Je t'avoue que j'ai beaucoup plus d'atomes crochus avec d'autres inspecteurs du service, notamment ceux qui ont participé à la traque du Joueur. Eux m'auraient probablement tenue au courant des évolutions de l'enquête. Ce n'est pas le cas de Marino. Je pense que, s'il découvre quelque chose, tu en seras informé avant moi.

— Il n'a pas cherché à me contacter depuis le début de l'enquête. Et il ne semble pas non plus avoir rappelé Trey.

— C'est d'ailleurs la raison pour laquelle ce dernier a accepté de nous rencontrer ce soir...

Tandis qu'ils discutaient de la sorte, Cade avait rejoint un parking sur lequel il se gara. Tous deux sortirent de la voiture et se dirigèrent vers un restaurant assez fréquenté du quartier dans lequel elle n'était encore jamais allée manger. Ils repérèrent une des rares tables libres dans un coin.

— Installe-toi et dis-moi ce que tu veux, lui dit Cade. Je vais aller en commander.

Lori passa en revue le menu qui était accroché au mur et lui transmit ses choix, avant de lui tendre deux billets de vingt dollars.

— C'est moi qui paie, lui rappela-t-elle.

Il la connaissait trop bien pour protester et se contenta de glisser les billets dans sa poche avant de se diriger vers le bar. Cinq minutes plus tard, il revint avec leurs boissons et un bipeur qu'il posa sur la table. Il s'installa face à elle et avala une gorgée de thé glacé.

— Comment se fait-il que tu sois toujours célibataire ? lui demanda-t-elle sans réfléchir.

Il lui lança un coup d'œil étonné.

— Je ne m'explique pas que tu ne sois pas marié, que tu ne vives pas avec quelqu'un..., expliqua-t-elle un peu gauchement.

— Je vis avec quelqu'un, répondit-il.

Lori sentit son cœur se serrer et prit alors conscience des espoirs encore informulés qu'elle s'était laissé aller à entretenir.

— J'ai un chien, ajouta-t-il avec un large sourire.

Il sortit son téléphone et fit apparaître la photo d'un magnifique golden retriever.

— Je te présente Dexter, lui dit-il.

— Il est adorable, déclara-t-elle. Où l'as-tu laissé pendant ton séjour à Los Angeles ?

— Je l'ai confié à un couple d'amis. Ils ont un enfant qui raffole de Dexter et il le lui rend bien. Mais j'imagine que tu ne voulais pas parler d'animaux de compagnie, en posant la question.

— Effectivement.

Cade haussa les épaules.

— Je travaille beaucoup et je n'ai pas de temps à consacrer à ma vie amoureuse.

— Il y a de très bons sites de rencontre, de nos jours, répondit-elle.

— Tu en as utilisé ?

— Ça m'est arrivé.

— Pourtant, je n'ai pas non plus vu de mari ou de petit ami chez toi, observa Cade. Tu n'as même pas de chien.

— Figure-toi que j'avais une chienne jusqu'à très récemment. Malheureusement, j'ai dû la faire piquer peu de temps avant d'emménager à Venice.

— Je suis désolé.

— Elle avait bien vécu...

Leur bipeur se mit alors à vibrer et à clignoter et Cade se leva pour aller chercher les plats qu'ils avaient commandés au comptoir. Bien que ce fût elle qui ait abordé le sujet, Lori regrettait de l'avoir interrogé sur sa vie amoureuse. Le savoir célibataire ne l'aiderait guère à maintenir la distance qu'elle s'était promise d'établir entre eux.

Quand Cade revint avec leur plateau, elle décida donc que le moment était venu de changer de sujet.

— Est-ce que certains des amis de Summer t'ont rappelé ? s'enquit-elle.

— Juste un. Et il s'est montré aussi discret que les autres au sujet de la vie privée de ma sœur. Je lui ai bien dit qu'elle avait disparu mais cela ne l'a pas convaincu pour autant de se confier à moi.

Cade étudia pensivement son sandwich comme s'il contenait la réponse aux questions qu'il devait se poser au sujet de sa sœur.

— Qu'y a-t-il ? lui demanda-t-elle.

— Marino a peut-être raison, lui dit-il. Elle a peut-être replongé et n'a pas voulu que je m'en aperçoive.

— Que fais-tu des empreintes ensanglantées ?

— Courtney et elle ont très bien pu faire une fête à tout casser. L'une d'elles se serait blessée parce qu'elle ne se contrôlait plus complètement.

— C'est possible, reconnut Lori. Et très franchement, à ce stade, c'est ce que je souhaite. Mais nous ne pouvons pas nous en tenir à cet espoir. Nous devons la retrouver et nous assurer qu'elle va bien. Nous commencerons par discuter avec Trey et, ensuite, nous appellerons la clinique des Jours Meilleurs pour nous assurer que Summer ne s'y trouve pas.

— Tu as raison, acquiesça Cade, visiblement ragaillardi par ce discours d'encouragement.

En réalité, l'instinct de Lori lui soufflait que la situation dans laquelle se trouvait actuellement Summer était bien plus grave qu'ils ne pouvaient l'imaginer.

9

En rentrant du commissariat, Lori prit une douche et se changea, enfilant un jean, une paire de baskets et un T-shirt de rock. Le temps s'était couvert et une légère bruine tombait sur la ville. Aussi prit-elle soin de se munir d'un blouson léger mais relativement imperméable.

Elle quitta alors sa maison et traversa le pont pour rejoindre le parking où Cade lui avait donné rendez-vous. Il devait passer la prendre là pour aller ensemble rencontrer Trey Ferrar, qui vivait non loin de chez Courtney. Ils avaient accepté de se rendre dans son quartier, espérant qu'il se sentirait ainsi plus en confiance pour parler.

Sans surprise, Cade était arrivé en avance et elle monta directement dans sa voiture.

— Alors ? Comment sont ces nouvelles roues ? s'enquit-il.

— Impeccables, répondit-elle. J'ai l'impression d'avoir une voiture flambant neuve. Honnêtement, celui qui a crevé les anciens m'a rendu service

— Est-ce que tu as vérifié que personne ne te suivait lorsque tu es rentrée du commissariat ?

— J'ai vérifié et je ne crois pas avoir été suivie. Je suppose que celui qui s'en est pris à ma voiture pense que le message a été suffisamment clair.

— Peut-être, acquiesça Cade. Mais il risque de s'apercevoir

rapidement que cela ne t'a pas dissuadée de poursuivre l'enquête.

— Et alors ? Que va-t-il faire ? Je travaille pour la police de Los Angeles. Il ne s'imagine tout de même pas que nous allons clore le dossier simplement parce qu'il essaie de faire peur à l'un d'entre nous ?

— Le problème, c'est que la police n'enquête pas sérieusement sur cette affaire. Nous sommes les seuls à nous y intéresser vraiment.

— Malheureusement, on ne peut pas dire que nous progressions beaucoup. Je n'ai toujours pas obtenu d'identification de l'empreinte trouvée chez ta sœur. Quant à Marino, il est évident qu'il m'évite. C'est le genre qui déteste les interférences extérieures – particulièrement lorsqu'elles proviennent de gens qu'il ne considère pas réellement comme des policiers à part entière.

— Il n'a pas l'air de se soucier beaucoup plus des proches et des familles des victimes, renchérit Cade d'un ton empli de rancœur.

— L'ennui, c'est qu'il n'estime pas Summer comme une victime – ou alors seulement comme étant victime de ses propres erreurs.

— C'est ce que je redoutais, murmura-t-il.

Ne pouvant résister à l'élan de sympathie que lui inspirait la détresse qu'il trahissait en cet instant, Lori posa doucement la main sur son avant-bras.

— Il fallait que nous lui transmettions cette information, lui assura-t-elle. La police sera nettement plus en position de force que nous face à un établissement comme les Jours Meilleurs. Mes collègues parviendront à obtenir des informations que nous n'aurions aucune chance de récupérer nous-mêmes.

— Tu as sans doute raison, soupira Cade. Mais peut-être est-il temps de faire jouer les relations que mon père a dans cette ville. Tu sais qu'il est un proche du maire Wexler. Je ferais mieux de l'appeler pour l'informer de la situation.

— Tant que ça peut aider Summer, je suis pour, déclara Lori avec conviction. Crois-moi, si j'avais eu ce genre de carte dans ma manche pour venir à la rescousse de Danny, je l'aurais jouée sans hésiter.

Cade se garda de répondre à cette remarque. Sans doute considérait-il comme la plupart des gens que le combat qu'elle menait pour Danny était perdu d'avance, voire qu'il était infondé. Après tout, même sa propre famille partageait ce sentiment.

Ils continuèrent à discuter durant le trajet qui les mena au Frolic Room, le bar situé sur Hollywood Boulevard dans lequel Trey leur avait donné rendez-vous. Cade confia les clés de sa voiture au valet de parking qui était posté devant la porte.

— J'espère qu'il nous aura attendus, dit-il en jetant un coup d'œil à sa montre.

— Nous n'avons que quelques minutes de retard, remarqua Lori.

De fait, la circulation était plus dense en ce jour pluvieux et le trajet leur avait pris plus d'une heure. Glissant le ticket que lui avait remis le voiturier dans sa poche, Cade prit Lori par le bras et l'entraîna vers l'entrée que surmontait une large enseigne en néon jaune.

Le Frolic Room était un bar mythique de la ville, attirant des visiteurs venus du monde entier. Pourtant, Lori n'y avait jamais mis les pieds. Lorsqu'ils pénétrèrent à l'intérieur, il lui fallut un temps pour s'adapter à la pénombre qui y régnait. Elle repéra une rangée de tabourets de bar rouges qui étaient alignés le long du mur que décorait une grande fresque.

— Nous devrions aller nous asseoir, suggéra-t-elle à Cade. À mon avis, ces sièges ne vont pas tarder à être pris d'assaut.

Cade hocha la tête et ils allèrent s'installer. Lori scruta attentivement les alentours à la recherche de Trey. Il n'y avait pas de tables dans la pièce, juste des tabourets qui s'alignaient le long du mur et le long du bar. Entre ces deux rangées de sièges, quelques personnes se tenaient debout, leur verre à la main.

Il était encore tôt et le bar n'était pas encore rempli. Pourtant, elle n'apercevait Trey nulle part.

— J'espère qu'il n'a pas changé d'avis depuis hier, murmura-t-elle.

— Peut-être est-il en retard, lui aussi. Est-ce que tu veux boire quelque chose ?

— Un tonic, s'il te plaît.

— Je vais te chercher ça.

— Je vais appeler Trey pendant ce temps.

Tandis que Cade se dirigeait vers le bar, Lori garda les yeux rivés sur la porte d'entrée, s'attendant à tout moment à voir entrer l'ami de Courtney. Sortant son portable, elle composa le numéro de Trey. Le téléphone sonna plusieurs fois dans le vide avant que la messagerie ne se déclenche.

— Bonjour, Trey, c'est Lori Del Valle. Je suis avec Cade Larson au Frolic Room où nous avions rendez-vous ce soir. Nous nous sommes installés sur les tabourets qui se trouvent du côté de la fresque. N'hésitez pas à me rappeler dès que vous aurez ce message. Merci.

Elle raccrocha au moment où Cade revenait dans sa direction avec un verre de tonic et une bière qu'il posa sur la tablette qui longeait le mur derrière eux. Elle remarqua alors qu'il arborait une expression préoccupée.

— Que se passe-t-il ? s'enquit-elle, gagnée par l'inquiétude.

Il sortit de sa poche un téléphone portable dont l'étui était en fausse fourrure.

— C'est original, remarqua-t-elle. Un peu trop féminin pour toi, si tu veux mon avis.

— Ce n'est pas le mien, répondit Cade.

Elle le considéra avec étonnement.

— Il était posé sur le bar et, lorsqu'il s'est mis à sonner, j'ai remarqué que c'était ton numéro qui s'affichait.

— C'est celui de Trey ? Tu crois qu'il l'a oublié en partant ?

— Je ne sais pas. Mais je suis bien décidé à le découvrir.

Emportant leurs boissons, tous deux se frayèrent un chemin jusqu'au bar et attirèrent l'attention du barman.

— Excusez-moi, lui dit Cade, est-ce que vous avez vu l'homme qui a oublié ce téléphone ?

— Non, mais il ferait mieux de venir le récupérer rapidement s'il ne veut pas que je l'éteigne et que je le range avec les objets trouvés. Sa sonnerie est très agaçante.

Cade se tourna vers les clients qui se trouvaient à proximité.

— Est-ce que l'un d'entre vous aurait vu cet homme ? demanda-t-il. Nous étions censés le retrouver ici.

Un homme au look de hard-rocker hocha la tête.

— Je l'ai vu. C'était un jeune latino, assez jeune, avec un visage très rond.

— C'est lui, confirma Lori.

— Un type est venu l'aborder, tout à l'heure, et ils ont parlé à mi-voix. Je n'ai pas entendu ce qu'ils se racontaient. Mais après ça, ils sont sortis par la porte de derrière.

— Merci beaucoup, répondit Lori avant de se tourner vers Cade. Nous devrions aller voir, lui dit-elle. Peut-être que lui aussi s'est fait menacer.

— Attends-moi là, lui dit-il.

Elle secoua la tête.

— Je viens avec toi.

Il ouvrit la bouche pour protester puis la referma presque aussitôt, estimant à juste titre qu'il perdrait son temps. Prenant la main de Lori, il se dirigea vers la porte qui s'ouvrait au fond du bar et donnait dans une allée dans laquelle les clients sortaient pour fumer.

Il faisait nuit, à présent, et la pluie continuait de tomber, plus drue encore qu'auparavant. Lori ne put réprimer un frisson en la sentant se glisser sous le col de son blouson. Scrutant la venelle obscure, Cade s'avança de quelques pas, jusqu'à une benne à ordures qui se trouvait là.

Il la contourna et se figea brusquement en poussant un juron. Inquiète, Lori s'avança avant qu'il n'ait eu le temps de la retenir. Horrifiée, elle découvrit alors le corps sans vie de Trey qui gisait sur le sol luisant de pluie. On lui avait tranché la gorge.

10

Le lendemain matin, Cade faisait les cent pas devant le bureau du supérieur hiérarchique de Lori. À travers la porte vitrée, il pouvait voir l'expression pleine de colère et de désapprobation qui se peignait sur son visage. Il était visiblement en train de la réprimander vertement.

Cade s'en voulait terriblement de l'avoir entraînée dans cette histoire. Il aurait dû faire confiance à la police, la laisser faire son travail et se garder d'intervenir. Cela aurait peut-être évité que Trey Ferrar se fasse assassiner.

Après avoir découvert son corps dans la ruelle, ils avaient immédiatement appelé les secours. Lorsque l'inspecteur Marino les avait rejoints, ils lui avaient expliqué qu'ils avaient rendez-vous avec Trey pour discuter de ce qui avait pu arriver à Courtney et Summer.

Marino s'était contenté de leur dire d'un ton agacé que l'on ne s'improvisait pas inspecteur de police et qu'ils n'avaient fait que compliquer un peu plus son enquête. Ce matin-là, après être venu faire sa déposition, Cade avait dû faire face à une nouvelle série de reproches uniquement tempérés par le fait qu'il appartenait à la famille Larson dont chacun connaissait les liens avec le maire de la ville.

Lori n'avait pas la chance de bénéficier de tels passe-droits et elle endurait apparemment un très mauvais quart d'heure. Au bout de ce qui lui avait paru durer une éternité, la porte du bureau s'ouvrit enfin, laissant apparaître Lori qui arborait une mine d'enterrement.

— Va m'attendre dans le hall d'entrée, lui dit-elle. J'arrive tout de suite.

Quelque chose dans son regard dissuada Cade de la presser de questions et, à regret, il suivit ses instructions et se dirigea vers les ascenseurs.

Parvenu dans le grand hall du poste de police où il avait revu Lori pour la première fois depuis plus de dix ans, il alla s'asseoir sur la banquette recouverte de skaï installée contre le mur. Il attendit là une bonne dizaine de minutes en s'efforçant de dominer son impatience.

Enfin, Lori apparut au bout du couloir et se dirigea vers lui. Tout dans sa démarche et dans l'expression de son visage respirait la colère à peine contenue.

— Que s'est-il passé ? lui demanda-t-il lorsqu'elle l'eut rejoint.

— J'ai été suspendue de mes fonctions, répondit-elle d'une voix sourde.

Cade sentit son cœur se serrer.

— À cause de notre enquête ?

— De cela et de la mort de Trey, répondit-elle.

— Ne me dis pas que tu es tenue pour responsable de sa mort.

— Pas exactement, répondit-elle. Mais mon supérieur m'a dit que c'était le genre de choses qui se produisait lorsque les citoyens ordinaires décidaient de se substituer à la police. Je ne sais pas exactement s'il parlait de Trey ou de nous deux. Je ne suis pas sûre que ça fasse une grande différence. À ses yeux, nous sommes tous trois responsables d'ingérence. Je suis vraiment désolée, Cade...

— Désolée ? s'exclama-t-il. Mais pourquoi ? C'est moi qui devrais l'être...

Elle secoua la tête.

— Maintenant que je n'ai plus accès aux éléments de l'enquête, je te serai nettement moins utile pour retrouver Summer.

— Retournons à la voiture, suggéra Cade, qui ne tenait pas à ce que l'un de ses collègues surprenne leur conversation.

Elle parut le comprendre et hocha la tête avant de lui emboîter le pas en silence. Lorsqu'ils se retrouvèrent à l'abri des oreilles indiscrètes, Cade lui prit la main et la regarda droit dans les yeux.

— Quelles sont les conditions de ta suspension ? lui demanda-t-il.

— Je suis suspendue pendant une semaine sans paie et, lorsque je reprendrai mon poste, je ne travaillerai plus ni sur la disparition de Summer, ni sur celle de Courtney. Je n'aurai pas non plus accès aux éléments de ces dossiers...

Lori laissa échapper un soupir.

— Mais ce n'est pas le plus important, continua-t-elle. Trey est mort. Je ne comprends pas. Pourquoi ne nous a-t-il pas attendus ? Pourquoi a-t-il suivi un inconnu dans cette ruelle ?

— Peut-être était-ce quelqu'un qu'il connaissait. Ou bien quelqu'un qui s'est fait passer pour le frère de Summer. Nous ne le saurons sans doute jamais. Qu'est-ce que t'ont dit tes collègues au sujet de ce meurtre ?

— Pas grand-chose. Sur les enregistrements vidéo du Frolic Room, on voit bien Trey parler à un homme. Mais il a une casquette sur la tête et il fait bien trop sombre dans le bar pour espérer distinguer ses traits. Il n'y a pas de caméra qui donne sur la ruelle. L'image ne permet pas de dire si Trey a suivi l'homme de son plein gré ou s'il était discrètement menacé. Mais le fait qu'il ait laissé son téléphone sur le bar tendrait à conforter la seconde hypothèse.

Lori lui lança un regard inquiet.

— L'homme qui a tué Trey est probablement celui qui a crevé

mes pneus, articula-t-elle d'une voix blanche. Visiblement, nous avons sous-estimé le sérieux de la menace.

— Je suis vraiment désolé, soupira Cade. C'est moi qui t'ai mise en danger. Et à cause de moi, tu te retrouves mise sur la touche.

— Tu n'as pas non plus à t'excuser, lui dit-elle. Tu ne m'as pas forcé la main : j'étais totalement partante pour enquêter sur la disparition de ta sœur. C'est même moi qui t'ai proposé mon aide.

— J'aurais tout de même mieux fait de mettre la pression à l'inspecteur Marino plutôt que de nous embarquer dans cette enquête parallèle. C'est bien ce que je compte faire désormais, d'ailleurs. Et toi ? Comment vas-tu occuper ton temps libre ?

Elle le considéra d'un air interdit.

— Tu plaisantes, j'espère ? s'exclama-t-elle. Ta sœur est toujours portée disparue, de même que Courtney. Et Trey s'est fait assassiner quasiment sous nos yeux alors qu'il s'apprêtait à nous transmettre des informations au sujet de Jours Meilleurs. Il n'est pas question que je renonce maintenant. Nous devons aller jusqu'au bout de cette investigation.

Cade la considéra, éberlué.

— Loretta, ton supérieur vient tout juste de te passer un savon et de te mettre à pied ! protesta-t-il. Si tu t'entêtes, tu risques de te faire licencier pour de bon !

— Loretta ? s'exclama-t-elle. Je croirais entendre ma mère… Et si tu veux tout savoir, mon supérieur ne m'aurait jamais suspendue de son propre chef. On a fait pression sur lui. Il sait très bien que c'est parce que j'ai enfreint les règles que nous avons réussi à identifier le Joueur. À mon avis, c'est Marino qui s'est débrouillé pour que je sois mise sur la touche.

— Même si tel est le cas, cela signifie qu'il a les moyens de le faire. Et il recommencera s'il découvre que tu n'as pas renoncé.

— Tu es sûr que tu tiens vraiment à retrouver ta sœur ? lui demanda-t-elle d'un ton accusateur.

— Bien sûr ! Mais je ne veux pas que cela te coûte ta carrière. Si tu tiens à m'aider, tu n'as qu'à me dire ce que je dois faire et je le ferai. De cette façon, c'est moi qui porterai l'entière responsabilité de la suite de l'enquête. J'ai déjà fait passer ma famille avant toi une fois et je suis bien décidé à ne pas réitérer cette erreur.

Lori demeura quelques instants silencieuse, prenant la mesure de ce qu'il venait de lui dire.

— Il ne s'agit pas de tes parents, cette fois-ci, répondit-elle enfin. Il s'agit de ta sœur et sa vie est peut-être en danger. Chaque jour qui passe, je regrette de ne pas m'être plus battue pour mon frère, de ne pas avoir été à la hauteur. Ça, c'est l'erreur que moi, je me refuse à réitérer. Alors, que tu le veuilles ou non, je vais continuer à chercher Summer.

Cade comprit que rien de ce qu'il pourrait dire ou faire ne parviendrait à dissuader Lori. Elle était dotée d'une volonté inébranlable et, lorsqu'elle avait décidé quelque chose, rien ni personne ne pouvait l'arrêter.

— Très bien, acquiesça-t-il. Par quoi suggères-tu que nous commencions ?

— Par là où nous en étions, répondit-elle sans hésiter. Par Jours Meilleurs. Appelle-les en jouant les naïfs : ta sœur a disparu, tu sais qu'elle était toxicomane et tu as trouvé leur carte parmi ses affaires. Demande-leur s'ils savent quoi que ce soit et quand ils l'ont vue pour la dernière fois.

— Je doute qu'ils me répondent, objecta Cade. En tant que centre de soins, ils sont probablement tenus à la confidentialité.

— Mais Summer a disparu. D'ailleurs, si la police les interroge à ce sujet, ils seront bien obligés de dire la vérité. Malheureusement, je n'aurai pas accès à ces informations...

— Je vais les appeler dès maintenant, décida Cade. Et

je mettrai le haut-parleur pour que tu puisses entendre ce qu'ils me répondront.

— D'accord. Et, sinon, je crois que j'ai une solution à notre autre problème.

— Notre autre problème ? répéta Cade en levant un sourcil. Il me semble que nous en avons des tas…

— Ce n'est pas faux, concéda Lori. Je faisais allusion au fait que je n'avais plus accès au dossier de l'affaire. J'ai un très bon ami parmi les techniciens du laboratoire. Il devrait pouvoir se renseigner discrètement sur l'enquête en cours et me transmettre les informations les plus intéressantes.

— Voilà une bonne nouvelle, reconnut Cade. Est-ce que tu as la carte de la clinique ?

Lori la récupéra dans son portefeuille et la lui tendit.

— Surtout, ne les attaque pas de front, lui conseilla-t-elle. Montre-toi conciliant et compréhensif.

— Ne t'en fais pas, lui dit-il. Je n'aurais pas réussi dans l'immobilier si je n'étais pas capable de me montrer cordial même face à des gens qui rêveraient de me planter un couteau dans le dos.

— J'imagine, en effet, acquiesça Lori.

Cade enclencha la fonction mains-libres et composa le numéro qui figurait sur la carte.

— Vous êtes bien à la clinique des Jours Meilleurs, Natasha à l'appareil. Comment puis-je vous aider ?

— Bonjour Natasha. Je m'appelle Cade Larson. J'espérais que vous pourriez m'aider…

— Je l'espère également. En tout cas, je ferai de mon mieux.

— Merci… Ma sœur s'appelle Summer Larson. Elle a disparu et j'ai retrouvé votre carte parmi ses affaires. Je sais qu'elle a déjà souffert d'addiction par le passé. Je l'ai aidée à intégrer plusieurs programmes de désintoxication et j'ai financé ses séjours en clinique. Je me demandais si elle avait séjourné chez vous, récemment, et si par hasard elle se trouvait toujours au centre. Je vous avoue que je me sentirais soulagé de la savoir entre de bonnes mains.

— Je suis vraiment désolée d'apprendre que votre sœur a disparu, répondit Natasha. Malheureusement, nous sommes tenus de respecter la confidentialité de nos patients. Ce que je peux faire, en revanche, si Summer se trouve parmi nous, c'est lui dire que vous avez appelé et que vous vous inquiétez à son sujet. Elle pourra alors vous rappeler.

Cade jeta un coup d'œil à Lori qui hocha la tête.

— Ce serait formidable, Natasha. Dites-lui bien que je me fais du souci et que je veux juste m'assurer qu'elle va bien. Dites-lui aussi que je ne lui reproche absolument pas d'avoir replongé. Au contraire, je suis très fier qu'elle ait décidé de se faire aider.

Cade dicta alors son numéro de téléphone à Natasha et lui laissa entendre que si Summer se trouvait à la clinique et qu'elle se mettait en relation avec lui, il envisagerait de faire un don généreux.

— C'est un bon début, déclara Lori lorsqu'il eut raccroché. Si elle est là-bas, elle te rappellera probablement. Si elle n'y est pas et que tu n'as pas de nouvelles de leur part, tu les rappelleras. Tu te montreras alors un peu plus insistant et tu leur demanderas quand ils l'ont vue pour la dernière fois.

— Cette Natasha n'avait pas l'air d'être au courant de sa disparition, en tout cas.

— Cela tendrait à signifier que Marino ne les a pas encore contactés. À moins qu'il n'ait appelé directement ce Reed Dufrain. Avec un peu de chance, Josh, mon ami du labo, devrait pouvoir obtenir l'information...

En rentrant chez elle, Lori commença par vérifier les vidéos de surveillance de son système de sécurité. La mort de Trey l'avait affectée bien plus profondément qu'elle ne l'avait laissé entendre à Cade.

Certes, elle était beaucoup plus habituée que lui à se trouver confrontée à des cadavres et à des scènes de crime. Mais la grande différence, c'était que, cette fois-ci, elle connaissait la victime – pas personnellement, peut-être, mais c'était quelqu'un qu'elle avait rencontré et avec qui elle avait discuté.

De plus, c'était à sa demande qu'il était venu au Frolic Room. Si elle ne l'avait pas contacté, il serait sans doute toujours en vie à l'heure actuelle.

À la culpabilité qu'elle éprouvait s'ajoutait le regret de ne pas lui avoir posé plus de questions au téléphone. Il était évident qu'il savait quelque chose au sujet de la clinique – quelque chose de suffisamment inquiétant pour ne pas vouloir en parler au téléphone.

Était-ce pour l'empêcher de parler qu'on l'avait assassiné ? Si tel était le cas, Cade n'avait absolument aucune chance d'obtenir la moindre information en passant par le standard de la clinique. S'ils voulaient en savoir plus, ils allaient devoir trouver un autre moyen. Et Lori croyait avoir une idée à ce sujet.

Mais avant de la mettre en pratique, elle commença par appeler son ami Josh qui répondit à la première sonnerie.

— Lori ! s'exclama-t-il. J'ai appris que tu avais été mise à pied. Qu'est-ce que tu as fait ?

— Je me suis impliquée dans une enquête concernant la sœur d'un de mes amis, répondit-elle. Et malheureusement, j'ai dû attirer l'attention de gens peu recommandables qui s'en sont pris à mon informateur.

— Tu sais que tu es technicienne de la police scientifique, pas l'inspecteur Harry, s'exclama Josh.

— Je n'aurais pas besoin de jouer les inspecteurs si celui qui est en charge de l'affaire faisait son travail, répliqua-t-elle avec humeur.

— J'imagine que tu veux parler de Marino ?

— Comment le sais-tu ?

— Il a eu des mots pas très tendres à ton sujet. Tu n'es pas en odeur de sainteté, en ce moment, et je ne sais même pas si j'ai vraiment le droit de discuter de cette affaire avec toi.

— Tu me dois bien ça, objecta Lori. Au cas où tu l'aurais oublié, je te rappelle que je t'ai sauvé la mise à plusieurs reprises.

— C'est vrai, reconnut Josh. Et tu sais que je ferais n'importe quoi pour toi.

— C'est bien pour cela que je t'appelle. La fille qui a disparu et que Marino est censé retrouver s'appelle Summer Larson. C'est la sœur d'un ami très proche. Et je refuse de les laisser tomber, tous les deux.

— Je comprends, acquiesça Josh.

— J'aurais besoin que tu me transmettes toutes les informations que tu pourras récupérer au sujet de cette affaire et d'une autre qui y est étroitement liée : la disparition d'une femme appelée Courtney Jessup. Toutes les deux étaient liées d'une façon ou d'une autre à un centre de désintoxication appelé les Jours Meilleurs. Il se situe à Topanga Canyon. J'ai transmis toutes ces informations à Marino mais j'ignore s'il a contacté la clinique.

— Je devrais pouvoir le découvrir, déclara Josh. Qu'est-ce que tu comptes faire, pendant ce temps ?

— Je vais commencer par faire un peu de ménage chez moi. Et j'ai remarqué que les placards et le réfrigérateur étaient désespérément vides. Alors, je vais aller faire un tour au supermarché et, qui sait, peut-être un peu de cuisine...

— Bien, approuva Josh. Tâche de faire profil bas pendant quelques jours. Je te rappelle dès que j'ai du nouveau.

Sur ce, ils raccrochèrent. Bien évidemment, Lori ne comptait absolument pas jouer les fées du logis. Mais il valait sans doute mieux que Josh ignore ses véritables intentions. De cette façon, on ne pourrait pas l'accuser de complicité si elle venait à se faire prendre.

Elle appela Cade pour lui relater la conversation qu'elle venait d'avoir avec Josh.

— Tu penses qu'il parviendra à récupérer ces informations s'il n'est pas lui-même en charge de l'affaire ?

— Crois-moi, il n'y a pas plus bavard que des policiers. Tout finit par se savoir. C'est ce qui a permis à Clive Stewart de se protéger si facilement pendant des années : dès qu'un indice était susceptible de pointer dans sa direction, il s'arrangeait pour le faire disparaître ou le rendre inexploitable. Où en es-tu, de ton côté, avec les amies de Summer ?

— L'une d'elles m'a recontacté. Elle m'a juré sur ses grands dieux que Summer ne touchait plus à la drogue.

— Les toxicomanes sont des menteurs compulsifs, remarqua Lori. Ta sœur essayait peut-être de cacher sa dépendance à ses amies.

— Peut-être était-elle effectivement parvenue à décrocher, objecta Cade.

— Tu oublies que nous avons trouvé un sachet rempli de drogues chez elle.

— Mais il n'était peut-être pas destiné à sa consommation personnelle. Comme tu me l'as fait remarquer toi-même, la cachette qu'elle a choisie n'était vraiment pas très pratique. Si elle consommait, elle aurait probablement gardé cette réserve à portée de main au lieu de la percher tout en haut de son armoire !

Lori fut bien forcée de reconnaître que la remarque ne manquait pas de justesse.

— Si ce que tu dis est exact, ça pose une autre question. Pourquoi avait-elle une carte des Jours Meilleurs dans sa table de nuit ?

— Peut-être a-t-elle fréquenté l'établissement dans le passé. Peut-être voulait-elle donner l'adresse à l'une de ses amies – à Courtney, par exemple.

— Sauf que nous savons grâce aux photos du site Internet que Courtney avait déjà fréquenté la clinique...

— Dans ce cas, c'est peut-être Courtney qui a donné la carte à Summer, que ce soit pour elle ou pour l'une de ses amies..., suggéra Cade.

— Possible. Mais cela n'expliquerait pas qu'elle ait caché un second exemplaire dans son coffre-fort.

— J'aimerais surtout savoir à qui correspondent les prénoms qui sont inscrits dessus.

Lori comprenait parfaitement la frustration qui filtrait dans la voix de Cade. Elle éprouvait exactement le même sentiment. Et cela ne faisait que renforcer l'idée qui avait commencé à germer en elle.

— Si tu veux que nous en discutions, tu pourrais venir dîner à la maison, ce soir. Je ne fais pas souvent la cuisine mais, pour une fois, j'ai mon après-midi de libre.

— Seulement si tu me prépares les enchiladas de ta mère, répondit Cade.

Lori ne put réprimer le sourire un peu béat qui se dessina alors sur ses lèvres. Elle se rappelait encore parfaitement le soir de leur bal de promotion. La coutume voulait que ce soient les filles qui invitent les garçons à manger, ce soir-là. Mais comme Lori n'avait alors pas les moyens d'emmener Cade au restaurant, elle avait cuisiné pour lui un plat d'enchiladas.

— D'accord, répondit-elle. Mais ne t'attends pas à ce que je trouve la même viande que chez le boucher de maman.

— Ne t'en fais pas pour ça. De mon côté, je me charge de la *cerveza*.

Lori ne put réprimer un éclat de rire.

— Seulement si tu promets d'arrêter d'écorcher l'espagnol, répliqua-t-elle.

— *Si, señora*.

Ils convinrent d'une heure. Après avoir raccroché, Lori alla chercher les ingrédients dont elle aurait besoin. De retour chez elle, elle se mit aux fourneaux en s'efforçant de se convaincre que ce dîner en tête à tête était parfaitement innocent.

Ses préparatifs furent interrompus par un nouveau coup de téléphone qui émanait de Josh, cette fois-ci.

— Josh ? s'exclama-t-elle en décrochant. Est-ce que tu as du nouveau pour moi ?

— Pas grand-chose, hélas. Tu avais raison, Marino ne semble pas se soucier beaucoup de ces affaires de disparition.

— Même après la mort de Trey Ferrar ? s'exclama Lori, sidérée.

— Au risque de t'étonner, il ne semble pas convaincu que ce meurtre ait un quelconque rapport avec les disparitions.

— C'est une blague ? s'étrangla-t-elle.

— Hélas, non.

— Est-ce qu'au moins il a pris contact avec la clinique des Jours Meilleurs ?

— Apparemment, cela n'a rien donné. Le centre de désintoxication a opposé une fin de non-recevoir en plaidant le secret médical. La bonne nouvelle, c'est que Marino n'a pas complètement renoncé : il a demandé au juge une assignation. Mais cela peut prendre un certain temps, tu t'en doutes.

L'information avait au moins le mérite d'être révélatrice : de toute évidence, la clinique répugnait à coopérer avec la police. Cela signifiait que Cade n'avait strictement aucune chance d'obtenir les informations qu'il avait sollicitées.

— Je suis impressionnée, déclara-t-elle en remuant la sauce pimentée qui bouillonnait doucement dans la casserole. Je n'aurais jamais pensé que tu puisses être un espion aussi doué.

— Tu as de la chance, à vrai dire, lui avoua Josh. L'un de mes amis travaille sur cette affaire et il ne porte pas vraiment Marino dans son cœur. Y a-t-il autre chose que tu voudrais savoir ?

— Pas pour le moment, répondit-elle. Merci encore, Josh. Ton aide m'est précieuse.

— Il n'y a pas de quoi. Profite bien de tes vacances forcées.

Lorsqu'elle raccrocha enfin, la décision de Lori était prise. Elle allait mettre son plan à exécution. Bien sûr, il lui faudrait pour cela s'assurer de la coopération de Cade. Mais elle trouverait bien un moyen de le convaincre – tout particulièrement si elle avait déjà pris les devants.

Sans hésiter, elle composa le numéro de la clinique des Jours Meilleurs.

11

Comma à son habitude, Cade se présenta chez Lori à l'heure précise dont ils étaient convenus. Il tenait à la main un pack de six bières et arborait un large sourire.

— J'ai senti une délicieuse odeur d'enchiladas depuis la rue, lui dit-il. Tu risques de voir tes voisins venir sonner à ta porte sous les prétextes les plus divers dans l'espoir de se faire inviter à dîner.

— N'oublie pas que la dernière fois que j'ai préparé ce plat pour toi, j'avais bénéficié des conseils de ma mère. Aujourd'hui, j'ai dû me débrouiller seule.

— Je suis certain que ce sera délicieux, déclara Cade en la suivant jusqu'à la cuisine.

Il plaça les bières dans le réfrigérateur.

— Tu en veux une ?

— Avec plaisir.

— Dans un verre ou à la bouteille ?

— C'est meilleur à la bouteille, répondit-elle en souriant.

Elle prit celle qu'il lui tendait et avala une gorgée de bière tandis qu'il allait jeter un coup d'œil plein de curiosité aux casseroles qui mijotaient sur la gazinière.

— Je sens que je vais me régaler.

Lori sortit des assiettes, des verres et des couverts du placard et Cade les lui prit des mains pour aller dresser la table dans le salon.

— Comment va ta mère ? lui demanda-t-il alors.

— Très bien, répondit Lori qui avait entrepris de disposer les différents ingrédients de leurs enchiladas dans des plats et des bols qu'elle disposa sur un grand plateau. Elle est retournée au Mexique pour s'occuper de ma grand-mère.

— Tu penses qu'elle va s'installer là-bas définitivement ?

— Je ne sais pas trop, avoua Lori. Ma grand-mère est malade. Lorsqu'elle décédera, maman reviendra peut-être vivre aux États-Unis.

— J'ai toujours beaucoup apprécié ta mère, dit Cade. Mais j'ai l'impression que ce n'était pas réciproque.

Lori sentit un sourire se dessiner sur ses lèvres.

— Maman t'aimait beaucoup, au contraire. Mais elle se méfiait aussi de toi : elle savait que nous n'étions pas du même monde et que, tôt ou tard, la vie risquait de nous séparer. Elle avait peur que ça me fasse souffrir. Et elle avait raison.

Cade ne répondit pas : qu'aurait-il bien pu lui dire, d'ailleurs ? Sa mère avait vu juste : la vie les avait séparés. Et les conséquences de cette rupture avaient été bien plus terribles encore qu'il ne pouvait l'imaginer.

Un frisson la parcourut alors et elle se demanda s'il n'était pas temps pour elle de lui dire toute la vérité sur ce qui s'était passé à l'époque. Mais elle songea que le moment était mal choisi : s'ils voulaient faire front et retrouver Summer, ils ne pouvaient se permettre de rouvrir de vieilles blessures.

— Emporte nos bières et va t'asseoir, dit-elle à Cade. J'arrive tout de suite.

Il s'exécuta et elle alla récupérer les enchiladas dans le four avant de les placer sur le plateau avec le riz, les haricots rouges, la sauce pimentée et le guacamole qu'elle avait préparés. Elle ajouta une poignée de nachos et apporta le tout dans le salon.

— Est-ce que Josh t'a rappelée ? lui demanda-t-il tandis qu'elle remplissait généreusement leurs assiettes.

Ce brusque changement de sujet de conversation éveilla en elle un mélange de soulagement et de déception. Mais elle ne pouvait se permettre d'oublier la raison de la présence de Cade à Los Angeles. Il n'était pas venu ici pour renouer avec elle mais bien pour retrouver sa sœur.

— Il m'a appelée, acquiesça-t-elle. Malheureusement, le meurtre de Trey ne semble pas avoir activé le cours de l'enquête de Marino. Il n'est même pas convaincu qu'il y ait un lien entre sa mort et la disparition de Summer et Courtney.

— Tu plaisantes ?

Lori se fendit d'un pâle sourire.

— J'ai réagi exactement de la même façon. Au moins, Marino a pris la peine d'appeler la clinique. Mais ils lui ont opposé une fin de non-recevoir. Il compte obtenir une assignation du juge pour les forcer à lui livrer les informations qui l'intéressent mais cela peut prendre du temps.

— Je ne m'étais pas trompé, remarqua alors Cade. C'est absolument délicieux. Je crois que l'élève a égalé le maître. Mais ne le dis surtout pas à ta mère : elle me détesterait encore plus...

Lori hésita, ne sachant si le moment était bien choisi pour lui faire part de son nouveau plan. Elle décida qu'il serait sans doute plus judicieux d'attendre qu'il soit repu et qu'il ait bu deux ou trois bières avant de lui en parler.

— Je suis ravie que ça te plaise, lui dit-elle. Mais je t'assure que ma mère ne te déteste pas du tout.

En réalité, sa mère avait probablement plus de reproches à faire à Lori qu'à Cade. Elle ne le lui avait jamais vraiment dit mais elle estimait que sa fille avait fait preuve d'une naïveté coupable.

Ils continuèrent à discuter de choses et d'autres – de la cuisine, ils passèrent à leurs restaurants puis à leurs films et à leurs livres préférés. Ils parlèrent musique et se redécouvrirent de nombreux points communs.

En dépit des milieux très différents dans lesquels ils évoluaient, Cade n'avait guère changé et, sous le visage de l'homme qu'il était devenu, elle retrouvait avec fascination celui du garçon qu'elle avait aimé passionnément.

C'était une sensation très troublante. Il aurait été si facile d'oublier ce qui s'était passé entre eux, autrefois, de se laisser aller à l'attirance irrépressible qu'il exerçait sur elle, de se convaincre que la vie leur offrait une deuxième chance qu'il leur suffisait de saisir. Mais elle savait que les choses étaient loin d'être aussi simples.

— Est-ce que tu veux une dernière bière ? lui demanda Cade alors que leur repas touchait à sa fin.

— Non merci, répondit-elle. Mais n'hésite pas à en reprendre une, si tu veux.

— Non, deux c'est ma limite.

— Tu ne bois pas beaucoup.

— Pas comme mon père, tu veux dire ?

Lori ne put s'empêcher de rougir.

— Je fais attention, reprit Cade. J'ai vu le mal que l'alcool avait fait à mon père et la drogue à ma sœur et je ne tiens pas du tout à suivre le même chemin. C'est la raison pour laquelle j'essaie d'éviter tous les excès.

— C'est un peu la même chose dans ma famille, reconnut Lori. Mon père était un gros buveur mais Danny est le seul qui ait suivi son exemple. Les autres ont été définitivement vaccinés contre l'alcoolisme.

— J'imagine que, dans ce genre de situation, il n'y a pas vraiment de demi-mesure, acquiesça Cade en se levant.

Il commença à ramasser leurs assiettes et leurs couverts.

— Tu peux laisser tout ça, lui dit-elle, je m'en occuperai demain.

— Tu as fait la cuisine. Le moins que je puisse faire, c'est de débarrasser et de faire la vaisselle.

— Cela ne doit pas t'arriver souvent, remarqua-t-elle d'un ton légèrement moqueur.

— Qu'est-ce qui te fait dire ça ?

— Je suis sûre que tu as une femme de ménage.

— Je plaide coupable, reconnut-il. Mais cela ne signifie pas que je ne peux pas laver quelques assiettes et quelques plats de temps à autre. Je vais te le prouver de ce pas.

— Très bien, répondit-elle en riant. Je me charge de l'essuyage.

Tandis qu'ils s'activaient dans la cuisine, Lori sentit monter en elle un étrange mélange de bien-être et de nostalgie. N'étaient-ils pas en train de vivre précisément ce dont elle avait rêvé autrefois, du temps où ils sortaient ensemble ? En cet instant, il existait entre eux une complicité qui reflétait l'immense tendresse qu'ils avaient toujours l'un pour l'autre, malgré leur rupture et l'éloignement qui s'en était suivi.

Une fois de plus, elle fut tentée de tout lui dire – de lui révéler le secret qui pesait si lourdement sur elle depuis toutes ces années. Cade trouverait-il en lui la force de lui pardonner ? Parviendraient-ils à tourner la page, à se laisser une chance d'être de nouveau heureux ensemble ?

— Lori ? lui dit-il alors d'une voix très douce. Que se passe-t-il ? Tu as l'air d'être à des kilomètres d'ici.

— À des années d'ici, en fait, répondit-elle avec un pâle sourire. J'avoue que me retrouver en tête à tête avec toi a tendance à faire remonter des tas de souvenirs dont j'ai un peu de mal à faire abstraction.

— Ce n'est peut-être pas nécessaire, lui dit-il en la regardant droit dans les yeux.

Elle sentit les battements de son cœur s'emballer dans sa poitrine. Levant la main vers son visage, il effleura doucement sa joue.

— Je regrette parfois que tu m'aies laissé partir aussi

facilement, lui dit-il. À l'époque, j'ai eu l'impression que tu ne voulais plus de moi.

La gorge serrée, Lori tenta vainement de retenir une larme qui perla au coin de son œil droit et qu'elle sentit rouler le long de sa joue.

— Je t'assure que ça n'était pas le cas, articula-t-elle.

— Je le sais, aujourd'hui, admit Cade. Tu ne voulais pas que je reste ici à cause de toi. Tu avais peur qu'un jour ou l'autre, je finisse par t'en vouloir. Mais je ne crois pas que cela se serait produit. Tout ce que je voulais, à l'époque, c'était être à tes côtés.

Lori posa une main sur la poitrine de Cade. Sous sa paume, elle sentit son cœur qui battait bien plus vite que d'ordinaire. Il entoura sa taille et l'attira doucement contre lui. Elle se laissa faire, incapable de résister à la tentation de venir se nicher de nouveau entre ses bras.

Elle fut aussitôt frappée par l'évidence de cette étreinte. Auprès de Cade, elle avait l'impression d'être enfin revenue chez elle après des années d'errance. Il souleva alors son menton et elle leva son visage vers lui, s'offrant à son baiser. Lorsque leurs lèvres se rencontrèrent, elle fut parcourue par un violent frisson de volupté qui sembla se réverbérer en elle.

Les doigts de Cade plongèrent dans ses cheveux et son baiser se fit plus ardent. Elle y répondit avec une passion qui la prit elle-même de court. Cela faisait bien longtemps qu'elle n'avait pas éprouvé un désir aussi intense.

Lorsque Cade s'écarta légèrement d'elle de façon que tous deux puissent reprendre leur souffle, elle ne put réprimer un petit gémissement de frustration.

— Tu es sûre que c'est vraiment ce que tu veux ? lui demanda-t-il.

En guise de réponse, elle se pressa un peu plus contre lui.

— Certaine, articula-t-elle d'une voix si rauque qu'elle eut peine à la reconnaître. Et toi ?

— Je n'ai jamais été si sûr de ma vie, déclara-t-il. J'ai envie de toi, Lori. J'ai eu envie de toi dès l'instant où je t'ai revue. En fait, je crois que je n'ai jamais cessé d'avoir envie de toi...

— Au moins, maintenant, nous avons un lit, remarqua-t-elle en souriant malicieusement.

Avant même qu'elle ne comprenne ce qu'il s'apprêtait à faire, Cade la souleva entre ses bras avec une aisance déconcertante.

— Et où est-il, ce fameux lit ? lui demanda-t-il.

— Par ici, lui dit-elle en désignant le couloir qui menait à sa chambre.

Il l'emporta jusqu'à son lit sur lequel il la déposa avant de s'allonger à ses côtés pour la reprendre dans ses bras. Enlacés, tous deux se dévorèrent de plus belle de baisers. Leurs mains se faisaient plus audacieuses, redécouvrant leurs corps à la fois familiers et transformés.

Le garçon que Cade avait été était devenu un homme athlétique, et lorsqu'elle le débarrassa de sa chemise, elle découvrit avec fascination ses larges épaules, ses bras musclés et son torse puissant qu'elle couvrit d'une pluie de baisers.

Il la déshabilla à son tour et ses lèvres éveillèrent sur sa peau d'irrépressibles frissons qui se propagèrent en elle, faisant naître au creux de son ventre une chaleur qui menaçait de la consumer entièrement.

Jamais encore elle n'avait éprouvé un désir aussi impérieux. Il semblait avoir envahi chaque cellule de son corps. S'y abandonnant complètement, elle laissa Cade attiser encore le feu qui faisait rage en elle.

À deux reprises, elle fut traversée par une vague de plaisir qu'elle n'avait aucune chance de pouvoir contrôler. Puis Cade remonta le long de son corps. Il prit juste le temps d'enfiler un préservatif avant d'entrer en elle. Elle était prête à le recevoir, impatiente, même, et elle referma ses jambes autour de sa taille pour le sentir pénétrer plus loin encore.

Tous deux se mirent à bouger en un accord parfait, retrouvant ce rythme qui n'appartenait qu'à eux et qu'ils n'avaient pas oublié en dépit de toutes ces années de séparation. Il avait toujours existé entre eux une connivence sur le plan physique et émotionnel qui ne se démentait pas aujourd'hui.

Emportée par ce délicieux assaut, Lori s'abandonna à l'extase qui enflait en elle, l'entraînant toujours plus loin. Plus rien ne semblait exister que le miracle que constituait cet instant.

Et comme elle atteignait le point culminant de leur étreinte, elle comprit soudain que c'était ce qu'elle attendait depuis dix longues années, qu'elle n'avait jamais vraiment désespéré de retrouver un jour l'homme qu'elle avait aimé – qu'elle aimait peut-être encore.

Puis le plaisir déferla en elle comme une lame de fond, désintégrant toute pensée consciente pour laisser place à l'évidence d'une joie pure et parfaite.

Après coup, ils demeurèrent longuement immobiles, enlacés, serrés l'un contre l'autre comme s'ils avaient peur de se perdre. Mais avant que l'un d'eux n'ait pu reprendre la parole, le téléphone portable de Lori se mit à sonner. Cade se pencha pour le récupérer dans la poche de son pantalon qui gisait à terre.

Avisant le nom qui s'affichait à l'écran, il tourna un regard sidéré en direction de Lori.

— Comment se fait-il que Jours Meilleurs cherche à te joindre ? lui demanda-t-il.

12

Lori arracha son téléphone des mains de Cade. Il tenta de le lui reprendre mais elle roula sur elle-même de façon à s'éloigner de lui. Ce faisant, elle pressa la touche pour répondre en mode mains-libres.

— Allô ?

— Est-ce que vous êtes bien Loretta Garcia ? fit une voix qui leur était familière.

— C'est bien moi.

— Bonsoir, je suis Natasha, de la clinique des Jours Meilleurs. Nous avons bien reçu votre message. Je suis désolée de ne pas avoir pu revenir vers vous plus tôt. Est-ce que vous allez bien ? Est-ce que vous êtes en sécurité ? Si tel n'est pas le cas, nous disposons de services d'urgence.

Lori se redressa sur son oreiller et décocha un clin d'œil complice à Cade.

— Je vais très bien, répondit-elle. Comme je vous l'ai dit dans mon message, je ne consomme plus, en ce moment, mais je sens bien que je risque de rechuter. Cela m'est déjà arrivé et, cette fois, j'aimerais agir avant qu'il ne soit trop tard. Quelqu'un m'a recommandée de m'adresser à vous en me disant beaucoup de bien de votre centre. Je ne peux pas vous donner son nom, en revanche.

— Je comprends très bien, lui assura Natasha. Nous avons à cœur de respecter la vie privée de nos patients et nos relations avec vous tombent sous le coup de la confidentialité. Est-ce que vous voudriez venir visiter le centre et discuter des différentes options que nous pouvons vous proposer ?

Cade tapota le genou de Lori et secoua la tête pour lui indiquer qu'il ne voulait pas qu'elle poursuive cette comédie. Elle lui adressa une charmante grimace qui disait mieux que des mots le peu de cas qu'elle faisait de ses mises en garde.

— Est-ce que ce serait possible demain ? demanda Lori.

Ne comprenait-elle pas le risque qu'elle courait ? Avait-elle oublié que Trey s'était fait tuer, probablement pour avoir voulu leur parler de Jours Meilleurs ? Depuis combien de temps avait-elle planifié ce coup de poker ?

— Demain, c'est parfait, répondit Natasha. Est-ce que onze heures vous conviendraient, par exemple ?

— Tout à fait.

— Est-ce que vous savez où nous trouver ?

— J'ai votre adresse à Topanga Canyon... Est-ce que je peux venir avec un ami ? Si le centre correspond à ce que j'espère, c'est lui qui vous versera le prix de mon séjour. En liquide.

Cade soupira intérieurement : au moins, elle avait prévu de le laisser l'accompagner. Cela lui laisserait au moins le temps du trajet pour tenter de la dissuader.

— Il n'y a pas de problème, déclara Natasha. En revanche, pour des questions de confidentialité, seules les patientes potentielles sont autorisées à visiter le centre. Votre ami devra vous attendre à la réception.

— Cela ne devrait pas poser de problème, déclara Lori. Merci beaucoup, Natasha.

— Il n'y a pas de quoi, Loretta. J'espère que nous pourrons vous aider dans cette période difficile.

Lori prit congé de la jeune femme et raccrocha. Avant que Cade ait pu lui dire tout le mal qu'il pensait de son projet, elle le fit taire d'un geste impérieux.

— Tu *sais* que c'est un bon plan, affirma-t-elle. Nous ne

pouvons pas nous contenter de nous tourner les pouces en attendant que Marino obtienne son assignation. D'ailleurs, à quoi leur servira-t-il, maintenant qu'il les a prévenus qu'il reviendrait avec ?

— Qu'est-ce qui te fait croire que tu trouveras plus de choses que lui en allant là-bas ? Et qu'est-ce qui te fait croire que tu ne finiras pas de la même façon que Trey ? Je te rappelle que c'est lorsqu'il s'est décidé à nous parler du centre qu'il s'est fait assassiner.

— Ne t'en fais pas pour moi : je serai très discrète. Je suivrai sagement le programme, j'assisterai aux sessions de thérapie et je ferai un peu de yoga. Simplement, cela me permettra de discuter avec les autres patientes et de jeter un coup d'œil à l'envers du décor.

— C'est bien ce qui m'inquiète ! s'exclama Cade. Que se passera-t-il s'ils te surprennent en train de fureter dans tous les coins ? Que leur diras-tu ?

— Je trouverai bien quelque chose, lui assura-t-elle. Je ne compte pas agir de façon stupide, Cade. Je veux juste voir de mes propres yeux ce qui se passe là-bas. Et qui sait ? Je trouverai peut-être des patientes qui ont vu Summer ou Courtney.

Cade se détourna et s'assit au bord du lit, lui tournant le dos.

— Puis-je savoir quand tu comptais me parler de ce plan absurde ?

— J'ai essayé de le faire au début du dîner, lui dit-elle. Mais j'ai eu peur que cela ne gâche notre soirée.

— Alors tu as décidé de m'amadouer en me faisant boire et en m'attirant dans ton lit ?

Lori posa une main sur son dos qu'elle effleura du bout des doigts, lui arrachant un frisson involontaire.

— Je te rappelle que c'est toi qui as pris l'initiative, lui dit-elle. Non pas que je m'en plaigne...

— C'était avant que je ne découvre que tu avais l'intention de te jeter dans la gueule du loup !

Elle passa ses bras autour de son cou et il sentit sa poitrine se presser doucement contre son dos.

— Je sais que c'est une bonne idée, lui souffla-t-elle à l'oreille. Et tu le sais aussi. Tout ce qu'il nous faut, c'est mettre au point un plan solide au cas où les choses tourneraient mal.

Cade ne répondit pas. Au fond de lui, il savait qu'elle avait raison : même si Marino parvenait à obtenir un mandat, Jours Meilleurs aurait tout le temps de le voir venir et de dissimuler les preuves éventuelles de son implication dans la disparition de Summer et Courtney.

— Ne joue pas les grognons alors que c'est peut-être la dernière soirée que nous pouvons passer ensemble avant que je ne me fasse interner, lui dit-elle.

Il sentit sa langue effleurer doucement son cou, lui arrachant un frisson plus violent encore que le précédent.

— J'aimerais que nous prenions tout notre temps, cette fois-ci, murmura-t-elle en laissant ses ongles glisser sur sa peau.

À ces mots, Cade comprit qu'il était perdu corps et âme.

Le lendemain matin, Cade se rendit à l'agence bancaire dans laquelle sa sœur possédait un coffre-fort. Là, il retira en liquide une somme suffisamment importante pour offrir à Lori un mois entier de séjour au centre des Jours Meilleurs.

— Je ne compte pas rester aussi longtemps, lui assura-t-elle lorsqu'il la rejoignit dans sa voiture de location. Et si je pars plus tôt, tu récupéreras le solde correspondant.

— Sauf si tu décides finalement de prolonger ton séjour pendant un mois entier, ironisa-t-il.

— Je ne dispose que d'une semaine de vacances forcées, lui rappela-t-elle. Et je compte bien découvrir avant la fin de ce délai pourquoi Trey semblait se méfier à ce point de cet endroit.

— C'est tellement rassurant à entendre. Rappelle-toi que Trey s'est fait tuer.

— Je sais. Et j'ai bien l'intention de me tenir sur mes gardes.

— Je l'espère bien. Tu t'apprêtes à te jeter dans la gueule du loup. Et cette fois, tu n'auras pas d'arme dans le tiroir de ta table de nuit.

— Je sais bien. Et je prendrai toutes mes précautions. D'ailleurs, nous allons commencer par nous trouver un déguisement.

— Pardon ? s'exclama Cade, sidéré.

— Il va t'en falloir un aussi, déclara-t-elle. Summer et toi vous ressemblez beaucoup trop. S'ils la connaissent, comme nous avons tout lieu de le croire, il va nous falloir gommer cette ressemblance. D'autant que votre famille est assez connue.

— Tu comptes te déguiser aussi ?

— Je compte bien altérer légèrement mon apparence, acquiesça-t-elle. Mais c'est un peu moins important dans mon cas : je n'ai aucun lien avec Summer. Mes parents ne sont pas des personnalités en vue. Et le nom que je leur ai donné est si commun que s'ils cherchent à se renseigner sur moi, ils tomberont sur des milliers d'occurrences.

— Puis-je savoir ce que tu appelles « altérer ton apparence » ? Parce que je suis plutôt fan de celle que tu as pour le moment.

— Ne t'inquiète pas, je ne compte pas recourir à de la chirurgie esthétique, lui dit-elle en souriant. Juste me faire une teinture... Je me maquillerai et je m'habillerai différemment. Cela devrait amplement suffire à éviter qu'ils ne fassent le rapprochement avec la fille qui est venue fouiller la maison de Summer.

Cade soupira intérieurement. De toute évidence, Lori avait beaucoup plus réfléchi à son projet qu'il ne l'avait pensé initialement. Et s'il s'agissait effectivement d'un pari risqué, il n'était pas suicidaire pour autant.

— J'ai trouvé une boutique sur Sunset Boulevard où nous devrions trouver tout ce dont nous aurons besoin, lui dit-elle en programmant l'adresse sur le navigateur GPS de son téléphone.

Cade suivit les indications et ils ne tardèrent pas à atteindre un immense magasin où l'on trouvait toutes sortes de déguisements et de costumes ainsi que des tas de perruques et de postiches.

Elsa, la jeune vendeuse qui les accueillit, se montra aussi serviable que de bon conseil. Lori lui expliqua qu'ils voulaient changer d'apparence pour faire une plaisanterie à l'un de ses amis qui était sur le point de se marier.

— Est-ce que vous avez une idée de l'apparence que vous voudriez adopter ?

— Je voudrais faire passer mon ami pour un réalisateur, répondit Lori qui avait visiblement réfléchi à la question. Je le vois brun, avec une barbe de hipster et des lunettes...

Elsa hocha la tête. Elle ne semblait pas particulièrement surprise par les demandes que formulait Lori, et Cade se prit à songer qu'elle devait voir défiler nombre de personnes plus étranges et fantasques les unes que les autres.

— Quant à mon personnage, reprit Lori, je le vois comme une starlette un peu gothique, du genre sexy mais mal dans sa peau et un peu paumée. Vous voyez le genre ?

— Nous sommes à Hollywood, répondit Elsa avec un fin sourire. J'en vois défiler presque tous les jours. Ça ne devrait pas poser de problème. Est-ce que vous voulez une perruque ?

— Je préférerais une teinture, déclara Lori. Le but, c'est que notre ami ne soupçonne surtout pas qu'il puisse s'agir d'un déguisement.

Elsa hocha la tête.

— Du rouge, peut-être. Qu'est-ce que vous en dites ?

— Ça me convient parfaitement.

Elles discutèrent de la couleur exacte, puis Elsa confia Lori à une coiffeuse qu'elle chargea de lui teindre les cheveux. Pendant ce temps, elle s'occupa de Cade.

— Vous voulez une teinture, vous aussi ?

— Plutôt une perruque, répondit-il. Je ne suis pas aussi motivé que mon amie.

Elsa passa en revue une rangée de perruques brunes avant d'en choisir une. Elle utilisa une noix de gel pour plaquer les cheveux de Cade en arrière, puis ajusta la perruque qui vint lui chatouiller la nuque. Reculant d'un pas, elle considéra le résultat et hocha la tête d'un air satisfait.

Elle alla ensuite chercher une fausse barbe et lui expliqua comment appliquer la colle qui permettait de la faire adhérer à sa peau et le dissolvant qui permettait ensuite de la retirer. Joignant le geste à la parole, elle fixa le postiche et s'écarta pour le laisser juger du résultat dans la glace qui lui faisait face.

Cade ne put s'empêcher de sursauter en découvrant l'inconnu aux faux cheveux et à la barbe brune qui l'observait dans le miroir. Elsa paracheva l'illusion en lui enfilant une paire de lunettes aux verres neutres et une casquette.

— Est-ce que ça vous convient ? lui demanda-t-elle.

— C'est parfait.

— Il ne nous reste plus qu'à vous trouver une tenue de réalisateur, déclara-t-elle avant de disparaître de nouveau dans les rayons.

Quelques instants plus tard, elle revint avec un pantalon et une veste de couleur sombre ainsi qu'un T-shirt frappé du logo d'un célèbre groupe de rock.

— À la fois chic et faussement décontracté, commenta-t-elle. Le parfait hipster.

Elsa lui indiqua la cabine d'essayage la plus proche et il alla enfiler son déguisement. Elle avait le compas dans l'œil et les vêtements qu'elle avait choisis étaient parfaitement adaptés à sa taille.

— Parfait, commenta-t-elle en le voyant sortir. Avec un look pareil, vous devriez pouvoir vous fondre dans n'importe quelle soirée hollywoodienne.

Ils rejoignirent Lori dont les cheveux étaient désormais teints en rouge sombre et qui était en train de se faire maquiller. La jeune femme qui s'occupait d'elle lui expliqua en détail comment elle procédait pour la faire paraître plus pâle qu'elle ne l'était, ombrer ses cernes et souligner ses pommettes.

Le résultat était saisissant : la jeune femme rayonnante de santé et de naturel avec laquelle Cade était entré dans la boutique s'était muée en beauté vénéneuse dont le maquillage sexy et presque agressif ne parvenait pas totalement à dissimuler l'aspect légèrement maladif.

— Incroyable, murmura Cade.

— Je suis d'accord, acquiesça Lori en se contemplant dans la glace.

Après avoir réglé leurs achats et chaleureusement remercié les vendeuses, ils quittèrent le magasin.

— Je me fais l'effet d'être un imposteur, murmura Cade lorsqu'ils se retrouvèrent dans la rue.

— Tâche de te convaincre que tu es un réalisateur à succès.

— Contrairement à toi, je n'ai pas fait de théâtre lorsque nous étions au lycée.

— C'est parce que tu étais trop occupé à faire du football. Par chance, c'est moi qui vais devoir jouer la comédie à la clinique.

— Et qu'est-ce que je serai censé faire pendant que tu visiteras les lieux ?

— Boire le thé vert ou le smoothie aux légumes qu'ils te serviront et jouer le réalisateur plein aux as qui s'inquiète pour sa petite amie toxicomane. Mais en attendant, nous allons devoir m'acheter quelques vêtements pour remplir ma valise.

— Quel genre de vêtements ? lui demanda Cade, curieux.

— Noirs, bien sûr. Sexy et rock'n roll. Après tout, je suis la petite amie d'un réalisateur.

— Tu as conscience que si tes collègues de la police

apprennent ce que tu mijotes, tu risques de te faire renvoyer pour de bon ?

— Raison de plus pour ne rien leur dire, répliqua Lori du tac au tac.

Lorsqu'ils eurent terminé leurs emplettes, ils retraversèrent la ville pour retourner à Santa Monica. De là, ils empruntèrent l'autoroute côtière qui leur permettrait d'atteindre Topanga Canyon, à l'ouest de la ville. Comme ils traversaient le quartier de Pacific Palisades, Lori demanda à Cade si ses parents possédaient toujours la maison de Malibu dans laquelle il avait grandi.

— Elle appartient toujours à notre famille. Mais elle est louée, en ce moment. Tu te rappelles où elle se trouve ?

— Bien sûr ! s'exclama Lori. Je ne risque pas de l'oublier. C'était un endroit magnifique. Je me souviens qu'on voyait la mer depuis chacune des pièces. Il y avait une piscine à débordement et une cuisine digne d'un grand restaurant. Comment se fait-il que Summer ne se soit pas installée là-bas ?

— Ç'aurait été beaucoup trop grand pour une personne seule, répondit Cade. Et elle aurait été trop loin de la ville alors qu'elle aime sortir et faire la fête. C'est une maison de famille avant tout.

De fait, c'était dans cette maison qu'il était né et qu'il avait grandi et elle lui avait longtemps manqué. Il demeura plongé quelques instants dans ses pensées avant de s'arracher à cette bouffée de nostalgie pour se concentrer sur le moment présent. L'énormité de ce que Lori s'apprêtait à faire lui revint aussitôt à l'esprit.

— Que les choses soient claires, reprit-il. Pour le moment, nous allons juste visiter cette clinique et tenter de nous faire une idée. Si jamais l'un de nous a un mauvais pressentiment lorsque nous serons là-bas, rien ne nous force à continuer.

— Bien sûr, acquiesça Lori.

Cade quitta l'autoroute pour s'engager sur le boulevard

menant à Topanga Canyon. C'était une route magnifique qui serpentait à travers la forêt. Par chance, cette partie de Los Angeles avait été épargnée par les violents incendies qui avaient éclaté au cours de l'été précédent. Le paysage était bucolique, formant un cadre idéal pour accueillir un institut consacré au ressourcement et à la paix intérieure.

En s'engageant sur la petite route secondaire qui desservait Jours Meilleurs, Cade ne put s'empêcher de remarquer qu'aucun panneau n'indiquait la présence de la clinique.

— C'est vraiment au beau milieu de nulle part, remarqua Lori.

— J'imagine qu'ils tiennent à isoler leurs patients de toute source de tentation éventuelle, acquiesça Cade.

Il espérait que cet isolement ne cachait pas des intentions nettement moins avouables. La route qu'ils suivaient à présent était étroite et tortueuse. Elle les mena jusqu'à un parking où étaient déjà garés quelques véhicules dont un camion de livraison qui devait approvisionner le centre.

— Au moins, tu pourras profiter du calme pour te ressourcer, remarqua Cade. Si tu ne te fais pas expulser avant la fin de ton séjour, en tout cas...

— Ne sois pas si nerveux, tenta de le rassurer Lori. Je compte juste observer les lieux, discuter avec les patientes et, éventuellement, jeter un coup d'œil à leur système informatique...

Cade lui lança un regard accusateur.

— Tu n'avais jamais évoqué ça auparavant.

— C'est le meilleur moyen d'obtenir des informations sur leurs patients actuels ou passés.

— Est-ce que tu t'y connais en informatique ? s'inquiéta-t-il.

— Je ne suis pas une hackeuse professionnelle, répondit-elle modestement. Mais je me débrouille plutôt pas trop mal. Je travaille avec Brandon Nguyen, un spécialiste en la matière, qui m'a appris deux ou trois petites choses. À moins que leur réseau ne soit ultra-sécurisé, je ne devrais pas avoir trop de mal à accéder à leurs serveurs.

Cade la considéra avec stupeur, se demandant qui était cette femme aux cheveux rouges qui n'hésitait pas à se jeter dans la gueule du loup, était capable de pirater un ordinateur et de tirer au pistolet. La jeune femme sage et rangée qu'il avait connue autrefois semblait s'être muée en héroïne de film ou de série télévisée. Et cela ne la rendait que plus désirable à ses yeux.

— Quelque chose ne va pas ? l'interrogea-t-elle alors.

Il secoua la tête.

— C'est juste que tu ne cesses de me surprendre, lui avoua-t-il.

— C'est plutôt une bonne chose, décréta-t-elle avec un sourire plein de malice.

Cade coupa le moteur de la voiture.

— Allons-y, soupira-t-il, résigné. Mais rappelle-toi que nous pouvons tout annuler à n'importe quel moment.

— C'est bien noté, acquiesça-t-elle.

Ils remontèrent un petit sentier gravillonné qui courait à travers bois jusqu'à une vaste clairière au centre de laquelle se dressait un grand bâtiment de construction moderne mais dont la forme évoquait celle des traditionnelles haciendas californiennes.

Contournant une belle fontaine, ils s'approchèrent de la porte d'entrée. Cade remarqua aussitôt qu'elle était surmontée par une caméra de sécurité. Avant même qu'ils n'aient eu le temps de sonner ou de frapper, un bourdonnement électronique suivi d'un léger cliquetis leur indiqua que la porte avait été déverrouillée à distance.

Ils pénétrèrent dans un vaste hall d'entrée au sol décoré de mosaïque. Une jeune femme aux longs cheveux bruns vêtue d'un tailleur impeccable s'avança aussitôt à leur rencontre. Un sourire accueillant illuminait son visage aux traits harmonieux.

— Vous devez être Loretta, dit-elle en tendant la main à cette dernière.

Lori la serra d'un air gauche. Cade n'aurait su dire si elle était réellement intimidée ou s'il s'agissait d'une feinte.

— Êtes-vous Natasha ? demanda-t-elle.

— En effet.

Cade remarqua alors que leur hôtesse portait un collier ras-de-cou en perles ainsi que plusieurs bagues. Il s'y connaissait suffisamment en bijoux pour penser que ceux-ci étaient authentiques. Visiblement, Jours Meilleurs devait être une opération très rentable.

— À qui ai-je l'honneur ? s'enquit Natasha en se tournant alors vers Cade.

Le regard qu'elle lui lança indiquait clairement le dédain poli que lui inspirait son apparence.

— Je suis un ami de Loretta, répondit-il.

— Je vois, acquiesça sobrement Natasha. Comme je l'ai indiqué à Loretta au téléphone, nous n'autorisons que les futures patientes à visiter le centre pour des raisons de confidentialité que vous pouvez comprendre. Vous allez devoir patienter au salon.

— Pas de problème, se soumit Cade.

Il tenait à limiter ses interventions au maximum pour éviter tout risque que Natasha ne reconnaisse sa voix. De plus, il estimait qu'une telle attitude s'accordait parfaitement avec ce qu'il était censé être : un réalisateur ambitieux qui ne tenait surtout pas à être vu dans un tel établissement.

— Parfait, approuva Natasha qui alla presser un bouton.

Cade s'attendait presque à ce qu'elle actionne une trappe sous ses pieds, le projetant dans une cellule souterraine. Mais, au lieu de cela, l'une des portes s'ouvrit, laissant apparaître une jeune femme vêtue d'un pantalon de yoga blanc et d'une tunique bleu-vert qui constituait probablement l'uniforme des employés de la clinique.

— Ella, peux-tu conduire monsieur au salon et lui offrir un rafraîchissement ? l'interpella Natasha. Nous avons toutes sortes de thés, de cafés, de tisanes et de jus de fruits, précisa-t-elle à l'intention de Cade.

— Merci, répondit-il en faisant mine de suivre Ella.

Il s'abstint à dessein d'adresser un regard à Loretta. Son instinct lui soufflait que Jours Meilleurs préférait les patients qui ne bénéficiaient pas d'un grand soutien moral et affectif. C'était d'ailleurs la raison pour laquelle ils avaient décidé de ne pas présenter Cade comme l'époux de Lori.

Ella le conduisit jusqu'à un beau salon muni d'une large baie vitrée qui était ouverte et donnait sur une terrasse dallée. L'ameublement était simple mais élégant, dans des teintes sobres mais gaies.

— Est-ce que vous voulez boire quelque chose, monsieur ? s'enquit Ella.

— Est-ce que vous auriez un smoothie aux légumes, par hasard ? demanda-t-il en repensant à ce que Lori lui avait dit.

— Bien sûr, répondit Ella comme si c'était la chose la plus naturelle du monde.

De toute évidence, Lori avait parfaitement identifié le genre de clinique à laquelle ils avaient affaire.

— Vous n'avez pas d'allergie ou de restriction alimentaire particulière ? s'enquit Ella.

— Aucune, répondit-il. Merci de vous en soucier.

Ce traitement de faveur n'était probablement pas dénué d'arrière-pensées : Natasha savait en effet que c'était lui qui devait couvrir les frais de séjour de Lori et elle tenait sans doute à ce qu'il se fasse une haute opinion de l'institut.

Tandis qu'Ella quittait la pièce pour aller chercher sa boisson, il se prit à songer que ce smoothie serait certainement le plus cher qu'il lui serait jamais donné de boire. S'approchant de la table basse, il observa les livres qui y étaient posés.

Ils traitaient de yoga, de méditation et de végétarianisme. Il n'y avait en revanche aucune brochure concernant la clinique. La plupart des gens qui venaient ici devaient déjà savoir à quoi s'en tenir.

Quelques minutes plus tard, Ella revint avec un plateau sur lequel était posé un verre empli d'une substance couleur vert émeraude dans lequel était fichée une paille. Elle le lui tendit. Cade s'en saisit et avala une gorgée. Le liquide était frais et délicieux, alliant des saveurs parmi lesquelles il crut reconnaître de l'avocat, du kale, de l'épinard, de la menthe légèrement poivrée et une pointe de kiwi.

— C'est succulent, commenta-t-il.

— N'hésitez pas à sonner si vous avez besoin de quoi que ce soit, lui dit Ella en désignant le bouton d'appel qui se trouvait sur le mur près de la porte.

Sur ce, elle quitta la pièce, le laissant de nouveau seul. Cade avala une nouvelle gorgée de smoothie.

— Vraiment pas mauvais, murmura-t-il.

Une douce musique s'éleva alors dans la pièce – un air de flûte orientale, le genre de morceau que l'on devait utiliser comme support de méditation. Au loin, il entendit un tintement cristallin, probablement la sonnette de l'entrée.

Posant son verre, il se rapprocha de la porte du salon et l'entrouvrit pour jeter un coup d'œil dans le hall. Un cliquetis de talons se fit entendre et Natasha pénétra dans la pièce pour se diriger vers la porte d'entrée. Elle l'ouvrit et Cade aperçut deux hommes en costumes qui se tenaient sur le seuil.

Ils échangèrent quelques mots mais Cade était trop loin pour distinguer leurs paroles. Quelques instants plus tard, Natasha s'écarta pour laisser entrer les deux visiteurs. En voyant le premier s'avancer dans le hall, Cade ne put réprimer un léger sursaut. Jamais Lori et lui ne s'étaient attendus à ce que l'inspecteur Marino obtienne si rapidement l'assignation qu'il avait demandée au juge.

13

Lori observa attentivement le panorama splendide qui s'offrait à sa vue depuis la terrasse où elle se trouvait et où se déroulait en ce moment même un cours de yoga. Depuis les hauteurs, on pouvait voir la côte en contrebas et l'océan Pacifique qui s'étendait à perte de vue. De chaque côté se dressaient les hauteurs des montagnes verdoyantes qui surplombaient Santa Monica.

Cette vue à couper le souffle ajoutait encore à l'impression de calme et de recueillement qui émanait de cet endroit. Lori devait bien reconnaître que, si elle n'avait pas eu de bonnes raisons de se méfier de cet endroit, la clinique lui aurait fait l'effet d'un véritable petit coin de paradis hors du temps.

— Je suis vraiment désolée, lui dit alors Natasha qui l'avait abandonnée pendant quelques minutes pour aller répondre à la porte d'entrée. J'ai encore quelques endroits à vous montrer mais il s'est produit un imprévu que je vais devoir gérer. Si ça ne vous ennuie pas, Ella va prendre le relais.

— Ce n'est pas la peine, déclara Lori. J'en ai vu assez. Cet endroit est magnifique. C'est encore mieux que ce que j'avais imaginé. Je suis certaine que ça m'aidera beaucoup de rester ici quelque temps.

— Je le pense aussi, acquiesça Natasha. Parmi nous, vous pourrez vous ressourcer à l'abri des tentations extérieures et construire la force dont vous aurez besoin pour les surmonter, le moment venu.

Elle tendit à Lori un feuillet imprimé.

— Vous trouverez là-dessus nos conditions financières. Si elles vous conviennent, Ella vous aidera à remplir le formulaire d'inscription et vous fixerez ensemble les dates de votre séjour.

— Pensez-vous que je pourrais commencer dès demain ? s'enquit Lori d'une voix volontairement hésitante. Je sens bien que j'ai du mal à lutter contre la tentation, en ce moment. Et mon ami doit partir pour le Canada pour filmer une série télévisée. J'ai peur de faire une bêtise si je reste seule...

— Je comprends, acquiesça Natasha. Et je ne vois aucun inconvénient à ce que vous nous rejoigniez dès demain. Ella vous donnera tous les détails pour vous permettre de faire votre valise.

Une fois encore, Natasha s'était exprimée d'une voix très douce et compréhensive. Elle semblait être à l'image de ces lieux emplis de sérénité et Lori avait vraiment beaucoup de mal à imaginer qu'elle puisse être complice de l'assassinat de Trey ou de la disparition de Courtney et Summer. Elle en venait presque à se demander si Cade et elle n'avaient pas fait fausse route.

Comme elles revenaient en direction du hall, Lori aperçut soudain l'inspecteur Marino et son coéquipier, l'inspecteur Suarez, qui semblaient patienter dans l'entrée. Le cœur battant à tout rompre, elle s'attendait à ce que tous deux la reconnaissent et l'interrogent sur les raisons de sa présence en ces lieux.

Mais à sa grande surprise, ils se contentèrent de lui jeter un bref coup d'œil avant de détourner les yeux, conscients sans doute de l'importance que la clinique et ses patientes vouaient à la confidentialité. Lori bénit intérieurement Elsa pour la qualité de son déguisement.

Natasha l'escorta jusqu'à une porte qui donnait sur un salon dans lequel se tenait Cade.

— Ella ne va pas tarder à vous rejoindre, leur dit-elle avant de se tourner vers les deux policiers. Messieurs, si vous voulez bien me suivre, je suis à votre entière disposition.

Tandis qu'ils s'éloignaient, Cade et Lori échangèrent un regard éperdu de soulagement. Il s'en était fallu de très peu pour que leur plan ne tourne court avant même d'avoir débuté. Et les conséquences pour la carrière de Lori auraient pu s'avérer désastreuses.

Quelques instants plus tard, ils furent rejoints par Ella.

— Natasha m'a dit que vous comptiez venir dès demain, dit-elle à Lori.

— Alors tu es vraiment décidée ? lui demanda Cade en la regardant droit dans les yeux.

Elle pouvait percevoir l'inquiétude qui l'habitait en cet instant.

— Oui, répondit-elle. Cet endroit est merveilleux. Je serai très bien, ici. Tu vas pouvoir partir au Canada la conscience tranquille.

Si cette annonce l'étonna, il n'en laissa rien paraître.

— Il ne reste plus qu'à procéder aux formalités administratives, déclara alors Ella.

Elle leur fit remplir différents papiers avant d'accepter l'enveloppe remplie d'argent liquide que lui remit Cade.

— Je vais chercher un reçu, leur dit-elle.

— Est-ce que Marino t'a vue ? souffla Cade lorsqu'elle fut hors de portée de voix.

— Suarez et lui m'ont aperçue mais ne m'ont visiblement pas reconnue, le rassura-t-elle.

Ella revint alors avec le reçu qu'elle leur avait promis.

— Tout est en règle, conclut-elle. Nous vous attendons dès demain matin à l'heure qui vous arrangera. Votre chambre sera prête.

— Merci beaucoup, répondit Lori.

— Et merci pour ce délicieux smoothie aux légumes, ajouta Cade qui vit Lori réprimer un sourire amusé.

Ella les raccompagna jusqu'à la porte de sortie.

— Tu as vraiment demandé un smoothie aux légumes ? lui demanda Lori tandis qu'ils s'engageaient sur le sentier forestier conduisant au parking.

— Je me suis dit que cela collait avec mon personnage, répondit-il. Et je dois bien reconnaître qu'il était succulent. En revanche, j'ai bien failli avoir une attaque en apercevant Marino dans le hall.

— Peut-être prend-il cette histoire plus au sérieux qu'il ne le laisse paraître, opina Lori. À moins que Reed Dufrain n'ait changé d'avis et décidé que coopérer avec la police était le meilleur moyen de s'en débarrasser rapidement. De toute façon, s'il avait des choses à cacher, il a eu tout le temps de le faire.

De retour au parking, ils reprirent la voiture de location de Cade et quittèrent la propriété pour reprendre la route de Los Angeles.

— Qu'as-tu pensé de la clinique ? s'enquit Cade.

— Je n'ai pas eu à mentir, répondit-elle. C'est vraiment un endroit merveilleux. Pour le moment, j'ai beaucoup de mal à imaginer ce qui pouvait bien terrifier à ce point Trey Ferrar. Mais avec un peu de chance, j'en saurai plus d'ici quelques jours.

— Dis-moi, puisque nous sommes dans le coin, que dirais-tu de faire un léger détour par la maison de mes parents à Malibu ? Les locataires qui l'occupent en ce moment ont prévu de partir d'ici la fin de leur bail. Je leur ai promis de passer les voir à l'occasion pour en discuter.

— Je serais ravie de revoir la maison. En revanche, il va falloir que tu te changes avant d'y aller. Sinon, tes locataires risquent d'être un peu surpris.

— Bien vu, admit Cade en riant. Je me suis tellement habitué à ma perruque et ma fausse barbe que je ne les sens même plus. Je vais d'abord appeler les locataires pour m'assurer qu'ils sont disponibles. Le mari est scénariste et travaille généralement chez lui. Sa femme est actrice. Tu as déjà dû la voir dans plusieurs séries télévisées. S'ils sont là, nous ferons une pause à Reel Inn pour manger un morceau et nous changer.

Cade composa le numéro de ses locataires. L'homme qui lui répondit confirma qu'il était bien chez lui cet après-midi-là et qu'ils pouvaient passer quand ils le voulaient.

— En route pour l'auberge, s'exclama Cade en raccrochant.

Lori jeta un coup d'œil nerveux dans le rétroviseur.

— Tu es sûr que nous ne sommes pas suivis ?

— J'ai fait attention depuis que nous avons quitté la clinique. Je n'ai remarqué personne mais, avec tous ces tournants, il n'est pas impossible que ceux qui nous filent soient demeurés hors de vue. Est-ce que tu veux que je m'arrête sur le bas-côté pour laisser passer d'éventuels poursuivants ?

— Je pense que c'est une bonne idée, déclara Lori. Je ne veux pas avoir l'air paranoïaque mais, même si nous n'avons pas éveillé de soupçons particuliers, il est possible que Natasha nous ait fait suivre par acquit de conscience. Je ne voudrais pas qu'ils nous voient entrer dans le restaurant sous nos apparences actuelles et en ressortir transformés.

— Tu as raison, approuva Cade. Il vaut mieux être trop prudents que pas assez.

Quelques minutes plus tard, il se gara sur le petit parking d'une boutique vendant toutes sortes de produits dérivés du cannabis.

— Vu le nombre de hippies qui habitent dans le coin, je serais prête à parier que ce magasin est très fréquenté, observa Lori en souriant.

— Malheureusement, nous savons maintenant que tout

n'est pas que paix et amour à Topanga, répondit Cade sans quitter la route des yeux.

Il s'écoula plusieurs minutes avant qu'une voiture ne finisse par les dépasser à vive allure. Elle ne ralentit même pas en arrivant à leur portée.

— On dirait que la voie est libre, déclara Cade.

Ils redémarrèrent et ne tardèrent pas à rejoindre l'autoroute côtière que Cade reprit en direction de l'ouest. Au bout de quelques kilomètres, ils se garèrent devant la Reel Inn.

Il s'agissait d'un restaurant spécialisé dans les fruits de mer qui était très apprécié des surfeurs de la région. À sa vue, Lori sentit son cœur se serrer dans sa poitrine. Cade et elle y venaient régulièrement dîner, du temps où ils étaient encore au lycée. C'était d'ailleurs là qu'ils avaient passé leur toute dernière soirée ensemble, avant que Cade ne parte pour l'université.

— Je ferais peut-être mieux d'enlever mon déguisement dans la voiture, déclara-t-il.

Il ôta la perruque et Lori utilisa le dissolvant que leur avait fourni Elsa pour détacher le postiche.

— Je te préfère nettement comme ça, déclara-t-elle en se penchant vers lui pour déposer un petit baiser sur ses lèvres.

Elle se démaquilla ensuite.

— Tu devras vraiment recréer ce maquillage chaque jour à la clinique ? lui demanda Cade.

— Ce n'est pas si difficile que cela, lui assura Lori. Les explications de la maquilleuse étaient très claires. Et puis, je pourrai l'alléger au fil du temps.

— J'espère que tu ne resteras pas suffisamment longtemps pour cela, objecta Cade. Dès que tu auras découvert ce que tu cherches ou que tu te seras assurée qu'il n'y a rien d'anormal, tu n'auras qu'à prétendre que tu as un impératif familial et que tu dois quitter le centre. N'hésite pas à le faire, même s'ils te menacent de garder l'intégralité de la somme que je leur ai versée.

— Ne t'inquiète pas, je ne compte pas rester plus longtemps que nécessaire, lui promit-elle.

— Tu es vraiment persuadée que le jeu en vaut la chandelle maintenant que Marino et Suarez ont obtenu l'assignation du juge ?

— J'en suis convaincue, répondit Lori. Contrairement à eux, je pourrai m'entretenir avec les patientes et elles se montreront certainement plus bavardes que Reed Dufrain et son équipe.

— Si tu le dis...

Tous deux sortirent de voiture et se dirigèrent vers le restaurant. Il était encore assez tôt et ils n'eurent aucun mal à trouver une table libre sur la terrasse qui surplombait l'océan. Ils commandèrent deux bières qu'on leur apporta aussitôt ainsi que deux plats du jour.

— Que penses-tu de ma nouvelle couleur de cheveux ? lui demanda Lori.

Cade la considéra avec un sourire.

— Ça te va bien, lui dit-il. Je trouve ça assez sexy, à vrai dire. Mais je ne suis pas très objectif, je crois que je te trouverais irrésistible quelle que soit la coupe ou la couleur de tes cheveux.

— Tu sais que tu n'as plus besoin de me dire des mots doux, lui assura Lori en riant. Toi et moi, c'est déjà dans la poche.

Curieusement, au lieu de se joindre à son éclat de rire, Cade fronça les sourcils.

— Ce n'est pas tout ce qu'il y a entre nous. Tu le sais, n'est-ce pas ?

La gravité qui se lisait dans son regard en cet instant la prit de court. Les événements s'étaient succédé à une telle vitesse depuis qu'il avait resurgi dans son existence qu'elle ne s'était pas demandé jusqu'où pourrait bien les mener cette course folle. Et elle avait naïvement supposé que Cade ne s'était pas non plus posé la question.

Or elle savait que s'ils devaient envisager un quelconque avenir ensemble, ils allaient devoir aborder un sujet qu'elle n'avait fait que repousser jusqu'à présent. Et elle n'était toujours pas certaine de s'y sentir prête.

— Ça a toujours été plus important que ça, répondit-elle d'une voix hésitante. Mais cela ne signifie pas pour autant que ce que nous ressentons l'un pour l'autre puisse déboucher sur quoi que ce soit de plus que ce que nous avons pour le moment. Tu vis à New York. Tu n'es venu ici que pour retrouver ta sœur. Je compte bien t'aider à le faire, mais ensuite tu repartiras et moi, je resterai ici.

Cade demeura quelques instants silencieux, méditant sur ce qu'elle venait de lui dire.

— Tu ne crois pas qu'il y a une raison pour laquelle ni toi, ni moi ne nous sommes jamais mariés ? lui demanda-t-il enfin.

— Ne réécrivons pas l'histoire, objecta-t-elle. Si vraiment tu avais pensé à moi durant toutes ces années, tu m'aurais recontactée bien avant.

— Tu m'avais clairement fait comprendre que tu ne voulais plus de cette relation, protesta-t-il. Je te rappelle que tu étais censée venir me voir à Boston, cet été-là. Mais tu n'as pas donné signe de vie. J'ai essayé de te contacter par tous les moyens mais tu m'as opposé une fin de non-recevoir. Je sais que c'est moi qui ai choisi de partir pour la côte est. Avec mes résultats, j'aurais pu choisir n'importe quelle université de Californie. Mais je ne me sentais pas encore prêt à défier l'autorité de mon père. Il voulait que je fasse mes études à Harvard, comme lui, et c'est ce que j'ai fait.

— Je ne t'en ai jamais voulu pour ça, lui assura-t-elle.

Mais ce n'était pas tout à fait vrai. Elle lui en avait voulu de ne pas tenir tête à ses parents, de ne pas s'être battu pour elle, de ne pas avoir insisté un peu plus pour savoir pourquoi elle avait mystérieusement disparu durant des mois...

Elle s'en voulait surtout à elle-même de ne pas avoir eu le courage de lui dire la vérité.

— Tout ça, c'est du passé, éluda-t-elle. Ce qui m'importe vraiment, c'est l'avenir. Je ne compte pas plus aujourd'hui qu'à l'époque aller vivre à l'autre bout du pays. Et je ne te demanderai jamais de le faire pour moi.

Cade haussa les épaules.

— Ce que j'ai fait à New York, je pourrais tout aussi bien le faire ici, déclara-t-il.

Avant qu'elle n'ait pu lui répondre, le serveur leur apporta les tacos de poisson qu'ils avaient commandés.

— Est-ce que c'est la raison pour laquelle tu veux aller jeter un coup d'œil à la maison de Malibu ? s'enquit Lori lorsqu'il se fut éloigné.

— Peut-être, murmura Cade, qui se mit à manger avec appétit.

Lori demeura quelques instants interdite. Elle avait du mal à assimiler l'énormité de ce qu'il venait de lui dire. Était-il réellement prêt à remettre toute sa vie en question pour leur offrir une seconde chance ?

Un frisson glacé dévala le long de sa colonne vertébrale. Si tel était réellement le cas, elle allait très rapidement devoir trouver la force de lui avouer le secret qui pesait sur sa conscience depuis près de dix ans.

Quarante minutes plus tard, après avoir terminé leur déjeuner et repris la route côtière jusqu'à Malibu, ils arrivèrent à l'entrée de la voie privée qui desservait une poignée de luxueuses maisons situées juste au bord de l'océan. Cade ralentit à proximité de la cabine près de laquelle était assis un vigile aux cheveux grisonnants qui prenait le soleil.

— Bonjour, Raul, comment allez-vous ?

— Monsieur Cade ! s'exclama le vigile avec un large sourire.

Quel plaisir de vous revoir ! Comme vous voyez, la vie est dure, sous le ciel de Californie, ajouta-t-il avec humour.

— Comment va la famille ?

— Tout le monde va bien. Ma fille Marta ne va pas tarder à accoucher.

— C'est son deuxième enfant, n'est-ce pas ?

— Exact, acquiesça fièrement Raul.

Le regard qu'il jeta alors en direction de Lori indiquait clairement qu'il s'interrogeait sur la nature de leurs relations.

— Vous vous souvenez de Lori ? lui demanda Cade.

Les yeux de Raul s'agrandirent sous le coup de la surprise.

— *Señorita* Del Valle ? s'exclama-t-il. Je ne vous avais pas reconnue avec votre nouvelle coupe de cheveux !

— Ravi de vous revoir, Raul.

— Moi aussi, mademoiselle. Moi aussi...

Du temps où ils sortaient ensemble, Raul les avait couverts plus d'une fois lorsque Cade faisait le mur pour aller la rejoindre.

— Jerry nous attend, indiqua Cade.

— Je vous ouvre tout de suite, acquiesça Raul en se dirigeant vers la cabane pour presser le bouton qui activait la barrière.

Il leur adressa un petit salut de la main qu'ils lui rendirent avant de rouler au pas sur la voie privée qu'ils remontèrent jusqu'au bout. Derrière la dernière grille en fer forgé se dressait une belle maison de style méditerranéen avec des murs jaunes et un toit de tuiles rouges. Lorsque Lori était jeune, cette demeure lui faisait l'effet d'un château dont Cade aurait été le prince charmant.

— La maison n'a pas changé, murmura-t-elle d'une voix enrouée par l'émotion.

— Et pourtant, elle me semble très différente aujourd'hui, déclara pensivement Cade.

Avant même qu'ils n'aient eu le temps de presser le bouton de l'Interphone, le portail s'ouvrit devant eux et ils remontèrent l'allée pour aller se garer près de la maison. Un homme grand et mince, avec des cheveux frisés et des lunettes métalliques en sortit pour venir à leur rencontre.

— Bienvenue chez vous, Cade ! s'exclama-t-il joyeusement.

— Lori, je te présente Jerry Wise. Jerry, voici Lori Del Valle.

— Ravi de faire votre connaissance, mademoiselle, lui dit Jerry en serrant cordialement la main qu'elle lui tendait. Entrez, je vous prie.

Ils pénétrèrent dans la maison. En dépit des changements qui étaient survenus dans la décoration et l'ameublement, Lori avait la troublante impression de se retrouver projetée dans le passé.

— Si vous voulez, vous pouvez vous installer sur la terrasse pendant que Cade et moi réglerons les questions d'intendance. Nous n'en aurons pas pour longtemps.

— Prenez tout votre temps, répondit-elle.

— Est-ce que vous voudrez boire quelque chose en attendant ? lui proposa-t-il. Nous avons du thé, du café, de la limonade, du vin, du champagne ou de quoi faire des Bloody Mary, si cela vous tente.

— Une limonade, ce sera parfait.

— Je vais demander à mon assistante de vous apporter ça tout de suite.

— Merci beaucoup.

Lori traversa le salon et franchit la porte-fenêtre qui donnait sur la terrasse. S'approchant de la rambarde, elle contempla la plage qui s'étendait en contrebas. Une femme était en train de construire un gigantesque château de sable en compagnie de deux jeunes garçons.

Un bruit de pas la fit se retourner et elle vit s'approcher une jeune femme blonde qui portait un plateau sur lequel étaient posés un pichet de limonade, un verre et un bol empli de fruits en morceaux.

— Jerry m'a dit que vous vouliez une limonade. Il a aussi insisté pour que je vous apporte aussi quelque chose à grignoter.

— Merci beaucoup.

Gretchen remplit son verre et le lui tendit.

— Est-ce que vous voulez vous joindre à moi ? proposa Lori qui se sentait toujours un peu mal à l'aise dans ce genre de circonstances.

— Ce serait avec plaisir. Mais, malheureusement, j'ai un monceau de textes à taper et cela risque de me prendre une bonne partie de l'après-midi.

— Dans ce cas, je ne vous retiens pas. Merci encore.

Gretchen s'accorda un instant pour contempler la vue qui s'offrait à elles.

— Cet endroit me manquera quand les Wise repartiront pour New York, déclara-t-elle.

— Est-ce que vous les accompagnerez là-bas ? s'enquit Lori, curieuse.

— Oh ! non ! Je suis une Californienne pure souche. Je serais incapable de vivre ailleurs qu'ici.

— Je vous comprends, acquiesça Lori en souriant.

Gretchen s'éloigna et Lori porta son verre de limonade à ses lèvres avant de croquer un morceau d'ananas. Un instant plus tard, Jerry et Cade la rejoignirent sur la terrasse.

— Est-ce que vous voulez autre chose ? s'enquit leur hôte.

— Non, merci. La limonade était délicieuse.

— Est-ce que ça vous ennuie si nous allons faire un petit tour sur la plage, Lori et moi ? demanda alors Cade.

— Allez-y, répondit cordialement Jerry. Cette maison est la vôtre, après tout.

Cade prit la main de Lori et l'entraîna en direction du portillon de bois qui permettait d'accéder à l'escalier menant à la plage.

— Pourquoi Jerry a-t-il dit que cette maison était la tienne ? s'enquit Lori, curieuse. N'appartient-elle pas à tes parents ?

— C'était le cas, confirma-t-il. Mais ils m'en ont fait don. Elle est vraiment à moi, désormais.

Parvenus sur la plage, tous deux ôtèrent leurs chaussures pour s'avancer pieds nus sur le sable. Cade passa un bras autour de sa taille.

— Je ne comprends pas, murmura Lori lorsqu'ils s'arrêtèrent juste au bord de l'océan. Tu vis à New York. Quel besoin avais-tu d'une maison à Malibu ?

Cade hésita longuement avant de lui répondre :

— En fait, mes parents sont persuadés qu'ils ne reviendront pas à Los Angeles. Récemment, ils ont proposé de vendre la maison et de répartir le produit de cette vente entre Sarah, Summer et moi. Mes sœurs ont accepté mais l'idée de perdre cette maison me fendait le cœur... C'est sans doute l'endroit où j'ai été le plus heureux de toute ma vie. Alors j'ai proposé à mes sœurs de racheter leurs parts et j'ai contracté un emprunt pour pouvoir le faire. Sur le moment, ce n'était pas forcément très rationnel en ce qui me concerne. Mais j'ai fini par me dire qu'il était peut-être temps pour moi de revenir vivre ici. C'est l'une des raisons de mon séjour à Los Angeles.

— Pourquoi ne m'en as-tu rien dit ?

— Parce que ça n'a rien à voir avec nous, expliqua-t-il. Je ne voulais pas que mes choix de vie influent sur notre relation et vice versa.

— Alors pourquoi me le dis-tu aujourd'hui ?

— Parce que j'ai pris ma décision : quoi qu'il arrive, je compte revenir vivre ici.

Lori sentit les battements de son cœur s'emballer. Elle prit brusquement conscience du fait que sa vie était peut-être sur le point de basculer, tout comme dix ans auparavant. Et elle ne pouvait plus se permettre de garder son secret pour elle.

Mais alors qu'elle ouvrait la bouche pour avouer à Cade ce qu'elle lui avait caché durant si longtemps, son téléphone portable se mit à sonner. Par réflexe, elle le sortit de sa poche et constata que c'était Josh qui cherchait à la joindre. Elle montra l'écran à Cade qui hocha la tête.

— Josh ? fit-elle en décrochant. Quoi de neuf ?

— Lori, tu ne vas pas me croire.

— Que se passe-t-il ?

— C'est à propos de cette empreinte ensanglantée que l'on a retrouvée chez Courtney.

— Est-ce qu'on a enfin pu l'identifier ?

Cade interrogea Lori du regard.

— Josh, dit-elle, je vais te mettre sur haut-parleur pour que le frère de Summer puisse t'entendre. Tu me parlais de l'empreinte qu'on a trouvée chez elle ?

— Oui. Nous avons reçu un nouveau signalement de personne disparue. Sa colocataire a trouvé la maison en désordre, comme celles de Summer et Courtney. Et il y avait une autre empreinte de paume sanglante.

— Est-ce qu'on a pu identifier qui l'a laissée, cette fois-ci ?

— Oui, et c'est bien pour cela que je t'ai immédiatement appelée. L'empreinte en question est celle de Courtney Jessup !

Lori demeura quelques instants silencieuse, cherchant vainement à comprendre ce que cet étrange jeu de piste pouvait bien signifier.

— Avec un peu de chance, murmura-t-elle, l'empreinte sanglante qui se trouve chez Summer appartient à cette fille.

— Ça vaut le coup de le vérifier, répondit Josh. Une chose est sûre, en tout cas : le mystère s'épaissit de jour en jour.

— Si tu trouves la réponse à cette question ou si tu as la moindre information à me transmettre, n'hésite pas à appeler Cade, le frère de Summer Larson. Je vais te donner son numéro.

Josh le prit en note.

— Pourquoi veux-tu que je passe par son intermédiaire ? demanda-t-il, étonné.

— Parce que je ne serai pas disponible durant les prochains jours.

— Tu as enfin décidé de partir en vacances ? s'enquit Josh.

— Pas vraiment, répondit-elle. Mais je suis sur le point de faire quelque chose dont il vaut mieux que tu n'aies pas connaissance...

— Dans ce cas, je ne veux rien savoir.

14

Après avoir raccroché, Lori glissa son téléphone dans sa poche et se laissa tomber sur le sable. Cade prit place à ses côtés.

— Tu comprends ce qui se passe, au juste ? lui demanda-t-il.

— Je n'en ai strictement aucune idée, reconnut-elle. Ces trois femmes sont liées, c'est évident. Mais par quoi ? Et qu'ont-elles voulu signifier en laissant leurs empreintes les unes chez les autres ? Je t'avoue que je commence à regretter amèrement d'avoir été suspendue. J'aurais eu accès à l'ensemble des données.

— Dès que Josh pourra nous confirmer quel est le nom de la nouvelle victime, nous pourrons regarder si par hasard il figure sur la liste que Summer avait inscrite sur la deuxième carte de visite. Tu l'as toujours, n'est-ce pas ?

— Oui. J'ai donné à Marino celle qui était vierge. Je vais aussi mémoriser ces prénoms au cas où je croise l'une de ces femmes à la clinique.

— Ce serait bien d'avoir une photo de la troisième disparue pour vérifier si, par hasard, elle apparaît sur le site de Jours Meilleurs.

— Tu sais, remarqua Lori en plongeant ses doigts dans le sable chaud, il y a tout de même un aspect positif à toute cette histoire...

— Lequel ? s'enquit Cade d'un ton ouvertement dubitatif.

— Eh bien, si ces filles laissent leurs empreintes les unes chez les autres, cela signifie au moins qu'elles sont vivantes.

— Je n'avais pas vu les choses sous cet angle, concéda Cade en frissonnant. D'un autre côté, je t'avoue que je n'avais encore jamais imaginé le pire...

Il se mordilla pensivement la lèvre inférieure avant de reprendre :

— Crois-tu que ça pourrait être une sorte de culte ? Que ces filles soient les complices plus ou moins volontairement de ces enlèvements ?

Lori considéra cette éventualité avant de lui répondre :

— Crois-tu vraiment que Summer participerait à quelque chose de ce genre ? Elle a peut-être des problèmes, mais ça a toujours été quelqu'un de bien, quelqu'un d'attentionné et de gentil - de trop gentil, même, peut-être.

— Trop gentille, en effet, et donc manipulable. Comment crois-tu qu'elle ait commencé à consommer de la drogue ? C'est à cause de l'un de ses petits amis. Lorsqu'il a fini par l'abandonner, elle était accro et enceinte...

— Enceinte ? répéta Lori, le cœur battant. Qu'est-il arrivé au bébé ?

— Ma mère l'a poussée à se faire avorter.

— Est-ce que le père l'a su ? articula Lori.

Cade secoua la tête.

— Non, elle ne l'a dit à personne, pas même à lui. Mais après l'avoir abandonnée de cette façon, il ne méritait pas autre chose...

Lori se redressa et épousseta ses paumes et le jean noir qu'elle portait.

— Nous devrions y aller, suggéra-t-elle. Une longue journée nous attend demain. D'autant que j'ai encore deux ou trois choses à acheter en prévision de mon séjour à la clinique.

— Allons-y alors, acquiesça Cade en se relevant à son tour. Je vais te raccompagner jusque chez toi, puis je repasserai à mon hôtel pour essayer de caser quelques heures de travail. J'appellerai aussi Marino pour lui demander des nouvelles de son enquête.

— Il y a peu de chances pour qu'il t'en donne, objecta Lori.

— Je sais. Mais avec un peu de chance, il laissera échapper une indication qui me donnera une idée de ce qui a bien pu se passer à la clinique...

Après que Cade l'eut raccompagnée jusqu'à sa maison, Lori ressortit pour aller acheter tout ce dont elle aurait besoin durant son séjour au centre des Jours Meilleurs. Elle fit également l'acquisition des produits de maquillage qu'on lui avait recommandés à la boutique de costumes.

De retour chez elle, Lori fit sa valise. Tandis qu'elle s'activait de la sorte, la conversation qu'elle avait eue avec Cade sur la plage repassait en boucle dans son esprit. L'idée qu'il puisse revenir vivre à Los Angeles l'emplissait d'un mélange d'excitation et d'angoisse.

Au moins, il avait envisagé ce changement d'existence avant même que tous deux ne se retrouvent. Elle n'était donc pas directement responsable de sa décision. Elle avait pourtant bien conscience du fait que, dorénavant, la nature de leur relation aurait sans doute un impact direct sur ses choix.

Elle allait devoir lui parler. Rapidement, même. Elle avait failli le faire, sur la plage. Mais sans doute était-il préférable qu'ils aient été interrompus par le coup de téléphone de Josh. Le moment eût été mal choisi pour lâcher une telle bombe : demain, elle devait partir pour la clinique et elle n'en ressortirait pas avant plusieurs jours.

Elle se promit que, dès sa sortie de l'établissement, elle lui dirait toute la vérité. Ils auraient alors le temps d'en discuter aussi longuement qu'il le faudrait. Et ensuite, Cade pourrait prendre ses décisions en toute connaissance de cause.

Soulagée d'être parvenue à ce qu'elle considérait comme une conclusion satisfaisante, Lori rangea sa maison et prit soin d'arroser ses plantes en prévision de son absence prochaine. Elle s'apprêtait à aller prendre sa douche et à se préparer pour un dernier dîner en compagnie de Cade lorsque son téléphone se mit à sonner.

— Cade ? répondit-elle, surprise. Il est encore tôt. Je ne suis pas encore prête.

— Allume ton ordinateur et jette un coup d'œil au site des Jours Meilleurs, lui dit-il d'un ton urgent.

— Que se passe-t-il ? lui demanda-t-elle tout en s'exécutant.

— Tu vas voir. Cela devrait te sauter aux yeux...

Elle ouvrit son navigateur et cliqua sur le lien qu'elle avait enregistré parmi ses favoris. Le site des Jours Meilleurs s'afficha alors à l'écran.

— J'y suis, lui dit-elle. Et je ne vois rien de différent sur la page d'accueil.

— Va jeter un coup d'œil aux photos.

Lori cliqua sur l'icône correspondante, faisant apparaître la galerie d'images qui illustraient les diverses activités du site. Elle les parcourut des yeux avant de pousser une exclamation stupéfaite.

— Toutes celles de Courtney ont disparu !

— Gagné, répondit Cade. Lorsque j'ai appelé Marino, il m'a expliqué qu'en définitive il n'avait pas eu besoin d'assignation parce que Reed Dufrain lui-même l'avait appelé pour l'autoriser à visiter le site. Je lui ai demandé s'il avait découvert quelque chose d'intéressant et il m'a dit qu'il n'avait rien trouvé du tout.

— Je lui ai parlé de l'image sur le site. Est-ce qu'il l'a montrée à Natasha ?

— Justement. Il m'a dit qu'il avait regardé en détail toutes les photos présentes sur le site et qu'il n'en avait pas vu une seule qui semble correspondre à Courtney. Je suis allé voir et je me suis rendu compte qu'il avait raison et pour cause : ils les ont toutes effacées.

— Cela prouve au moins que Trey ne se trompait pas : il se passe bel et bien quelque chose de suspect à la clinique.

— J'imagine que tu n'as pas fait de capture d'écran de la photo en question.

— Je t'avoue que je n'y ai pas pensé. Je m'en veux.

— Je n'y ai pas songé non plus. Mais à la lueur de ces derniers éléments, je crois que tu devrais renoncer à ce séjour à la clinique.

— Au contraire ! protesta vivement Lori. C'est d'autant plus crucial, désormais. Nous savons que Jours Meilleurs cache quelque chose. Et nous avons perdu la seule preuve qui les reliait à Courtney. Il va nous falloir en trouver une autre - et tenter de comprendre quel rôle l'institut a joué dans ces disparitions.

— Je craignais que tu ne dises ça, soupira Cade. Dans ce cas, nous avons un autre sujet de conversation à mettre sur la table, ce soir.

— Lequel ?

— Nous devons mettre au point une façon de communiquer entre nous pendant que tu seras à la clinique. Je veux être sûr que tu puisses me prévenir si tu as le moindre problème.

— J'ai acheté un téléphone sans abonnement au cas où ils me prendraient le mien, lui indiqua Lori. Je crois que les portables sont interdits sur place mais je pourrais le cacher.

— Où ça ?

— Dans la doublure de ma valise. Je doute qu'ils aillent jusqu'à la passer aux rayons X. La clinique n'est pas une prison de haute sécurité. Et même au pénitencier où se trouve Danny, les détenus parviennent à se faire livrer des téléphones.

— Cache-le avant que je n'arrive et je verrai si je peux le trouver. Si tel est le cas, nous imaginerons une autre solution.

De fait, lorsque Cade se présenta chez elle, une heure plus tard, il alla directement ouvrir sa valise qu'il entreprit d'inspecter sous tous les angles à la recherche du téléphone portable.

— Je suis impressionné, déclara-t-il au bout de quelques minutes. Il est réellement introuvable.

Lori se rapprocha et lui montra l'endroit où la doublure était décousue, laissant effectivement tout juste la place de glisser un téléphone.

— Bien joué, approuva Cade. Comme tu le dis, il est quasiment introuvable. À présent, il nous reste encore à prévoir une voie d'évasion en cas de problème ainsi qu'un point de rendez-vous, au cas où.

— Une voie d'évasion ? répéta Lori, sidérée. Tu crois vraiment que les choses en arriveront là ?

— Tout ce que je sais, c'est que Summer et Courtney ont disparu alors qu'elles étaient toutes deux en lien avec la clinique. Reed Dufrain a dissimulé des informations à la police. Et la seule personne qui avait des soupçons au sujet de Jours Meilleurs s'est fait assassiner. Nous ne pouvons nous permettre de courir aucun risque. Il te faut une issue de secours. Est-ce que ça te dit qu'on prenne des burgers en chemin ?

— En chemin ? s'étonna-t-elle.

Ce n'est qu'alors qu'elle remarqua que Cade était entièrement vêtu de noir.

— Tu comptes retourner là-bas dès ce soir ? lui demanda-t-elle.

— Exactement. De cette façon, nous pourrons non seulement nous assurer que cette issue est bien praticable mais aussi faire en sorte que tu puisses la retrouver en pleine nuit.

Le ton que Cade venait d'employer ne laissait aucun doute à Lori : si elle refusait de se plier à cette nouvelle contrainte, il était capable de reprendre l'acompte qu'il avait versé à la clinique. Elle n'avait donc d'autre choix que de le suivre.

— Laisse-moi quelques minutes pour me changer. Je

pensais que nous irions dîner en tête à tête, pas crapahuter au fond d'un canyon.

Pour la deuxième fois de la journée, Cade et Lori remontèrent Topanga Canyon Boulevard jusqu'à l'entrée de la petite route qui menait à la clinique. Mais cette fois, ils ne poussèrent pas jusqu'au parking et laissèrent leur véhicule sur le bas-côté.

Cade avait étudié très attentivement les cartes d'état-major de la région et s'était rendu compte qu'il existait un sentier qui passait à proximité du centre. Allumant le plafonnier de la voiture, il déplia la carte qu'il avait apportée et désigna le chemin de randonnée à Lori.

— Depuis ce sentier, on devrait apercevoir la clinique et trouver un moyen de couper à travers bois pour la rejoindre.

— Si cela se trouve, ce passage existe déjà, remarqua Lori. Il me semble avoir vu que, parmi les activités proposées au centre, il y avait de la marche.

— Allons vérifier ça de visu.

Cade replia la carte et sortit de la voiture. Lori l'imita et constata que la température avait nettement chuté, à l'approche de la nuit. D'un bon pas, ils suivirent la route qui menait au centre jusqu'à l'endroit où passait le sentier de randonnée qui était surnommé le circuit du rocher au crâne.

— Espérons que nous ne trouvions pas de véritables crânes en chemin, murmura Lori.

Dans le sous-bois, la luminosité était nettement plus faible et Cade sortit de sa poche la lampe torche dont il avait pris soin de se munir.

— Le trajet ne présente pas de difficultés particulières, indiqua-t-il à Lori. Même dans l'obscurité, tu ne risquerais pas de tomber dans un précipice ou dans un cours d'eau.

— Voilà au moins une bonne nouvelle, marmonna-t-elle.

Elle n'était toujours pas complètement convaincue de l'intérêt de cette randonnée nocturne. Au bout d'une quinzaine de minutes, Cade lui désigna une lueur que l'on distinguait à travers les arbres sur leur gauche.

— C'est là, lui dit-il. Ce sont les lumières de la clinique.

— À quelle distance nous trouvons-nous, à ton avis ? Un kilomètre ou deux ?

— Pas plus que cela, confirma-t-il en pointant sa torche sur leur gauche. Je ne vois pas d'embranchement. Les résidentes de la clinique suivent peut-être la route avant d'emprunter le sentier de randonnée comme nous l'avons fait.

— Ça fait quand même un gros détour, remarqua Lori. Il doit bien y avoir un raccourci...

Ils avancèrent de quelques pas en étudiant attentivement la lisière.

— Là ! s'exclama soudain Cade en désignant une trouée entre les arbres.

Ce n'était pas à proprement parler un sentier, juste une trace mais elle prouvait que des gens employaient régulièrement ce passage.

— Suis-moi, dit Cade.

En file indienne, ils suivirent la piste qui s'enfonçait presque en ligne droite à travers bois, contournant parfois un hallier ou une dépression de terrain. À plusieurs reprises, ils entendirent détaler une créature nocturne effarouchée par leur approche.

Lori gardait les yeux fixés sur le sol inégal et, lorsque Cade s'immobilisa soudain, elle percuta son dos. La prenant par les épaules il se pencha vers elle pour lui parler à l'oreille.

— Inutile de continuer, souffla-t-il. Nous sommes vraiment tout près, à présent. Toi qui as fait le tour de la propriété, as-tu une idée d'où peut aboutir cette piste ?

Lori réfléchit à la trajectoire de la marche d'approche qu'ils venaient d'accomplir.

— À l'arrière du bâtiment, je pense, murmura-t-elle. La

ligne des arbres se trouve à quelques mètres seulement de la terrasse.

— Très bien, acquiesça Cade. Tâche de m'appeler demain en fin de journée pour me faire un premier rapport sur la situation. Par la suite, recontacte-moi régulièrement. Et si tu estimes à un moment ou à un autre qu'il est temps pour toi de fuir, nous nous retrouverons ici même, au niveau de ces arbres.

Il désigna deux troncs noueux qui semblaient s'embrasser non loin de là.

— En cas de besoin, ils te permettront de te cacher en attendant que je puisse te rejoindre, poursuivit Cade.

Lori espéra qu'elle ne serait pas amenée à fuir de cette façon. Mais Cade avait peut-être raison : mieux valait anticiper le pire et prévoir une porte de sortie.

— D'accord, acquiesça-t-elle après avoir observé très attentivement les alentours. Je pense que je reconnaîtrais ces arbres, même en pleine nuit.

— Parfait. Il ne nous reste plus qu'à redescendre. Je vais te reconduire chez toi pour que tu puisses prendre une bonne nuit de repos avant le grand jour.

— À vrai dire, j'avais d'autres projets en tête, dit-elle malicieusement. Tu ne vas tout de même pas abandonner une pauvre fille à la veille de son entrée en cure de désintox ?

— J'imagine que ce ne serait pas très élégant de ma part, fit Cade avec un sourire dans la voix.

Ils firent donc marche arrière et reprirent la voiture pour rentrer à Venice. En chemin, Cade fit mémoriser à Lori son numéro de téléphone de façon qu'elle puisse l'appeler depuis le portable sans abonnement qu'elle emporterait à la clinique.

— Je crois que nous sommes parés, déclara-t-il lorsqu'il se fut assuré qu'elle le connaissait par cœur. Puisque je suis censé être parti pour le Canada, je te déposerai demain à Reel

Inn d'où tu appelleras un VTC pour qu'il te conduise jusqu'à la clinique. Cela te coûtera moins cher.

— D'accord, acquiesça Lori.

— Il est encore temps de changer d'avis, tu sais, lui dit Cade d'une voix grave.

Elle secoua la tête.

— Nous en avons déjà parlé : cette infiltration est plus importante que jamais, maintenant que l'enquête officielle de Marino se retrouve dans l'impasse.

— À ce propos, nous ferions mieux de faire au plus vite des captures d'écran de toutes les pages du site de Jours Meilleurs au cas où ils aviseraient encoreà faire le ménage.

— Tu as raison. S'ils apprennent que la police a fait le rapprochement entre l'enlèvement dont nous a parlé Josh et ceux de Summer et Courtney, ils risquent de maquiller de nouveau les preuves.

Une fois arrivés à Venice, Cade raccompagna Lori jusque chez elle.

— La journée a été longue, dit-elle. J'irais bien prendre une douche avant de m'attaquer au site de Jours Meilleurs.

— Vas-y si tu veux. Je me charge des captures d'écran.

— D'accord, acquiesça-t-elle.

Après avoir allumé son ordinateur portable, elle tapa son code d'accès et se connecta au site.

— Je te rejoins tout de suite, lui dit-elle en effleurant ses lèvres d'un baiser.

Sur ce, elle fila dans la salle de bains et prit une longue douche avant de se laver les dents et d'enfiler une chemise de nuit. Comme elle revenait dans le salon, elle retrouva Cade assis devant l'ordinateur, figé, les yeux rivés sur l'écran. Son visage était un masque qui trahissait un mélange de stupeur, de doute et d'angoisse.

L'entendant approcher, il se tourna vers elle.

— Qui est ce bébé ? articula-t-il d'une voix blanche.

Le cœur battant à tout rompre, Lori le regarda fixement.

— Quel bébé ? articula-t-elle, craignant de comprendre ce qui venait de se produire.

— Le bébé que tu tiens dans tes bras sur la toute première photo de ton répertoire d'images, précisa Cade, confirmant ses doutes.

— De quel droit regardes-tu mes photos ? s'exclama-t-elle, s'efforçant vainement de lutter contre la panique qui menaçait de la submerger complètement. Tu n'avais pas le droit de fouiller mon disque dur !

— Je n'ai rien fouillé du tout, protesta Cade. C'est le répertoire par défaut qu'on m'a proposé pour enregistrer les captures d'écran. Qui est ce bébé, Lori ? Que faisais-tu dans cet hôpital ?

Lori ferma les yeux pour tenter de reprendre le contrôle d'elle-même et de cette situation qui virait au cauchemar. Elle avait voulu le lui dire – elle avait même failli le lui dire, sur la plage – mais pas de cette façon-là.

— J'étais à l'hôpital pour accoucher, parvint-elle enfin à articuler.

— Quand ça ?

— Il y a dix ans.

Le visage de Cade perdit soudain toutes ses couleurs, se muant en un masque livide.

— De qui est-il ? souffla-t-il.

— C'est notre bébé, Cade.

15

La photo représentait Lori, assise sur un lit d'hôpital, les larmes aux yeux, tenant dans ses bras un bébé qui arborait un toupet de cheveux bruns. Cade ne parvenait pas à en détacher son regard et il avait l'impression que le monde entier avait basculé sur son axe, que toutes les certitudes qu'il avait jusqu'alors tenues pour acquises était en train de voler en éclats.

— Qu'est-il arrivé à cet enfant ? trouva-t-il enfin la force d'articuler.

— C'est une petite fille, précisa Lori d'une voix étrangement lointaine. Je l'ai confiée à l'adoption.

— Et tu ne m'en as même pas parlé, balbutia Cade, entre sidération et colère. Tu ne m'as même pas demandé mon avis…

— À quoi cela aurait-il servi, Cade ? répondit-elle tristement. Ton existence était déjà toute tracée : tu devais partir étudier à Harvard, puis à l'école de commerce de Wharton. Il n'y avait pas plus de place dans ta vie pour cet enfant que pour moi.

— Même si c'est ce que tu pensais, c'était à moi de prendre cette décision ! protesta-t-il d'une voix tremblante de rage à peine contenue. D'autant que les projets de vie dont tu parles n'étaient même pas les miens : c'étaient ceux de mes parents.

— Je ne pouvais pas prendre la responsabilité de faire dérailler toute ton existence. D'autant qu'à cette époque tu cherchais une excuse pour te rebeller contre ton père. Tu aurais sauté sur l'occasion, et puis tu aurais passé le reste de ta vie à le regretter et à m'en vouloir.

— Comment le sais-tu ? objecta-t-il.

Il commençait à comprendre tant de choses qui lui avaient échappé, à l'époque : le silence-radio de Lori dans les mois qui avaient suivi son départ, le fait qu'elle ne soit pas venue le voir à Boston, cet été-là...

— Où est-elle, aujourd'hui ? demanda-t-il.

— Dans une très bonne famille, à San Diego, répondit Lori. Ses parents sont enseignants et elle a un frère plus jeune qu'elle, adopté, lui aussi.

— Est-ce que tu es en contact avec eux ?

Elle secoua la tête.

— Je ne devrais même pas savoir où elle se trouve, en fait. Il n'y a qu'elle qui pourra prendre contact avec moi si elle le décide après ses dix-huit ans. De toute façon, jamais je ne m'immiscerais dans sa vie : la seule chose qui compte, à mes yeux, c'est qu'elle soit heureuse.

— Et tu as pris cette décision toute seule ? Sans consulter personne d'autre ?

— J'en ai parlé avec mes parents, bien sûr. Il le fallait bien. Et ils ont été extraordinaires. Pendant le temps qu'a duré ma grossesse, ils m'ont envoyée chez l'une de mes tantes, à San Diego. Ils sont venus me soutenir au moment de l'accouchement. Et puis, ils m'ont ramenée ici et ils ont fait tout ce qu'ils ont pu pour tenter de me remonter le moral. Je suis rentrée à l'université seulement au mois de janvier.

— Et ce sont tes parents qui t'ont conseillée de ne rien me dire ? demanda Cade d'une voix blanche.

— Au contraire, ma mère voulait que je t'en parle, avoua Lori, les larmes aux yeux.

— Mais pour une fois, il a fallu que tu passes outre ses conseils.

— Je ne voulais pas donner à tes parents l'impression que je faisais du chantage, que je cherchais à me faire épouser.

— Et est-ce que tu comptais m'en parler un jour ?

— Pendant des années, nous nous sommes complètement perdus de vue. Quel aurait été l'intérêt de te recontacter un beau jour pour te raconter cette histoire ? Évidemment, le fait que tu reviennes à Los Angeles et, plus encore, que nous ressortions ensemble, a complètement changé la donne. Crois-le ou non mais j'avais décidé de te dire toute la vérité avant que tu ne repartes pour New York.

Cade se redressa si brusquement que la chaise sur laquelle il était assis bascula en arrière.

— Tu m'as menti à l'époque. Tu m'as menti depuis que nous nous sommes retrouvés. Et tu aurais continué à le faire jusqu'à ce que je parte. Et moi qui croyais te connaître, Lori. On dirait bien que je me suis complètement trompé sur ton compte...

— J'ai juste essayé de te protéger, murmura-t-elle d'une toute petite voix. Je ne voulais pas gâcher ta vie.

Elle croisa les bras sur sa poitrine et se mordit la lèvre pour réprimer les larmes qu'il voyait poindre dans ses yeux. Elle paraissait si fragile, en cet instant, si vulnérable. Mais elle l'avait sans doute été bien plus encore à l'époque, lorsqu'il était parti pour Boston et qu'elle était restée seule ici pour mettre au monde leur enfant, une enfant qui lui avait été arrachée avant même qu'elle ait eu le temps d'apprendre à la connaître.

C'était cela le véritable gâchis, en définitive. Car s'il avait connu l'existence de sa fille, il aurait pu veiller sur elle. Il aurait pu la protéger. Et ils auraient fondé cette famille dont il rêvait secrètement. Mais Lori ne lui avait pas laissé le choix.

— Qui te dit qu'en me cachant l'existence de ce bébé tu n'as pas gâché ma vie, au contraire ? s'exclama-t-il.

Lori ne répondit pas, mais il la vit pâlir et, avec une

satisfaction presque sadique, il comprit qu'il avait touché juste. Il comprit aussi que la colère qui l'habitait en cet instant était immense et que s'il restait ici plus longtemps, ses mots finiraient par dépasser sa pensée.

— Je ferais mieux d'y aller, articula-t-il d'une voix glaciale.

Elle tressaillit légèrement, mais ne protesta pas.

— Et pour demain ? lui demanda-t-elle.

— Je passerai te chercher à midi, comme prévu, répondit-il avant de se diriger vers la porte d'entrée.

Sans un mot, il la franchit et la referma derrière lui. Tandis qu'il se dirigeait à grands pas vers sa voiture, l'air frais et chargé d'iode l'aida à recouvrer un semblant de self-control. Tandis qu'il roulait en direction de son hôtel, la douleur et la rage qu'il avait éprouvées commencèrent lentement à se résorber, laissant place à une profonde tristesse et une pointe de culpabilité.

Car plus il y réfléchissait et moins il était dupe de sa propre réaction. Il pouvait bien monter sur ses grands chevaux et prétendre que Lori lui avait forcé la main. Mais ce n'était qu'une partie de la vérité.

À l'époque où ils étaient sortis ensemble, Cade n'était pas encore parvenu à s'abstraire de l'autorité paternelle. Et lorsqu'il était parti pour Boston, cela avait effectivement été un déchirement pour lui. Mais le fait que, par la suite, Lori ne cherche pas à le recontacter et qu'elle ne réponde pas à ses appels l'avait secrètement soulagé.

C'était la raison pour laquelle il s'était aussi vite résigné à cette rupture. Il aurait très bien pu sauter dans un avion pour aller lui demander des comptes. Il aurait même pu défier ses propres parents en la demandant en mariage. Au lieu de cela, il s'était convaincu qu'une page de sa vie s'était tournée et qu'une autre allait commencer.

Ce n'est qu'avec le temps qu'il avait pris conscience de l'empreinte indélébile que Lori avait imprimée en lui – tout particulièrement lorsqu'il avait compris qu'aucune autre femme ne parviendrait vraiment à la remplacer.

Comme il venait de se coucher après avoir vidé la mignonnette de whisky qu'il avait trouvée dans son minibar, son téléphone vibra, lui indiquant qu'il venait de recevoir un message. Il le fit apparaître et constata qu'il s'agissait de la photo de Lori et de leur fille à l'hôpital.

En la voyant, Cade sentit une larme rouler le long de sa joue. Fermant les yeux, il se laissa glisser dans un sommeil peuplé de fantômes d'un passé qu'il n'avait pas connu.

Durant toute la matinée, Lori s'était demandé si Cade ne finirait pas par changer d'avis et s'il ne renoncerait pas à l'emmener à la clinique. Après tout, il n'avait jamais caché le peu d'enthousiasme que lui inspirait ce projet. Mais à midi pile, elle entendit frapper à sa porte.

Les mains moites et le cœur battant à tout rompre, elle alla lui ouvrir. Tous deux échangèrent un bonjour qui trahissait mieux qu'un long discours la gêne qu'ils éprouvaient l'un et l'autre. Se saisissant de la valise qu'elle avait posée dans l'entrée, Lori sortit de la maison et ferma la porte à clé.

Cade s'empara alors de son bagage et se mit en marche en silence vers le parking. Elle lui emboîta le pas, cherchant vainement ce qu'elle aurait bien pu dire ou faire pour atténuer cette sensation de malaise.

Lorsqu'ils atteignirent enfin la voiture de Cade, ce dernier plaça la valise dans le coffre avant de s'installer au volant. Lori prit place sur le siège passager.

— Écoute, trouva-t-elle enfin la force de parler. Je suis désolée, Cade. Je suis désolée de ne pas t'avoir dit que j'étais enceinte. Mais j'avais peur. Et je ne voulais surtout pas que toi et tes parents ayez l'impression que je me servais de cette enfant pour te mettre le grappin dessus. Tes parents m'auraient haïe pour ça. Et bon nombre de gens dans ma propre famille m'auraient méprisée pour être tombée enceinte alors que je n'étais pas mariée. Sur le moment, faire adopter le bébé paraissait être la meilleure solution.

Cade leva la main pour interrompre ce flot ininterrompu de paroles.

— Je comprends. Je comprends même pourquoi tu ne m'as rien dit.

Lori demeura quelques instants silencieuse, attendant qu'il poursuive. Mais il ne dit rien de plus.

— Est-ce que tu as reçu la photo que je t'ai envoyée ? lui demanda-t-elle alors.

— Oui. Merci pour ça. Est-ce que tu en as d'autres ?

— Non, c'est la seule.

Lori laissa échapper un profond soupir.

— Comme je te l'ai dit, j'ai une idée de l'endroit où elle vit aujourd'hui. Il m'aurait été facile de me rendre sur place pour la voir, même de loin, même sans lui parler. Mais j'ai promis à ses parents de rester à l'écart et j'ai tenu parole.

— Elle doit avoir neuf ans, aujourd'hui.

Lori hocha la tête.

Cade démarra le moteur et manœuvra de façon à quitter le parking.

— Est-ce qu'elle est en bonne santé ? demanda-t-il comme ils s'engageaient sur la rue qui leur permettrait de rejoindre la route côtière.

— Oui. C'était un très beau bébé. Elle pesait trois kilos et demi à la naissance.

Lori écrasa une larme. Elle savait si peu de chose au sujet de cette enfant.

— Et ta mère était auprès de toi, lorsqu'elle est née ?

— Oui. Ça lui a arraché le cœur presque autant qu'à moi de la voir partir, de devoir quitter l'hôpital sans sa petite-fille... Mais nous avons rencontré ses parents et c'étaient des gens merveilleux. Je suis sûre qu'elle a une vie fabuleuse.

Les mains de Cade agrippaient le volant avec tant de force que ses phalanges étaient blanches.

— Cela a dû être horrible pour toi, murmura-t-il. Je crois que c'est ça qui me fait le plus mal – de t'imaginer seule à San Diego, devant faire face à cette grossesse en sachant que tu ne garderais pas cette enfant… Et pendant ce temps, moi j'étais à la fac, en train de faire la fête avec les gens de ma fraternité ou de jouer au football…

— Ça n'a pas été un moment facile, reconnut-elle. Mais cela n'a pas duré si longtemps. Et moi aussi, je suis partie pour l'université, ensuite. J'ai fait la fête et j'ai joué au basket… J'avais des coups de blues, parfois, mais je me répétais que j'avais pris la bonne décision, que j'avais assuré le bonheur de ce bébé, auprès de deux parents qui étaient assez mûrs pour s'occuper d'elle.

— Et tu ne comptes pas prendre contact avec elle lorsqu'elle aura dix-huit ans ?

— Je préfère lui laisser l'initiative de le faire – ou de ne pas le faire, si tel est son désir. Si cela se trouve, elle sait déjà qu'elle a été adoptée. Si elle veut rencontrer sa mère biologique, j'accepterai sans hésiter. Si elle veut nouer un lien avec moi, j'y suis prête. Mais si elle n'en a pas envie, je l'accepterai.

— Je ne sais pas si je serais aussi ouvert d'esprit à ta place.

— J'ai eu plus de temps pour y réfléchir, répondit-elle avec un pâle sourire. Mais dis-moi, que crois-tu que tu aurais fait si je t'avais avoué que j'étais enceinte, à l'époque ?

— Je t'aurais demandé en mariage, répondit Cade sans hésiter un seul instant.

Lori hocha la tête. Une partie d'elle se désolait de ne pas avoir pris cette décision. Mais elle ne pouvait s'empêcher de songer que, si Cade avait été réellement amoureux d'elle, à l'époque, il n'aurait pas eu besoin de ce bébé pour lui proposer de devenir sa femme.

La vérité, c'est qu'ils n'étaient alors que des enfants qui

n'avaient aucune idée de ce que pouvait être le mariage ou, a fortiori, la parentalité.

Le reste du trajet se déroula dans un silence songeur plus que tendu, ce qui constituait déjà un progrès. Lorsqu'ils atteignirent enfin le parking de Reel Inn, Cade se tourna vers elle.

— Il vaut sans doute mieux que je ne t'accompagne pas, lui dit-il. Appelle un VTC avec ton téléphone et laisse-le-moi. Je te le rendrai dès que tu sortiras de la clinique.

— D'accord, répondit-elle. Mais inutile de mettre ta vie entre parenthèses pour guetter un éventuel appel à l'aide : je suis sûre que tout se passera bien. J'explorerai un peu les lieux, je poserai quelques questions aux patientes. Et puis je dirai à Natasha qu'en définitive cet endroit n'est pas fait pour moi et que je préfère rentrer à la maison.

— Tâche quand même de m'appeler au moins une fois par jour, ne serait-ce que pour me dire que tout va bien.

— C'est promis.

Elle se servit de son application pour commander un VTC.

— Il devrait arriver d'ici quarante-cinq minutes, déclara-t-elle en tendant le téléphone à Cade. En attendant, je vais aller manger un morceau. J'essaierai de t'appeler ce soir. Pendant ce temps, reste en contact avec Marino et essaie de savoir ce qu'il fabrique.

— C'est bien mon intention, acquiesça Cade. Fais bien attention à toi.

Sur ce, il se pencha vers elle et déposa un rapide baiser sur ses lèvres. Elle ne sut s'il fallait y voir un signe encourageant pour leur relation. La colère de Cade semblait être un peu retombée. Mais la distance qu'avait creusée entre eux leur discussion de la veille était toujours perceptible.

Descendant de voiture, elle se dirigea vers le restaurant en s'efforçant de chasser ces préoccupations de son esprit. Pour le moment, la seule chose qui comptait, c'était la vie de Summer, de Courtney et de la troisième jeune femme qui s'était fait enlever.

Malheureusement, Josh ne l'avait pas encore rappelée pour lui communiquer l'identité de la victime en question, mais la présence de l'empreinte sanglante de Courtney indiquait clairement que cette affaire était liée aux deux autres.

En attendant le VTC, Lori commanda une chaudrée de palourdes qu'elle grappilla du bout des lèvres. Lorsque le véhicule arriva enfin, elle n'en avait mangé que la moitié. Délaissant le reste, elle reprit sa valise et rejoignit le chauffeur.

Ce dernier rangea son bagage dans le coffre tandis qu'elle prenait place à l'arrière. Ils quittèrent le parking et ne tardèrent pas à s'engager sur la route 27 qui menait à Topanga Canyon. Sur ses indications, le chauffeur emprunta la route secondaire anonyme qui conduisait à la clinique.

Elle prit congé de lui sur le parking de l'établissement et remonta le sentier forestier qui conduisait au centre. Alors qu'elle approchait de la porte d'entrée, celle-ci s'ouvrit, laissant apparaître un homme au crâne rasé et à la barbe bien entretenue qu'elle reconnut aussitôt d'après la photo qu'elle avait vue sur le site.

Reed Dufrain ne s'avança pas vers elle pour l'aider à porter sa valise. Il ne la salua pas de loin, se contentant de l'observer avec attention. Malgré elle, Lori se sentit gagnée par la nervosité. L'homme qui lui faisait face était parfaitement dépourvu d'expression, mais ses yeux clairs paraissaient plonger au plus profond d'elle-même, explorant les tréfonds les plus secrets de son âme.

Elle comprit que, face à lui, elle allait devoir se montrer particulièrement prudente. Elle lui tendit la main.

— Bonjour, je suis Loretta Garcia, se présenta-t-elle. Je dois séjourner ici pendant quelque temps.

— Je suis Reed Dufrain, le directeur de l'institut, se présenta-t-il à son tour.

Lori remarqua qu'il avait une légère pointe d'accent qu'elle fut incapable d'identifier. Il claqua alors des doigts, la faisant légèrement sursauter. Presque aussitôt, un jeune homme à la peau mate entièrement vêtu de blanc apparut derrière lui comme s'il n'avait attendu que ce signal pour se manifester.

— Bonjour, lui dit-il avec un large sourire. Je suis Peron. Laissez-moi prendre votre valise et je vais vous conduire jusqu'à votre chambre.

Gauchement, Lori abaissa sa main que Dufrain n'avait toujours pas fait mine de vouloir serrer. Elle tendit sa valise à Peron qui s'en saisit. Ôtant ses lunettes de soleil, elle s'avança vers la porte. Comme Dufrain s'effaçait pour la laisser passer, leurs regards se croisèrent et elle ne put réprimer un nouveau frisson.

L'homme n'avait pas de cils – ou alors, ils étaient si pâles qu'elle ne pouvait les distinguer. C'était d'autant plus étonnant que sa barbe était noire et très fournie. Ses yeux bleus délavés avaient un éclat de porcelaine. Il devait très certainement jouer de ce physique étonnant pour déstabiliser ses patients.

Il la prit alors doucement par le bras et elle perçut la légère odeur de bois de santal qui émanait de lui.

— Je vais vous accompagner jusqu'à votre chambre, Loretta, lui dit-il. Nous discuterons de votre programme dans les jours à venir. J'ai cru comprendre que vous ne consommiez aucune drogue, ces temps-ci.

— C'est exact, répondit-elle. J'ai réussi à décrocher avec l'aide de Narcotiques Anonymes mais la personne qui me soutient le plus est à l'étranger, en ce moment, et j'ai peur de faire une bêtise.

— C'est parfaitement compréhensible, acquiesça Dufrain.

L'emprise qu'il exerçait sur son bras était très ferme, presque trop, comme s'il avait peur qu'elle ne change brusquement d'avis et ne fasse demi-tour. Elle repensa alors aux nombreuses mises en garde de Cade et se demanda si elle ne venait pas de se jeter dans la gueule du loup. Mais il était trop tard pour abandonner, à présent.

— Où est Natasha ? demanda-t-elle en s'efforçant de dominer sa nervosité croissante.

— Elle est occupée, répondit Dufrain. Vous ne la verrez probablement pas beaucoup durant votre séjour. Elle s'occupe surtout des tâches administratives du centre et ne s'implique pas dans le traitement de nos patientes.

Il l'entraîna à l'intérieur du bâtiment et elle s'aperçut alors qu'il marchait pieds nus. Il se déplaçait avec la grâce d'un félin et lui faisait l'effet d'être tout aussi dangereux. Elle le suivit le long d'un couloir qui paraissait desservir plusieurs chambres et il ouvrit l'une des portes qui se trouvaient sur la droite.

La chambre qu'il lui présentait était meublée avec goût et paraissait très confortable.

— Vous êtes ici chez vous. Pour le moment, la plupart des résidentes assistent à un cours de méditation sur le patio. Vous pouvez encore vous joindre à elles, si vous voulez.

— Ça me plairait beaucoup. Mais il faut que je me change.

— Bien sûr. Lorsque vous serez prête, vous n'aurez qu'à presser ce bouton, lui indiqua Dufrain en désignant un interrupteur placé près de la porte. Peron ou l'un de ses collègues pourra vous conduire jusqu'au patio. Vous trouverez sur la commode une copie de votre emploi du temps. Vous verrez que la plupart des modules sont optionnels et que certains sont obligatoires, à commencer par nos consultations. Je vous encourage cependant à vous occuper autant que possible. Une vie saine et active est un facteur-clé pour lutter contre l'addiction.

— Comment puis-je vous contacter, si j'ai des questions ?

— Vous pouvez les poser aux préposés. Ils pourront répondre à la plupart de vos demandes d'ordre pratique. S'il s'agit d'autre chose, ils me transmettront votre question et je viendrai vers vous au plus vite. Comme je vous le disais, nous serons également amenés à nous voir très régulièrement dans le cadre du programme d'accompagnement personnalisé.

— Il est rassurant de se savoir aussi bien entouré, déclara Lori avec un sourire.

— Nous savons combien c'est important. C'est la raison pour laquelle nous encourageons également les résidentes à se soutenir mutuellement et à faire preuve de bienveillance les unes envers les autres. Comme vous le verrez, toutes n'ont pas la chance d'avoir parcouru autant de chemin que vous-même sur la voie de la guérison.

Dufrain joignit les mains pour la saluer.

— Je vais vous laisser à présent. Je souhaite que vous trouviez ici tout ce que vous êtes venue y chercher et plus encore.

Lori se demanda s'il s'agissait d'un sous-entendu ou d'une simple formule de politesse. Une chose était sûre, elle était bel et bien décidée à trouver ce qu'elle était venue chercher : la preuve de l'implication de Dufrain et de sa clinique dans la disparition de Summer et de Courtney.

— Au fait, reprit Dufrain, puis-je savoir qui vous a recommandé notre centre ?

— Une amie qui préfère demeurer anonyme, répondit-elle sans hésiter. Apparemment, son séjour ici a porté ses fruits et elle m'a dit beaucoup de bien de cet établissement.

— J'en suis heureux, fit Dufrain.

Sur ce, il la quitta et referma la porte derrière lui. Lori ne put réprimer un soupir de soulagement. Cet homme avait le don de la mettre mal à l'aise.

C'était peut-être simplement parce qu'elle se trouvait là sous un prétexte fallacieux. Mais elle avait la désagréable impression que Reed Dufrain était capable de lire dans les pensées de ses interlocuteurs.

Écartant cette idée absurde, elle défit sa valise et se déshabilla pour enfiler un pantalon de yoga et un T-shirt noir. Elle parcourut ensuite le document qui se trouvait sur la commode et constata que le centre proposait des activités tout au long de la journée. Le choix était assez large et les patientes – ou plutôt les résidentes, ainsi que les appelait Dufrain – étaient fortement encouragées à profiter de cette offre variée.

Cela ne dérangeait pas Lori, bien au contraire : cela lui donnerait d'autant plus d'occasions de discuter avec les femmes qui séjournaient ici.

Après s'être changée, elle se fit conduire jusqu'au patio et profita de ce court trajet pour se renseigner sur la configuration des lieux. Comme le lui avait indiqué Dufrain, le cours de yoga avait déjà commencé, mais elle put s'y intégrer sans la moindre difficulté.

Elle profita des quarante-cinq minutes que dura le cours pour observer les autres résidentes. Il y avait là des femmes d'âges très différents, bien que la plupart soient plutôt jeunes. Quelques-unes d'entre elles étaient très marquées par leur usage de stupéfiants, mais la grande majorité n'en laissait rien paraître.

Après le cours, la plupart se regroupèrent autour de la piscine dans laquelle certaines se baignèrent. Lori, quant à elle, décida que le moment était bien choisi pour entamer ses interrogatoires. Se tournant vers la jeune femme aux cheveux blonds et au visage diaphane qui était assise à son côté, elle lui décocha son sourire le plus engageant.

— Bonjour, lui dit-elle. Je m'appelle Loretta. Je viens tout juste d'arriver.

La fille hocha la tête.

— Il me semblait bien ne pas t'avoir vue avant. Je suis Lucy.

Lori passa en revue la liste des prénoms qui figuraient sur la carte de la clinique qu'elle avait trouvée dans le coffre-fort de Summer. Celui de Lucy n'y figurait pas.

Elle serra précautionneusement la main effilée que lui tendit la jeune femme.

— Je suis ravie de faire ta connaissance.

Elle avait déjà remarqué que toutes les résidentes du centre se tutoyaient.

— Depuis combien de temps es-tu ici ? ajouta-t-elle.

— Trop longtemps, soupira Lucy. Mon mari m'a demandé de passer un mois entier à la clinique si je ne voulais pas qu'il demande le divorce. J'aurais probablement perdu la garde de ma fille...

— Je suis désolée, murmura Lori. Est-ce qu'au moins le traitement a fonctionné pour toi ?

— Je n'ai pas bu une goutte d'alcool et pas consommé la moindre drogue depuis des semaines. Et je n'en ai plus envie. J'espère juste que les effets de cette cure perdureront lorsque je sortirai d'ici.

— Est-ce que Reed Dufrain est aussi doué qu'on le dit ? s'enquit Lori après s'être avisée que ce dernier ne se trouvait pas dans les parages.

— Son traitement est efficace, répondit Lucy. Mais nous ne sommes pas toutes traitées à la même enseigne.

— Que veux-tu dire ?

— Eh bien, disons qu'il a ses favorites...

— Vraiment ?

Lucy hocha la tête.

— Dufrain s'intéresse tout particulièrement aux cas les plus graves, aux filles les plus dépendantes. Il les isole des autres et leur fait suivre un traitement spécial. Sans doute estime-t-il qu'elles ont besoin de plus que quelques sessions de psychothérapie, de méditation ou de yoga. Il est vrai que les activités de ce genre sont surtout utiles pour celles qui ont déjà décroché.

— Est-ce que certaines ont suivi ce traitement particulier, parmi celles qui se trouvent là ? demanda Lori en désignant les femmes rassemblées autour de la piscine.

— Oh non, répondit Lucy sans hésiter. La plupart d'entre elles passent le plus clair de leur temps dans leurs chambres et elles ont de longues sessions avec Dufrain. J'ai l'impression que leur séjour est nettement moins plaisant que le nôtre...

Lori continua à discuter avec Lucy. Elles parlèrent de la vie au centre, des addictions dont elles avaient souffert et de la fille de Lucy. Puis vint pour elles le moment de choisir leur activité suivante et elles optèrent pour une séance de thérapie de groupe.

Il s'agissait d'un groupe de paroles assez informel où chacune pouvait partager son histoire, parler de son rapport à la drogue et à la dépendance, réfléchir sur ce qui l'avait conduite à devenir toxicomane.

La psychologue qui encadrait cet exercice périlleux était assez douée et parvenait à préserver une atmosphère de convivialité et de bienveillance assez libératoire.

Lorsque ce fut son tour de prendre la parole, Lori improvisa sans difficulté sur la base de la biographie fictive qu'elle avait inventée pour Loretta.

Après cette session, Lucy et Lori retournèrent à leurs chambres.

— Dis-moi, s'enquit Lori, je me demandais si par hasard tu aurais rencontré deux de mes amies pendant ton séjour ici. Elles s'appellent Summer Larson et Courtney Jessup.

— Ça ne me dit rien, répondit Lucy.

Comme elles passaient devant un couloir qui desservait l'aile ouest de la maison, la jeune femme le désigna à Lori.

— Tu me demandais où étaient les filles du programme spécial de Dufrain ? C'est ici, lui dit-elle. Dufrain y passe la majeure partie de son temps.

Lori commençait à mémoriser la configuration des lieux et se promit de revenir un peu plus tard. Elle disposait en effet d'un créneau avant de se rendre au cours de cuisine qui était censé lui apprendre à préparer des plats sains et équilibrés.

Elle raccompagna donc Lucy jusqu'à sa chambre avant de filer dans la sienne pour prendre sa douche et se changer en un temps record. Pieds nus, elle se dirigea alors en silence vers le couloir que lui avait indiqué sa nouvelle amie. Il ne servait que deux portes.

Elle essaya d'abord celle de droite et découvrit une chambre très semblable à la sienne qui était inoccupée. Sur la pointe des pieds, elle se dirigea vers l'autre porte qu'elle entrouvrit pour jeter un coup d'œil à l'intérieur.

Les rideaux étaient tirés et la chambre à coucher était plongée dans la pénombre. Sur le lit était allongée une femme aux longs cheveux bruns qui avait les yeux mi-clos. S'assurant que personne ne la regardait, Lori se glissa à l'intérieur de la pièce et referma la porte derrière elle.

S'approchant du lit, elle s'adressa à mi-voix à la femme qui y était étendue.

— Est-ce que tout va bien ? Vous avez besoin d'aide ?

Ces mots parurent ramener brusquement la femme à la réalité et elle enserra le poignet de Lori avec une force déconcertante. Un murmura rauque se fit entendre.

— Qu'avez-vous dit ? demanda Lori en se penchant vers elle.

— Pas Dufrain..., articula la femme en la fixant avec angoisse. N'appelez pas Dufrain, je vous en prie...

16

Le cœur battant à tout rompre, Lori se pencha un peu plus vers la femme qui la considérait toujours d'un air paniqué.

— Pourquoi ne voulez-vous pas que je l'appelle ? demanda-t-elle.

À cet instant, une voix se fit entendre dans le couloir. Lori reconnut celle de Reed Dufrain qui devait être en train de parler à une résidente ou à l'un des préposés. Terrifiée, elle chercha des yeux un endroit où se cacher s'il s'avisaitd'entrer là. Mais la pièce était relativement dépouillée.

La voix se tut et elle attendit, le cœur battant à tout rompre, espérant que Dufrain finirait par s'éloigner. Au lieu de cela, elle entendit la poignée de la porte tourner. Se laissant tomber à terre, Lori roula sous le lit à l'instant même où le directeur de la clinique pénétrait dans la chambre.

Elle l'entendit refermer la porte derrière lui et approcher. Dans l'interstice qui séparait le couvre-lit du sol, elle aperçut les pieds nus de Dufrain tandis qu'il venait se placer à côté de la patiente, à l'endroit même où s'était trouvée Lori, quelques instants seulement auparavant.

Son cœur battait si fort dans sa poitrine qu'elle craignait que Dufrain ne l'entende.

— Comment vous sentez-vous aujourd'hui, Karenna ? Je pense que d'ici peu vous serez complètement rétablie et que vous pourrez quitter le centre. N'est-ce pas une bonne nouvelle ?

Sa patiente émit un gémissement inarticulé. Lori se rappela alors que Karenna était l'un des prénoms qui figuraient sur la carte de visite de Summer. Le patronyme était peu courant et il y avait peu de chance pour qu'il puisse s'agir d'une simple coïncidence. Diana et Chelsea avaient-elles elles aussi séjourné dans cette chambre ou celle d'en face ?

Elle espéra que Karenna ne croirait pas que c'était elle qui avait appelé Dufrain à son chevet. Il paraissait en effet la terrifier, ce qui ne faisait qu'accentuer la méfiance qu'il inspirait déjà à Lori.

— Encore quelques injections et vous ne pourrez plus vous en passer..., murmura Dufrain avec un petit rire mauvais.

Lori serra les dents, réprimant à grand-peine l'envie qu'elle avait de bondir hors de sa cachette pour se jeter sur ce monstre. N'était-il pas censé guérir ses patientes de leurs dépendances, plutôt que d'en créer de nouvelles ?

Karenna se débattit et le dessus-de-lit glissa légèrement. Si Dufrain venait à baisser les yeux, il avait de fortes chances d'apercevoir Lori. Elle n'osa cependant pas bouger de peur d'attirer son attention.

— Ne vous en faites pas, ajouta Dufrain, j'ai assez de cette potion magique pour vous approvisionner et vous maintenir en pleine forme aussi longtemps que vous me serez utile. J'ai allégé la dose aujourd'hui, et vous devriez pouvoir parler et marcher d'ici quelques jours. Mais ne vous faites aucune illusion, Karenna, vous en aurez toujours besoin et moi seul peux vous en fournir.

Karenna gémit de nouveau et Lori serra les dents à s'en faire mal, se forçant à ne rien dire. Était-ce ce qui était arrivé à Summer et à Courtney ? Avaient-elles elles aussi été victimes de ce monstre ?

Elle vit alors les pieds de Dufrain se détourner et s'éloigner en direction de la porte. Quelques instants plus tard, elle entendit celle-ci s'ouvrir puis se refermer doucement. Lori attendit encore une minute ou deux avant de s'extraire de sous le lit.

Jetant un coup d'œil en direction de Karenna, elle constata que celle-ci avait perdu connaissance. Écartant doucement le drap, Lori releva le bras de la jeune femme sur lequel on pouvait apercevoir de nombreuses traces de piqûres, certaines assez anciennes et d'autres très récentes. Elle sentit une sensation nauséeuse monter en elle.

Malheureusement, il n'y avait rien qu'elle pût faire en cet instant. Aussi se détourna-t-elle, le cœur lourd, pour quitter la pièce à son tour. Elle regagna très vite sa propre chambre où elle se laissa tomber sur son lit.

De toute évidence, Dufrain jouait un jeu malsain, rendant certaines de ses patientes dépendantes à une substance dont il semblait avoir l'exclusivité. Lori repensa à la poudre que Cade et elle avaient trouvée chez Summer. Pouvait-il s'agir de la drogue en question ?

La seule façon de le savoir était de la faire tester. Cela permettrait peut-être de déterminer les propriétés de cette substance ainsi que ses effets secondaires. Et Lori connaissait quelqu'un qui pourrait se charger de cette mission.

En attendant, elle allait devoir redoubler de prudence : si Dufrain n'hésitait pas à droguer ses propres patientes, il n'hésiterait probablement pas à tuer celle qui s'intéressait d'un peu trop près à ses affaires.

Ce soir-là, après un dîner frugal mais délicieux constitué de riz sauvage, de légumes sautés, de pousses de soja, de fruits et de laitages, Lori réintégra sa chambre. Là, elle récupéra le téléphone sans abonnement dans la doublure de sa valise.

En accord avec le règlement de la clinique, Peron avait rapidement fouillé son sac à main et ses bagages pour s'assurer qu'elle n'avait pas apporté de portable ou d'ordinateur. Mais il n'avait pas trouvé le compartiment secret.

Lori enveloppa le téléphone dans sa serviette et sortit sur la terrasse pour rejoindre les patientes qui profitaient du grand jacuzzi. Visiblement, elles n'avaient pas la moindre idée de ce qui pouvait se passer dans le couloir de celles qui passaient pour les protégées de Dufrain.

Ces femmes n'étaient-elles qu'un vivier au sein duquel ce dernier choisissait ses victimes ? Servaient-elles de façade ? Ou bien finançaient-elles involontairement les expériences diaboliques de Dufrain ?

Lori posa sa serviette et se glissa dans le jacuzzi, s'installant près de Shannon qui avait été sa partenaire durant le cours de cuisine. Celle-ci lui tendit une coupe emplie d'un liquide doré effervescent.

— Ne te fais pas trop d'illusions, lui dit-elle en souriant. Ce n'est pas du champagne, juste du jus de pomme pétillant.

— Ça vaut peut-être mieux, répondit Lori en lui décochant un clin d'œil.

Elle avala une gorgée du liquide ambré et se positionna de façon à se faire masser par les bulles du jacuzzi.

— On n'est pas si mal, ici, en fin de compte, déclara-t-elle.

— Ce serait même parfait si l'établissement autorisait la consommation d'alcool et d'herbe, ajouta une jeune femme prénommée Jessica.

Lori se joignit aux rires, mais la remarque valut à Jessica quelques regards de reproche. L'une des résidentes quitta même le jacuzzi.

— Si elle réagit de cette façon simplement parce qu'elle entend parler d'alcool et de drogue, elle risque d'avoir du mal à faire face lorsqu'elle sera de retour dans le monde réel.

— Tout le monde n'a pas la même facilité à récupérer, remarqua Lori.

— Sans doute, concéda Jessica. D'ailleurs, j'avoue que

je suis un peu jalouse : si j'étais capable de décrocher seule comme tu l'as fait, je ne perdrais pas mon temps dans une clinique comme celle-ci. La cage est peut-être dorée mais ça n'en reste pas moins une prison. Pourquoi t'es-tu infligé ça ?

Quelques heures auparavant, Lori aurait trouvé le jugement un peu sévère. Mais maintenant qu'elle avait entraperçu les coulisses de cet établissement, le terme de prison lui paraissait encore trop faible.

— Je n'ai réussi à m'en sortir que parce que l'un de mes amis m'a aidée, expliqua-t-elle. Mais il a dû quitter le pays pour son travail et j'ai compris que je ne tiendrais pas le coup sans son soutien. Je ne regrette pas d'être venue, pour le moment. En revanche, je n'avais pas imaginé que le centre s'occupait de cas aussi graves que celui de Karenna, par exemple...

À ces mots, les femmes présentes échangèrent des regards embarrassés.

— Est-ce que j'ai dit quelque chose qu'il ne fallait pas ? s'enquit Lori d'une voix innocente.

— Non, la rassura Shannon. C'est juste que nous évitons généralement de parler des résidentes comme Karenna ou Diana...

— Diana ? répéta Lori, reconnaissant un autre des noms inscrits sur la carte. Qui est-ce ?

— Quelqu'un comme Karenna, répondit Jessica. Une des patientes du couloir de l'angoisse.

— C'est comme ça que vous l'appelez ?

— Je crois que nous avons toutes peur d'y finir un jour, expliqua Jessica. Ces femmes ne sont pas si différentes de nous, au fond. Simplement, au lieu d'aller de mieux en mieux comme la plupart de celles qui séjournent ici, elles sombrent complètement.

— Dufrain fait tout ce qu'il peut pour essayer de les en sortir, ajouta Shannon. Mais il n'aime pas trop que les autres pensionnaires en parlent. Il préfère que nous nous concentrions sur des pensées positives.

— Il ne veut surtout pas que nous nous attardions sur ses échecs, ironisa Jessica. Il est évident qu'il considère ces cas comme des revers personnels.

Lori sentit son cœur se serrer à la pensée du calvaire que vivaient ces femmes. Et le pire, c'était que Dufrain n'avait même pas à le dissimuler : il lui suffisait de le faire passer pour une conséquence de l'addiction de ses victimes.

— Pourquoi ne les laisse-t-il pas partir, s'il ne peut rien pour elles ? demanda-t-elle.

— Parce qu'il espère pouvoir sauver tout le monde, expliqua Shannon. Il refuse d'abandonner qui que ce soit.

— Bon, déclara alors Jessica, je crois que je vais aller me coucher, les filles. Si jamais vous voyez un beau mec se promener dans le coin, envoyez-le-moi.

— Il y a bien Peron, remarqua Shannon en souriant.

— Tant qu'à faire, je préférerais un beau mec hétéro, répliqua Jessica en riant. Ne traînez pas trop. Le couvre-feu est dans moins d'une demi-heure.

De fait, la plupart des résidentes étaient déjà retournées dans leurs chambres.

— Je vais rentrer aussi, déclara Shannon. Tu viens, Loretta ?

— Je vais finir mon verre et profiter encore un peu du jacuzzi. Vous pouvez laisser vos verres, je ramènerai le plateau à la cuisine.

Cela lui donnerait une excuse si elle était un peu en retard. Après avoir souhaité une bonne nuit à ses deux compagnes, elle attendit quelques minutes en terminant son verre de jus de pomme. La terrasse était déserte, à présent, et la plupart des chambres étaient déjà plongées dans le noir.

Lori sortit alors du jacuzzi et récupéra sa serviette. S'étant assurée que personne ne se trouvait dans les parages, elle s'élança en direction de la forêt, non loin de l'endroit d'où devait partir la piste que Cade et elle avaient suivie la nuit précédente.

La tentation était grande d'emprunter ce sentier pour fuir au plus vite cet endroit cauchemardesque. Elle pourrait alors appeler Marino, lui expliquer tout ce qu'elle avait découvert et le laisser se débrouiller pour arrêter Dufrain et retrouver les disparues.

Au lieu de cela, elle s'agenouilla derrière un bosquet, sortit son téléphone et composa le numéro de Cade. Ce dernier répondit avant que la première sonnerie n'ait fini de retentir.

— Allô ? fit-il d'une voix toute professionnelle. Qui est à l'appareil ?

— Ne me dis pas que tu n'as pas reconnu le numéro ! s'exclama Lori, sidérée.

— Bien sûr que si. Mais je n'étais pas sûr que ce serait toi.

— Je vois, murmura-t-elle. On dirait que tu commences vraiment à te prendre au jeu.

— Ce n'est pas moi qui ai voulu jouer les espions, lui rappela-t-il. Comment t'en sors-tu ? Est-ce que tu as découvert quelque chose ?

— Oui, répondit-elle. Et Trey avait raison de se méfier de cette clinique.

— Que veux-tu dire ?

— Que Reed Dufrain est une ordure. Il repère les femmes les plus fragiles qui entrent au centre et, au lieu de les aider, il les enfonce encore plus.

— Comment ?

— Sous prétexte de les aider, il leur injecte une drogue qui les rend encore plus dépendantes. Je ne sais pas quel intérêt il a à le faire ni ce qu'il utilise exactement. Mais il y a autre chose.

— Je t'écoute.

— Deux des filles qui ont eu droit à ce traitement spécial

sont Karenna et Diana dont les noms étaient inscrits sur la carte que Summer conservait à la banque.

Cade laissa échapper un petit sifflement.

— Ça corrobore ce que Josh m'a dit.

— Il t'a appelé ?

— Oui. Il a réussi à obtenir le nom de la troisième fille qui s'est fait enlever. Tiens-toi bien, elle s'appelle Chelsea Kim.

— Chelsea, Karenna et Diana. Nous aurions identifié les trois prénoms et quatre de ces femmes au moins sont liées à la clinique. Karenna et Diana s'y trouvent, mais je ne pense pas que ce soit le cas des trois autres...

— Nous en discuterons tout à l'heure. Quitte le centre au plus vite et retrouve-moi à l'endroit dont nous sommes convenus hier.

— Tu plaisantes ? protesta Lori, oubliant presque qu'elle avait caressé une idée semblable, quelques minutes auparavant. Je n'ai toujours pas localisé Summer.

— Marino s'en chargera. lLorsqu'il saura ce que fait Dufrain dans cette clinique, je suis sûr qu'il obtiendra un mandat de perquisition pour fouiller les lieux de fond en comble.

— Le temps qu'il s'y mette, Dufrain aura le temps de faire le ménage comme il l'a déjà fait sur son site, objecta Lori. Accorde-moi juste un jour ou deux et j'en saurai plus sur ce qui se passe ici.

Cade laissa échapper un soupir d'agacement et de résignation mêlés.

— Tu es sûre que tu n'as pas éveillé les soupçons au cours de tes investigations ?

— Certaine. De toute façon, l'existence de ces femmes n'est même pas un secret.Simplement, Dufrain donne à entendre que ce sont des cas désespérés qui ont besoin d'attentions particulières. Cela lui permet de les empoisonner à loisir.

— Ça ne me plaît pas du tout, Lori. Ce type est dangereux.

— J'en ai parfaitement conscience. Et je t'assure que je prends toutes les précautions nécessaires.

S'il avait su ce qui s'était réellement passé dans la chambre de Karenna, Cade serait probablement venu la chercher en personne à la clinique.

— J'ai une mission à te confier, lui dit-elle. J'aimerais que tu ailles récupérer chez moi la drogue que nous avons trouvée chez Summer. Tu l'apporteras à quelqu'un que je connais qui pourra nous dire ce dont il s'agit exactement.

— Quelqu'un de la police ? s'enquit Cade.

— Il est de la police, oui, acquiesça-t-elle. Mais il acceptera de faire ça sans en référer à sa hiérarchie si je le lui demande – ou plutôt si tu le lui demandes de ma part.

— Génial, ironisa Cade. Je vais traverser Los Angeles avec un paquet de drogue pour aller rencontrer un flic véreux…

— Il n'est pas véreux, protesta-t-elle. Mais il a travaillé sous couverture pendant des années et il connaît toutes sortes de gens, des gens qui savent faire preuve de discrétion. Tu ne tiens pas à ce que la police sache que Summer se trouvait en possession de cette drogue, j'imagine ?

— Tu sais bien que non. Donne-moi le nom et le numéro de ce type.

— Il s'appelle Trevor Jansen. Je ne retiens pas son numéro mais il est dans mon téléphone.

— Je ne connais pas ton code PIN.

Elle le lui donna.

— C'est la date de naissance de notre fille, précisa-t-elle.

Un long silence suivit cet aveu.

— Je pense qu'il vaut mieux que je te dise que j'ai engagé un détective privé, déclara enfin Cade.

— Pour quoi faire ? s'étonna-t-elle.

— Je lui ai demandé de se renseigner sur notre fille.

— Cade, je t'en prie, ne gâche pas sa vie…

— Ne t'en fais pas, je ne compte absolument pas interférer.

Je veux juste savoir qui elle est, ce qu'elle fait, quel genre de personnes sont ses parents... J'ai besoin de m'assurer qu'elle est entre de bonnes mains.

Lori ne put réprimer un soupir. Elle ne pouvait cependant lui en vouloir. Durant des années, il avait ignoré jusqu'à l'existence de sa fille. À sa place, n'aurait-elle pas réagi exactement de la même façon ? Après tout, il n'avait plus guère de raison de la croire sur parole...

— D'accord, souffla-t-elle, tant que tu me promets que tu ne chercheras pas à la contacter. Nous devons faire passer son bien-être avant tout autre considération. Je ne veux pas non plus que tu envoies de l'argent à ses parents, même de façon anonyme.

— Je ne ferai rien de tout ça, lui assura-t-il.

— Bien, soupira-t-elle. En tout cas, merci de m'avoir prévenue.

— C'est la moindre des choses. Maintenant, tu ferais mieux de rentrer avant que quelqu'un ne s'aperçoive de ta disparition. Je me charge d'apporter la drogue à ce Trevor. De ton côté, tâche de faire profil bas. Et surtout, n'avale aucun médicament de la clinique.

— Ne t'en fais pas pour ça. Bonsoir, Cade.

— Bonsoir Lori. Fais bien attention à toi.

Elle raccrocha et effaça le numéro qu'elle venait de composer de la mémoire du téléphone. Après avoir renveloppé ce dernier dans sa serviette, elle contourna les buissons et se dirigea vers la terrasse. Tandis qu'elle s'en approchait, elle faillit avoir une crise cardiaque en voyant une ombre se détacher de la chaise longue sur laquelle elle était étendue.

Peron avait troqué sa tenue blanche contre une sorte de treillis de couleur sombre.

— Vous m'avez fait peur ! s'exclama-t-elle.

Au moins, elle n'avait même pas besoin de jouer la comédie.

— J'en ai autant à votre service, répondit-il. J'ai cru que vous étiez un puma !

— Il y a des pumas dans la région ? s'inquiéta-t-elle.

— J'en ai déjà vu un qui traversait la pelouse.

— Si j'avais su, je me serais bien gardée de m'approcher de la forêt, lui dit-elle. J'étais sur le point de rapporter le plateau lorsque j'ai entendu un bruit par là-bas, ajouta-t-elle en désignant les buissons. J'espère que ce n'était pas un puma !

— Je vous rassure : en général, ils ont aussi peur de nous que nous d'eux. Mais, de toute façon, vous ne devriez pas être dehors à cette heure. Le couvre-feu est passé.

— Vraiment ? fit-elle en allant ramasser le plateau. Je n'avais pas conscience qu'il était si tard.

— Je me charge de ça, lui dit Peron en lui prenant le plateau des mains.

— Merci, lui dit-elle. Bonne nuit, Peron.

— Bonne nuit, Loretta.

Le cœur battant la chamade, Lori se dirigea vers sa chambre. Elle ne savait pas si elle était réellement parvenue à berner le surveillant. Elle ignorait aussi s'il relaterait son incartade à Reed Dufrain et c'était une éventualité qui l'inquiétait bien plus encore.

17

Cade se tenait près du stand du vendeur de hot-dogs que lui avait indiqué Trevor Jansen. Il était très désagréablement conscient d'avoir dans sa poche un sachet empli de drogues dont la détention aurait probablement pu lui valoir quelques mois de prison.

Une moto déboucha alors en grondant au bout de la rue et la remonta à vive allure. Elle s'arrêta à quelques mètres de là et le conducteur en descendit. Il portait un jean et un blouson de cuir noirs ainsi qu'une paire de bottes qui lui montaient jusqu'à mi-mollet.

Il ôta alors son casque et se dirigea droit vers le stand.

— Vous devez être Cade, dit-il en l'observant de la tête aux pieds.

— Et vous, Trevor.

— Exact. Je vais commander un hot-dog. Vous en voulez un aussi ?

— Non, merci.

— Allez vous installer à l'une des tables libres. Je vous rejoins tout de suite.

Visiblement, la transaction qu'ils s'apprêtaient à effectuer le stressait nettement moins que Cade. Mais il avait l'avantage d'être de la police.

Quelques minutes plus tard, Trevor se laissa tomber sur la chaise qui faisait face à celle sur laquelle Cade avait pris place. Il posa devant lui un hot-dog généreusement arrosé de sauce pimentée ainsi qu'un verre de soda.

— Où est Lori ? lui demanda-t-il entre deux bouchées. J'ai entendu dire qu'elle avait été suspendue de ses fonctions.

— C'est exact. Elle en a profité pour prendre quelques jours de vacances.

Trevor le considéra d'un œil dubitatif : de toute évidence, Lori n'avait pas pour habitude de prendre des congés. Cela n'étonna pas particulièrement Cade.

— C'est un bon flic, commenta Trevor. Mais il lui arrive de se mettre des gens à dos parce qu'elle en fait trop.

— Je vois très bien ce que vous voulez dire. Elle a toujours eu l'impression que c'était à elle de redresser tous les torts auxquels elle se trouvait confrontée. J'imagine que vous avez entendu parler de ce qui est arrivé à son frère ?

— Oui, répondit Trevor qui était déjà venu à bout de la moitié de son hot-dog. Mais, de vous à moi, Danny Del Valle est coupable de ce dont on l'a accusé. Et l'empreinte qui obsède tant Lori depuis toutes ces années n'y change strictement rien.

— C'est aussi ce que je pense. Mais je me garde bien de le lui dire.

Trevor haussa les épaules d'un air fataliste.

— J'ai essayé de le faire, un jour. Et j'ai bien cru qu'elle allait m'arracher la tête. Mais je ne peux pas le lui reprocher : il ne doit pas être facile d'admettre le fait que son propre frère puisse être un meurtrier.

— C'est vrai, reconnut Cade. J'imagine que l'on veut toujours laisser le bénéfice du doute aux personnes que l'on aime.

— Sauf que, dans le cas de Lori, c'est devenu une véritable obsession. Et ça la pousse à se mettre en danger parce qu'elle ferait tout pour sauver la veuve ou l'orphelin.

Cade ne put s'empêcher de penser aux risques qu'elle courait en ce moment même pour sauver des femmes qu'elle ne connaissait même pas personnellement.

— Nous avons tous nos faiblesses, éluda-t-il.

— Sans doute, concéda Trevor. Mais dites-moi, que puis-je faire pour vous – ou pour Lori, plutôt.

— Lori m'a dit que vous pourriez peut-être m'aider à trouver une information sans passer par les canaux officiels.

— C'est possible. Et je le ferai volontiers si ça peut lui rendre service. Ma petite amie est détective privée et Lori l'a souvent aidée à identifier des empreintes digitales, lui faisant gagner un temps précieux dans ses enquêtes. Que voulez-vous savoir, au juste ?

— Ma sœur a disparu récemment dans des conditions inquiétantes. Lorsque Lori et moi avons fouillé sa chambre, nous avons trouvé un sachet contenant une poudre blanche. Ma sœur a déjà eu des problèmes de drogue et cela ne m'a pas étonné outre mesure. En revanche, j'aimerais bien pouvoir identifier la substance dont il s'agit.

— Montrez-moi ça, lui dit Trevor en tendant la main sous la table.

Cade sortit le sachet de sa poche et le posa au creux de sa paume. Trevor le ramena vers lui et l'observa discrètement avant de hocher la tête.

— On dirait bien que votre sœur est tombée sur de la China Girl. Si vous l'observez attentivement, vous remarquerez qu'elle a un reflet légèrement rose qui ne trompe pas.

— Qu'est-ce que c'est, exactement ?

— C'est un dérivé du fentanyl, expliqua Trevor. Il a été conçu pour être nettement moins dangereux mais nettement plus addictif. Cette substance est apparue l'année dernière mais nous n'avons pas encore pu déterminer d'où elle provient exactement. Est-ce que votre sœur dealait ?

— Non ! s'exclama Cade, choqué par cette seule idée. Elle a suffisamment d'argent pour s'acheter tout ce qui lui fait plaisir, qu'il s'agisse de drogue ou d'autre chose...

— Ce n'est peut-être pas une question d'argent, objecta Trevor.

— Que voulez-vous dire ?

— Celui qui lui procure sa drogue l'oblige peut-être à jouer les revendeuses en échange.

Trevor observa plus attentivement le sachet qu'il tenait à la main.

— En tout cas, c'est bien un échantillon destiné à la vente. La quantité correspond et il y a même une série de chiffres sur le sachet. J'imagine que c'est une sorte de numéro de série.

Ces constats ne contribuèrent guère à rassurer Cade qui se demandait avec angoisse dans quel guêpier Summer était allée se fourrer.

— Est-ce que vous pouvez vérifier ce que c'est, exactement ? insista-t-il.

— Pas personnellement. Mais je connais quelqu'un qu le peut.

Trevor glissa le sachet dans la poche de son blouson et Ca parvint enfin à se détendre pour la première fois depuis qu avait quitté la maison de Lori. Trevor termina son hot-dog.

— Puis-je vous demander pourquoi vous ne tenez pas à impliquer la police ?

— Ma sœur a disparu. Que croyez-vous que feraient vos collègues en apprenant que c'était une toxicomane et que j'ai retrouvé de la drogue chez elle ?

— Je comprends, en effet, concéda Trevor. Bien, je vais voir ce que je peux faire et je vous recontacterai dès que j'aurai du nouveau. Mais si votre sœur avait des contacts dans le milieu des trafiquants de drogue, connaître leurs noms pourrait faciliter les choses.

Cade hésita à lui parler de Reed Dufrain. Il jugea que, ce faisant, il risquait de mettre Lori encore plus en danger qu'elle ne l'était déjà. Si Dufrain apprenait que son secret était éventé, il chercherait qui avait bien pu vendre la mèche.

— Alors ? Est-ce que vous avez un nom à me donner ? s'enquit Trevor.

— Non, je ne vois personne, assura Cade.

— Tant pis. Je vais quand même voir ce que je peux faire.

Sur ce, il se leva et, après avoir adressé un petit salut de la main à Cade, il se dirigea vers sa moto qu'il enfourcha. ets'éloigna à vive allure en direction du centre-ville.

Cade se redressa à son tour et propulsa le verre vide de Trevor dans la poubelle la plus proche. Loin de disparaître, l'inquiétude qu'il éprouvait en venant à ce rendez-vous avait brusquement changé de nature.

Car si Reed Dufrain rendait accro des patientes à la China Girl pour les transformer ensuite en revendeuses de drogue, cela signifiait que le danger que courait Lori en cet instant même était bien plus grand qu'ils ne l'avaient imaginé.

Au cours de la deuxième journée qu'elle passa à la clinique, Lori décida de faire profil bas. Elle participa à autant d'activités qu'elle le put et se garda de faire allusion aux patientes du couloir de l'angoisse.

Elle ne savait même pas si elle pouvait faire confiance aux femmes avec qui elle en avait parlé la veille : Jessica semblait bien trop bavarde et Shannon un peu trop dévouée à Reed Dufrain. Se pouvait-il que l'une ou plusieurs des résidentes soient en réalité des complices chargées de surveiller les nouvelles venues ?

La veille, au retour à sa chambre, elle avait constaté que sa valise avait été déplacée. Elle ignorait s'il s'agissait d'une mesure spécialement dirigée contre elle ou si toutes les chambres de la clinique faisaient régulièrement l'objet de telles fouilles.

Lori préféra donc éviter aussi bien Shannon et Jessica que Peron. Elle ne le croisa qu'une fois par hasard et le sourire entendu qu'il lui adressa à cette occasion ne lui dit rien de bon. Elle aperçut à plusieurs reprises le responsable du centre mais il lui fit à peine l'aumône d'un regard.

Elle aurait voulu retourner auprès de Karenna dans l'espoir de la trouver consciente et de pouvoir s'entretenir avec elle. Mais elle savait que si on la surprenait, les soupçons que Dufrain pouvait avoir à son égard se changeraient en certitudes. Il ne lui resterait plus alors qu'à tenter de fuir au plus vite.

Après réflexion, elle décida pourtant que, d'une façon ou d'une autre, il allait lui falloir récupérer un échantillon de la substance que Dufrain injectait à sa victime. Elle disposerait alors au moins d'une preuve à transmettre à Marino, ce qui lui permettrait d'obtenir plus rapidement un mandat de perquisition.

En fin d'après-midi, après une interminable séance d'art-thérapie, Lori revint dans sa chambre. Si Dufrain était régulier dans ses horaires, elle disposait de quelques minutes avant qu'il ne vienne administrer à Karenna une dose de sa drogue.

Cette fois-ci, elle prit soin de se munir de son téléphone portable. C'était un modèle relativement basique mais il était tout de même équipé d'un appareil-photo. À pas de loup, elle gagna le couloir de l'angoisse et s'approcha de la porte de la chambre de Karenna. Pressant son oreille contre le battant, elle s'assura qu'aucun bruit ne provenait de l'intérieur.

Précautionneusement, elle ouvrit la porte et se glissa dans la pièce qui, tout comme la veille, était plongée dans la pénombre. Lori pouvait à peine distinguer la silhouette de Karenna allongée sur le lit. S'approchant d'elle, elle l'appela doucement.

La jeune femme aux longs cheveux bruns ouvrit brusquement les yeux et esquissa un mouvement comme pour se protéger.

— Surtout, ne faites pas un bruit, lui souffla Lori. Je ne

veux pas vous faire de mal. Je veux juste comprendre ce que vous veut Dufrain.

Les lèvres de Karenna remuèrent doucement mais aucun son n'en sortit. Lori prit un mouchoir dans la boîte qui se trouvait sur la table de nuit et s'en servit pour essuyer doucement la salive qui coulait au coin de sa bouche.

— Je suis ici pour vous aider, ajouta-t-elle. Mais il faut que je sache ce qui se passe. Pourquoi est-ce que Reed vous drogue ?

Karenna parut se concentrer pour tenter de formuler une réponse à cette question.

— Drogue..., articula-t-elle.

— Je sais qu'il vous drogue, acquiesça Lori. Mais pourquoi ?

— Contrôle...

Karenna ferma les yeux.

— Pourquoi veut-il vous contrôler ? demanda Lori qui savait que son temps était compté. Que veut-il vous faire faire ? Et où sont les autres ?

Karenna rouvrit les yeux.

— En bas..., souffla-t-elle. Partez...

— Où ça, en bas ? s'enquit Lori qui ne se rappelait pas avoir vu de porte menant à une cave.

— Partez, répéta Karenna en lançant un regard inquiet en direction de la porte.

— D'accord, répondit Lori en tapotant la main de la jeune femme. Ne vous inquiétez pas. Je reviendrai. La police va mettre fin à tout ça.

Sur ce, elle se détourna et courut jusqu'à la porte. L'entrouvrant, elle jeta un coup d'œil au-dehors et s'assura que la voie était libre. Rassurée, elle avança et se dirigea vers le couloir principal. Mais alors qu'elle était sur le point d'y déboucher, elle s'arrêta net, le cœur battant à tout rompre.

La voix de Dufrain lui parvenait, toute proche. Il était en train de s'entretenir avec Peron de la sortie prochaine d'une résidente. Comprenant qu'elle avait trop tardé, Lori fit demi-tour et se précipita vers la seconde porte du couloir de l'angoisse. Mais au mépris des règles en vigueur au sein de la clinique, celle-ci était fermée à clé.

Luttant contre la panique qui l'envahissait, Lori comprit qu'elle n'avait pas le choix. Elle se rua vers l'extrémité du couloir au bout duquel se trouvait une porte fermée par une barre métallique qui donnait sur l'extérieur.

Au moment où elle l'ouvrit, une alarme se mit à retentir. Claquant la porte derrière elle, Lori s'élança vers la lisière des arbres et plongea dans le premier buisson venu, se tapissant sur le sol. Un instant plus tard, la porte qu'elle venait d'emprunter se rouvrit, déclenchant de nouveau l'alarme.

Elle vit Peron sortir et observer attentivement les alentours. Au bout d'un moment, il se retourna et échangea quelques mots avec quelqu'un – probablement Dufrain. Le cœur battant la chamade, Lori s'attendait à tout moment à voir le surveillant se ruer sur elle. Mais au bout de ce qui lui sembla être une éternité, il se détourna et disparut à l'intérieur.

Sachant que la porte ne s'ouvrait pas de l'extérieur et qu'elle aurait de toute façon déclenché de nouveau l'alarme, Lori se redressa et se mit à courir à travers bois pour contourner la maison en direction de la terrasse. Les pierres et les brindilles qui se trouvaient sur le sol mordaient cruellement la plante de ses pieds.

Lorsqu'elle parvint enfin au patio, elle s'immobilisa, haletante. Par chance, les résidentes devaient déjà s'être rassemblées dans la cuisine et il n'y avait personne en vue. Lori s'élança de nouveau, courant aussi vite qu'elle le pouvait jusqu'à la grande porte-fenêtre qui donnait sur le salon. Sans ralentir, elle poursuivit sa course jusqu'à sa chambre où elle s'effondra, haletante.

Elle n'avait malheureusement pas le temps de prendre une douche et se contenta de se laver les pieds et de se changer, troquant sa tenue de yoga contre une robe. Avisant les griffures que les branches des arbres avaient infligées à ses bras, elle enfila un gilet pour les dissimuler.

Elle rejoignit alors les autres pensionnaires dans la cuisine et s'approcha de Shannon, qui était en train de couper des légumes.

— Où étais-tu passée ? lui demanda celle-ci.

Tendant la main vers elle, elle cueillit une feuille qui était restée accrochée à ses cheveux.

— C'est demain, la randonnée. Tu as décidé de faire des repérages ?

— J'étais sur la terrasse lorsque j'ai cru entendre un animal dans les bois. Je suis allée jeter un coup d'œil mais je n'ai rien vu.

Shannon parut se satisfaire de cette explication. La préparation du repas puis le dîner ensuite se déroulèrent sans anicroche. Et Lori commença à se détendre un peu. Elle ne se faisait pourtant aucune illusion : Dufrain et Peron savaient que l'une des résidentes s'était trouvée dans le couloir de l'angoisse, un peu plus tôt. Et à ce stade, elle faisait probablement partie des principales suspectes.

Après le dîner, elle repassa par sa chambre pour aller enfiler son maillot de bain et prendre sa serviette dans laquelle elle glissa son téléphone portable. Mais comme elle s'apprêtait à ressortir, elle entendit frapper à sa porte.

— Entrez, répondit-elle, surprise.

Peron pénétra dans sa chambre et elle sentit son rythme cardiaque s'accélérer brusquement.

— Excusez-moi, Loretta. Je viens de la part de Reed Dufrain. Il aimerait vous voir dans son bureau.

— Maintenant ? articula-t-elle.

— Oui, cela ne prendra pas longtemps. Vous pourrez rejoindre ensuite les autres au jacuzzi.

— D'accord, répondit-elle, comprenant qu'elle n'avait guère le choix.

Emportant sa serviette, elle emboîta le pas à Peron qui la conduisit jusqu'au hall d'entrée. De là, ils empruntèrent le couloir qui desservait les bureaux du personnel. Celui de Dufrain était luxueusement meublé et équipé.

Elle remarqua notamment de nombreux moniteurs et se demanda avec frayeur si le centre ne disposait pas de caméras de surveillance qu'elle n'aurait pas repérées. Peut-être avait-il assisté en direct à sa course folle à travers bois.

— Bonsoir, dit-elle en s'efforçant d'adopter un ton décontracté. Peron m'a dit que vous vouliez me voir ?

— C'est exact. Asseyez-vous, Loretta, je vous en prie.

Elle prit place sur l'un des deux confortables fauteuils de cuir qui faisaient face à son bureau.

— Comment vous adaptez-vous à votre nouvel environ nement, Loretta ? lui demanda alors Dufrain d'un ton pateli

— Très bien, je crois. Je me sens déjà nettement mieux q lorsque je suis arrivée. C'est un environnement merveill pour se ressourcer et trouver la force de faire face à ses démons.

— C'est vrai, acquiesça-t-il. Mais l'une de nos thérapeutes m'a fait part de son inquiétude à votre endroit. Elle pense que vous pourriez être un peu plus fragile que nous ne l'avions pensé initialement.

— Vraiment ? articula Lori qui craignait de deviner où ceci risquait de la mener.

Une terreur sans nom s'insinua en elle. Il n'était pas question qu'il l'enferme dans cet atroce couloir de l'angoisse.

— Dans les cas comme le vôtre, nous prescrivons un cocktail de vitamines que nous avons développé et qui facilite la désintoxication.

— Il n'a jamais été question de médicaments dans le protocole que j'ai signé, répondit Lori.

— Ce n'est pas à proprement parler d'un médicament, objecta Dufrain. Juste des vitamines.

— Que vous a dit cette thérapeute, au juste ?

— Qu'elle vous sentait fragile, perdue, angoissée. Que vous étiez probablement à un tournant de votre rémission.

Lori s'efforça de dominer sa panique pour considérer la situation sous un angle rationnel. Si elle refusait de prendre ce soi-disant cocktail de vitamines, Dufrain ne courrait probablement pas le risque de le lui faire avaler de force. En revanche, il l'expulserait probablement du centre en prétextant que, sans confiance réciproque, il ne pouvait espérer l'aider. Elle ne disposerait alors d'aucune preuve permettant à Marino d'intervenir de nouveau.

Mais si elle avalait cette pilule, elle risquait de finir comme cette pauvre Karenna. Et, dans ce cas, ni Marino, ni Cade ne pourraient plus rien pour elle. Il allait donc lui falloir ruser.

— Qu'y a-t-il dans ce cocktail ? demanda-t-elle.

— Un mélange de vitamines B, C et D, de zinc, de carnitine et de plantes. Il nous a permis d'obtenir des résultats assez étonnants.

— D'accord, acquiesça enfin Lori. Si vous pensez vraiment que cela peut m'aider, je veux bien essayer. J'ai vraiment l'intention de décrocher pour de bon, cette fois-ci.

— Parfait, déclara Dufrain en sortant du tiroir de son bureau un tube dont il sortit une pilule qu'il tendit à Lori.

Elle l'observa attentivement, remarquant sa couleur légèrement rosée. Elle lui rappela la teinte de la poudre qu'ils avaient trouvée chez Summer.

— Est-ce que vous voulez un verre d'eau ? lui demanda Dufrain.

— Ce n'est pas la peine. Elle n'est pas très grosse.

Lori propulsa la pilule dans sa bouche et fit mine de l'avaler tout en la glissant sous sa langue. Il ne lui restait plus qu'à espérer qu'elle ne se dissoudrait pas trop rapidement.

— Parfait, déclara Dufrain. Peron placera ce tube sur votre table de nuit. Prenez-en une chaque matin au réveil et chaque soir avant de vous coucher. Vous ne sentirez probablement pas les effets tout de suite mais cela devrait vous aider.

— Merci, répondit Lori en se levant. Merci de veiller sur nous comme vous le faites.

— C'est mon rôle, éluda-t-il avec un sourire affable.

— Je vais rejoindre les autres, à présent.

— Bonne nuit, Loretta. Faites de beaux rêves.

Lori quitta le bureau en adressant un petit signe de tête à Peron au passage. Elle attendit d'être sortie de la maison pour récupérer la pilule glissée sous sa langue et cracher le résidu amer qu'elle avait dans la bouche. Après l'avoir soigneusement essuyé, elle glissa le cachet dans sa serviette, auprès de son portable.

Elle aurait préféré regagner directement sa chambre mais craignit de raviver la méfiance de Dufrain en agissant de la sorte. Se forçant à adopter un air parfaitement décontracté, elle rejoignit donc les résidentes qui se trouvaient au jacuzzi.

Là, elle s'abstint prudemment de parler de ce qui venait de se passer. Elle se garda également de toucher au jus de pomme, craignant qu'il soit aussi drogué.

Lorsque les dernières pensionnaires se retirèrent, Lori suivit le mouvement et regagna sa chambre. Là, elle constata que Peron avait effectivement apporté le tube de pilules promis par Dufrain.

En dépit de l'angoisse qui l'habitait toujours, Lori sentit un pâle sourire se dessiner sur ses lèvres. Elle tenait enfin la preuve qu'elle cherchait. Sans perdre une minute, elle se débarrassa de son maillot et enfila un jean et un T-shirt noirs ainsi qu'une paire de chaussures de marche. Dans un petit sac à dos, elle glissa le contenu de son sac à main, le téléphone portable et le tube de pilules.

Le cœur battant à tout rompre, elle tendit l'oreille à l'affût du moindre son. Mais le centre était totalement silencieux à cette heure. Entrouvrant la porte, elle s'assura que le couloir était désert et se dirigea furtivement vers le salon. Là encore, elle s'arrêta et écouta les bruits qui provenaient du dehors.

Seul le glougloutement du jacuzzi lui parvint. Le couvre-feu était en vigueur, à cette heure, et toutes les pensionnaires avaient dû regagner leurs chambres. Il ne lui restait plus qu'à espérer qu'elle ne tomberait pas sur Peron ou l'un des autres surveillants.

Sachant qu'elle ne pouvait tergiverser indéfiniment, Lori s'avança sur la terrasse et constata avec soulagement qu'elle était bel et bien déserte. Sans hésiter, elle se mit à courir en direction des bois.

18

Tapie derrière le buisson derrière lequel elle s'était cachée la veille au soir, Lori sortit de son sac son téléphone portable et composa le numéro de Cade. Ce dernier devait guetter son appel car, une fois encore, il répondit à la première sonnerie.

— Je me suis fait un sang d'encre, lui dit-il. Est-ce que tout va bien ?

— Pour le moment, oui, répondit-elle.

— Je suis là, Lori.

— Je sais, Cade.

— Non, je suis vraiment là, lui dit-il, à Topanga.

Un immense soulagement déferla en elle comme une vague.

— Comment as-tu su ? lui demanda-t-elle.

— Su quoi ?

— Rien, éluda-t-elle, sachant que le lieu et le moment étaient mal choisis pour lui expliquer ce qui venait de se produire. Pourquoi es-tu venu ?

— J'ai rencontré ton ami Trevor Jansen. Il a fait analyser la drogue que nous avons trouvée chez Summer. Il s'agit d'un dérivé très addictif du fentanyl surnommé China Girl. Apparemment, quelqu'un arrose la ville avec cette saleté depuis près de neuf mois. La police ne sait pas qui est derrière ce trafic mais il semble que les dealeurs soient tous des femmes. Dès qu'ils parviennent à en identifier une, elle disparaît. Personne ne sait qui est derrière ce trafic.

— Moi, si, répondit Lori. C'est Reed Dufrain. Et il utilise des femmes qu'il recrute à la clinique en les rendant accros à cette fameuse drogue.

— Est-ce que tu en es sûre ?

— Certaine, répondit-elle. J'ai même un tube rempli de cette saleté.

— Tu as réussi à le lui voler ?

— Pas exactement, répondit-elle. Il me l'a donné pour que j'en prenne.

Cade laissa échapper un juron.

— Il doit se douter que tu es sur sa piste, lui dit-il. Il faut que tu files tout de suite de là.

— C'est précisément ce que je suis en train de faire, répondit-elle. Je te retrouve sur la route, à l'endroit où débouche la piste de randonnée.

— Parfait. Je devrais y être d'ici peu.

Lori se figea soudain en entendant craquer une branche sur sa droite. Retenant son souffle, elle coupa la communication avec Cade et tendit l'oreille. Elle entendit un autre craquement et reconnut des bruits de pas dans le sous-bois, ainsi que des murmures étouffés. Puis, soudain, la voix de Dufrain résonna dans la nuit.

— Loretta ! Nous savons que vous êtes là. Soyez raisonnable et sortez de la forêt. Vous êtes malade. Vous avez besoin d'aide.

Lori savait qu'elle ne pouvait demeurer indéfiniment cachée dans ce fourré. Tôt ou tard, Dufrain et Peron finiraient par la repérer. Elle se déplaça donc précautionneusement de façon à pouvoir apercevoir ses poursuivants.

Ils se trouvaient un peu plus loin qu'elle ne l'avait craint, à un endroit où la forêt formait une petite clairière. Tout comme Peron, Dufrain était vêtu de noir. Tous deux tenaient à la main de puissantes lampes torches dont les rayons transperçaient le couvert des arbres, cherchant à accrocher une silhouette humaine.

— Ne soyez pas stupide, Loretta ! l'exhorta Dufrain, changeant de tactique. Je peux réaliser vos rêves les plus fous. Si vous acceptez de coopérer avec moi, vous serez pleine aux as et vous aurez toute la drogue dont vous pouvez rêver. Nous sommes faits pour nous entendre, tous les deux...

Lori serra les poings, sentant ses ongles mordre cruellement la chair de ses paumes. Summer avait-elle vécu la même expérience ? Et Karenna aussi, avant d'être rattrapée, clouée sur ce lit et bourrée de drogues ?

— Je ne peux pas rester ici indéfiniment, dit alors Dufrain à Peron. J'ai du travail. Tâche de la retrouver et de la ramener au centre. Appelle-moi dès que ce sera fait, d'accord ?

— À vos ordres, répondit sobrement Peron.

Dufrain s'avança de quelques pas jusqu'au centre de la clairière et se pencha pour soulever quelque chose. Stupéfaite, Lori comprit qu'il s'agissait du panneau d'une trappe. Dufrain ne tarda pas à disparaître sous terre et Peron referma la trappe derrière lui.

Lori s'attendait à ce qu'il se remette à fouiller le sous-bois de façon méthodique mais, au lieu de cela, il se détourna et se dirigea vers la clinique. Peut-être se disait-il qu'en se retrouvant seule au milieu de la forêt, à des kilomètres de toute autre habitation, Lori finirait par se rendre d'elle-même. Si tel était le cas, il allait être amèrement déçu.

Se redressant, Lori se mit à courir à toute allure en direction de la piste qui permettait de rejoindre le sentier de randonnée du rocher au crâne.

Assis dans sa voiture, Cade gardait les yeux rivés sur le sentier forestier plongé dans l'obscurité. Lorsque son appel avec Lori avait été brusquement coupé, il avait résisté à grand-peine à la tentation de la rappeler immédiatement. Il s'était pourtant convaincu que si elle avait raccroché, c'était qu'elle devait avoir de bonnes raisons de le faire.

Une fois parvenu à leur point de rendez-vous, il avait failli s'avancer à sa rencontre. Mais là encore, il avait fini par renoncer, craignant qu'en pleine nuit tous deux ne risquent de se croiser sans se voir.

Il ne lui était donc plus resté qu'à prendre son mal en patience. Et c'était probablement l'un des choix les plus difficiles qu'il eût faits de toute sa vie. L'idée qu'il puisse être arrivé quelque chose à Lori le rendait physiquement malade et il regrettait amèrement de ne pas avoir fait plus pour l'empêcher de mettre à exécution son plan absurde.

Il commençait à se demander s'il ne ferait pas mieux d'appeler la police lorsqu'il vit une silhouette émerger de la forêt. Il lui fallut quelques instants pour identifier Lori qui était intégralement vêtue de noir et portait un sac à dos.

Éperdu de soulagement, il se précipita hors de la voiture et courut vers elle pour la prendre dans ses bras et la serrer contre lui.

— Dieu merci, tu vas bien ! s'exclama-t-il en plongeant son visage dans ses cheveux.

Il avait besoin de la toucher, de sentir son odeur pour s'assurer que c'était bien elle, qu'elle était bien vivante. Et comme il l'étreignait de la sorte, il prit conscience de l'intensité presque vertigineuse des sentiments qu'il éprouvait pour elle.

— Pourquoi ne m'as-tu pas rappelé ? lui demanda-t-il en s'écartant enfin. J'étais mort de peur !

— Dufrain et Peron, l'un des surveillants, se sont lancés à ma poursuite, expliqua-t-elle d'une voix légèrement haletante. Je ne voulais pas qu'ils puissent me repérer. Et lorsque je leur ai échappé, j'ai couru aussi vite que je pouvais pour venir te retrouver. Mais nous devons y retourner.

— Tu plaisantes ? s'écria Cade, sidéré. Tu viens tout juste de sortir de cet enfer !

— Oui, mais au passage, j'ai vu Dufrain passer par une trappe située dans une clairière. Elle doit mener à une sorte de bunker et s'il retient Summer, Courtney et Chelsea prisonnières, c'est probablement là qu'elles se trouvent.

— Pourquoi les aurait-il enlevées ?

— Tu l'as dit toi-même : lorsque les femmes qu'il emploie pour revendre la marchandise se font repérer, elles disparaissent et il envoie de nouvelles recrues sur le terrain.

— Il pourrait tuer celles qui ne lui servent plus à rien, remarqua Cade d'une voix morne.

— Je ne pense pas, lui dit Lori. Lorsque j'ai demandé à Karenna où étaient les autres, elle m'a dit « en bas ». Sur le moment, j'ai cru qu'elle voulait parler d'une cave mais il s'agit probablement de ce bunker. Nous devons retourner les chercher. Si seulement nous avions une arme...

— J'ai pris ton pistolet, répondit Cade. Juste au cas où. Mais ce n'est pas suffisant. Nous ne connaissons pas la configuration des lieux. Et nous ne savons pas sur combien de personnes Dufrain peut compter. Nous devons appeler la police !

— Et que leur dirons-nous ? objecta Lori. Que le directeur d'un centre de désintoxication est en réalité un dangereux trafiquant de drogues qui garde des femmes prisonnières au fond d'un bunker situé dans les bois ? Ils vont nous rire au nez. Et même s'ils nous prennent au sérieux, ils auront besoin d'un début de preuve pour pouvoir solliciter un mandat.

— Ils feront peut-être une exception s'ils savent que des vies sont en jeu, objecta Cade.

— Il n'y a aucune chance pour que cela arrive, se fâcha-t-elle. S'ils n'ont pas d'autorisation en bonne et due forme d'un juge, rien de ce qu'ils trouveront à la clinique ne sera recevable devant un tribunal. Nous avons commencé seuls cette enquête et j'ai bien peur que nous ne devions la terminer seuls.

Cade réfléchit à ce qu'elle venait de lui dire. Dès le lendemain matin, Dufrain s'apercevrait de la disparition de Lori.

S'il la soupçonnait d'être venue l'espionner, il prendrait probablement les mesures qui s'imposaient et déplacerait ses prisonnières vers un endroit plus sûr. Cade perdrait alors toute chance de retrouver sa sœur.

— D'accord, s'inclina-t-il enfin. Allons-y.

Regagnant la voiture, il alla chercher dans le coffre le sac qu'il avait apporté avec lui. Il en sortit le pistolet et le holster de Lori qu'il lui tendit. De son côté, il se munit d'une rocher torche et d'une batte de base-ball.

— Je vois que tu as tout prévu, remarqua Lori, stupéfaite.

— J'étais prêt à te faire sortir de la clinique par la force s'ils refusaient de me laisser te parler, avoua-t-il.

— Un vrai chevalier servant, commenta-t-elle avec un large sourire.

Ils se mirent en marche à travers bois, suivant le sentier qui serpentait en direction de la clinique. Lori le conduisit alors jusqu'à la clairière dans laquelle elle avait vu disparaître Dufrain.

— J'espère qu'il n'a pas installé des caméras de surveillance aux alentours, commenta Cade.

— Je doute qu'il tienne à ce que ses propres allers et venues soient filmés. Et puis, nous sommes vraiment loin de tout, ici.

Ils s'avancèrent vers le centre de la clairière en cherchant une trappe. Ce fut Lori qui finit par la repérer. Elle était habilement camouflée, se fondant presque parfaitement avec le sol environnant. Et sans savoir ce que l'on cherchait, on n'avait quasiment aucune chance de tomber dessus.

— Dufrain l'a ouverte d'une seule main. Tu ne devrais pas avoir de mal à y parvenir.

De fait, lorsque Cade tira sur l'anneau dissimulé par de la mousse artificielle, la trappe bascula très facilement sur elle-même grâce à un contrepoids, révélant des barreaux métalliques qui permettaient de descendre dans les profondeurs.

Instantanément, une odeur à la fois âcre et étrangement doucereuse vint leur chatouiller les narines.

— Qu'est-ce que c'est ? s'enquit Cade.

— Aucune idée. Dans le doute, nous ferions peut-être mieux de nous couvrir le nez et la bouche.

Ils se confectionnèrent des masques à l'aide de leurs sweats. Avant de descendre, Cade envoya un message à Trevor Jansen pour lui expliquer ce qu'ils s'apprêtaient à faire et lui transmettre des coordonnées GPS du bunker.

Ils descendirent alors le long des barreaux et ne tardèrent pas à entendre des cliquetis métalliques qui provenaient de l'intérieur du bunker. À mesure qu'ils descendaient, l'odeur se faisait plus entêtante encore et Cade se sentit pris d'un léger vertige.

Parvenus au pied de l'échelle, ils suivirent un étroit corridor qui conduisait jusqu'à une porte métallique grande ouverte par-delà laquelle on apercevait en contrebas une scène qui semblait tout droit sortie d'un cauchemar.

Une dizaine de personnes vêtues de combinaisons Hazmat s'activaient dans ce qui semblait être un laboratoire de chimie clandestin. Chacune d'elles était reliée par une chaîne à un système de barres métalliques qui lui permettait de se déplacer plus ou moins librement dans la pièce mais pas d'en sortir. De toute évidence, Dufrain les avait réduites en esclavage pour leur faire fabriquer la fameuse China Girl. Horrifié, Cade se demanda si sa sœur Summer se trouvait parmi elles.

— Nous ne pouvons pas rester là, lui souffla Lori à l'oreille. Les vapeurs de drogue risquent de nous intoxiquer complètement.

— Je ne peux pas laisser Summer dans cet enfer, murmura-t-il.

— Nous ne la laisserons pas. Nous allons attendre Jansen et ses hommes.

— Tu as dit qu'ils n'interviendraient pas sans mandat.

— C'est vrai, répondit Lori en sortant son téléphone de

sa poche. Mais avec ça, ils n'auront aucune difficulté à en obtenir un.

Elle prit plusieurs clichés de la salle en contrebas et les envoya à Trevor Jansen avant de remettre le portable dans sa poche.

— Allons-y, lui dit-elle.

Cette fois, il ne protesta pas. Il pouvait déjà sentir les effets délétères des fumées qu'ils avaient inhalées depuis qu'ils étaient entrés dans le bunker. À grands pas, tous deux regagnèrent l'échelle.

— Passe devant, lui dit Cade.

— Il vaut mieux que ce soit toi, au cas où Peron serait dans les parages.

Il hocha la tête et commença à escalader les barreaux. Il avait dépassé la moitié de l'échelle lorsqu'il entendit Lori pousser un cri derrière lui.

— Que se passe-t-il ?

— Dufrain..., lui cria-t-elle.

— J'arrive.

— Non ! protesta-t-elle. Sauve-toi et va prévenir les secours. Il ne sert à rien de nous faire tuer tous les deux.

Baissant les yeux, Cade vit que Lori se débattait avec Dufrain qui lui avait agrippé la jambe. Le directeur de Jours Meilleurs portait un masque à gaz pour se protéger des vapeurs toxiques.

— Je ne vais pas vous tuer, Loretta, dit-il alors. Vous allez rejoindre ma petite équipe de choc. Et votre ami aussi.

Faisant preuve d'une force nettement plus importante que prévue chez un homme de son gabarit, Dufrain avait réussi à plaquer les deux jambes de Lori contre les barreaux métalliques. De sa main libre, il sortit de sa poche un boîtier qu'il ouvrit et laissa tomber au bas de l'échelle, ne conservant que la seringue qui se trouvait à l'intérieur.

— La pilule que je vous ai donnée tout à l'heure n'était

qu'un petit avant-goût, lui dit-il. Vous allez maintenant faire connaissance avec ma création. Cela devrait beaucoup vous plaire.

Comprenant qu'il ne lui restait plus que quelques instants pour agir, Cade tenta le tout pour le tout et se laissa tomber sur Dufrain, les pieds en avant. Il leur percuta de plein fouet, lui arrachant un hurlement de rage et de terreur mêlées. Sous le choc, Dufrain lâcha prise et tous deux basculèrent dans les ténèbres.

Lori mit quelques instants à comprendre ce qui venait de se produire. Elle avait vu une grande ombre passer juste à côté d'elle et atterrir sur Dufrain avant de disparaître.

— Cade ! s'exclama-t-elle, paniquée. Tu es blessé ?

Aucune réponse ne lui parvint, ce qui ne fit que décupler l'angoisse qui montait en elle. Sans hésiter, elle redescendit l'échelle à la hâte et aperçut les corps de Cade et de Dufrain qui gisaient sur le sol. Au moment où elle sauta au bas des barreaux, elle vit Cade se redresser en gémissant.

Éperdue de soulagement, elle s'élança vers lui.

— Tu vas bien ? lui demanda-t-elle.

— Je suis juste un peu sonné. C'est Dufrain qui a amorti ma chute.

Il se redressa et se massa la nuque.

— Rien de cassé, je crois...

Il fut interrompu par un claquement suivi d'un bruit de chaîne provenant du haut du puits. Lori et Cade s'écartèrent aussitôt de façon à ne pas être repérés par celui qui venait d'ouvrir la trappe. Ils entendirent quelqu'un descendre le long de l'échelle métallique et Lori sortit son arme de son holster.

— Reed ?

Lori reconnut la voix de Peron. Jetant un coup d'œil en direction de Dufrain, elle constata avec soulagement que ce dernier gisait toujours sur le sol, inconscient.

— Reed ? Est-ce que ça va ?

Peron atteignit le bas de l'échelle et s'approcha du corps de Dufrain auprès duquel il s'agenouilla. Avant qu'il ait eu le temps de le secouer, Lori s'avança vers lui, arme au poing.

— Levez les mains ! ordonna-t-elle.

Peron leva les yeux et la considéra avec stupeur. Puis un sourire méprisant se dessina sur ses lèvres et il plongea la main dans le blouson qu'il portait. Lori ne lui laissa pas le temps de sortir son arme. Un coup de feu assourdissant retentit dans le bunker et la balle qu'elle venait de tirer disloqua l'épaule de Peron qui bascula en arrière.

Cade se précipita aussitôt sur lui pour lui ôter le revolver qu'il portait sous son blouson. Avisant les deux armes à feu braquées sur lui, Peron leva une main en signe de reddition.

— Ne tirez pas, articula-t-il.

— Attache-lui les mains derrière le dos avec ses lacets, conseilla Lori à Cade.

Celui-ci s'exécuta tandis qu'elle gardait le surveillant en joue. Comprenant sans doute qu'il n'était pas en position de force, Peron se laissa faire sans résister. Dès qu'il eut fini de l'attacher, Cade fit de même avec Dufrain qui n'avait toujours pas repris connaissance.

Il arracha alors les masques à gaz que portaient les deux hommes. Lori enfila celui qu'il lui tendit et s'approcha de Dufrain pour le fouiller.

— Bingo ! s'exclama-t-elle en brandissant un trousseau de clés.

— Reste-là et fais le guet, lui dit Cade. Je vais libérer les prisonniers.

Sur ce, il s'élança en direction du laboratoire. Après réflexion, Lori décida de remonter à la surface d'où elle serait en bien meilleure position pour protéger la sortie des captifs. Elle escalada donc l'échelle métallique et repoussa la trappe pour émerger dans la clairière.

Le silence qui régnait dans les bois la rassura légèrement. Pistolet au poing, elle alla s'embusquer derrière un arbre d'où elle pouvait apercevoir la clinique. Le cœur battant à tout rompre, elle attendit, les yeux rivés sur le bâtiment, s'attendant à tout moment à voir apparaître d'autres surveillants.

À son grand soulagement, personne ne se manifesta. Et, au bout de quelques minutes, elle vit sortir du bunker les prisonniers, toujours vêtus de leurs combinaisons de protection. La plupart ôtaient leurs masques en arrivant à l'air libre. D'autres demeuraient immobiles, les bras ballants, visiblement en état de choc.

Cade émergea en bout de file, au moment où les deux derniers prisonniers retiraient leurs masques. Lori sentit un immense soulagement l'envahir en reconnaissant Courtney et Summer. En larmes, celle-ci se jeta dans les bras de son frère qui l'étreignit avec ferveur.

Épilogue

— Summer semble être déjà nettement plus en forme, remarqua Lori.

Cade et elle venaient de quitterl'hôpital où les victimes de Reed Dufrain avaient été prises en charge. Si certaines ne se remettraient jamais vraiment de l'expérience traumatisante qu'elles avaient vécue, Summer semblait faire face avec courage et détermination.

— Elle a toujours été plus forte qu'elle-même ne veut le croire, déclara Cade avec un sourire. Je ne suis pas surpris que ce soit elle qui ait eu l'idée que Courtney, Chelsea et elle laissent ces empreintes sanglantes les unes chez les autres. Je regrette juste qu'elle ne m'ait rien dit avant que Reed ne se décide à les enlever.

— Elle avait honte, dit Lori.

— Ce n'était pas sa faute si Dufrain l'a rendue accro à cette saleté, objecta Cade.

— Mais c'est parce qu'elle était retombée dans la drogue qu'elle était allée le voir initialement.

— Elle aurait pu me le confier, je l'aurais aidée.

— Tu étais loin, lui rappela Lori. Et elle ne voulait pas t'ennuyer une fois de plus avec ses problèmes.

— Au moins, je serai dans les parages à l'avenir. Je pourrai veiller sur elle.

Lori sentit le rythme des battements de son cœur s'accélérer dans sa poitrine.

— Tu as vraiment décidé de revenir vivre à Los Angeles ? lui posa-t-elle la question, avec pleine d'espoir et de crainte mêlés.

— Je n'aurais jamais dû m'en éloigner, répondit-il avec un petit sourire un peu triste. J'aurais dû suivre mon cœur au lieu de faire ce que l'on attendait de moi. Au moins, ajouta-t-il, le rapport du détective privé que j'avais chargé d'enquêter sur notre fille m'a rassuré. Tu avais raison : elle semble très heureuse. Ses parents adoptifs les adorent, son petit frère et elle. Elle semble se débrouiller très bien à l'école et mener une vie épanouie. Et tout cela grâce à toi...

Lori le considéra avec étonnement.

— Je crois que tu as fait le bon choix, il y a dix ans, déclara Cade gravement.

— J'aurais tout de même dû t'en parler, objecta-t-elle.

Il haussa les épaules.

— Je crois que je n'étais pas suffisamment mûr à l'époque pour prendre une telle décision, lui dit-il. J'avais encore trop de choses à prouver à mon père et à moi-même. C'est pour cela que je suis parti au lieu de rester auprès de la seule femme que j'aie jamais aimée.

Lori sentit une larme rouler le long de sa joue.

— Nous ne devrions pas traîner, déclara alors Cade en jetant un coup d'œil à sa montre. Sinon, tu risques de rater l'heure des visites...

— Des visites ? répéta-t-elle, surprise.

— Nous sommes dimanche, lui rappela-t-il. N'est-ce pas le jour où tu vas voir Danny, d'habitude ?

— Si. Mais je t'avoue qu'après la semaine que je viens de passer je n'ai pas vraiment le courage d'aller jusqu'à Tehachapi ...

— Et si je t'y conduis ?

— Tu ferais ça ?

— Bien sûr, répondit-il avec un large sourire. Tu as sauvé la vie de ma sœur. Le moins que je puisse faire, c'est de t'emmener voir ton frère…

Le trajet jusqu'à l'Institut Correctionnel de Californie dura un peu plus de deux heures pendant lesquelles Lori interrogea Cade sur ce qu'il comptait faire, une fois qu'il serait installé en Californie. Elle ne tarda pas à découvrir qu'il avait beaucoup réfléchi à la question, au cours de ces derniers jours et qu'il avait déjà de nombreux projets professionnels. Elle ne put cependant s'empêcher de remarquer qu'il évitait soigneusement d'aborder les questions plus personnelles.

En arrivant au pénitencier, il décida d'aller l'attendre dans un café situé en ville.

— Prends tout ton temps, l'encouragea-t-il. J'ai des tas de choses à régler en vue de mon prochain déménagement. Tu n'auras qu'à m'appeler lorsque vous aurez terminé.

Après s'être soumise à la procédure très stricte qui encadrait les visites, Lori put enfin voir son frère.

— Alors ? s'exclama ce dernier avec un large sourire. Il paraît que tu vas te remettre avec ton petit ami du lycée ?

Lori le considéra avec stupeur.

— Je ne sais pas si Cade et moi allons nous remettre ensemble, comme tu dis. Mais comment est-ce que tu sais ça ?

— Il m'a appelé, répondit Danny comme si c'était la chose la plus naturelle du monde.

— Cade t'a appelé ? Pourquoi ?

Danny hocha la tête. Son sourire avait brusquement disparu et il arborait une mine embarrassée.

— Il voulait que je te dise quelque chose…

Lorsque Lori sortit enfin de la prison, deux heures après y être entrée, Cade constata qu'elle avait les yeux rougis de larmes. Descendant de voiture, il se dirigea vers elle pour aller la prendre dans ses bras.

— Alors ? lui demanda-t-il. Il t'a tout dit ?

— Il l'a tuée, murmura Lori d'une voix légèrement tremblante. Il ne l'a pas fait exprès mais c'est bien lui qui a tué Elena...

— Je sais, murmura Cade.

Elle leva les yeux vers lui.

— Il m'a confié que c'était toi qui lui avais demandé de me le dire.

— C'est vrai. Je lui ai expliqué qu'il ne pouvait pas continuer indéfiniment à te retenir prisonnière d'un mensonge, qu'il devait te libérer de ta culpabilité. Comment te sens-tu ?

— Triste, répondit-elle. Déçue. Mais libre, aussi.

— Est-ce que tu lui as pardonné ?

— Ce n'est pas à moi de le faire. Seule la famille d'Elena le peut.

— Mais tu dois lui pardonner de t'avoir menti.

— C'est déjà fait, répondit-elle. Je sais que s'il l'a fait, c'est parce qu'il avait peur de me perdre moi aussi. J'étais la seule à croire vraiment à son innocence.

Elle s'interrompit et observa Cade d'un air suspicieux.

— Est-ce que c'est ma mère qui t'a demandé de faire ça ?

— Non, répondit-il. Mais j'ai décidé qu'il était temps d'arrêter de nous mentir, que ce soit au sujet de Summer, de notre fille, de Danny ou de ce que je ressens pour toi...

— Et qu'est-ce que tu ressens ? s'enquit Lori d'un ton mal assuré.

Cade la contempla longuement, cherchant les mots justes pour exprimer ce qu'il éprouvait réellement. Il prit alors conscience du fait que les vérités les plus profondes étaient parfois les plus simples à formuler.

— Tu es la femme de ma vie, lui dit-il en souriant.

Vous avez aimé ce roman ?
Découvrez la suite de votre série « Les filles disparues »
dès le mois prochain, dans votre collection Black Rose.

LESLIE MARSHMAN

Une fuite sans fin

Traduction française de
KAREN DEGRAVE

BLACK ROSE

HARLEQUIN

Titre original :
SCENT DETECTION

1

La camionnette fonçait dans la nuit. Son conducteur était obnubilé par son objectif.

La pluie qui fouettait le pare-brise réduisait la visibilité à presque rien. Sur cette portion déserte de la route 95, dans le nord-ouest de l'Idaho, les glissements de terrain étaient fréquents et les réverbères rares. Seuls des triangles lumineux qui apparaissaient à plusieurs secondes d'écart révélaient la limite dangereuse entre la route et la falaise.

Un nouveau flash aveuglant fit apparaître le virage suivant. Épuisé, ne restant conscient que grâce à la caféine et à l'adrénaline, le conducteur s'agrippa au volant. La camionnette glissa sur le bitume mouillé avant de s'arrêter au bord de la chaussée. Pendant de longues secondes, le véhicule conserva un équilibre précaire.

Quand un coup de tonnerre fit trembler le sol, l'avant du véhicule s'inclina lentement, puis plongea dans l'abîme. La camionnette fila entre les arbres, arrachant des buissons et rebondissant sur des cailloux. Le conducteur écrasa absurdement la pédale de frein pour essayer d'arrêter la descente infernale.

La gorge serrée, il croyait voir la Mort tendre ses doigts décharnés vers lui. Sa tête heurta le volant, puis la vitre. Une fois. Deux fois. Après cela, il ne fut plus capable de compter, ni de voir ou de se concentrer.

Mais il pouvait encore ressentir la douleur.

L'airbag se déploya comme un mur de béton contre son torse et son visage, lui coupant le souffle. Alors qu'il essayait désespérément d'avaler une goulée d'air, il sentit du sang lui couler sur les lèvres. La camionnette tombait toujours.

Après un dernier rebond, qui projeta une nouvelle fois la tête du conducteur contre la vitre, la voiture s'arrêta net. Le radiateur crachait un nuage de vapeur. Un bruit strident résonnait dans la tête du conducteur, qui lutta contre son chaos mental jusqu'à ce qu'une idée s'impose.

Danger. Je ne dois pas rester là.

Il détacha avec difficulté sa ceinture, qui lui sciait l'épaule, et retira une partie des éclats de verre dont il était couvert. Un liquide chaud coulait sur son oreille, jusque dans son cou. Il était coincé par du métal déformé. Il trouva la poignée de la portière, mais celle-ci refusa de s'ouvrir. Quand il donna un coup d'épaule dans l'obstacle, une douleur fulgurante remonta le long de sa colonne vertébrale pour exploser sous son crâne.

Luttant contre la nausée, il continua à donner des coups d'épaule à la portière jusqu'à ce qu'elle cède avec un gémissement de bête à l'agonie. Il se laissa glisser hors du véhicule et atterrit lourdement dans la boue. Il s'agrippa comme un aveugle à des arbres et des rochers tranchants pour essayer de se relever, mais ses mains et ses pieds glissèrent à chaque tentative. Nouveaux coups de tonnerre. Nouvelles souffrances.

Les éclairs illuminaient le paysage comme un inquiétant projecteur de prison. Un mouvement, au-dessus de lui, attira son attention. Quelque chose de noir et de puissant fonçait vers lui. Comme un démon gélatineux, la masse engloutissait tout sur son passage.

Une coulée de boue.

Il s'empressa de ramper hors de la trajectoire du mélange fatal de terre et de pluie, qui recouvrit l'une de ses jambes.

Gagné par la panique, il tira comme un fou. Après des instants horribles, il réussit enfin à arracher son pied nu à la boue.

Il roula sur le dos et souffla un moment, aveuglé par son mal de tête. Puis il se mit à quatre pattes et entreprit de grimper. Un grincement horrible lui fit tourner la tête. Un nouvel éclair lui permit de voir la coulée de boue pousser la camionnette du haut d'une falaise qu'il n'avait pas remarquée.

La terreur le paralysa quand il comprit à quel point il était passé près de la mort.

Continue à avancer. Dépêche-toi.

Il reprit sa progression, se battant pour chaque mètre, glissant en arrière, recommençant. La pluie lui fouettait le visage et l'aveuglait, mais le froid apaisait un peu sa migraine. Lorsqu'il atteignit enfin la route, il se releva, titubant comme un ivrogne. Une branche arrachée par le vent le frappa dans le dos et le fit tomber.

Il prit une grande inspiration, puis une deuxième.

Danger. Relève-toi. Le danger est partout.

Il se redressa, vacilla et tomba encore – hors de la route, cette fois. Son corps épuisé glissa dans un fossé rempli d'eau.

Il inspira.

Relève-toi.

Ne t'arrête pas.

Danger.

Ses muscles refusèrent d'obéir. Ses paupières refusèrent de rester ouvertes. Il était tout juste capable de maintenir sa tête hors de l'eau qui coulait dans le fossé.

Une inspiration. Une deuxième…

Danger.

Les lumières intermittentes se tamisèrent et le bourdonnement de ses oreilles diminua. Avant de perdre conscience, il songea encore qu'il devait se dépêcher, rester en mouvement.

Mais pour quoi ?

Même si elle devait éviter des branches cassées et des flaques de boue, vestiges de l'orage de la veille, Marie Beaumont se lança dans son jogging matinal, en partant vers le sud de la ville. Depuis qu'elle s'était installée à Jasper, cinq ans plus tôt, elle avait peaufiné ses trajets préférés, ceux qui étaient les plus sûrs, pour tirer le plus de plaisir possible de son loisir favori. Le battement de ses pieds contre l'asphalte, régulier comme un métronome, lui éclaircissait l'esprit et diminuait l'anxiété qui ne la quittait jamais vraiment. Même aujourd'hui, alors qu'elle devait être attentive à chacun de ses pas pour ne pas trébucher, cela en valait la peine.

La brise qui descendait de la montagne dans le canyon n'était jamais aussi plaisante qu'après un orage d'été. La brève interruption de la canicule du mois d'août mettait Marie de bonne humeur, même si le ciel parfaitement bleu annonçait un retour de la chaleur.

— Il y aura d'autres orages. Ils devraient nous rafraîchir un peu.

Elle baissa les yeux vers sa compagne de course, qui avait levé la tête en entendant sa voix.

— N'est-ce pas, chérie ?

Astrid, une Dobermann croisée Beagle, l'accompagnait dans une version bondissante de « Au pied ». Cette beauté marron, qui avait été dressée à l'ACD, l'académie canine Daniels, occupant plusieurs hectares au nord de la ville, ne quittait presque jamais Marie. La jeune femme s'était juré de ne pas vivre dans la peur, malgré toutes les raisons qui auraient pu l'y pousser. Néanmoins, la lâcheté et la prudence étaient deux choses distinctes, et Astrid était autant un chien de garde qu'un animal de compagnie.

Dans un virage, Astrid s'arrêta net, le museau en l'air. Elle ne remuait plus la queue. Marie s'immobilisa aussi.

Astrid était en alerte. Ce n'était pas une posture agressive, mais cela pouvait changer d'un instant à l'autre si la situation l'exigeait.

— Qu'y a-t-il ?

Le cœur battant un peu plus vite, Marie observa les environs. Elle ne perçut aucun mouvement en dehors du balancement des branches et de la danse des papillons. Rien d'inhabituel n'attira son attention. Et pourtant...

Astrid, qui fixait le bord de la route, se mit à gémir.

— Va chercher.

La chienne fila. Bientôt, Marie ne la repéra plus que grâce aux herbes qui s'agitaient sur son passage.

Marie attendit jusqu'à ce que des aboiements insistants lui indiquent qu'Astrid avait trouvé quelque chose. Elle dégaina son spray au poivre, s'approcha du bord de la route avec prudence et tressaillit lorsqu'elle découvrit ce qui mettait Astrid dans cet état.

Un homme couvert de boue et de sang gisait dans un fossé, les yeux fermés.

Alors qu'Astrid tournait autour de lui, Marie oublia la prudence et fonça. L'homme, qui devait avoir une trentaine d'années, était grand et bien bâti. La teinte bleuâtre de sa peau fit grimacer Marie. Elle posa deux doigts sur sa gorge en priant pour sentir son pouls.

Le désespoir la gagna quand elle sentit à quel point sa peau était froide. Il ne bougeait absolument pas. Elle ne le voyait pas respirer.

— Réveillez-vous, monsieur ! gémit-elle en appuyant plus fort.

Astrid s'approcha et lécha le visage de l'homme.

À cet instant précis, Marie sentit un battement.

Il était en vie.

Marie, qui n'avait déjà eu que trop de contacts avec la mort, se réjouit de ne pas avoir à l'affronter une nouvelle fois aujourd'hui. Elle inspira profondément et passa à l'action.

Astrid n'était pas la seule à être bien formée. Marie, qui était l'unique vétérinaire de Jasper, avait l'habitude de soigner des animaux, grands et petits, et savait déplacer des patients lourds et inconscients. Le fossé devait être bouché un peu plus bas, parce qu'il était rempli d'eau, et le niveau montait.

Marie tâta l'homme pour savoir s'il avait quelque chose de cassé. Sa tête était bien alignée, ce qui était un bon signe. Ses côtes étaient intactes. Ses bras et ses jambes aussi.

L'eau atteignait son menton, à présent. Qu'il soit blessé ou non, elle devait le déplacer. Après avoir jeté son téléphone dans l'herbe pour qu'il ne soit pas mouillé, elle se plaça derrière lui et le mit en position assise. Elle ne remarqua pas de blessure dans son dos non plus.

Agenouillée au bord du fossé, elle glissa ses bras sous les siens et tira de toutes ses forces. Il bougea à peine. Changeant de tactique, elle se laissa glisser derrière lui pour enrouler ses bras autour de son torse, mais ses pieds s'enfoncèrent dans la boue quand elle tira. Le sol était trop meuble pour lui offrir un appui.

L'eau montait toujours. Bientôt, elle recouvrirait la bouche et le nez de l'homme. Motivée par la certitude qu'elle devait le sauver, Marie appela Astrid et tira sur la manche du T-shirt de l'homme pour que la chienne la prenne dans sa gueule.

— Tire ! ordonna-t-elle.

Il n'était pas question que cet homme se noie sous ses yeux.

Marie le reprit sous les bras et elles tirèrent ensemble jusqu'à ce que le torse de l'homme soit hors de l'eau. Marie saisit ensuite sa ceinture à deux mains pour le hisser un peu plus haut. Quand Astrid la relaya à la ceinture pour empêcher l'homme de retomber, Marie sauta dans le fossé, souleva l'une de ses jambes et poussa de toutes ses forces tandis qu'Astrid tirait. Enfin, elles réussirent à le faire basculer dans l'herbe.

— Beau travail, Astrid.

Marie, en nage et couverte de boue, s'empressa de faire

rouler l'homme sur le dos. Elle vérifia que ses voies respiratoires n'étaient pas obstruées, puis tâta son pouls une nouvelle fois. Il était faible, mais perceptible. L'homme était toujours en vie.

Elle ramassa son téléphone d'une main tremblante. Comme il ne lui restait que cinq pour cent de batterie, elle pria pour que cela suffise et appela les urgences.

Astrid renifla l'inconnu de la tête aux pieds, puis se coucha.

Soulagée par l'arrivée imminente d'une ambulance, Marie s'assit près de l'homme et examina la blessure qu'il avait à la tête.

— Elle n'est pas très profonde, mais vous aurez besoin de points de suture, monsieur, dit-elle.

Astrid inclina la tête sur le côté, comme si elle mettait en doute son opinion professionnelle.

— Ce n'est pas parce que je ne soigne que des animaux que je n'y connais rien aux entailles, se défendit Marie.

Astrid aboya.

— Vraiment ? Une entaille est une entaille, quel que soit le nombre de pattes du patient, insista Marie.

Astrid, qu'elle semblait avoir convaincue, vint poser une patte sur son bras et lui lécha la joue.

— Moi aussi, je t'aime, chérie, répondit Marie en la grattant derrière les oreilles.

Marie reporta son attention sur l'homme. Ses vêtements étaient déchirés et trempés. L'un de ses pieds était nu et il ne portait qu'une chaussette à l'autre.

— Comment vous êtes-vous retrouvé dans cette situation ? marmonna-t-elle.

Elle balaya les environs du regard sans repérer de véhicule.

— Tu crois que c'est un randonneur ? demanda-t-elle à Astrid.

La chienne inclina la tête.

— Tu as raison. Il n'a pas une tenue de randonneur. Un touriste, peut-être ?

Bien sûr, Astrid ne répondit rien.

Marie se méfiait des inconnus. En dehors des quelques amis qu'elle s'était faits, les habitants de Jasper la trouvaient froide et distante. Ils la suspectaient d'être paranoïaque, ce qui n'était sans doute pas faux, même si ce n'était pas pour cette raison qu'elle évitait les inconnus.

Mais peu importait. Quoi que les gens pensent d'elle, elle n'était pas le genre de femme à laisser quelqu'un se noyer dans un fossé.

Elle écarta les cheveux bruns de l'inconnu de son visage et l'observa comme si cela pouvait lui révéler son caractère.

— J'ai l'impression que vous serez plutôt agréable à regarder quand on vous aura débarbouillé, dit-elle, amusée par cette pensée. Même si je m'en fiche, à vrai dire. Ce que j'aimerais savoir, c'est si vous êtes quelqu'un de bien.

Elle lui caressa le front avec la tendresse qu'elle offrait aux animaux blessés ou abandonnés.

Elle ne fut pas surprise d'être émue par la vulnérabilité de cet homme. Il avait failli se noyer dans un fossé au milieu de nulle part, dans l'Idaho. Quoi qu'il ait pu lui arriver pour qu'il atterrisse dans cette situation, sa solitude trouvait un écho en Marie.

Il ouvrit les yeux. Instantanément, l'empathie de la jeune femme céda la place à sa méfiance instinctive. Elle eut l'impression que les yeux gris de l'homme étaient capables de percer ses secrets les mieux gardés. Un très mauvais pressentiment lui glaça le sang.

Quelques secondes plus tard, Astrid se leva en entendant la sirène de l'ambulance. L'homme ferma les yeux et Marie soupira de soulagement. Quel moment étrange et perturbant…

— Reste ici, ordonna-t-elle à Astrid avant de remonter sur la route pour faire signe à l'ambulance.

Deux infirmiers en sortirent et l'un d'eux lui sourit.

— Bonjour, docteur. Je ne savais pas que c'était vous qui nous aviez appelés. Que pouvez-vous nous dire sur le patient ?

Le fait de connaître Eddie apaisa Marie. Elle apprit aux infirmiers ce qu'elle savait, c'est-à-dire pas grand-chose. Il ne leur fallut que quelques minutes pour placer le patient sur une civière, le stabiliser et le charger dans l'ambulance.

— Vous nous accompagnez ? demanda Eddie.

Marie observa ses vêtements détrempés.

— Je suis dégoûtante.

— C'est l'uniforme des héros, répondit Eddie. Et on a des serviettes.

— Mon compagnon boueux peut nous accompagner ? demanda-t-elle en tapotant la tête d'Astrid.

Eddie lui décocha un grand sourire.

— Vous me croyez capable d'abandonner la fiancée de Killer parce qu'elle est sale ? On a même un harnais pour elle, si vous voulez.

Killer, le chihuahua d'Eddie, était un patient de Marie et était tombé follement amoureux d'Astrid. Marie et Eddie riaient toujours quand ils les voyaient ensemble et plaisantaient sur l'échelle dont Killer aurait besoin pour mener les choses plus loin.

Marie attacha Astrid et monta à l'avant.

Le gyrophare et la sirène allumés, ils foncèrent vers l'hôpital de Jasper. Eddie parla de choses et d'autres sans se soucier des réponses minimalistes de Marie, ce dont elle lui fut reconnaissante. L'homme qui se trouvait à l'arrière, sous une couverture chauffante, occupait ses pensées.

Elle n'avait aucune raison de craindre cet inconnu. N'importe qui aurait pu le trouver. Le fait qu'Astrid et elle l'aient sauvé était un pur hasard. Sauf que le hasard n'existait simplement pas dans le monde de Marie et elle ne pouvait pas s'empêcher d'imaginer toutes les conséquences néfastes que sa bonne action risquait d'avoir.

Sa grand-mère aurait dit qu'elle avait cherché les ennuis.

Même si elle détestait perturber sa vie bien ordonnée, il était temps qu'elle appelle George Murphy.

— Vous devez bien avoir une relation quelconque avec le patient, grommela l'infirmière à l'accueil de l'hôpital en tapotant son bureau avec son stylo. Vous êtes arrivée avec lui.

Marie essaya de ne pas perdre patience.

— Je vous assure que je n'ai *aucune* relation avec lui. Je l'ai trouvé au bord de la route et j'ai appelé les urgences. Je peux vous donner mes coordonnées, mais je ne connais absolument pas cet homme.

Elle tendit son permis de conduire à l'infirmière.

— Si vous m'enregistrez sur sa fiche, pourriez-vous me tenir informée de son état, s'il vous plaît ?

Tant qu'elle n'avait pas parlé à George, elle devait garder cet inconnu mystérieux à l'œil. Sa sécurité en dépendait, après tout. Par ailleurs, elle se souciait du bien-être des autres et prenait toujours des nouvelles de ses patients, même de ce beau patient aux yeux gris qu'elle venait de sauver.

L'infirmière jeta un regard vaguement réprobateur à Marie, puis lui rendit son permis.

— Nous ne pouvons vous livrer aucune information médicale sans l'autorisation du patient, répondit-elle. Mais je suis sûre que la police voudra vous voir. Parlez-en à l'agent qui prendra votre déposition.

— Merci.

Marie alla s'installer dans un coin de la salle d'attente où Astrid pourrait se faire discrète. À leur arrivée, l'infirmière avait essayé de l'empêcher d'entrer avec un chien.

— Chien d'assistance, avait dit Eddie en passant devant son bureau.

Cela avait suffi à calmer l'infirmière. Même s'il était vrai qu'Astrid était une sorte de chien d'assistance, Marie préférait faire profil bas.

Son téléphone n'avait plus que deux pour cent de batterie. Avant qu'il ne s'éteigne complètement, elle consulta ses messages. Elle n'en avait aucun – comme d'habitude, sauf si elle devait faire une intervention en urgence. Elle envoya un texto à Liz, sa secrétaire, pour l'informer qu'elle serait en retard au cabinet, en estimant que sa batterie ne supporterait pas qu'elle fournisse une explication. Elle venait d'envoyer le texto quand l'agent Jason Wright, de la police de Jasper, entra dans la salle.

Le grand policier musclé aux cheveux bruns, aux yeux noisette et au sourire charmant, était fiancé à Tashya, l'assistante vétérinaire de l'académie canine Daniels. Par conséquent, Marie le voyait assez souvent et le connaissait mieux que la plupart de ses collègues.

— Bonjour, Jason ! lui lança-t-elle. J'espérais tomber sur toi.

— Parce que tu aimes mes biceps ? plaisanta-t-il avec un sourire espiègle.

Marie lui rendit son sourire.

— Prise en flagrant délit, dit-elle en tendant les mains comme pour se faire menotter. Promets-moi de ne pas le dire à Tashya.

Pour la première fois depuis qu'elle avait sauvé l'inconnu, Marie retrouva son calme. Jason avait l'art d'apaiser les tensions autour de lui.

— Je ne te promets rien. Tashya sait toujours quand je mens, alors j'évite.

Marie ressentit une pointe de jalousie. Il devait être merveilleux de vivre dans un monde qui n'était pas un tissu de mensonges.

— Alors, c'est toi qui as trouvé notre inconnu ? demanda Jason en sortant un carnet et un stylo de sa poche.

Elle hocha la tête et lui expliqua ce qui s'était passé. Jason lui posa quelques questions, puis rangea son carnet.

— Ce gars a bien de la chance, conclut-il. Je t'appellerai si j'ai d'autres questions, d'accord ?

— D'accord.

— Veux-tu que je te ramène chez toi ?

— Merci, mais je vais attendre un peu. Je voudrais être sûre qu'il va bien.

— Vraiment ? insista Jason. Tu ressembles à la créature du lagon noir.

Marie pouffa.

— Quoi ? La boue ne me met pas en valeur ?

— Eh bien...

— Ne réponds pas. Je ne veux pas te forcer à mentir.

— Ouf ! Écoute, je n'ai pas l'intention de rester très longtemps, mais s'il se réveille avant mon départ, je te le dirai.

— Merci, Jason.

Elle le regarda s'éloigner. Quand Tashya et lui se marieraient, ce qui était imminent, ils seraient l'un des couples les plus chanceux du monde. Un amour aussi grand que le leur aidait les autres à espérer qu'ils trouveraient aussi le bonheur un jour.

Elle grimaça.

Mais pas toi, Marie. Ressaisis-toi.

Elle aurait sans doute dû oublier l'inconnu et aller prendre une douche.

Mais elle resterait encore un peu. Le regard qu'ils avaient échangé lui avait inspiré un mélange troublant de sentiments. De la curiosité, c'était certain. De la prudence, bien sûr. Peut-être un peu de peur. Mais il y avait aussi quelque chose qui ressemblait au désir, ce qu'elle ne pouvait pas se permettre.

Elle essaya de se convaincre que sa réaction avait été absolument normale. Dès son enfance, elle avait naturellement pris soin des animaux blessés. Cet homme ressemblait à une pauvre bête qui avait besoin d'elle - pas d'*elle* en particulier, mais de quelqu'un.

— Docteur Beaumont ?

Marie sursauta et tourna la tête vers l'infirmière qui l'avait appelée.

— Oui ?

— Le patient vient de se réveiller. Vous pouvez rejoindre l'agent Wright et le Dr Saul, si vous le souhaitez.

— Est-ce qu'Astrid peut venir ?

— Absolument, répondit l'infirmière. Le Dr Saul croit au pouvoir thérapeutique de nos amis à quatre pattes.

C'était l'un des avantages des petites villes, songea Marie en suivant l'infirmière.

L'homme qui la perturbait était adossé à des oreillers. Il avait une perfusion dans le poignet, un bandage sur la tête et presque plus de boue sur le visage.

Marie faillit soupirer de plaisir. L'inconnu était effectivement plaisant à regarder, peut-être trop. Sa barbe naissante lui donnait du charme et ses yeux gris avaient un effet magnétique. Elle inspira profondément pour essayer de ralentir son rythme cardiaque.

L'inconnu fronça les sourcils quand son regard se posa sur elle. Ce n'était pas la réaction à laquelle elle s'attendait. C'était peut-être sa saleté qui le dérangeait... Peu importait, tant que ce regard pénétrant ne cachait rien de plus dangereux.

— La voici ! s'écria le Dr Saul.

Le médecin chauve portait une blouse blanche, un stéthoscope autour du cou et des lunettes. Il avait peut-être environ soixante ans, mais Marie n'avait jamais été douée pour deviner l'âge des gens.

Il serra son porte-bloc contre sa poitrine et s'adressa au patient :

— Voyez-vous un inconvénient à ce que je parle de votre

situation médicale devant cette femme ? Elle pourrait nous aider à comprendre certaines choses, puisque c'est elle qui vous a sorti d'un fossé ce matin. D'après ce que j'ai compris, elle vous a sauvé de la noyade.

L'homme dont elle ignorait toujours le nom ne répondit rien. Il continua à la regarder aussi intensément qu'il l'avait fait au bord de la route jusqu'à ce qu'elle se sente très mal à l'aise.

— Je suis contente de vous voir réveillé, finit-elle par dire. Et j'ai été aidée, ce matin.

Elle baissa les yeux vers Astrid et lui tapota la tête.

— Je suis désolé, je ne m'en souviens pas, répondit l'homme. Il semblerait que je ne me souvienne même pas de *moi*.

Le Dr Saul posa une main sur son épaule avec un air compatissant.

— Notre patient souffre d'amnésie rétrograde, expliqua-t-il. Cette forme d'amnésie affecte généralement les souvenirs récents, mais elle peut aussi toucher les souvenirs plus anciens, dans les cas les plus graves. Je vais le faire transférer à l'hôpital Saint-Luc de Boise, pour qu'il soit examiné par un neurologue.

L'homme sans nom continua à la fixer comme s'il n'écoutait même pas le médecin. N'aurait-il pas été logique, pour quelqu'un qui se découvrait amnésique, de s'intéresser à ce que le médecin avait à dire ?

— Apparemment, il n'a aucun souvenir antérieur à son réveil, poursuivit le Dr Saul. Il ne connaît pas son identité. Il ne sait pas ce qu'il faisait dans les environs ni comment il a été blessé. Et, comme il vient de vous le dire, il a oublié son sauvetage.

— Il n'avait aucun papier d'identité sur lui, mais il portait ça, intervint Jason en produisant une montre. Il y a le prénom « Jack » gravé au dos.

— Vous serez donc Jack, j'imagine, dit Marie en souriant avant de lui tendre la main. Je m'appelle Marie.

Il lui rendit son sourire, mais elle eut l'impression que ce n'était qu'un réflexe.

— Enchanté, Marie.

Il lui serra la main plus longuement qu'il n'était nécessaire et ce contact la troubla. Cela faisait si longtemps qu'aucun homme ne l'avait touchée… Elle s'empressa de chasser cette pensée de son esprit. Elle avait fait son choix. À quoi bon regretter ce qu'elle ne pouvait pas avoir ?

— Merci de m'avoir sauvé.

Le sourire de Jack céda la place à un nouveau froncement de sourcils déconcertant. Il inclina la tête sur le côté et l'observa comme s'il cherchait à percer une énigme. Ce qu'il dit ensuite fit chanceler Marie :

— Vous n'étiez pas blonde ?

2

La question de Jack tourna en boucle dans la tête de Marie tandis qu'elle rentrait chez elle en courant avec Astrid.

Vous n'étiez pas blonde ?

Elle avait cessé d'être blonde cinq ans plus tôt, lorsqu'elle était entrée dans le programme de protection des témoins après avoir témoigné contre le terroriste Abel Gaines. Elle ne s'appelait pas Marie Beaumont. Dès qu'elle avait quitté la barre des témoins, elle avait abandonné sa vie et tous ceux qui lui étaient chers. Elle avait coupé ses boucles blondes, choisi une teinture châtaine et s'était cachée. À Jasper, dans l'Idaho.

Une fois chez elle, Marie se jeta sur son chargeur et brancha son téléphone. Quelques secondes plus tard, elle composait le numéro du marshal adjoint George Murphy, son agent de liaison. Elle tomba sur le répondeur.

Génial.

— Bonjour George, c'est Marie Beaumont. Rappelez-moi. SOS. Je répète : SOS.

En raccrochant, elle découvrit qu'elle avait un message d'Emma, la propriétaire de l'académie canine. Qui l'informait qu'elle avait trouvé pendant l'orage une chienne errante qui avait une patte cassée et qui attendait des petits. Emma suppliait Marie de venir le plus vite possible.

Décidément, cet orage leur avait apporté bien des créatures en perdition.

Marie se doucha rapidement, renonça à se maquiller et attacha ses cheveux *châtains* – ne vous en déplaise, monsieur « Je ne me souviens de rien à part que vous étiez blonde » – en queue-de-cheval. Astrid et elle atteignirent l'académie en un temps record.

Avant de couper le moteur, elle essaya encore de joindre son agent de liaison et tomba de nouveau sur le répondeur. Comme il était censé être toujours disponible, c'était perturbant.

Marie serra le volant quand ses souvenirs, qu'elle aurait tant aimé oublier, la submergèrent. Abel Gaines était un si beau parleur... Au début, du moins. Il lui avait habilement caché sa part obscure pendant des mois.

Oh ! il y avait des indices... qu'elle était trop enamourée pour relever. Bien sûr, elle avait toujours été nulle pour choisir ses petits amis. Néanmoins, tomber amoureuse d'un terroriste cinglé qui dirigeait une bande de terroristes cinglés avait été la cerise sur le gâteau de sa vie sentimentale désastreuse.

Elle sursauta quand on frappa contre sa vitre. Emma Daniels la regardait, les sourcils froncés.

— Tu vas bien ?

Marie hocha la tête. Elle coupa le moteur, détacha sa ceinture, puis celle d'Astrid. La chienne, qui avait été dressée à l'académie, était tout excitée, mais elle resta sagement immobile.

— Patience, chérie.

Quand Marie ouvrit sa portière, Astrid descendit de la voiture et s'assit aux pieds d'Emma avec un regard implorant.

Après quelques secondes, la femme eut pitié d'elle.

— Allez, viens, chérie, lui dit-elle.

Même si Emma était forte, les vingt kilos d'enthousiasme canin qui lui tombèrent dessus la firent tituber.

— Moi aussi, je suis contente de te voir, dit-elle à la chienne.

Elle ordonna à Astrid de s'asseoir, puis se tourna vers Marie.

— Tu m'as fait une drôle d'impression, figée dans ta voiture. Tu es sûre que ça va ?

L'inquiétude d'Emma réveilla la détresse de Marie, qui n'aspirait qu'à répondre sincèrement. Elle détestait mentir, surtout aux gens qu'elle considérait comme ses amis. Mais elle avait dit la vérité, toute la vérité, rien que la vérité une fois. À propos d'Abel et de sa base peuplée de fanatiques. Maintenant, sa vie n'était plus qu'un mensonge interminable. Le programme de protection des témoins avait ses règles et Marie les suivait pour rester en vie, même si elle détestait cela.

Elle se força à sourire.

— Je suis juste un peu ébranlée. J'ai trouvé un homme inconscient au bord de la route pendant mon jogging, ce matin, expliqua-t-elle en sortant sa sacoche du coffre. J'ai appelé les urgences et je l'ai accompagné à l'hôpital.

Elle haussa les épaules.

— Je voulais être sûre qu'il allait bien, tu vois ?

Emma écarquilla les yeux, puis la serra dans ses bras.

— Bien sûr. Tu ne rates jamais une occasion de secourir ceux qui en ont besoin.

Après s'être écartée, Emma esquissa un sourire espiègle.

— Serait-il jeune et beau ? demanda-t-elle. Célibataire, peut-être ? Il se trouve que je connais une vétérinaire jeune, belle et célibataire.

Marie se sentit rougir.

— Tu sais que je ne cherche pas de petit ami.

— Et je ne comprends pas pourquoi, grommela Emma. Tes réticences sont franchement agaçantes et tu n'as jamais pris la peine de me les expliquer.

Marie se contenta de soutenir son regard, un sourcil levé.

— Ça va, finit par dire Emma, capitulant. J'arrête. Pour le moment. Et comment va-t-il, ton chien perdu à deux pattes ?

Astrid marcha près de Marie lorsque les deux femmes se

dirigèrent vers le chenil. Elle savait qu'elle aurait un moment de liberté si elle se tenait bien.

— Rien de cassé, mais une grosse commotion cérébrale, répondit Marie. Et il est amnésique, apparemment.

— Amnésique ? répéta Emma. Je ne savais pas que ça arrivait pour de vrai. Je croyais que ce n'était qu'une astuce narrative employée dans les romans et dans les films.

— Si, si, ça arrive. C'est juste assez rare.

Quand Emma ouvrit la porte du chenil, Astrid la supplia du regard.

— Va t'amuser, dit la jeune femme.

Astrid fila aussitôt pour renifler tous les coins et faire ses civilités aux résidents de l'académie.

Marie suivit Emma jusqu'au dernier box sur la gauche. Le chenil, qui pouvait accueillir jusqu'à douze chiens, n'était pas entièrement occupé.

— Je te présente notre future maman, dit Emma en ouvrant la porte du box. Je l'ai trouvée derrière la grange quand je suis allée voir les chevaux, hier soir.

Un Labrador noir émacié était blotti, tout tremblant, dans un coin du box.

— Est-elle agressive ? demanda Marie.

— Non, elle est juste terrorisée.

— A-t-elle mangé quelque chose ? demanda Marie en regardant les bols d'eau et de croquettes.

— Rien du tout, mais elle a bu un peu d'eau.

Marie s'accroupit et tendit la main à la chienne, qui la fixait d'un air triste.

— Cet orage a dû te faire très peur. D'où sors-tu, beauté ?

— Je ne sais pas d'où elle sort, mais je ne veux pas qu'elle y retourne, vu ses blessures, dit Emma d'une voix dure. Entre sa patte cassée et les éraflures qu'elle a sur le flanc, je parie que quelqu'un l'a poussée hors d'une voiture en marche. Si ce n'est pas ça, elle était dans le coffre d'une camionnette sans être attachée et elle est tombée.

Marie laissa la chienne renifler sa main pendant de longues secondes avant de commencer à l'examiner. Sa patte avant droite, fracturée, était toute tordue, et la pauvre bête était effectivement couverte d'éraflures. Elle avait aussi des cicatrices qui prouvaient qu'elle n'en était pas à ses premiers mauvais traitements.

— La vie n'a pas été tendre avec toi, ma pauvre chérie, hein ? Ne t'en fais pas, on va bien s'occuper de toi, maintenant. Tes bébés et toi n'avez plus rien à craindre.

Marie tourna la tête vers Emma.

— Je vais l'endormir pour l'emmener dans mon cabinet, annonça-t-elle. Après avoir redressé sa patte, je m'assurerai qu'elle n'a pas de blessure interne et je nettoierai les éraflures. Il faudra peut-être que je sorte les petits par césarienne. J'espère que non.

Quand Marie caressa la tête de la chienne, l'un des rares endroits où elle n'avait rien, un sentiment de déjà-vu la frappa. Quelques heures plus tôt, elle avait caressé le front de l'inconnu – non, de *Jack*. Y avait-il un lien entre eux ou le destin les avait-il juste placés tous les deux sur sa route ?

— Tu sais ce que m'inspire la maltraitance animale, grommela Emma en ramassant les bols. Mets son opération et tout ce dont elle a besoin sur ma note.

— Ne sois pas idiote. Je la soignerai gratuitement.

Même si Marie ne pouvait pas vraiment se le permettre, il lui arrivait souvent de s'occuper des animaux abandonnés.

— Puisqu'il faudra bientôt que tu t'occupes de toute une portée de chiots abandonnés, je *tiens* à payer, insista Emma.

Marie, qui caressait encore la chienne, esquissa un sourire. Emma devait être la personnification de l'entêtement, à cet instant. Marie songea qu'elle avait beaucoup de chance de l'avoir comme amie.

— Très bien. Je l'opère gratuitement, je te la ramène et Tashya s'occupera du reste. Qu'en dis-tu ?

Marie jeta un coup d'œil par-dessus son épaule. Comme elle s'y attendait, Emma avait les poings plantés sur les hanches.

— Soit. Merci. Je ne sais pas comment on se débrouillait avant ton arrivée.

— Peux-tu venir la rassurer ?

Marie fit une injection à la chienne pendant qu'Emma la caressait.

— Attendons deux minutes avant de la déplacer, dit la vétérinaire.

Astrid, qui avait bien profité de son temps libre, la rejoignit. Elle s'approcha lentement de la chienne, se coucha à un mètre d'elle et poussa un gémissement compatissant.

Emma se leva.

— Alors, que sais-tu d'autre sur ton chien perdu à deux pattes ? demanda-t-elle en s'adossant à la cloison.

Marie ne pouvait pas tout lui dire, mais elle pouvait au moins évoquer le fait qu'il lui semblait menaçant.

— Sa situation est étrange, en dehors de l'amnésie, je veux dire. Il ne sait pas d'où il venait ni où il allait, mais il a dit à Jason qu'il croyait que « cet endroit » était le bon.

— Cet endroit ? répéta Emma. L'hôpital ?

— Non, Jasper. Il a l'air de penser qu'il est à sa place à Jasper. Sauf que Jason est certain que personne n'a disparu dans les environs.

Emma fronça les sourcils.

— D'accord. C'est bizarre. Mais mets-toi à sa place. Ça doit être perturbant de savoir certaines choses sans comprendre leur contexte.

Marie le lui accorda en hochant la tête.

— Et il n'a aucun souvenir de son passé ?

— Non. Aucun. Et il n'avait sur lui qu'une montre avec son nom gravé au dos.

— On connaît son nom, alors ?

— Oui. Peut-être. Jack.

— Jack..., dit Emma. Ce n'est pas mal. Que va-t-il lui arriver ?

— Son médecin va le faire transférer à Boise pour qu'un neurologue s'occupe de son amnésie hypothétique, répondit Marie en rangeant ses affaires. Il a dit que c'était le mieux pour lui.

Et c'est le mieux pour moi.

Après avoir été condamné, Abel avait juré qu'elle ne serait plus jamais en sécurité et c'était un homme qui tenait ses promesses. Cela avait donné à Marie une excellente raison d'entrer dans le programme de protection des témoins et d'éviter les inconnus.

Comme Jasper était une ville touristique, où les gens venaient skier pendant l'hiver et faire du rafting pendant l'été, éviter les inconnus était une activité à temps plein. Même si elle essayait de résister à la paranoïa, elle se demandait forcément si les hommes qui la regardaient un peu trop longtemps étaient des sbires d'Abel. Quand Jack aurait quitté la ville, elle aurait un souci de moins.

— Comment ça, « hypothétique » ? demanda Emma. Tu crois qu'il fait semblant ?

— C'est possible, répondit Marie en haussant les épaules. Comme je te l'ai dit, l'amnésie est assez rare. Et comment pourrions-nous savoir qu'il ment ?

Son amie pouffa.

— Tu es la personne la plus méfiante que je connaisse, dit-elle en étalant une serviette au fond de la caisse de transport qui occupait un coin du box.

— Et tu accordes trop facilement ta confiance, riposta Marie.

Elle souleva la chienne pour la placer dans la caisse.

— Tu peux prendre ma sacoche ? Je vais la porter.

Astrid gémit.

— On ne s'occupe pas assez de toi, chérie ? demanda Emma en la grattant derrière l'oreille.

— On ne s'occupe *jamais* d'elle, plaisanta Marie. Je l'ignore du matin au soir.

Elle prit la caisse à deux mains. Dès qu'Emma ouvrit la porte du chenil, Astrid fila les attendre près de la voiture.

— Je t'appellerai ce soir pour te dire comment elle va et je te la ramènerai dans quelques jours, dit Marie en plaçant la caisse à l'arrière.

— Tu voudras bien examiner Elton quand tu reviendras ? J'ai eu l'impression qu'il boitait, ce matin, mais je n'en suis pas sûre.

Elton, un Appaloosa noir et blanc, était l'un des deux chevaux qu'Emma avait sauvés. L'autre était un Quarter horse brun qu'elle avait baptisé Presley. Marie se demandait quel chanteur prêterait son nom au suivant.

— Tu veux que je regarde ça maintenant ? proposa Marie.

Emma secoua la tête.

— Il vaut mieux que tu t'occupes de la chienne. Je t'appellerai si Elton m'inquiète.

Marie monta en voiture et quitta l'académie en agitant la main par la fenêtre. Sur le trajet, elle songea de nouveau à Jack, puis se souvint que sa grand-mère Mae lui répétait que sa curiosité lui attirerait des ennuis.

C'était bien ce qui s'était passé. C'était parce qu'elle avait mis son nez dans les affaires de quelqu'un que sa vie avait pris un détour inattendu par Jasper, dans l'Idaho. Un endroit où l'inconnu se croyait à sa place.

Vous n'étiez pas blonde ?

Marie Beaumont.

Depuis trois jours qu'il s'ennuyait mortellement dans un hôpital, Jack – il supposait qu'il s'appelait Jack, du moins – avait du mal à songer à autre chose. Pourquoi lui semblait-elle familière alors qu'il n'avait aucun souvenir ? C'était d'autant plus curieux que ce n'était pas réciproque.

Son instinct – oui, il semblait avoir conservé des réactions instinctives – le poussait à se méfier d'elle. Elle cachait quelque chose. Il en était certain. Cachait-elle qu'elle le connaissait ?

Le policier, Jason, lui avait appris qu'elle était la vétérinaire locale depuis qu'elle s'était installée à Jasper cinq ans plus tôt. Si Jack l'avait connue, c'était dans un passé qu'il avait oublié. D'après le sympathique policier, le Dr Marie Beaumont était une solitaire et personne ne savait grand-chose sur ce qu'elle avait vécu avant de débarquer dans la petite ville de Jasper, où elle n'avait aucun parent. Jack soupira. Quels que soient les secrets de Marie, il lui devait d'être encore en vie.

La raison pour laquelle il se sentait lié à Jasper, où personne ne le connaissait, était un autre mystère. C'était peut-être l'endroit lui-même, et non l'un de ses habitants, qui lui était familier. Il avait emprunté le téléphone de Jason et regardé des photos de la ville qui ne lui avaient réveillé aucun souvenir. C'était profondément frustrant.

Il était aussi désarçonné par Jason. Le jeune policier lui rendait visite tous les jours, comme s'ils étaient amis, alors qu'ils ne l'étaient pas. Bien sûr, Jack appréciait ce cadeau du destin. Toute conversation dont le sujet n'était pas médical était une bouffée d'air frais.

On frappa à la porte et le Dr Saul entra dans sa chambre. La prochaine conversation serait médicale.

— Bonjour, Jack ! lui lança le médecin. Comment vous sentez-vous, aujourd'hui ?

— À part les maux de tête, ça va, répondit-il. Mais je ne me souviens toujours de rien et ça commence à m'inquiéter.

Après s'être lavé les mains, le Dr Saul examina son crâne bandé.

— Le cerveau est une machine délicate, mon garçon, expliqua-t-il. Tant que vous engrangez de nouveaux souvenirs, il n'y a pas de raison de paniquer. Votre œdème se résorbe et l'IRM n'a révélé aucun anévrisme. Dans la plupart des cas d'amnésie rétrograde, la mémoire finit par revenir. Parfois par bribes, parfois tout d'un coup. Il restera peut-être quelques zones d'ombre, mais rien d'alarmant.

— C'est encourageant, dit Jack. Merci.

— Vous vous en remettrez, mon garçon, lui assura le Dr Saul en posant une main sur son épaule. Et je crois qu'on peut vous enlever ça.

Le médecin lui retira délicatement son bandage.

— Vous cicatrisez bien, dit-il après avoir examiné la suture. Vous garderez une cicatrice mais, avec vos cheveux, personne ne la verra.

— Merci d'avoir empêché mon cerveau de s'écouler, docteur.

— Ha ha, on essaie d'éviter les écoulements de cerveau.

Le médecin jeta le bandage, puis s'assit en face de Jack.

— On m'a informé que vous refusiez d'aller à Boise. Qu'est-ce que c'est que cette histoire ? Le Dr Huber est une sommité. Il a déjà examiné votre dossier et il accepte de vous traiter sans assurance. Son hôpital est subventionné. Il me semble qu'il n'y a pas à y consacrer deux neurones.

Jack éclata de rire.

— Je ne sais pas si j'ai beaucoup de neurones à y consacrer.

Le Dr Saul pouffa.

— La formulation était malheureuse, je vous l'accorde, mais suivez mon conseil. Même si je suis sûr que vous vous rétablirez, il ne faut pas prendre les traumatismes crâniens à la légère. Allez à Boise, Jack. Découvrez qui vous étiez, qui vous *êtes*.

C'était parfaitement sensé. Toute personne raisonnable aurait suivi le conseil du médecin. Jack n'était donc pas raisonnable, visiblement.

C'est bon à savoir.

De plus, pouvait-il trouver une raison de vouloir rester à

Jasper qui ne le ferait pas paraître encore plus dérangé qu'un homme qui souffrait d'une amnésie ?

Et pourquoi n'avait-il pas parlé au Dr Saul du seul souvenir qu'il avait ?

Marie Beaumont.

Il n'arrêtait pas d'avoir des flashs d'elle. C'était parfois une image en deux dimensions, comme une photo, parfois il la voyait bouger. Mais elle lui semblait toujours seule et craintive. Et elle était toujours blonde.

— J'apprécie sincèrement tout ce que vous avez fait pour moi, docteur, mais je dois rester à Jasper pour recouvrer la mémoire.

Le Dr Saul haussa un sourcil.

— Des choses vous sont revenues, alors ? Des choses qui ont un rapport avec Jasper ?

— Ne vous emballez pas, docteur. Ce n'est qu'un pressentiment, mais il me semble… juste. Tout ce que je peux vous dire, c'est que mon instinct m'ordonne de rester.

C'est une réponse lamentable.

Il se massa les tempes pour essayer de mettre le solo de batterie qu'il avait dans la tête en sourdine.

Le Dr Saul poussa un soupir résigné.

— Comme vous voudrez. Je vais vous faire apporter quelque chose pour la migraine.

— Merci, répondit Jack, soulagé, en lui souriant.

Tant qu'on l'aidait à surmonter la douleur, il pouvait continuer à essayer de retrouver sa vie.

Le médecin griffonna quelques notes.

— Puisque vous ne voulez pas aller à Boise, vous devez bien comprendre votre situation. Votre condition physique s'est améliorée et je vais devoir vous chasser demain. Avez-vous au moins parlé à l'assistante sociale de l'hôpital ? Avez-vous réfléchi à l'endroit où vous irez, à ce que vous ferez ?

Non, il n'y avait pas réfléchi, mais des coups frappés à la porte le dispensèrent de mentir.

Jason entra.

— Je peux revenir dans quelques minutes, si vous voulez, proposa-t-il dès qu'il vit le médecin.

— Non, on a terminé, répondit le Dr Saul avant de se tourner vers Jack. Si vous ne voulez vraiment pas aller à Boise, promettez-moi de parler à l'assistante sociale aujourd'hui.

— C'est juré.

Comme le médecin avait un air sceptique, Jack lui offrit un grand sourire. Il espérait sincèrement que l'assistante sociale pourrait l'aider à trouver un toit et un travail. Sans cela, il lui serait quasiment impossible de rester à Jasper.

— Je compte sur vous, conclut le Dr Saul.

Après son départ, Jason posa sur son plateau un soda glacé et un sac d'où s'échappait une odeur délicieuse.

— Toujours aucune disparition qui correspond à votre signalement, mais je viens d'élargir les recherches aux États voisins, annonça-t-il en s'asseyant à la place du médecin. Et comment ça, vous ne voulez pas aller à Boise ?

— Jasper me plaît tellement que j'ai décidé de rester un moment, répondit Jack.

— Pourquoi ? Notre petite ville vous rappelle quelque chose ?

Jack pouffa.

— J'aimerais bien… Mais je suis sûr qu'elle m'aidera à recouvrer la mémoire si je reste. Merci pour le déjeuner, par ailleurs. Je vous revaudrai ça.

Jack déballa le hamburger que Jason lui avait apporté et mordit dedans.

— Ce n'est pas la peine, répondit l'officier en se levant pour marcher jusqu'à la fenêtre. J'avoue que je trouve intéressant qu'un homme qui a oublié son propre nom devienne subitement un spécialiste de l'amnésie.

Son ton sarcastique n'offensa pas Jack.

— C'est un pressentiment, dit-il en ouvrant la canette.

— Je sais ce qu'est un pressentiment, répondit Jason en haussant les épaules. Et qu'est-ce que c'est que cette histoire d'assistante sociale ?

— Il s'agit de trouver où je vivrai et comment je paierai mon loyer quand je sortirai d'ici. Demain.

Après avoir versé du ketchup sur l'emballage du hamburger, Jack y trempa des frites, l'eau à la bouche.

Je devrais commencer à prendre des notes. Il est clair que j'adore les hamburgers et les frites.

— À la réflexion, je dois sans doute une belle somme à l'hôpital, aussi, ajouta-t-il.

Il mangea les frites et soupira de bonheur.

— Pour résumer, je suis à la rue et fauché, conclut-il.

— J'ai peut-être une solution, dit Jason. Il faut que je passe un coup de fil. Je reviens.

Jason traversa la chambre et disparut dans le couloir.

Jack réfléchit à sa situation en mangeant d'autres frites. Pas de nom, pas de toit, pas de passé. Mais il était en vie grâce à une belle femme. Et il avait un nouvel ami qui essayait de lui trouver un logement. Dans l'ensemble, il avait beaucoup de chance.

Il ne lui restait plus qu'à remplir les blancs.

3

Comme promis, le Dr Saul laissa Jack quitter l'hôpital le lendemain. Parce que l'idée de Jason avait marché, Jack n'eut même pas à rencontrer l'assistante sociale. Apparemment, une amie de Jason, Emma Daniels, possédait une académie canine au nord de la ville. Elle avait aussi des chevaux. Mme Daniels avait accepté de le loger, de le nourrir et de lui offrir un petit salaire en échange de son travail. Elle avait aussi promis de déduire ses dettes de son salaire. Il avait insisté. Il n'aimait pas vivre aux crochets des gens, visiblement.

Jason lui avait expliqué qu'il vivrait dans une caravane, ce qui rendrait service à un gars nommé Shane, dont la petite amie ne supportait plus de voir cette monstruosité dans son allée.

— Prêt à décamper ? demanda Jason, qui était en uniforme, parce qu'il commencerait son service après avoir déposé Jack à l'académie canine.

— Et comment !

— Alors votre carrosse vous attend.

Jack le suivit et monta dans sa voiture de patrouille. Par curiosité, il examina la radio et les commandes du gyrophare et de la sirène. Cette voiture ne lui était pas familière, mais il eut une impression de déjà-vu. Quand il se retourna vers la grille qui les séparait de l'arrière du véhicule, il se vit un instant à l'arrière d'une autre voiture de police. Il se battait contre quelqu'un... Un policier ? Il se souvint de menottes et d'un grognement de douleur... puis plus rien.

Alors que la nausée le gagnait, il se demanda s'il était l'homme qu'on arrêtait. Il essaya de ressasser ce souvenir et ne parvint qu'à amplifier sa migraine.

— Vous êtes certain que ça ne dérange pas votre amie que je m'installe chez elle ? s'enquit-il auprès de Jason, en train d'attacher sa ceinture.

— Bien sûr que non, répondit le policier en démarrant. Je vous l'ai dit.

— Et elle sait que je suis amnésique ? Je pourrais être un psychopathe. Personne n'en sait rien. *Je* n'en sais rien.

S'il n'était pas un psychopathe, il était peut-être au moins quelqu'un qui méritait de se retrouver à l'arrière d'une voiture de police.

La réaction de Marie lui revint à l'esprit. En savait-elle plus sur lui qu'il n'en savait lui-même ? Savait-elle qu'il était un criminel ?

Son cœur s'affola et sa migraine s'accrut. Le Dr Saul lui avait bien dit de ne pas forcer les choses.

Plus facile à dire qu'à faire, docteur, songea Jack en se massant les tempes.

— Je vous assure qu'Emma a beaucoup aimé mon idée, dit Jason, qui attendait qu'une dame âgée sorte d'une voiture qui les bloquait. Et elle savait déjà que vous étiez amnésique. C'est sûrement Marie qui le lui a dit. Elles se voient en permanence. Elles se demandaient toutes les deux ce que vous deviendriez à la sortie de l'hôpital.

— Ah oui ?

Marie s'inquiétait pour lui ? Jack préférait nettement cela plutôt qu'elle ait peur de lui. Et cela prouvait peut-être qu'elle n'avait pas d'informations secrètes sur un passé criminel qu'il aurait oublié.

Une fois la voiture qui les bloquait partie, ils se mirent en route. Le ciel était parfaitement bleu, ce qui laissait présager une journée très chaude. Comme la luminosité lui donnait encore plus mal à la tête, Jack n'arrivait pas à apprécier le beau temps.

Tandis qu'ils traversaient la ville, Jason lui montra différents lieux : sa maison, le poste de police, la caserne des pompiers, la bibliothèque et, à une intersection, une place charmante au milieu de laquelle trônait un kiosque.

Ils passèrent même devant le cabinet de Marie, une vieille habitation qu'elle avait aménagée. Jason lui expliqua qu'elle vivait au premier étage.

Il retint cette information, comme il retint les noms des rues, les distances entre les bâtiments et le plan de la ville. C'était presque comme s'il échafaudait différents trajets de fuite. Il remarqua encore autre chose, quand Jason s'arrêta à la pharmacie pour lui permettre d'acheter des analgésiques...

Il y avait des miroirs dans les angles de la pharmacie mais aussi des caméras. Jack sut qu'elles étaient fausses, faites pour effrayer les amateurs, sauf celle du fond, qui filmait les étagères de médicaments sur prescription. Celle-ci était une caméra moderne, qui enregistrait numériquement les images.

Jack l'observa, les sourcils froncés. Comment le savait-il ? Pourquoi le savait-il ?

Il n'aima pas la première hypothèse qui lui vint à l'esprit. Il repérait les mesures de sécurité de la pharmacie comme s'il planifiait un braquage.

Dix minutes plus tard, Jason et lui se remettaient en route.

— Merci, dit Jack après avoir avalé un comprimé. N'oubliez pas d'ajouter ça à ma note.

— C'est Emma qui paie. Elle le déduira de votre salaire, répondit Jason avant de reprendre son rôle de guide touristique. Voici le restaurant des Millard. C'est d'ici que venait votre hamburger d'hier. Dans la rue suivante, il y a la brasserie des Bartwell. Si vous venez dîner en ville, ce sont les deux meilleures adresses.

— Ça m'étonnerait que j'y vienne très souvent.

— Ah bon ? Pourquoi ?

— Puisque je n'ai pas d'identité, je n'ai pas de permis de conduire.

— N'avez-vous pas encore compris que je veillais sur vous ?

Jack éclata de rire.

— Vous m'autorisez officiellement à rouler sans permis ?

— Vous verrez bien.

Jack attendit que le comprimé fasse effet en pianotant sur sa cuisse. Quelques minutes plus tard, des collines succédèrent aux bâtiments et il commença à se détendre.

Il avait découvert autre chose pendant qu'ils attendaient leur tour à la pharmacie, quelque chose de positif, pour changer. Alors qu'il feuilletait un magazine, son attention avait été attirée par des images… familières, en un sens.

— Je peux ajouter ça à ma note ? avait-il demandé à Jason.

— Bien sûr. Du kayak et du rafting ?

Jack avait haussé les épaules.

— Je ne viens pas de retrouver la mémoire, si c'est ce que vous espérez.

Mais ces photos lui disaient quelque chose et il avait l'intention de se fier à son instinct. Que pouvait-il faire d'autre ?

Ils finirent par s'engager sur un long chemin de terre qui les mena au portail de l'académie canine Daniels, formé de trois rondins. Il y avait un panneau en bois sur lequel était gravée une silhouette de berger allemand accroché au milieu du rondin supérieur. Jason se gara entre une maison en brique blanche et une petite grange de même couleur.

Jack repéra le chenil un peu plus loin. C'était un bâtiment marron au toit du même vert que celui de la maison. Malgré le grand enclos qui courait le long du chenil, il y avait assez de place pour qu'une caravane y soit installée.

— Il était temps ! leur lança une belle femme qui sortait de la grange.

Elle retira des gants et les fourra dans une poche arrière de son jean. Ses cheveux châtains étaient attachés et ses yeux bleus rappelèrent ceux de Marie, même s'ils étaient plus clairs que ceux de sa sauveuse, couleur de l'océan.

— Bonjour, je suis Emma Daniels, dit-elle en lui tendant la main. Vous devez être Jack.

Jack serra sa main en lui souriant.

— C'est ce qu'on m'a dit. Merci de m'accueillir.

— Ne me remerciez pas encore. Ce ne sera pas de tout repos. J'espère que les travaux physiques ne vous effraient pas.

— Je ne crois pas, répondit-il en se massant la nuque, un peu mal à l'aise. On devrait bientôt le découvrir.

L'expression d'Emma s'adoucit.

— Ce n'était pas très délicat de ma part, désolée. Si vous me donnez un bon coup de main, vous serez ici chez vous, aussi longtemps que vous voudrez.

Quand elle lui sourit de nouveau, Jack sentit sa gentillesse, mais aussi sa force. Cette femme n'était pas du genre à se laisser marcher sur les pieds.

Elle adopta une attitude maternelle lorsqu'elle reporta son attention sur Jason.

— Allez, va travailler ! Je prends le relais.

— Oui madame.

Jason déposa un baiser sur sa joue.

— J'ai failli oublier ! ajouta-t-il alors qu'il allait remonter en voiture.

Il montra à Jack une vieille bicyclette bleue équipée d'un panier qui était posée contre un mur de la grange.

— Voici votre moyen de transport. Pas besoin de permis, dit-il en lui donnant un petit coup de coude dans les côtes.

Jack pouffa.

— C'est parfait. Merci.

Maintenant qu'il était au grand air et libre de se déplacer au lieu d'être enfermé dans une chambre d'hôpital, il se sentait redevenir lui-même.

Du moins, il éprouvait des sentiments qu'il espérait lui être naturels : il était détendu et reconnaissant.

— Je suis là pour protéger et servir, répondit Jason avant de monter en voiture.

— C'est un bon garçon, dit Emma tandis qu'ils le regardaient partir. L'une de mes réussites. J'espère que vous en deviendrez une autre.

— Oui madame, répondit Jack.

— Allez, venez ! On n'a pas le temps de chômer. Je vais vous montrer la caravane de Shane avant de vous mettre au travail. Je pense que vous serez surpris.

Elle s'élança d'un bon pas en direction de la caravane. Handicapé par sa migraine, Jack eut du mal à la suivre.

Elle déverrouilla la porte, puis lui tendit la clé.

— Ne la perdez pas, dit-elle. J'ai un double, mais...

Elle s'interrompit net.

— Veuillez me pardonner, reprit-elle. J'ai l'habitude d'avoir affaire à des adolescents, pas à des adultes.

— Ne vous excusez pas, répondit Jack en lui souriant. Je la garderai précieusement.

Il rangea la clé dans sa poche et suivit Emma dans la caravane.

De fait, il fut surpris. La caravane semblait neuve et son aménagement était luxueux. Si elle n'avait pas été si encombrée que seul un mannequin pouvait se glisser entre les meubles, il l'aurait trouvée parfaite.

— C'est stupéfiant, admit-il.

Il n'aurait qu'à s'habituer à marcher de profil.

Emma devina ce qu'il pensait.

— Ne vous inquiétez pas, vous rentrerez, dit-elle. Ces boutons permettent de l'ouvrir.

En quelques secondes, le couloir du salon s'élargit d'un bon mètre et la chambre se déploya.

— Il y a tout ce qu'il faut dans les placards de la cuisine et de la salle de bains, poursuivit Emma. Le lit est fait. Shane vous autorise à porter ses vêtements en attendant de pouvoir vous en acheter. Il tient à ce que vous fassiez le ménage régulièrement et il vous interdit de fumer.

— Oui madame. Je suis presque sûr que je ne fumais pas, mais c'est le bon moment pour arrêter dans le cas contraire, non ?

Emma pouffa.

— Vous avez une attitude positive pour quelqu'un dont la vie a été chamboulée en un instant, dit-elle. J'espère que tout vous semble acceptable.

— Tout à fait acceptable. Je ne vous remercierai jamais assez.

— Le dîner est servi à 18 heures. Vous aurez sûrement faim à ce moment-là. Ne vous tuez pas à la tâche, sinon le Dr Saul aura ma peau. Prenez quelques minutes pour vous installer. Je vous attends dans le chenil pour vous expliquer la patrouille des crottes. Mettez des bottes. Shane vous en a laissé une paire quelque part.

Elle disparut sur ces mots.

Jusqu'ici, tout allait bien. Il voulait rester à Jasper et on le logeait dans une caravane de luxe. Il voulait en savoir plus sur la jolie vétérinaire et elle passait beaucoup de temps à l'académie canine, apparemment.

Il ne lui restait plus qu'à retrouver son identité, comprendre pourquoi Jasper avait autant d'importance pour lui et découvrir s'il était un homme honnête ou un criminel endurci.

Espère le meilleur, prépare-toi au pire.

Trois jours après que Marie eut remis en place la patte de la chienne, la matinée était encore ensoleillée. Raoul, un étudiant qui faisait son internat auprès d'elle, avait baptisé la chienne Amaya. Marie aurait dû être de bonne humeur en la ramenant à l'académie canine.

Raoul et elle avaient réussi une opération qui tenait du miracle. La radio avait révélé que la fracture était bien plus grave que Marie ne l'imaginait. Si l'opération avait échoué, la chienne aurait perdu sa patte. Et si Emma ne l'avait pas trouvée, Amaya et ses chiots seraient morts.

Mais l'inquiétude l'emportait sur la joie. Bien sûr, Jack, son chien perdu à deux pattes, devait être à Boise depuis longtemps. Et l'agent Murphy n'avait toujours pas répondu aux nombreux messages qu'elle lui avait laissés. Alors qu'il n'avait jamais manqué de le faire jusqu'à présent. Il devait y avoir un problème. Parce qu'elle ne savait pas ce qui se passait, Marie était terrifiée comme elle ne l'avait pas été depuis... la dernière fois qu'elle avait vu Abel Gaines.

Astrid, qui sentait son stress, aboya.

— Tu as raison, lui dit-elle. Je ne peux rien y faire à cet instant.

Mais Marie se demanda si elle devait aller chercher des informations à Boise.

Arrivée à l'académie, elle sortit de sa voiture, alla ouvrir le coffre avec Astrid sur les talons et décida de porter la chienne plutôt que la caisse.

— On est arrivées, Amaya, dit-elle en la prenant dans ses bras.

Marie apprécia la fraîcheur du chenil dès qu'elle y entra. La chienne s'agita dans ses bras.

— Du calme, Amaya, lui dit-elle. J'essaie de t'aider.

— Besoin d'un coup de main ?

Marie se figea et sentit son cœur s'affoler. Astrid fut aussitôt en alerte.

— Jack ? dit Marie en se retournant lentement.

Elle le découvrit à trois mètres d'elle, appuyé sur une pelle.

— Patrouille des crottes, à votre service, lui dit-il.

Il était évident qu'il plaisantait, mais Marie ne trouva rien d'amusant dans cette situation.

— Que faites-vous ici ? Je vous croyais à Boise.

— J'ai décidé de ne pas y aller et je suis en train de nettoyer le chenil. Laissez-moi vous aider à installer cette chienne.

— Elle s'appelle Amaya et je peux me débrouiller toute seule.

Réfléchis, Marie !

L'inconnu qui était sorti de nulle part, prétendument amnésique, se trouvait dans le chenil d'Emma, non dans un hôpital à Boise, en même temps que l'agent Murphy était injoignable. Était-ce une coïncidence ? Peut-être. Si l'on croyait aux coïncidences, ce qui n'était pas son cas.

Astrid suivit Marie jusqu'au dernier box, où celle-ci installa Amaya. Emma y avait placé des barrières pour réduire l'espace et limiter les mouvements de la chienne, qui parut contrariée de se retrouver dans un endroit aussi petit. Malheureusement pour elle, devoir supporter des choses qui ne nous plaisaient pas arrivait à tout le monde de temps à autre.

— Ce ne sera pas pour longtemps, lui promit Marie.

Après avoir caressé la chienne, elle chercha une arme des yeux, au cas où. Elle n'avait qu'un bol en métal à portée de main. Ce n'était pas aussi efficace que le spray au poivre qu'elle avait - évidemment - laissé dans sa voiture.

Que tu peux être stupide !

S'il fallait en arriver là, elle pouvait toujours ordonner à Astrid d'attaquer.

Quand elle se retourna, Jack la regardait. Le T-shirt qu'il portait était étiré par ses épaules larges et son torse musclé. Marie ressentit un mélange de peur contrôlée et de plaisir tenu en bride. Elle devait admettre que Jack était agréable à regarder, mais Abel l'était aussi.

Elle se raidit quand il posa sa pelle et s'approcha.

Il dut sentir son malaise, puisqu'il demanda :

— Vous ai-je offensée d'une manière ou d'une autre ?

S'il était venu pour la tuer, il l'aurait déjà fait. À moins qu'il ne soit effectivement amnésique et qu'il n'ait oublié qu'il était censé la tuer. Dans ce cas, chaque souvenir qui reviendrait à Jack la rapprocherait de la mort. Cette pensée grandiloquente faillit la faire ricaner. Tant qu'elle n'avait pas parlé à George, elle pouvait juste essayer de découvrir l'identité de Jack et de le chasser de Jasper. De le chasser de sa vie.

— Je suis juste fatiguée, mentit-elle facilement grâce à sa longue expérience.

— Que lui est-il arrivé ? demanda Jack en indiquant Amaya du menton.

— On pense qu'elle a été poussée hors d'un véhicule en marche pendant l'orage. Elle a une patte cassée, des éraflures sur tout le corps et elle attend des petits. Elle a aussi de vieilles cicatrices.

— C'est cruel, commenta Jack. Elle va s'en sortir ?

Il semblait sincèrement inquiet, mais elle n'était pas douée pour déchiffrer les gens.

— Oui. Je ne garantis rien en ce qui concerne les chiots.

— Quand arriveront-ils ?

— D'un jour à l'autre. C'est pour ça que je voulais la ramener vite.

— Alors elle vous a été amenée par le même orage que moi ?

— Effectivement.

— Et qui est cette beauté ? demanda Jack en s'agenouillant près de sa chienne.

— Elle s'appelle Astrid. C'est elle qui m'a aidée à vous tirer du fossé.

Astrid, en revanche, était un excellent juge de caractère.

Marie lui donna une caresse pour l'autoriser à aller renifler Jack. Celui-ci lui tendit la main et la petite traîtresse la lécha.

Alors Jack invita Astrid à lui sauter dessus en se frappant le torse. L'enthousiasme de la chienne le fit rire.

— Moi aussi, je suis ravi de te rencontrer, lui dit-il.

Marie ne put s'empêcher de sourire.

— Descends, Astrid, lui ordonna-t-elle.

— Elle est très bien éduquée, dit Jack. A-t-elle été dressée ici ?

Marie hocha la tête.

— C'est une chienne d'attaque, précisa-t-elle à tout hasard.

— C'est vrai ? Et il y a beaucoup de crimes à Jasper ? demanda Jack en caressant le ventre d'Astrid, qui s'était couchée.

— Ni plus ni moins qu'ailleurs. Alors, pourquoi n'êtes-vous pas en train de faire soigner votre amnésie à Boise ?

— J'ai décidé de rester. Ça peut paraître étrange, mais mon instinct me dit que c'est à Jasper que je recouvrerai la mémoire. Et, grâce à Jason, Emma a eu la gentillesse de m'accueillir et de me donner du travail. Il n'est peut-être pas très prestigieux de nettoyer un chenil, mais c'est une aubaine quand on est fauché.

Il haussa les épaules, ce qui les mit en valeur.

— Alors me voici, conclut-il. Parce qu'il y a beaucoup de gens sympas dans cette ville.

— Oui, je sais, répondit Marie en s'interdisant de réagir au sourire éblouissant de Jack.

L'atmosphère changea en un instant quand Jack se mit à la regarder aussi intensément qu'au bord de la route.

— Marie ?

— Quoi ? balbutia-t-elle.

— Merci de m'avoir sauvé.

Elle réprima un soupir de soulagement.

— Inutile de me remercier.

— Vous dites ça comme si ce n'était rien, alors qu'il s'agit de ma vie, lui rappela-t-il. Je ne pourrai jamais m'acquitter de la dette que j'ai envers vous, mais j'aimerais essayer. Si je commençais par vous inviter à dîner ?

Marie appréciait sa gratitude, mais il n'était pas question qu'ils dînent ensemble.

— Je vous croyais fauché, le taquina-t-elle.

— Il faudra peut-être qu'on attende une semaine ou deux, répondit-il avec un sourire espiègle qui lui coupa le souffle.

Il fallait décidément qu'elle tue dans l'œuf le désir naissant qu'il lui inspirait.

Souviens-toi d'Abel.

Même si Jack n'était pas venu la tuer, il menaçait sa maîtrise d'elle-même.

— Vous ne me devez rien, dit-elle en fermant la porte du box d'Amaya. Par contre, j'aimerais vous poser une question.

— Je vous écoute, même si j'ai plus de questions que de réponses moi-même, ces derniers temps.

— Dans votre chambre, à l'hôpital, vous m'avez demandé si j'avais été blonde, lui rappela-t-elle en croisant les bras. Pourquoi ?

— Aucune idée. Vous devez ressembler à une femme blonde que j'ai connue. Avez-vous été blonde ?

Marie ignora sa question et réfléchit à sa réponse. Celle-ci était plausible, mais elle n'avait aucun moyen de savoir s'il mentait.

— Bonne patrouille des crottes, lui dit-elle. Il faut que j'y aille. Je dois examiner un sabot d'Elton.

Elle appela Astrid et s'empressa de quitter le chenil. Elle devait se débarrasser de lui, et tout de suite. Pour cela, elle avait besoin de l'aide d'Emma.

Elle la trouva en train de balayer la grange.

— Te voilà ! lui lança-t-elle.

— Tu as ramené la chienne ? demanda Emma.

— Oui. Et on l'a baptisée Amaya.

Emma pouffa.

— Amaya ? Une idée de Raoul, n'est-ce pas ?

— Bien sûr. Ça veut dire « pluie nocturne » en basque.

— Ça me plaît, répondit Emma. Elle est bien installée ? L'aménagement du box te convient ?

— Oui et oui, répondit Marie en balayant les stalles vides du regard. Tu ne voulais pas que j'examine le sabot d'Elton ?

— Mince ! s'écria Emma en arrêtant de balayer. J'avais complètement oublié. Hugh et Kyle sont venus pour travailler, mais Jack s'occupait déjà du chenil. Je les ai laissés sortir les chevaux à la place.

Hugh, Kyle et William, trois adolescents défavorisés suivis par une assistante sociale, travaillaient pour Emma certains après-midis et les week-ends. Elle les embauchait aussi pendant l'été pour les empêcher de s'attirer des ennuis.

— Ma journée de demain n'est pas très chargée, dit Marie. Je peux passer dans la matinée. Si Elton a un problème, il vaudrait mieux qu'on le sache vite.

— C'est parfait. Merci.

Marie s'assit sur une botte de foin et, de la voix la plus neutre possible, demanda :

— Peux-tu me dire comment Jack a atterri chez toi ?

Emma, qui s'était remise à balayer, s'arrêta de nouveau pour la regarder droit dans les yeux.

— Il avait besoin d'un toit et d'un emploi pour vivre. J'ai toujours besoin d'aide. Je me suis dit que tout le monde y gagnait. Et j'ai pensé que tu apprécierais qu'il reste dans le coin. Tu avais l'air d'avoir un faible pour lui et c'est vrai qu'il est beau. Tu n'exagérais pas.

— Je n'ai de faible pour personne, répliqua Marie. Et je pense que tu devrais l'envoyer à Boise. Ils ont un neurologue qui est disposé à s'occuper de lui alors qu'il n'a pas d'assurance. Il serait bien soigné. Le Dr Saul s'inquiète beaucoup pour lui. En l'hébergeant, tu pourrais lui nuire plus que tu ne l'aides.

Emma secoua la tête.

— Tu m'insultes. J'ai parlé au Dr Saul avant de proposer à Jack de l'accueillir, bien sûr. Il pense que Jack a tort de ne pas aller à Boise, mais il n'estime pas que rester ici lui fera du mal.

— Et si c'était un tueur en série ? Je le trouve bizarre. Je suis sûre que… tu n'es pas en sécurité avec lui.

— Je trouve que tu protestes un peu trop, répondit Emma avec un air suspicieux.

— Qu'est-ce que ça veut dire ?

— Que je te soupçonne d'avoir le béguin pour lui, ce que personne ne pourrait te reprocher.

— Allons ! s'écria Marie en perdant espoir.

Emma ne serait pas son alliée sur ce coup-là. Pour se débarrasser de Jack, il lui fallait un plan B.

— Ça ne te tuerait pas d'avoir une vie sociale, tu sais, grommela Emma.

Tu n'en sais rien. Ça pourrait très bien me tuer.

Amnésique ou non, Jack avait l'impression de comprendre facilement les gens. Le Dr Saul, Jason, Emma lui semblaient être des livres ouverts. Mais Marie ? C'était un vrai mystère, songea-t-il en la regardant foncer vers la grange sans savoir si elle était pressée de rejoindre Emma ou de le fuir.

Pourquoi était-elle aussi craintive en sa présence ? Bien sûr, il était sorti de nulle part en n'ayant rien, pas même un nom. Mais cela ne semblait déranger personne d'autre. Seule Marie avait peur de lui et cela le perturbait.

À l'hôpital, on la lui avait présentée comme sa sauveuse. Le fait de voler à son secours quand il était inconscient ne lui avait donc posé aucun problème. Alors pourquoi avait-elle l'air de craindre qu'il lui saute à la gorge, maintenant ?

Quelques minutes plus tôt, il l'avait bien sentie se raidir à l'instant où il lui avait adressé la parole. Il avait fait attention à ne pas trop s'approcher d'elle, il lui avait parlé avec douceur et il avait même plaisanté. Il avait cru avoir réussi à la rassurer, pourtant elle avait filé comme si elle avait le diable aux trousses.

Elle se montrait amicale une minute et semblait vouloir être le plus loin possible de lui la suivante. Il ne pouvait pas vraiment lui en vouloir. Elle l'avait trouvé dans un fossé boueux et le retrouvait occupé à nettoyer des crottes de chiens. Il se rendait bien compte qu'il n'était pas un bon parti pour la jolie vétérinaire. Mais qu'avait-elle à craindre ?

Marie Beaumont. Une femme aux yeux bleus et aux lèvres sensuelles. Une femme brune qu'il imaginait blonde. Une femme qui secourait ceux qui en avaient besoin sans pour autant leur faire confiance.

Marie Beaumont lui donnait la migraine.

Malgré cela, elle l'attirait inexplicablement, et pas seulement physiquement. Il voulait tout savoir sur elle. Alors que son propre passé lui échappait, il avait encore plus envie de découvrir celui de Marie.

Il finit de nettoyer le chenil, puis s'arma d'un râteau et se dirigea vers l'enclos qui jouxtait la grange. Il s'arrêta net lorsqu'il vit Marie foncer vers sa voiture avec Astrid sur les talons.

Alors qu'il regardait le nuage de poussière que son véhicule soulevait en s'éloignant, une douleur fulgurante lui fit lâcher le râteau pour prendre sa tête à deux mains. Derrière ses paupières closes, il vit un autre nuage de poussière, sur un chemin au milieu d'une forêt. Il entendit des hommes crier et des coups de feu, puis il ressentit une douleur au poignet qui lui fit presque oublier sa migraine.

Un instant plus tard, ce souvenir horrible disparut derrière le mur de son amnésie. Il reprit son souffle, se massa les tempes, puis s'assura qu'il n'avait pas reçu de balle alors qu'il savait bien que non. Il tressaillit lorsqu'il examina son bras gauche. Il avait des cicatrices de brûlure sur le poignet.

Depuis le début, il supposait que l'atmosphère de danger qu'il ressentait en présence de Marie avait un rapport avec elle. Ce souvenir prouvait-il que c'était lui, le problème ?

— Mon Dieu, Jack ! Tu es blanc comme un linge. Ça va ?

lui lança Piper Lambert, l'une des dresseuses de l'académie, depuis la porte du chenil.

Il lut une véritable inquiétude dans ses yeux verts. Elle tenait en laisse l'un des chiens qu'elle entraînait et le chiot qu'elle venait d'adopter la suivait. Quand on travaillait là, on pouvait amener son animal de compagnie tous les jours.

— Ce n'était qu'un nouvel accès de migraine, lui assura Jack. Ça passe déjà.

— Si tu te voyais ! lui dit-elle. Tu ferais bien de t'asseoir avant de tomber.

Il la laissa l'entraîner jusqu'à une chaise dans le chenil.

— Veux-tu que j'appelle Emma ou le Dr Saul ? demanda-t-elle.

— Surtout pas !

Ils essaieraient de le convaincre d'aller à Boise alors qu'il devait rester à Jasper.

— D'accord, ce n'était pas simplement une migraine, ajouta-t-il pour amadouer Piper. J'ai eu un flash.

— C'est merveilleux ! s'écria-t-elle avec un grand sourire. Tu te souviens de qui tu es ?

— Malheureusement non. J'ai juste vu un chemin de terre et une forêt que je n'ai pas reconnus. Ce n'est pas très important.

— Bien sûr que c'est important ! Attends que je dise ça à...

— Pourrais-tu n'en parler à personne, s'il te plaît ? la coupa-t-il. J'aimerais prendre mon temps et mieux comprendre ce qui me revient avant de le raconter.

— Bien sûr. Désolée. J'ai parlé sans réfléchir. Fais les choses à ton rythme.

— Merci.

Quand il baissa les yeux, il découvrit des traces de bottes et de pattes sur le sol qu'il venait de laver, ce qui lui arracha un soupir désemparé.

Piper pouffa.

— Désolée pour ça, mais il faudra que tu t'y fasses, dit-elle. Ton boulot est un éternel recommencement.

Elle emmena le chien qu'elle entraînait dans son box et jeta un coup d'œil à ses bols.

— Bravo, ajouta-t-elle. Tu penses à nettoyer et à remplir les bols. Les ados ont mis longtemps à adopter le réflexe.

— Les ados ?

— Oui, on en a trois, cette année : Hugh, Kyle et William. Tu ne les as pas encore rencontrés ?

— Non, mais j'ai vu deux garçons entrer dans la grange, tout à l'heure.

— C'étaient Hugh et Kyle. Ils sont allés promener les chevaux. Ils ont dû être *très* déçus de découvrir que tu t'occupais des crottes.

Jack pouffa.

— Il faut bien que quelqu'un le fasse.

— J'aime ton attitude.

Jack avait rencontré Piper dès son arrivée, mais ils n'avaient pas encore eu l'occasion de discuter. Elle suspendit la laisse à un crochet, croisa les bras et le regarda comme un nouveau chien qu'elle serait chargée de dresser.

— Es-tu bien installé ? demanda-t-elle.

— J'aurais pu me retrouver dans une situation bien pire, répondit-il honnêtement. Je vous suis très reconnaissant, à Shane et toi, de me prêter votre caravane.

— Elle n'appartient qu'à Shane, techniquement. Et c'est moi qui dois te remercier. Au début, j'ai adoré qu'il la gare dans mon allée, parce que ça voulait dire qu'il avait l'intention de rester. Mais ça fait quatre mois, maintenant, et j'avais vraiment envie de récupérer mon allée.

— Je suis ravi de te rendre service et j'ai hâte de mieux connaître les gens du coin. Marie vient de partir.

Pas très subtil, Jack.

— Oui, je l'ai vue filer quand j'arrivais. Elle devait avoir une urgence au cabinet. Cette fille adore les animaux. Elle m'a dit qu'elle avait découvert sa vocation dès l'enfance.

— Tu la connais bien, j'imagine ?

Piper haussa les épaules.

— Aussi bien que tout le monde, je suppose. Elle est adorable, mais elle ne se confie pas beaucoup.

Ils entendirent Amaya gémir et Piper se dirigea vers son box. Espérant apprendre quelque chose, n'importe quoi, sur la mystérieuse Marie, Jack la suivit.

— Pourquoi ça ? demanda-t-il.

— Qui sait ? répondit Piper en ouvrant la porte du box. Et, pour être franche, je n'ai pas besoin de connaître le passé de quelqu'un pour l'apprécier ou non.

— Je m'en réjouis, sinon je n'aurais aucune chance de t'être sympathique, plaisanta-t-il.

— Tu me seras sympathique tant que tu ne me donneras pas une bonne raison de te détester, répondit Piper en caressant la tête d'Amaya. Mais avec Marie, attends-toi à être en observation un bon moment.

— Ça me donne un objectif, répliqua-t-il. J'ai hâte d'être pleinement accepté à Jasper.

Il alla remplir un seau d'eau et prit la serpillière pour nettoyer le sol après le départ de Piper.

— On est assez ouverts, en général. Je suis sûre que tu t'intégreras parfaitement, répondit-elle avant de se mettre à chuchoter. Sauf si tu es un fugitif recherché. Tu n'es pas le chef d'un groupe de bandits qui se cache dans les collines, j'espère ? Ruby Ridge est à quelques kilomètres d'ici, tu sais.

Elle éclata de rire et lui décocha un clin d'œil avant de quitter le chenil.

Jack resta bouche bée. Il avait immédiatement compris à quoi elle faisait allusion. Ruby Ridge, dans le comté de Boundary, avait été le théâtre d'un siège de onze jours en 1992.

Il y avait eu trois morts, dont un marshal adjoint. Pourquoi se souvenait-il aussi bien de cet incident ?

Il secoua la tête. C'était étrange, d'autant plus que ce souvenir lui était revenu sans douleur. Jack était encore jeune quand l'incident s'était produit. Ce n'était pas un souvenir direct, mais quelque chose qu'il avait appris dans un journal ou à la télé.

Son estomac se noua. Sans qu'il comprenne lequel, il lui semblait qu'il y avait un lien entre Ruby Ridge et le souvenir de coups de feu et de brûlures qui lui était revenu quelques minutes plus tôt.

Quand il essaya de percer ce mystère, sa migraine revint d'un seul coup.

4

Après avoir fui l'académie, Marie décéléra et appela George Murphy. Elle tomba sur le répondeur une fois de plus et ne vit pas l'intérêt de laisser un nouveau message. Frustrée de ne pas contrôler sa propre vie, elle chercha refuge dans la routine et appela son cabinet.

— A-t-on besoin de moi ? demanda-t-elle à sa secrétaire.

Liz Jellis avait travaillé pour un petit cabinet juridique de Jasper jusqu'à ce que des touristes la renversent alors qu'elle traversait la rue. Après plusieurs opérations, elle s'était retrouvée avec plus de métal que d'os dans la jambe droite. Son patron avait poursuivi le conducteur en justice en son nom, lui avait payé ses dommages et intérêts et s'était empressé de la renvoyer.

Quelques années plus tard, alors qu'elle avait dépensé toutes ses économies et cherchait toujours un emploi, Liz avait amené son chat malade à Marie à l'heure de la fermeture. Marie, qui n'avait jamais refusé de traiter un animal, quelle que soit l'heure, avait laissé entrer Liz. Après avoir entendu son histoire, elle avait soigné son chat gratuitement et l'avait engagée sur-le-champ. Elle ne le regrettait pas.

— Non, tu n'as pas de patient, répondit Liz. Mais n'étais-tu pas censée t'occuper d'Elton ?

— Il y a eu un malentendu. Si mon emploi du temps le permet, je le ferai demain.

— Voyons voir. Tu as deux rendez-vous dans l'après-midi, mais rien le matin.

— Formidable. Et cet après-midi ?

— Rien non plus, mais ça ne devrait pas te ravir autant. Il y a de grosses factures qui arrivent.

— N'y a-t-il pas toujours des factures ?

— Si, mais te le rappeler fait partie de mes responsabilités. Que comptes-tu faire ?

— Acheter des caramels et monter à Hemlock Hills. Je n'ai pas vu Dotty de la semaine.

— Alors vas-y et transmets-lui mes amitiés.

— Je n'y manquerai pas.

— Et n'oublie pas la levée de fonds chez les Bartwell vendredi soir.

— Je l'ai notée sur mon agenda, répondit Marie. À demain.

Marie inspira profondément le parfum de lavande qui flottait dans le hall lumineux d'Hemlock Hills. Ici, le personnel n'avait pas besoin de brancher des diffuseurs de parfum pour masquer les odeurs corporelles ni d'employer des détergents puissants qui piquaient les yeux et donnaient l'impression qu'on entrait dans une morgue. Hemlock Hills, une institution luxueuse et bien tenue, n'avait rien à voir avec l'hospice où sa grand-mère avait fini sa vie.

C'était sa grand-mère Mae qui l'avait élevée après l'accident de voiture qui l'avait rendue orpheline à trois ans. Une fois adulte, Marie s'était occupée de sa grand-mère quand on lui avait diagnostiqué un cancer. Puisque c'était sa plus proche parente, Mae aurait pu l'accompagner dans le programme de protection des témoins, mais sa grand-mère était trop malade pour voyager et lui avait assuré que l'hospice lui convenait. Alors la femme à qui elle devait tout était morte seule. Marie se sentait profondément coupable d'avoir abandonné sa grand-mère, mais sa relation avec Dotty apaisait un peu sa douleur.

— Bonjour, docteur Beaumont ! lui lança Kim, la jeune réceptionniste. Dotty me demande tous les jours où vous êtes passées, Astrid et vous.

— M'en veut-elle assez pour me lancer quelque chose à la figure ?

— C'est vous qui me le direz, répondit Kim.

— Lâche !

Marie entra dans le grand salon, qui était meublé de canapés confortables, de bibliothèques pleines de livres et d'une grande télé. Quatre femmes jouaient au bridge à une table près d'une fenêtre. Elles saluèrent Marie avant de poursuivre leur partie.

Hemlock Hills, situé au nord de la ville, était un vaste bâtiment de plain-pied qui ressemblait à un ranch. On en avait fait une maison de retraite qui pouvait accueillir dix pensionnaires. Peu après son arrivée à Jasper, Marie y avait été appelée pour s'occuper d'une chatte errante. Les pensionnaires étaient tombés amoureux de Sassy Cat[1], comme ils l'avaient appelée, et avaient demandé à l'adopter. Les responsables avaient accepté à la condition que la chatte soit vaccinée et stérilisée.

Marie était venue avec Astrid, qui ne la quittait jamais, et celle-ci avait vite séduit l'occupante fringante de la chambre 5A, Dotty Hazzard. Et Dotty Hazzard avait vite séduit Marie, qui n'arrivait pas à faire le deuil de sa grand-mère.

Marie frappa à la porte.

— J'espère que c'est Astrid et sa propriétaire qui ne vient jamais voir la vieille Dotty ! lança la femme. Entrez !

Marie ouvrit la porte alors que Dotty coupait le son de la télé. Astrid courut jusqu'au fauteuil et posa sa tête sur les genoux de la vieille dame. Celle-ci lui gratta les oreilles, ce qui fit tinter ses nombreux bracelets.

1. L'Impertinente Chatte

— Te voilà, beauté ! Il y a au moins l'une de vous deux qui m'aime, n'est-ce pas ?

Marie s'assit au bord du lit à la couverture multicolore. Les pensionnaires étaient autorisés à décorer leur chambre comme ils le souhaitaient. Dotty, une authentique hippie qui était allée à Woodstock et avait vécu dans une communauté, s'était complètement lâchée. Les murs étaient couverts de tissus colorés, il y avait des coussins partout, d'épais tapis et des plantes suspendues dans des sacs en macramé.

Dotty tressait toujours ses longs cheveux gris et se faisait régulièrement réprimander parce qu'elle passait ses disques trop fort.

— Donne-moi le bocal, chérie, ordonna-t-elle.

Elle n'eut pas besoin de préciser lequel. Marie se leva et alla chercher le bocal en verre violet à motifs marocains qui contenait les biscuits pour chiens. Dotty l'ouvrit et Astrid ne tarda pas à mâchouiller joyeusement.

— Tu dois être très occupée ces temps-ci, dit Dotty en posant le bocal sur la table, à côté de la télécommande, d'une boîte de mouchoirs, d'un flacon de médicaments et d'un verre de limonade.

Marie lui sourit, s'installa dans le deuxième fauteuil de la chambre et soupira de soulagement en s'enfonçant dans les coussins orange.

— En fait, oui, répondit-elle en se détachant les cheveux, ce qui la fit soupirer une nouvelle fois. Le lendemain du gros orage de la semaine dernière, Astrid et moi avons trouvé un homme au bord de la route pendant notre jogging. Enfin, c'est Astrid qui l'a trouvé.

— A-t-il été assassiné ? demanda Dotty en frottant ses mains noueuses l'une contre l'autre.

— Quoi ? s'écria Marie, surprise par la curiosité morbide de la vieille dame. Non.

— Oh ! fit Dotty, déçue. Je me disais qu'on avait peut-être

un mystère à résoudre, quelque chose qui aurait stimulé mes vieilles cellules grises.

— Je pense que tu regardes trop de feuilletons policiers.

Dotty agita la main pour rejeter cette suggestion, puis croisa les bras là où ses seins se trouvaient autrefois. Le fait d'avoir brûlé son soutien-gorge des décennies plus tôt, combiné à la force implacable de la gravité, les avait déplacés quelque part entre son sternum et son nombril.

— Très bien, il n'a pas été assassiné, reprit-elle. Était-il mort, au moins ?

Marie lui fit les gros yeux.

— J'ai appelé les urgences et il a été emmené à l'hôpital.

— C'est tout ? s'exclama Dotty avec une mine boudeuse. Je comprends que *tu* puisses considérer ça comme vaguement digne d'être mentionné, puisque tu es jeune et que tu manques d'expérience, mais ce n'est pas une raison suffisante pour ne pas venir me voir. Y a-t-il autre chose ?

— Oui, je crois qu'il pourrait être…

Marie s'interrompit net. Elle se détendait trop facilement face à Dotty.

— Il pourrait être quoi ?

— Il a pris un gros coup sur la tête. C'est pour ça qu'il était inconscient. À son réveil, il ne se souvenait plus de rien. Le médecin dit qu'il souffre d'une amnésie rétrograde.

— Tu commences à m'intéresser. Il ne s'appellerait pas Jason Bourne, à tout hasard ?

— Très drôle. Il s'appelle Jack. C'est ce qu'on croit, du moins, ajouta Marie avec un haussement d'épaules. Et il ne ressemble pas du tout à Matt Damon, si c'est ce que tu insinues.

— À quoi ressemble-t-il, alors ?

— Il est beau, je suppose, quand il n'est pas couvert de boue, répondit Marie en jouant avec les franges d'un coussin.

— Ah oui ?

Marie n'eut pas besoin de regarder Dotty pour savoir que celle-ci scrutait son visage.

— Maintenant, dis-moi ce que tu comptes faire de ce type que tu as trouvé au bord de la route. C'est une manière originale de rencontrer un homme, mais si ça marche, tant mieux pour toi.

— Je ne compte pas en faire quoi que ce soit, dit Marie en se forçant à arrêter de tripoter le coussin.

— Ne laisse pas passer cette chance, gamine. Cet homme a une dette envers toi. Ramène-le chez toi et garde-le !

Elle éclata de rire, puis retrouva son sérieux lorsqu'elle vit que sa plaisanterie n'amusait pas Marie.

— Allons ! reprit-elle. Tu as gravement besoin d'un homme. À ma connaissance, tu n'es sortie avec personne depuis ton arrivée. Il n'est pas normal d'être seule pour une femme de ton âge.

— J'ai Astrid et ma vie me convient parfaitement, se défendit Marie.

De fait, il lui arrivait de regretter de ne pas avoir de petit ami, mais elle se réjouissait de ne pas subir le stress qui allait avec.

— Je ne veux pas vexer Astrid, mais elle n'est pas un homme. Regarde-moi.

Marie releva la tête.

— Peut-être qu'un homme qui ne se souvient plus de son passé est le choix parfait pour une femme qui essaie d'oublier le sien, poursuivit Dotty en posant une main sur son bras. À ta place, j'arrêterais de me demander qui il était et j'apprendrais à connaître l'homme qu'il est aujourd'hui.

— Je ne suis pas sûre d'en être capable et j'ai prouvé que je n'étais pas douée pour juger les gens.

Dotty s'enfonça dans son fauteuil et soupira.

— Dis-m'en plus sur ce Jack.

Marie lui expliqua la situation.

— Il vit donc dans la caravane de Shane à l'académie et ça ne te plaît pas, résuma Dotty.

— Je n'ai pas dit que ça ne me plaisait pas, protesta Marie.

— Ton expression le dit. Qu'est-ce qui te déplaît chez ce Jack ?

Marie se raidit, mais toutes les craintes qu'elle gardait pour elle depuis plusieurs jours jaillirent d'un seul coup.

— Je n'aime pas qu'il soit sorti de nulle part, expliqua-t-elle. Je n'aime pas le fait que tout le monde lui fasse confiance sans rien savoir sur lui. Je n'aime pas qu'il ait refusé d'aller se faire soigner gratuitement à Boise par un spécialiste, parce que son instinct lui disait qu'il devait rester à Jasper, où personne ne le connaît.

Dotty haussa les sourcils et demanda :

— Soulagée ?

Marie éclata de rire.

— Oui. Je te remercie.

— Ça fait toujours du bien de dire ce qu'on a sur le cœur. Tu veux fumer un joint ?

— Dotty !

— Tu sais bien que je plaisante, dit la vieille femme en riant.

— Tu es incorrigible.

— Ça m'aide à rester jeune, dit Dotty avant de retrouver son sérieux. Tu sais, chérie, je pense que tu n'as pas de raison de t'inquiéter. Par ailleurs, n'oublie pas que la moitié des policiers de la ville passent leur temps à l'académie, où ils entraînent leurs chiens.

Elle s'interrompit pour donner un biscuit à Astrid, qui lui poussait le genou du museau.

— Et tu dis toi-même qu'Emma est un très bon juge de caractère, reprit-elle. Mais je te comprends. Tu n'aimes pas que les choses échappent à ton contrôle et ce Jack est un électron libre. Vois comment les choses se passent et s'il fait quoi que ce soit qui t'effraie, dis-le à la police, d'accord ?

Elle prit un bonbon à la menthe et en tendit un à Marie.

— D'accord, mentit celle-ci en acceptant le bonbon.

— Ça a un rapport avec ton passé, n'est-ce pas ? Avec les choses pénibles dont tu ne parles jamais ?

— Oui, mais je le gérerai, comme d'habitude. Ça m'aide de te parler.

— Tant mieux, même si je ne suis pas sûre de comprendre comment. Personne ne devrait être aussi seul que tu l'es, chérie. Tu as besoin de quelqu'un à qui parler et avec qui rire, déclara Dotty avant de finir sa limonade. Maintenant, que se passe-t-il chez les Bartwell ce week-end ? J'ai entendu dire qu'ils organisaient quelque chose.

Marie fut soulagée de changer de sujet.

— L'une des employées – elle s'appelle Millie, je crois – a un cancer et elle n'est pas assurée. Les Bartwell ont décidé d'organiser un barbecue une fois par semaine pour l'aider à payer son traitement.

— Ce sont des gens bien, les Bartwell. Ils se soucient de leurs employés. Tu y vas ?

— J'y songe. Tu veux m'accompagner ?

— Non, mais merci de le proposer. Je serai sans doute endormie quand vous commencerez à danser.

— Oh ! j'ai failli oublier ! s'écria Marie en fouillant dans son sac. Je t'ai apporté des caramels.

— Que tu me connais bien, gamine !

— Maintenant, quoi de neuf de ton côté ? demanda Marie. N'étais-tu pas en train d'enquêter sur le mystère des vêtements disparus ?

— On a résolu le mystère, répondit Dotty avec un grand sourire.

— On ?

Dotty acquiesça.

— Les autres victimes et moi-même.

— Ne me tiens pas en haleine. Qui est le coupable ?

— Betty Turnbull ! Elle est arrivée à la soirée cinéma en portant le chemisier d'Edith et mon châle. Elle a prétendu que c'était un accident. Tu crois ça ?

Marie ferma les yeux pour passer en revue les pensionnaires de Hemlock Hills.

— Qui est Betty, déjà ?

— Elle est nouvelle. Tu ne la connais pas encore, mais je t'en ai parlé. C'est elle qui mange la rose de sa table tous les soirs au dîner, puis qui se cure les dents avec une épine. Soit dit en passant, ils ne doivent pas payer ces roses très cher, parce qu'elles ont *toujours* des épines. Allez, viens ! Allons nous promener. Je finis par avoir mal aux articulations si je reste immobile trop longtemps.

Marie suivit Dotty, qui boitait plus que d'habitude. Elles allèrent dans le salon, où les informations passaient à la télé et où le quatuor d'Hemlock, comme Dotty appelait les quatre femmes, jouait toujours au bridge. De l'autre côté de la pièce, près de la cheminée, se trouvait une table où l'on pouvait se servir du café, du thé glacé, de l'eau et de la limonade.

— Va donc t'asseoir, dit Marie en voyant Dotty grimacer. Je vais te chercher de la limonade.

Elle posa son sac sur le canapé et ordonna à Astrid de rester auprès de la vieille dame.

— Tu es trop bonne avec moi, dit Dotty quand Marie lui tendit son verre. Tu restes jusqu'à la fin des informations ?

Elle avait employé un ton suppliant et le cœur de Marie se serra.

— Regarder les informations avec toi est l'une de mes activités préférées, répondit Marie.

— Je ne te crois pas, mais je te permets de mentir sur ce point, dit Dotty en montant le son. Fichue limonade ! Il faut que j'aille pisser.

— Tu es toujours aussi élégante, la taquina Marie avant de l'aider à se lever.

— Merci. Je peux me débrouiller pour le reste.

Alors que Dotty partait vers les toilettes, Marie reporta son attention sur la télévision.

— Nous apprenons à l'instant que le survivaliste Abel Gaines s'est échappé la semaine dernière du pénitencier d'Hazelton, en Virginie occidentale, où il était détenu, annonça le présentateur. La police, qui espérait le capturer rapidement, avait tenu cette information secrète.

Le sang de Marie se glaça dans ses veines. Subitement, elle ne perçut plus que la photo d'Abel, qui occupait l'écran.

Non...

Elle entendait Astrid gémir, Marie comprit qu'elle avait dit ce mot à voix haute. Par réflexe, elle croisa les bras sur son estomac noué.

— Il avait été condamné à plusieurs peines de réclusion à perpétuité pour les meurtres de cinq civils et de l'agent du FBI Mike Winston, poursuivit le présentateur. Gaines, considéré comme un terroriste par les autorités, a aussi été condamné pour haute trahison pour un projet d'attentat contre plusieurs bâtiments fédéraux. Au moment de son arrestation, de nombreuses armes et des explosifs avaient été saisis dans sa base.

Sentant la détresse de Marie, Astrid posa sa tête sur ses genoux.

— Gaines a tué un gardien et en a gravement blessé un autre au cours de son évasion. Il aurait été aidé par l'un de ses anciens complices. D'après nos sources, il s'agirait de son frère aîné, Seth Gaines, information qui reste à confirmer. Le plus jeune des frères Gaines, Isaac, a été tué au cours de la fusillade qui a précédé l'arrestation d'Abel Gaines, dans les monts Allegheny. Grâce à plusieurs témoignages, la police est convaincue que Gaines est parti vers l'ouest. Il est maintenant recherché activement dans l'Ohio et le Kentucky. Nous vous livrerons les détails de cette chasse à l'homme à mesure...

Marie sursauta quand Dotty apparut devant elle.

— On dirait que tu as vu un fantôme, chérie.

C'est bien le cas...

Elle avait la gorge si sèche qu'elle dut boire une gorgée de limonade avant de parler.

— Ce n'est rien, balbutia-t-elle en ramassant son sac et la laisse d'Astrid. Je sais que je t'avais promis de rester, mais il faut que j'y aille. Je ne me sens pas bien. Je crois que j'ai attrapé quelque chose.

— Soigne-toi bien, alors, répondit Dotty. Et donne-moi des nouvelles de ton gars. Si tu continues à douter de lui, tu n'auras qu'à l'amener ici pour que je juge par moi-même.

— C'est promis. À bientôt.

Marie déposa un baiser sur le front de Dotty, puis elle se dirigea vers sa voiture en s'interdisant de courir, pour la deuxième fois de la journée.

Une fois installée, elle composa une énième fois le numéro de l'agent Murphy. Au lieu de tomber sur le répondeur, elle entendit une voix enregistrée lui annoncer que ce numéro n'était plus attribué.

Très bien.

Elle se débrouillerait toute seule.

5

Un chemin de terre. De la poussière qui volait. Des collines couvertes d'érables, de frênes et de peupliers. Le soleil de l'après-midi. De la chaleur. Un décor enchanteur pour une scène qui ne l'était pas.

Des gyrophares. Des policiers en uniforme partout. Des tirs de revolvers et de mitraillettes. L'explosion d'une grenade lacrymogène. Des cris. Des hommes qui couraient. D'autres tirs. D'autres cris.

Une petite pièce en désordre. Des fenêtres barricadées. Un sol couvert de douilles. Des corps sans vie. Du sang partout, au sol, sur les murs.

Des flammes qui couraient le long d'un mur. Une main qui le saisissait. Des hurlements.

Une douleur si grande que toute la scène disparut.

Jack se réveilla en sursaut, le souffle court. Il mit quelques instants à reconnaître l'endroit où il se trouvait. La caravane de Shane. L'académie canine. Marie.

À la fois furieux et perdu, Jack repoussa les draps et alla dans la salle d'eau minuscule. Il s'aspergea le visage, puis se rinça la bouche, ce qui ne suffit pas à le débarrasser du goût amer qui lui irritait la gorge.

Il se brossa les dents et se regarda dans le miroir. Voyait-il le visage d'un tueur ? Ce qu'il avait vécu dans son sommeil et ce qu'il se rappelait, maintenant qu'il était réveillé, c'était l'omniprésence de la mort. Et il avait une migraine affreuse. Il grimaça et avala deux comprimés.

Il prit une douche froide en espérant que cela l'aiderait à chasser les images qu'il avait en tête, comme il l'avait fait tous les matins.

Ce qu'il voyait dans ses cauchemars ne venait pas de la télé. C'étaient de véritables souvenirs. Ses maux de tête le confirmaient. Les images étaient incomplètes, mais il se rappelait parfaitement le parfum de la forêt et l'odeur métallique du sang.

Quand il regarda par la fenêtre, il découvrit un ciel sans nuage qui ne l'apaisa en rien. Quel genre de personne dépravée faisait de tels rêves ?

Qui suis-je donc, bordel ?

Marie s'agita dans son lit jusqu'à ce que l'insomnie remporte la bataille.

— Je me rends ! grommela-t-elle en se levant.

Astrid, qu'elle avait réveillée en sursaut, se mit à aboyer.

— La ferme !

Marie alluma toutes les lumières de son appartement et mit son jogging. Alors qu'elle laçait ses baskets, la culpabilité la gagna.

— Désolée, Astrid, s'excusa-t-elle. Tu sais que je ne voulais pas te gronder.

Elle s'en voulut encore plus en voyant Astrid incliner la tête sur le côté.

— Même s'il y a un dangereux malade en liberté, je n'aurais pas dû m'emporter, ajouta-t-elle en prenant la chienne dans ses bras. Tu veux aller courir ?

Elle s'assura que son téléphone était chargé et son spray au poivre dans sa poche avant de descendre. La journée s'annonçait encore magnifique. Elle courut plus vite que jamais avec Astrid qui bondissait auprès d'elle. Peu à peu, son esprit s'apaisa.

Alors elle élabora un plan.

Une heure plus tard, après avoir pris une douche, Marie se sentait à la fois détendue et prête à agir. Courir avait toujours cet effet sur elle. Elle passa son plan en revue.

Première étape : George Murphy.

Elle l'appela une nouvelle fois par principe sans rien en attendre, puis passa au plan B. Même si elle n'était pas censée contacter l'agent par une autre méthode, sa situation était clairement une urgence. Elle griffonna un message sur une feuille. VETSOS.MB. George comprendrait et elle espérait que quelqu'un d'autre comprendrait aussi s'il n'était pas disponible.

Elle enverrait sa lettre au bureau de Boise par coursier. C'était un risque, mais il lui semblait nécessaire.

Deuxième étape : des recherches.

Après avoir passé une demi-heure à lire tout ce qu'elle trouvait en ligne sur Abel Gaines, elle estima qu'elle n'apprendrait rien de nouveau. Elle consacra quelques minutes de plus à faire des recherches sur l'amnésie rétrograde. Les gens qui en souffraient avaient souvent de violentes migraines et parfois des crises d'épilepsie. Pour certains, l'amnésie se dissipait en vingt-quatre heures, pour d'autres elle durait toute la vie. Il existait différents traitements.

Troisième étape : convaincre Emma.

Se débarrasser de Jack ne résoudrait pas le problème qu'Abel Gaines lui posait, mais cela lui ferait un souci en moins. Même si Emma avait un grand cœur face aux gens malchanceux, c'était aussi une femme raisonnable. Si Marie réussissait à la persuader que les migraines de Jack prouvaient qu'il avait besoin d'être soigné par un professionnel, elle mettrait sans doute un terme à l'arrangement qu'elle lui avait proposé. Dans l'intérêt de Jack, bien sûr.

Quatrième étape : convaincre Jack lui-même qu'il était dans son intérêt de partir.

Il faudrait qu'elle improvise pour cette étape.

— Tu es prête ? lança-t-elle à Astrid.

Elle prit sa sacoche, son sac à main et sa lettre, puis monta en voiture avec la chienne.

— Tout marchera à la perfection, tu verras, lui dit-elle après l'avoir attachée. Eh non, ma réaction n'a rien d'exagéré. C'est de l'instinct de survie pur et simple.

Astrid tira la langue.

— Je sais que tu aimes bien Jack, alors ne m'en veux pas trop, s'il te plaît.

Astrid poussa un hurlement qui lui venait de ses gènes de Beagle.

Quelques minutes après avoir déposé sa lettre, Marie arriva à l'académie canine. Son plan était solide.

Il ne lui restait plus qu'à le mettre à exécution.

Même si Marie n'apparaissait dans aucun de ses flashs, Jack était de plus en plus certain qu'ils s'étaient connus précédemment. C'était une intuition. Elle craignait peut-être qu'il se souvienne de quelque chose qui la concernait, de ce qu'elle cachait. Parce qu'elle avait un secret, c'était certain. Une autre intuition.

Après sa douche, en mangeant un bol de céréales, il analysa le peu qu'il savait sur lui-même. Son passé semblait terrifiant, mais cela n'impliquait pas que son avenir devait l'être.

Si mon passé m'échappe, j'ai au moins une vague idée de l'homme que je suis.

Il n'était pas habité par une rage incontrôlable. En réalité, il ne ressentait que du désir.

Pour Marie Beaumont.

C'était une très belle femme, mais c'était surtout ce qu'elle avait de mystérieux qui l'attirait. Il n'avait aucun désir d'abattre les murs qu'elle avait érigés autour d'elle. Elle seule pouvait le faire. Mais il brûlait de découvrir ce qui se cachait derrière.

La veille, au dîner, il avait appris que Marie devait passer dans la matinée. L'un des chevaux avait un abcès au sabot. Jack enfila ses bottes et sortit de sa caravane.

Aujourd'hui, il apprendrait peut-être ce que cachait la charmante vétérinaire.

— Arrête, Elton !

Marie poussa un soupir de frustration, glissa une mèche derrière son oreille et planta ses poings sur ses hanches. À chaque fois qu'elle soulevait la jambe du cheval, il la lui arrachait des mains.

— Tu n'auras pas le dernier mot, tête de mule ! lui lança-t-elle.

Elton agita la queue.

— Si tu n'aimes pas que je te traite de mule, arrête d'être aussi têtu. J'essaie de t'aider.

Elle se pencha pour prendre le sabot du cheval une nouvelle fois.

— Un coup de main ?

Elle sursauta alors qu'elle s'attendait à l'arrivée de Jack. Astrid aboya et Elton lui arracha sa jambe une fois de plus.

Marie ne supportait pas que les gens apparaissent subitement. Elle fut tentée d'envoyer Jack sur les roses, mais elle se souvint du *plan*.

Sachant qu'il était trop tôt pour changer d'attitude du tout au tout, elle opta pour la neutralité.

— Non merci. Je maîtrise la situation.

Elle s'autorisa à bien regarder Jack et trouva parfaitement anormal qu'un homme soit si beau dans des vêtements de travail. Que cela la contrarie ou non, il avait une musculature impressionnante.

Comme il la regardait tout aussi complaisamment avec un sourire espiègle, elle finit par baisser les yeux, se sentant rougir. Son plan ne valait rien. Elle n'avait aucune carte dans son jeu pour prendre l'ascendant sur Jack.

Réussissant enfin à saisir la jambe d'Elton, elle entreprit

de nettoyer son sabot. Elton se rebiffa encore. Cette fois, il la bouscula assez brutalement pour la projeter contre le mur. Elle ne parvint pas à retrouver son équilibre et finit par tomber sur une brouette en prenant l'un des manches dans le plexus.

Astrid se précipita auprès d'elle alors qu'elle s'adossait au mur, incapable de respirer.

En un éclair, Jack était accroupi devant elle.

— Ça va ? Marie ? Dites quelque chose.

Elle secoua la tête sans parvenir à lui expliquer son problème. Ses poumons lui brûlaient, sa tête lui semblait sur le point d'exploser et elle ne pouvait toujours pas inspirer. Des larmes roulèrent sur ses joues.

— Calmez-vous, dit-il doucement en posant ses mains sur ses bras. Ça va passer.

Elle était en train de mourir et il ne l'aidait pas !

Quand elle essaya de le repousser, il prit son visage entre ses mains et plongea son regard dans le sien.

— Calmez-vous, répéta-t-il. Respirez lentement. Ça commence à revenir, non ?

Elle sentit ses narines frémir et une délicieuse goulée d'air lui emplit les poumons.

— J'ai mal à la poitrine, gémit-elle.

Elle baissa les yeux vers son corsage et vit qu'un bleu apparaissait déjà entre ses seins.

— Il va falloir s'occuper de ça, dit Jack. Pouvez-vous vous lever ?

— Je ne sais pas, répondit-elle d'une voix tremblante.

Astrid lui donna un coup de museau dans le bras et gémit.

— Ça va aller, lui promit-elle. J'ai juste besoin de reprendre mon souffle.

— Prenez votre temps, l'encouragea Jack.

— Respirer me fait mal, lui expliqua-t-elle. Je me suis cognée contre ce manche.

— Je sais, chaton. Il faudra examiner la contusion.

Il m'a appelée « chaton ».

Elle hocha la tête et le laissa l'aider à se relever.

— Merci.

Ses jambes se dérobèrent. Avant qu'elle ne retombe, les bras puissants de Jack la soulevèrent de terre. À cet instant, la solitude la fit encore plus souffrir que sa blessure. Elle avait oublié ce que c'était que de se sentir protégée et choyée. Les yeux gris de Jack l'hypnotisèrent. Si seulement elle avait pu rester dans ses bras pour toujours, à respirer son parfum de foin et de soleil...

Alors, tu l'amadoues ?

Elle était vraiment stupide. Elle n'avait rien appris depuis Abel, parce que c'était elle qui se faisait amadouer.

— C'est ridicule, protesta-t-elle. Je peux marcher.

— Vous venez de prouver le contraire.

Il l'emporta hors de la grange en la regardant comme s'il mémorisait chaque détail de son visage. Malgré elle, elle effleura ses lèvres, qu'elle trouva merveilleusement douces.

Lorsqu'il les entrouvrit pour lécher le bout de son doigt, elle écarta sa main comme si elle s'était brûlée.

— Posez-moi, lui ordonna-t-elle. Je ne peux pas laisser Elton comme ça.

Jack la déposa sur un banc.

— Restez ici, dit-il. Je vais le rentrer dans sa stalle.

— Merci de le proposer, mais il a sûrement un abcès, vu sa réaction. Il faut que j'examine ce sabot.

— Vous en êtes sûre ?

— Absolument. Je me sens déjà mieux.

À sa grande surprise, Jack se rendit aussitôt.

— Vous êtes prête à essayer de vous lever ?

— Prête ou non, je vais tenter.

Elle se leva et tint sur ses jambes, cette fois. Elle retourna auprès d'Elton, qui lui fit part de sa contrariété en tirant sur sa longe. Elle flatta son encolure pour lui présenter ses excuses.

— Je suis désolée de t'avoir fait mal, lui dit-elle. Mais on est quittes, tu ne crois pas ?

Elton s'ébroua.

— Je sais que vous n'avez pas besoin d'aide, dit Jack. Mais en *voulez*-vous ?

Marie lui offrit un sourire.

— Oui, je vous remercie. Pouvez-vous tenir sa tête et essayer de le calmer ?

Jack lui rendit son sourire. Tout en tenant Elton, il la fixa comme si elle seule existait à ses yeux. C'était enivrant.

Ressaisis-toi !

C'était pour se débarrasser de lui qu'elle voulait l'amadouer, pas pour tomber dans ses bras. Grâce à son aide, elle réussit à nettoyer le sabot d'Elton. Il avait effectivement un abcès. Comme la blessure n'était pas encore percée, elle appliqua un cataplasme pour l'aider à se vider.

Elle resta parfaitement professionnelle, mais elle sentait bien qu'elle faiblissait. À quand remontait la dernière fois qu'elle avait eu un partenaire, quelqu'un disposé à alléger son fardeau ? Quelqu'un qui était prêt à la porter quand elle ne pouvait pas marcher et qui se souciait d'elle quand elle souffrait ? Elle cligna des yeux pour refouler des larmes.

Elle retira le cataplasme dix minutes plus tard et rangea ses affaires pendant que Jack ramenait Elton dans sa stalle.

— Merci, Jack, dit-elle lorsqu'il revint.

— Il n'y a pas de quoi.

Et maintenant ?

— Bon, il faut que j'y aille, conclut-elle. J'ai des patients cet après-midi.

Alors qu'elle sortait de la grange entre Jack et Astrid, elle tira sur son T-shirt pour examiner son bleu.

— Vous devriez mettre de la glace dessus avant de partir pour éviter que ça enfle, suggéra Jack.

— Non, ce n'est qu'un bleu. Je mettrai de la glace dessus au cabinet.

Elle lui décocha un sourire et obliqua vers sa voiture.

— La glace a bien de la chance, grommela Jack.

— J'ai entendu ! lui lança-t-elle par-dessus son épaule.

Sur le chemin du retour, Marie parla à Astrid. De son plan pour se débarrasser de Jack, qui échouait lamentablement. Des sentiments qu'il lui inspirait, qui changeaient si vite qu'ils l'étourdissaient. D'Abel Gaines, qui était en cavale et qui avait juré de la tuer.

Il fallait peut-être qu'elle s'enfuie aussi. Elle pouvait prendre quelques vêtements et disparaître avec Astrid. Elle n'était pas censée le faire, d'après les règles du programme. Mais, d'après ces mêmes règles, il devait toujours y avoir quelqu'un pour l'aider si elle était en danger.

Il était temps qu'elle commence à suivre ses propres règles.

6

Deux garçons se couraient après autour de Marie, le vendredi soir chez les Bartwell.

— Arrêtez donc d'embêter cette dame ! s'écria une femme en venant les chercher.

— Ils ne me dérangent pas, lui assura Marie. Ils ont juste besoin de se défouler.

— Je suis navrée, dit la femme en attrapant les deux enfants par le bras. On dirait bien qu'ils ont mangé trop de sucre. Les garçons, présentez vos excuses à la dame.

— Pardon ! dirent-ils à l'unisson en n'ayant pas l'air désolés le moins du monde.

— Ce n'est pas grave, répondit Marie.

Le sourire aux lèvres, elle regarda la mère entraîner ses fils vers sa table.

Les Bartwell avaient bien tiré parti des lieux pour organiser leur levée de fonds. Ils avaient barré les deux côtés de la rue où était situé l'immense entrepôt reconverti en brasserie pour y mettre des tables de pique-nique. Il y avait même une piste de danse et une petite scène, sur laquelle un groupe local venait de commencer à jouer.

Avant de sortir, Marie s'était promis de mettre ses inquiétudes de côté pour profiter de la soirée. Elle voulait apprécier pleinement les odeurs de barbecue, les guirlandes lumineuses et les chansons entraînantes. Et il était possible que Jack fasse une apparition – ce qui ne l'intéressait que dans la mesure où cela pouvait servir son plan.

Si elle avait mis un chemisier coloré, un short et des sandales, ce n'était pas pour le séduire. Pas du tout. C'était simplement une tenue appropriée pour une soirée festive, songea-t-elle en saluant un couple qu'elle connaissait.

Ce genre d'événement était dans ses cordes. Elle n'avait qu'à échanger quelques mots avec les gens. Elle ne risquait pas de s'engager dans une conversation qui l'aurait forcée à mentir. Néanmoins, elle restait vigilante.

C'était d'autant plus nécessaire qu'elle avait laissé Astrid chez elle. La foule, la musique et l'odeur de la viande grillée auraient affolé la pauvre bête. La dernière fois qu'elle avait amené Astrid à une fête de ce genre, celle-ci avait mangé quelque chose qui ne lui avait pas réussi. Elle avait été malade pendant plusieurs jours et Marie s'était juré de ne plus jamais la mettre en danger.

Marie repéra Liz, qui la salua avant d'entrer dans le bâtiment avec ses amies. Même si plusieurs bières à la pression étaient proposées à l'extérieur, ceux qui voulaient des bières artisanales plus raffinées pouvaient aller en acheter à l'intérieur. Liz et les autres membres de son club de lecture, qui buvaient plus qu'elles ne lisaient, étaient de grandes amatrices des bières locales.

Quand un bras s'enroula autour de ses épaules par-derrière, elle le repoussa par réflexe, se retourna et se retrouva en face d'un homme qu'elle n'avait jamais vu. Le cœur affolé, les poings serrés, elle se prépara à fuir le danger.

Cet homme, qui devait être un touriste, ne ressemblait pas aux complices d'Abel. Ses yeux vitreux se posèrent sur ses seins et il se lécha les lèvres. Marie grimaça de dégoût. Croyait-il vraiment ce geste sexy ?

— Tu veux danser, chérie ?

À en juger par sa voix pâteuse, la bière qu'il tenait n'était pas sa première de la soirée.

La peur de Marie diminua jusqu'à ce qu'elle ne ressente plus que du dégoût. Estimant qu'elle n'avait même pas à lui répondre, elle lui tourna le dos pour s'éloigner.

L'homme l'attrapa par l'épaule et la força à se retourner.

— Allons, chérie ! Ne fais pas ta pimbêche !

Tu as bien mal choisi ta cible, songea-t-elle.

Elle lui décocha un coup de coude dans le plexus avec toute la force que lui conférait une semaine de peur et de frustration. Il lâcha à la fois sa bière et l'épaule qu'il n'aurait pas dû toucher pour croiser les bras sur son torse.

— Sale...

Il partit vers l'arrière comme s'il était tiré par une ficelle invisible. Jack apparut dans le champ de vision de Marie lorsqu'il fit une clé de bras au goujat, lui rendant tout mouvement impossible. La brutalité de la réaction de Jack abasourdit Marie. Oui, elle s'attendait à le voir ce soir, mais pas dans ces circonstances. De nouveau, elle se demanda qui il était, comment il avait atterri à Jasper et comment il savait qu'elle avait été blonde.

— Ce type vous a fait du mal ? demanda-t-il d'une voix menaçante.

— J'ai résolu le problème, répondit-elle.

Bien sûr, cela la faisait passer pour une harpie ingrate, mais elle trouvait vexant que Jack pense qu'elle avait besoin d'un sauveur. En même temps, elle dut admettre qu'une petite part d'elle, la plus vulnérable, était charmée par sa galanterie.

— Mais merci, ajouta-t-elle.

Jack entraîna l'homme jusqu'au mur de la brasserie, contre lequel il le plaqua avant de le forcer à écarter les jambes.

Jason apparut en compagnie de Tashya.

— Eh bien ! lança-t-il à Jack. Vous voulez entrer dans la police de Jasper ? On aura bientôt un poste libre.

Jack le regarda par-dessus son épaule.

— Quoi ?

— Par ici, les citoyens ont tendance à laisser les policiers procéder aux arrestations, plaisanta Jason. J'apprécie votre enthousiasme, mais si ce type doit être mis derrière les barreaux, je prends le relais.

Jason tourna la tête vers Marie pour l'interroger du regard.

— Ce n'est pas la peine, sauf s'il a l'intention de conduire, lui dit-elle. Il est ivre, mais il ne m'a pas fait de mal.

— Il aurait pu, grommela Jack.

— Mais il n'a rien fait, insista Marie en prenant le bras de Jack. Laissez Jason s'occuper de lui. Venez ! J'aimerais offrir une bière à mon protecteur superflu.

— Superflu ? répéta-t-il en se laissant entraîner.

— Oui, ça veut dire...

— Je sais ce que ça veut dire, la coupa-t-il en retrouvant le sourire. Ça veut dire que je ne sers à rien.

Elle pouffa.

— Pas tout à fait. Ça veut dire que je peux me débrouiller toute seule. Néanmoins, j'apprécie que vous vous soyez soucié de moi.

— J'espère que vous ne vous sentirez pas insultée si ça se reproduit, répondit-il. Il semblerait que ce soit instinctif.

— Je ferai de mon mieux.

Elle aimait se croire capable de se défendre, mais le fait qu'elle ait le numéro d'un marshal rendait cette affirmation un peu ridicule. À vrai dire, maintenant que George était injoignable, elle n'avait rien contre un peu de chevalerie, à condition que Jack ne fasse pas lui-même partie des méchants.

Tandis qu'ils s'approchaient du bar, elle se réjouit secrètement qu'il la laisse continuer à tenir son bras.

Marie repéra Emma, Piper et Shane à droite de la scène. Lorsque Emma la vit, elle écarquilla les yeux et leva un pouce avec un grand sourire.

Marie s'empressa de tendre un autre doigt dans sa direction.

Jack observa la fête pendant qu'ils attendaient leur tour au bar.

— Je n'imaginais pas qu'il y aurait autant d'animation, dit-il. Il ne manque que des manèges.

— Les manèges sont trop dangereux et ça réduirait les profits, répondit Marie. Par contre, il y a des jeux.

Elle lui montra une zone destinée aux enfants au-delà des tables de pique-nique.

— Il y a un minigolf, un Jenga géant, des anneaux à lancer et même un panier de basket, énuméra-t-elle. Que désirer de plus ?

Jack regarda ses lèvres, qu'il mourait d'envie d'embrasser.

— J'ai bien une idée ou deux, répliqua-t-il.

Marie rougit et lui offrit un sourire timide qui lui donna envie de se frapper le torse.

Je veux la faire sourire comme ça tous les jours.

Une bière à la main, ils allèrent regarder les enfants jouer. Une petite fille qui ne devait pas avoir plus de cinq ans se mit à pleurer quand des garçons refusèrent de lui passer le ballon de basket. Marie posa son gobelet pour aller réconforter la fillette. Pendant ce temps, Jack fusilla les garçons du regard. Ils cessèrent aussitôt de ricaner pour s'enfuir en abandonnant le ballon.

Marie le ramassa pour le donner à la fillette.

— Je veux le lancer de là-bas, dit celle-ci en montrant l'endroit où se tenaient les garçons.

— Tu n'es pas aussi grande qu'eux, tu sais, lui dit Jack après plusieurs essais infructueux.

— Et alors ? répliqua la fillette. J'ai autant le droit de jouer qu'eux.

— Bien sûr que tu as le droit de jouer, mais tu as aussi droit à un avantage, dit Marie en regardant Jack avec espoir.

— Je vais te servir d'assistant, dit-il à la fillette avant de la soulever pour la poser sur ses épaules.

— Maintenant, fais un panier ! reprit Marie en tendant le ballon à la petite.

Jack s'approcha du panier comme s'il slalomait entre des défenseurs et s'arrêta juste à côté. La fillette leva le ballon en riant et le jeta dans le panier.

— Bien joué ! cria Marie avec un enthousiasme de pom-pom girl.

Après quelques autres paniers, Jack reposa la fillette.

— Tu sais où est ta maman ? lui demanda-t-il.

— Elle est toujours en train de manger, je crois. On recommence ?

— On va d'abord aller voir ta maman. Elle te cherche peut-être, dit Marie en prenant la main de la petite fille pour l'entraîner vers les tables.

De fait, la mère de la future championne de basket fut soulagée de la retrouver.

— Je commence à avoir un creux, déclara Jack. Voulez-vous manger quelque chose ?

— Je meurs de faim, répondit Marie, qui tourna la tête vers le menu et le lut à voix haute. Il y a des hamburgers, des hot-dogs, de la poitrine de bœuf fumée...

— Nous avons une gagnante, mesdames et messieurs ! la coupa-t-il. Je ne sais pas à quand remonte la dernière fois que j'ai mangé de la poitrine de bœuf. Bien sûr, j'ai oublié mon propre nom, alors...

Marie pouffa.

— Vous arrivez à en rire, au moins.

— La situation est ce qu'elle est. Je peux juste espérer recouvrer la mémoire un jour ou l'autre.

Après avoir demandé à Marie ce qui la tentait, il commanda deux assiettes de poitrine fumée avec de la salade de pommes de terre et des haricots.

— Si vous nous trouviez une table ? suggéra-t-il. J'apporterai les assiettes.

— N'avez-vous pas dit que vous ne seriez pas payé tout de suite ? chuchota-t-elle.

— Emma m'a donné une avance pour que je profite de la soirée.

— Très bien. Dans ce cas, je vais nous chercher des bières et nous réserver une table.

Jack la regarda s'éloigner à grands pas. Quelques minutes plus tard, il s'installa en face d'elle. Une part de lui aurait préféré qu'ils soient côte à côte, mais il lui serait plus facile de l'observer là où il était. Contempler son beau visage ne serait pas une corvée, bien sûr. Surtout, il espérait finir par se souvenir de quelque chose à force de la regarder. L'endroit où il l'avait déjà vue, peut-être... N'importe quoi.

— C'est bien que toute la ville se mobilise pour venir en aide à quelqu'un, dit-il après une gorgée de bière.

Marie acquiesça.

— On essaie toujours de faire ce qu'on peut quand des gens ont besoin d'aide. Parfois, il s'agit d'acheter de la layette pour de jeunes parents qui ont perdu leur emploi ; parfois, ce sont des factures médicales.

— Connaissez-vous quelqu'un qui a eu un cancer ? demanda-t-il. Quelqu'un d'autre, je veux dire.

— Ma grand-mère. Elle a lutté contre cette maladie pendant des années.

Sa voix s'était mise à trembler et elle ferma les yeux quelques instants.

— Étiez-vous proches ?

— On peut dire ça.

Marie était comme un iceberg. À chaque fois que quelques mots apparaissaient en surface, il y avait une montagne de secrets et de pensées informulées dans les profondeurs.

Jack posa sa fourchette et se concentra sur ses yeux en espérant qu'ils révéleraient davantage que ses paroles.

— Je suis désolé, dit-il. Vivait-elle à Jasper ?

Marie mangea un morceau de pomme de terre en le mâchant bien plus longtemps qu'il n'était nécessaire.

— Non, finit-elle par répondre. Elle était trop malade pour voyager quand je me suis installée ici.

— Ça a dû être dur de la laisser derrière vous.

— Ça a été *très* dur, mais j'ai saisi l'opportunité qui se présentait à moi.

Sa voix mélodieuse était si triste...

Pourquoi ne voulez-vous pas parler de votre passé ?

Il changea d'approche.

— D'où venez-vous, à la base ? demanda-t-il.

— De nulle part en particulier. Et vous ? Avez-vous commencé à retrouver des souvenirs ?

Il s'essuya la bouche avant de répondre :

— Aucun en particulier.

— Très drôle, répliqua-t-elle, le regard un peu moins triste.

— Vous savez, ça ne vous tuerait pas de vous ouvrir un peu. De parler de votre grand-mère, par exemple. Je suppose que son nom n'est pas un secret d'État.

Elle ne répondit pas. Dix, vingt, quarante secondes s'écoulèrent. Pourquoi avait-elle tant de mal à livrer un simple nom ?

— Je l'appelais juste mamie, finit-elle par dire. Elle m'a élevée.

Ainsi, Marie avait abandonné sa grand-mère adorée qui souffrait d'un cancer pour devenir vétérinaire à Jasper. Bien sûr, c'était une ville plaisante aux habitants sympathiques, mais Marie aurait pu exercer son métier n'importe où. Pourquoi n'était-elle pas restée auprès de sa grand-mère ? Était-ce la culpabilité qui lui rendait si difficile de parler ?

— Elle doit beaucoup vous manquer.

— Oui, reconnut-elle, les larmes aux yeux.

Elle prit sa serviette pour s'essuyer la bouche et en profita pour se sécher discrètement les yeux.

— Je suis sûr qu'elle voulait que vous saisissiez cette opportunité et que vous soyez heureuse, lui dit-il.

— Effectivement.

— Et l'êtes-vous ?

— Assez parlé de moi, déclara-t-elle en posant ses bras sur la table. De quoi vous souvenez-vous, au juste ?

Très bien. Suivons vos règles du jeu pour le moment.

— Ce ne sont pas vraiment des souvenirs qui me reviennent, répondit-il. Plutôt des flashs. Je vois des endroits et des scènes. Parfois quand je suis éveillé, parfois dans mon sommeil.

Marie but une gorgée de bière.

— Des flashs de quoi ?

Ce fut à son tour d'hésiter. Que pouvait-il lui dire sans l'effrayer ?

— Je n'ai pas très envie d'en parler, parce que la plupart de ces images sont déplaisantes, jusqu'ici.

— Voilà qui est inquiétant. Si vous me donniez quelques détails ? On ne sait jamais, ça pourrait vous aider.

Était-elle un peu trop curieuse ? Pouvait-il lui faire confiance ? Avait-il une bonne raison de ne pas lui faire confiance en dehors du fait qu'elle avait peut-être changé de couleur de cheveux à un moment ? Et comment pouvait-il espérer qu'elle se confie à lui s'il n'était pas prêt à en faire autant ?

— Je vois des hommes se battre et j'entends des coups de feu. Je suis presque sûr que quelqu'un est mort.

Plusieurs personnes, en réalité, mais il garda cela pour lui. Il ne parla pas non plus du feu ni des giclées de sang.

Comme si ces mots avaient évoqué les images qu'il ne voulait pas voir, une migraine le gagna. Il grimaça et ferma les yeux.

— Avez-vous mal à la tête ? demanda Marie en lui prenant la main.

La pression de ses doigts eut un effet miraculeux.

— Ça passe, répondit-il en ouvrant les yeux.

— Je trouve ces migraines inquiétantes, Jack, dit Marie. Vous pourriez avoir quelque chose de grave. Pourquoi n'allez-vous pas à Boise pour que ce spécialiste vous examine ? Rien ne vous retient ici, après tout.

Rien ne le retenait ici... Il fut néanmoins surpris que son insistance le blesse autant. Craignant que Marie ne le lise dans ses yeux, il regarda la piste de danse par-dessus son épaule.

— Écoutez, je n'ai pas l'intention d'aller voir ce spécialiste et j'apprécierais qu'on arrête de m'en parler.

L'air découragé de Marie le fit encore plus souffrir que ce qu'elle venait de dire. Abasourdi par l'emprise qu'elle avait sur lui, il se leva et ramassa leurs assiettes en carton.

— Je vais jeter ça, annonça-t-il.

Le groupe, qui avait fait une pause, se remit à jouer et les gens se pressèrent sur la piste de danse. Plutôt que de jouer des coudes à travers la foule, Jack décida de contourner le comptoir qui servait les plats pour rejoindre Marie.

Au moment où il passait devant le fumoir à viande, l'homme qui s'en occupait ajouta du bois. Une odeur de cèdre brûlé enveloppa Jack et les images revinrent avec la force de la réalité. Il crut recevoir un coup de hache sur le crâne. Les flammes léchaient les murs et faisaient voler les vitres en éclats. Une chaleur volcanique atteignit son poignet.

— Jack !

La voix de Marie, qui lui parvenait de très loin, se fraya un chemin à travers sa stupeur, mais il ne répondit pas. Il ne pouvait pas. Il était sûr qu'il se mettrait à hurler s'il ouvrait la bouche.

— Jack ! Est-ce que ça va ?

Il hocha la tête. Le visage de Marie se matérialisa devant lui, chassant la puanteur du feu et la terreur qu'il lui inspirait. Il lut de l'inquiétude dans ses yeux. Elle lui saisit le bras. Comme quelques minutes plus tôt, ce contact l'aida à se reprendre. Il la laissa l'entraîner loin des barbecues, dans une impasse où seule une benne à ordures pouvait les épier.

— Que vous est-il arrivé ? demanda-t-elle. Il a fallu que je crie pour capter votre attention.

Il inspira profondément.

Ressaisis-toi, Jack.

— La fumée. Elle m'a rappelé un incendie. C'était encore un flash. Il était juste plus… intense que les précédents.

— Mais ça va mieux, là ?

— À part que je suis en nage, oui.

Il essaya de sourire, ce qui ne parut pas rassurer Marie.

— Plus intense, répéta-t-elle. Est-ce que ça veut dire que vous vous souvenez de l'endroit ou du moment où cet incendie s'est produit ?

Il secoua la tête.

— Non. Je n'en ai aucune idée.

Mais il était sûr de deux choses. La première, que chaque migraine était pire que la précédente. Bien pire. La seconde, que Marie calmait sa douleur quand elle le touchait. C'était absurde. Ce phénomène n'avait aucune explication médicale. Mais c'était une raison de plus pour qu'il n'aille pas à Boise, ce qu'il n'avait d'ailleurs jamais envisagé.

Il prit la main de Marie quand ils repartirent.

— C'est bon de pouvoir en parler à quelqu'un d'autre qu'un médecin, lui dit-il.

— Je suis contente d'être utile, mais je commence à craindre que votre blessure ne soit plus grave que le Dr Saul ne le croit.

Elle s'arrêta et se tourna vers lui.

— Je sais que vous ne voulez pas entendre parler de Boise, reprit-elle. Mais si vous restiez amnésique pour toujours ?

— Serait-ce si grave ? Ça pourrait même être une bonne chose.

— Vous avez peut-être une famille qui vous cherche. Une femme. Des enfants..., dit-elle en esquissant un sourire amer. Vous étiez vraiment doué avec cette petite fille, tout à l'heure. Vous donniez l'impression d'avoir de l'entraînement.

Il se demandait si quelqu'un le cherchait depuis qu'il s'était réveillé à l'hôpital. Ses parents, peut-être, s'ils étaient encore en vie. Son patron, s'il avait un emploi. Sa femme et ses enfants ? Il avait le sentiment de ne pas en avoir, mais cela ne prouvait pas grand-chose.

Il s'adossa au mur, attira Marie contre lui et se réjouit qu'elle ne s'y oppose pas. Elle posa sa tête sur son épaule comme si cela lui était naturel.

— Je ne veux plus penser à mon passé, murmura-t-il. Pas ce soir. C'est trop douloureux. Restons comme ça une minute, si vous voulez bien, le temps que je retrouve mes repères.

Ils restèrent enlacés plusieurs minutes. Jack, qui ne s'était jamais senti aussi serein, ne voulait pas qu'ils se séparent.

— Jack ? finit par chuchoter Marie.

— Oui ?

— J'entends votre cœur ralentir, dit-elle en relevant la tête. Est-ce que ça veut dire que vous vous sentez mieux ?

Il posa une main sur sa joue et approcha lentement ses lèvres des siennes. Il commença par l'embrasser délicatement pour ne pas l'effaroucher. Elle lui rendit son baiser, d'abord timidement, puis avec plus d'audace.

Pop ! Pop ! Bang ! Bang !

Jack plaqua Marie au sol et lui fit un rempart de son corps. Des coups de feu. Du sang. La mort. Une douleur atroce sous son crâne. Le danger partout.

Des gamins sortirent de derrière la benne à ordures et s'enfuirent en riant.

— Ça va ? lui demanda Marie.

Il releva la tête.

L'impasse. Le barbecue. La fête.

Il baissa les yeux.

Marie.

Elle avait les yeux écarquillés et ses lèvres étaient tout près des siennes.

— Que s'est-il passé, Jack ? demanda-t-elle en prenant son visage entre ses mains.

— J'ai cru... que c'étaient des coups de feu.

— Tout va bien. Ce n'étaient que des pétards.

Lorsque la douleur s'apaisa, la honte le gagna. Il s'écarta de Marie et se releva.

— Vous allez mieux ? lui demanda-t-elle avec inquiétude.

— Oui, ça va.

Il l'aida à se lever.

— Vous n'avez pas l'air d'aller bien, insista-t-elle.

— Je suis juste frustré. J'en ai marre de ne rien savoir d'important sur moi-même, des images que je vois et de mes réactions insensées.

— J'en suis désolée. Voulez-vous qu'on aille à l'intérieur, où c'est plus calme ? Qu'on discute en buvant une bière ?

Il savait qu'elle essayait d'être gentille avec lui et il l'apprécia.

— Ça me ferait plaisir, mais je crois qu'il vaut mieux que je rentre. Il faut que...

Il laissa sa phrase en suspens et haussa les épaules.

— Vous vous recentriez ?

— Il faudrait d'abord que je sache où est mon centre, ironisa-t-il. J'ai juste besoin de me retrouver seul pour essayer d'y voir plus clair.

— Je comprends, mais si vous avez envie de parler...

Il prit son visage entre ses mains et l'embrassa comme si elle était sa planche de salut.

— Merci.

Alors qu'il s'éloignait, il jeta un coup d'œil par-dessus

son épaule. Elle le regardait, immobile, avec une expression indéchiffrable.

Or Marie Beaumont était en tête de la liste des choses qu'il voulait comprendre.

Mais comment ?

7

Le samedi soir, Marie se trouvait sur son canapé, dans ses vêtements les plus confortables, un coussin dans les bras, en train de réfléchir au comportement de Jack. Avec le recul, elle se disait que sa réaction ressemblait beaucoup à un effet d'un syndrome de stress post-traumatique. Il avait clairement fait une expérience terrible qui impliquait des coups de feu et un incendie. Et elle avait bien remarqué qu'il avait une cicatrice de brûlure sur le poignet. La vraie question était donc : son traumatisme avait-il un rapport avec Abel Gaines et Abel avait-il chargé Jack de lui régler son compte ?

L'instinct de Marie lui soufflait que non. Jack avait peut-être oublié son passé – elle croyait son amnésie réelle, à présent – mais l'homme qu'elle commençait à connaître était naturellement un protecteur, non un meurtrier. C'était quelqu'un d'ouvert et de courtois. Il ne s'était montré violent que lorsqu'il l'avait crue menacée.

Elle changea de chaîne et tomba sur une série comique. Peu importait laquelle. Elle n'accordait aucune attention à ce qu'elle regardait, mais le bruit de fond atténuait la solitude de cette soirée qu'elle passait dans un T-shirt rose trop grand en mangeant de la glace au café. Elle posa la télécommande, prit une nouvelle cuillerée de glace et continua à réfléchir.

Une chose était certaine : Jack était beau. Et il embrassait comme un dieu. Mais pourquoi compliquerait-elle sa vie alors que George Murphy était encore injoignable ? Vu les circonstances, il lui semblait toujours plus prudent de se débarrasser de Jack. Puisque ses migraines s'aggravaient, elle ferait bien de continuer à essayer de le convaincre d'aller à Boise.

Son téléphone sonna. L'appel venait de l'académie.

— Allô ?

— Bonsoir Marie, c'est Jack. Amaya va mettre bas et j'ai l'impression que ça ne se passe pas normalement.

Il parlait trop vite. Il était clairement inquiet.

— Calmez-vous, répondit-elle. Qu'est-ce qui vous semble anormal ?

— Elle marche de long en large et elle a des contractions, mais c'est tout. Je ne sais pas... Mon instinct me dit que quelque chose ne va pas.

— Très bien. Essayez de la rassurer. J'arrive.

Un quart d'heure plus tard, Marie s'engouffra dans le chenil, sa sacoche à la main et Astrid sur les talons.

Amaya reprenait des forces, mais des complications au moment de l'accouchement pouvaient lui être fatales. La pauvre bête n'avait déjà que trop souffert. Marie refusait de la perdre maintenant.

— Où sont Emma et Tashya ? demanda-t-elle en entrant dans le box.

Elle se précipita auprès de la future maman, qui était couchée sur le flanc et respirait péniblement. Astrid, qui parut comprendre qu'elle ne devait pas gêner, s'assit dans un coin.

— Elles sont parties pour McCall dans l'après-midi, répondit Jack en caressant Amaya. Elles avaient quelque chose à faire pour le mariage. Tashya a pris sa température hier et a dit que tout semblait normal. Avant de partir, elle a prédit que les chiots ne tarderaient plus à arriver.

— Je sais que tu as mal, ma belle, dit Marie à la chienne. Mais tu auras bientôt une petite famille qui t'occupera trop pour que tu te souviennes de cette douleur.

Marie ouvrit sa sacoche, enfila des gants et tâta le canal génital.

— Elle est clairement dilatée. Depuis quand est-elle dans la première phase ?

— Pouvez-vous définir la première phase ? demanda Jack, qui évitait son regard.

— Quand a-t-elle arrêté de marcher ?

— Elle s'est couchée une première fois il y a deux heures, mais il ne s'est rien passé. Elle s'est remise à marcher, puis elle s'est couchée de nouveau il y a une demi-heure environ. Comme ses contractions ne donnaient rien et qu'elle semblait souffrir, j'ai pensé que les chiots étaient peut-être coincés. C'est là que je vous ai appelée.

Il y avait des serviettes posées sur une petite table près de la porte. Marie alla les chercher.

— Elle va s'en sortir ? demanda Jack.

— Je vais tout faire pour. Le premier chiot se présente à l'envers.

— Qu'est-ce que je peux faire ?

Cette fois, elle rencontra le regard intense de Jack.

— Pas grand-chose, j'en ai peur.

— Je ne suis peut-être pas vétérinaire, mais j'ai deux mains à vous offrir.

Il trouva une autre paire de gants dans la sacoche et les enfila.

Marie tâta le flanc de la chienne, qui releva la tête.

— Tout va bien, chérie. Le premier a décidé de sortir ses fesses d'abord, c'est tout. Fais ce que tu as à faire et je t'aiderai.

Marie entreprit de sortir le premier chiot. Comme elle ne sentait que les quatre pattes, elle n'avait pas beaucoup de prise, mais elle tira lentement, régulièrement, jusqu'à ce que les contractions d'Amaya reprennent.

Il sortit enfin. Alors que Marie l'essuyait et l'incitait à pousser un petit gémissement, Amaya se remit à marcher.

Marie jeta un coup d'œil à Jack, qui avait mis les serviettes sur ses genoux. Il lui tendit les mains et elle lui donna le chiot.

Tandis que Jack l'enveloppait dans une serviette et le réchauffait, Marie tâta le chiot suivant. Elle sentit ses pattes arrière et sa queue. Lui aussi sortirait à l'envers, mais dans une position un peu moins problématique. Ils attendirent qu'Amaya soit prête. Quand la chienne se recoucha, Jack plaça le premier chiot près de son museau.

— Comment saviez-vous qu'il fallait faire ça ? demanda Marie, surprise.

— Je crois que j'ai eu une chienne, quand j'étais petit. Et je suis presque sûr qu'elle a eu des petits. Je me souviens vaguement que ma mère m'a expliqué ce qui était en train de se passer.

Le deuxième chiot sortit sans assistance. Amaya le prit dans sa gueule et le nettoya elle-même. Marie et Jack soupirèrent de soulagement.

Marie, qui craignait que la chienne n'accepte pas le premier, fut ravie de la voir le lécher aussi.

— C'est tout ? demanda Jack. Il n'y en avait que deux ?

Marie changea de position pour étirer ses jambes.

— Loin de là, mais elle aura sûrement besoin de récupérer entre chaque naissance.

— On fait quoi, alors ?

— On attend pour s'assurer qu'il n'y a pas d'autre complication, répondit Marie en retirant ses gants. Mais vous pouvez partir, si vous voulez. Il n'est pas nécessaire qu'on attende tous les deux.

Elle prononça cette phrase d'une voix neutre alors qu'elle espérait secrètement qu'il resterait.

— Je ne m'en irai pas avant que ce soit fini, déclara-t-il. Et je suis content d'avoir retrouvé un bon souvenir qui ne me donne pas la migraine.

— Avez-vous retrouvé d'autres souvenirs de ce genre ?

Des souvenirs normaux, sans rapport avec la mort et la destruction ?

Jack secoua la tête.

— La mort et la destruction sont peut-être ma vie normale.

Astrid s'approcha d'eux en rampant, comme si elle espérait qu'ils ne s'en apercevraient pas.

— Astrid ? lui lança Marie avec un regard sévère.

— Elle veut peut-être aider, suggéra Jack, le sourire aux lèvres.

Astrid jeta un coup d'œil à Marie, puis rampa jusqu'à Jack et posa sa tête sur sa cuisse.

Marie les observa à la dérobée en faisant semblant de s'occuper d'Amaya. Astrid, qui était un excellent juge de caractère, roula sur le dos pour se faire caresser le ventre. Apparemment, Marie était la seule à douter de l'intégrité de Jack.

Amaya eut de nouvelles contractions et les deux chiots suivants sortirent la tête la première, l'un juste après l'autre. Amaya les récupéra sans aide et les lécha méticuleusement.

Ensuite, deux heures s'écoulèrent avant qu'elle ne donne naissance à un cinquième chiot.

Marie vit la lumière de phares par la fenêtre, puis elle entendit des portières claquer et des voix.

Tashya accourut dans le box deux minutes plus tard.

— Quel est le problème ? demanda-t-elle.

— Le premier chiot était à l'envers, lui expliqua Marie. Merci d'avoir préparé les serviettes.

— J'espérais qu'elles ne seraient pas nécessaires, dit Tashya en examinant les chiots. Ils vont bien ?

— Tout va bien pour le moment. Je reste juste pour le cas où il y aurait d'autres complications.

— Et je l'aide, intervint Jack.

Tashya haussa un sourcil, puis sourit.

— Jack s'est rendu compte qu'Amaya avait un problème et m'a appelée, précisa Marie.

— Tant mieux, dit Tashya. Mais tu peux t'en aller, si tu veux, Jack, maintenant que je suis revenue.

Emma apparut à la porte du box.

— On doit s'assurer qu'on n'a rien oublié pour la réception, Tashya, dit-elle avant d'attraper le bras de l'assistante vétérinaire pour l'entraîner dehors.

Ils entendirent les deux femmes rire en s'éloignant.

— Qu'est-ce qui leur prend ? demanda Jack.

— Ce n'est rien, répondit Marie, qui se sentit rougir. Emma aime me taquiner, c'est tout.

Marie remit des gants. Elle tâta de nouveau le canal génital, puis laissa Amaya se reposer encore un peu, mais elle commençait à s'inquiéter pour le dernier chiot. Cette mise bas était une épreuve pour la pauvre chienne épuisée.

Quand Amaya eut enfin de nouvelles contractions, Marie recueillit le petit dans une serviette et son cœur se serra.

— Non ! gémit-elle. Respire, s'il te plaît !

Mais le bébé mort-né ne respirerait jamais. Marie l'enveloppa dans la serviette, le posa près de la porte, puis elle s'assit dos au mur et retira ses gants.

— Je suis désolé, murmura Jack en s'asseyant à côté d'elle.

Il retira ses gants à son tour et enroula son bras autour de ses épaules.

— C'est absurde, dit-elle en essayant de refouler ses larmes. On est confronté à la mort, quand on fait mon métier. Je ne réagis jamais comme ça. Ça a juste été une semaine difficile, je suis fatiguée et...

Jack l'attira dans ses bras.

Alors elle se mit à pleurer pour de bon. Il murmura des choses gentilles en lui caressant les cheveux.

Après de longues minutes, elle releva la tête et lui dit :

— Merci d'avoir été là ce soir.

Il essuya ses larmes, puis effleura ses lèvres. Elle se laissa hypnotiser par son regard jusqu'à ce qu'il presse ses lèvres contre les siennes avec douceur et sensualité. Alors qu'elle redécouvrait des sensations oubliées, Astrid s'approcha d'eux et les poussa du museau.

— Va-t'en, Astrid ! dit Marie en la repoussant.

Jack éclata de rire.

— C'est une bonne chaperonne.

— Un peu trop, grommela Marie.

Elle devait avoir perdu la tête. Se débarrasser de Jack. Embrasser Jack. Le craindre. Le trouver sympathique. Il fallait qu'elle se décide. Émotionnellement épuisée, elle cessa d'attendre quoi que ce soit de son propre jugement. Il était temps qu'elle appelle une amie.

Dotty le cernera en un instant.

8

Jack fut surpris qu'Emma l'appelle depuis le seuil de la maison le dimanche matin. Il n'était que 8 heures, mais cela faisait déjà plus d'une heure qu'il était dans le chenil. Il n'avait jamais mesuré la quantité de travail que représentait le fait de s'occuper d'animaux. C'était ce qu'il lui semblait en n'ayant presque aucun souvenir, du moins.

Il retira ses bottes et se lava les mains dans le vestibule.

— Ça sent bon ! lança-t-il à Emma, qui était en train de préparer des pancakes et du bacon grillé.

— Bonjour ! répondit-elle avec un grand sourire.

— Bonjour à toi. Je croyais qu'on ne prendrait le petit déjeuner que dans une demi-heure.

— C'est bien le cas, mais Marie a téléphoné. Elle voulait te parler. Je lui ai dit que tu la rappellerais dès que j'arriverais à te mettre la main dessus. Je ne sais pas comment tu fais pour vivre sans portable. Ça me rendrait dingue.

Marie l'avait appelé ? Voilà qui était étrange.

— Je n'en ai pas les moyens et à quoi bon avoir un téléphone quand on n'a personne à appeler ? répondit-il.

Emma soupira.

— Désolée, j'ai parlé sans réfléchir. Mais rappelle Marie tout de suite.

Jack s'approcha du vieux téléphone accroché au mur et

composa le numéro en s'émerveillant du bruit que produisait le cadran à chaque rotation.

En voyant Emma l'observer, le sourire aux lèvres et sans cacher sa curiosité, il regretta de ne pas avoir cette conversation dans un endroit… moins public.

— Marie ? C'est Jack. Emma m'a demandé de vous rappeler.

Parfait. Aimable et neutre. Il ne s'était pas encore ridiculisé.

— Bonjour, Jack, et merci de me téléphoner si vite.

— De rien. Que puis-je faire pour vous ?

— Je me demandais si vous accepteriez de rencontrer quelqu'un. Rien ne vous y oblige, bien sûr.

Ce n'était pas du tout ce à quoi il s'attendait.

— Ce matin ?

— Je sais que je ne vous laisse pas beaucoup de temps pour vous décider, mais oui, ce matin. Je pourrais passer vous prendre vers 9 heures et demie, si vous êtes d'accord.

La femme la plus discrète de la ville voulait lui présenter quelqu'un. Qui ?

— Ça me va très bien. À tout à l'heure.

— D'accord. À tout à l'heure.

Cette conversation n'avait pas été particulièrement profonde ni spirituelle. Néanmoins, puisqu'il ne savait pas à quoi s'attendre, il s'en contenterait.

Emma ne fit aucun commentaire pendant le petit déjeuner, mais elle garda un sourire amusé tout du long et il finit par comprendre ce qui se passait. Marie allait lui présenter quelqu'un qui comptait pour elle et qui serait chargé de se faire une opinion sur lui. Il était sur le point d'être testé.

Si Jack réussissait à plaire à Dotty, Marie se sentirait bien plus à l'aise. Elle appela sa grand-mère de substitution juste après avoir parlé à Jack et lui annonça qu'elle passerait la voir avec un ami, si cela ne la dérangeait pas.

— Bien sûr que non, répondit Dotty. Plus on est de fous, plus on rit. Et j'espère que l'ami dont tu parles est ton chien perdu à deux pattes. J'ai entendu dire qu'il était très beau et j'adorerais vérifier cette information.

— Tu en auras l'occasion dans deux heures.

— Merveilleux. Tu illumines ma journée. Merci.

— Euh... De rien.

— Ne prends pas ce ton réprobateur, s'il te plaît. Les hommes séduisants sont rares, par ici.

Marie éclata de rire.

— On sera là à 10 heures.

— Je vous attendrai avec impatience.

Une heure et demie plus tard, après avoir accordé plus de soin que d'habitude à son apparence, Marie arriva à l'académie. Emma se précipita vers sa voiture.

— Bonjour, Astrid ! lança-t-elle en se penchant près de sa portière.

La chienne aboya joyeusement sur la banquette arrière.

— Je suis si contente que tu sortes enfin avec quelqu'un ! dit Emma à Marie. Tu es restée seule bien trop longtemps.

— Je ne sors pas avec Jack, se défendit Marie. On va juste... On va juste... Je ne sors pas avec lui, d'accord ?

— Oh. Je vois, répondit Emma en lui décochant un clin d'œil exagéré.

Marie secoua la tête.

— Tu es insupportable.

— Ce qui ne m'empêche pas d'avoir raison.

— Va donc entraîner un chien ou faire n'importe quoi d'autre.

— Comme tu voudras, mais ne sois pas trop dure avec lui, s'il te plaît.

— Que t'a-t-il dit ? demanda Marie, surprise.

— Rien du tout. Je te donne juste un conseil d'amie, parce que tu as un comportement très inhabituel. Et Jack est allé se faire beau dans la caravane, si tu vois ce que je veux dire.

— Ne sois pas ridicule.

Emma haussa les épaules.

— Je dis juste qu'il n'est pas dans une situation facile, entre son amnésie et ses maux de tête. Je vois bien qu'il se sent perdu, de temps en temps, et tu es devenue sa boussole. Alors essaie de faire attention à lui. Il est plus fragile qu'il n'en a l'air.

Sa boussole ?

Emma changea de sujet.

— Tu es sûre que ça ne te dérange pas de rester ici le week-end prochain, quand on sera au mariage de Tashya et Jason ? Je suis navrée de te demander ça, mais tu es la seule personne en qui j'ai confiance pour bien s'occuper des animaux.

— Bien sûr que ça ne me dérange pas. Il serait absurde que tu rentres après la cérémonie. J'adorerais assister au mariage, mais je sais que tu prendras plein de photos.

— Merci. Tu es la meilleure.

Emma repartit vers la maison alors que Jack s'approchait de la voiture.

— Elle est aussi subtile qu'un troupeau d'éléphants, n'est-ce pas ? plaisanta-t-il en prenant place à côté d'elle.

Elle éclata de rire.

— Qu'un troupeau d'éléphants en train de charger, le corrigea-t-elle.

Ils firent le trajet en silence, ce qui ne la dérangea pas. Cela lui permit de s'assurer que ses défenses étaient en place tout en se préparant à baisser sa garde, un exercice assez perturbant.

Elle n'avait jamais emmené ni Emma ni Liz, qui était comme une mère pour elle, voir Dotty. Jack serait le premier. Il la troublait, mais il était aussi une anomalie. D'après son expérience, cela pouvait mener au désastre. Indépendamment de ses secrets et de ses mensonges, elle craignait de commettre une nouvelle erreur. Comme elle n'avait aucune confiance en elle, l'avis de Dotty serait déterminant.

Un quart d'heure plus tard, elle se gara devant la maison

de retraite. Jack observa le panneau. Si leur destination le surprit, il n'en montra rien.

Lorsqu'ils entrèrent dans le bâtiment, ils furent accueillis par le parfum de lavande coutumier et le sourire de Kim, la réceptionniste.

— Bonjour Marie, lui lança-t-elle. C'est bon de vous revoir si vite, Astrid et vous.

— Merci, Kim. Je vous présente Jack.

— Bonjour, Jack. Bienvenue à Hemlock Hills.

— Vous n'avez donc jamais de congé ? demanda Marie.

— Non. On m'enchaîne dans la réserve pendant la nuit, plaisanta la réceptionniste avant de répondre plus sérieusement. Je fais beaucoup d'heures supplémentaires, c'est vrai. Mais la direction me laisse préparer mes examens de droit quand je n'ai rien à faire.

— Quand les passez-vous ? demanda Jack.

— En octobre.

— Savez-vous quelle branche du droit vous voulez pratiquer ?

— Je ne suis pas sûre de vouloir devenir avocate, répondit Kim. J'envisage d'entrer dans les forces de l'ordre. Ou bien de me lancer dans une carrière politique... Qui sait ?

— Bon courage pour vos examens, en tout cas, dit aimablement Jack.

— Quel est votre nom de famille, pour que je vous note sur le registre ? demanda Kim.

— Eh bien...

— Il n'a pas de nom de famille, intervint Marie.

La surprise se peignit sur le visage de Kim avant qu'elle ne comprenne.

— Oh ! C'est *ce* Jack.

Il haussa un sourcil. Visiblement, il n'était pas encore habitué au fonctionnement des petites villes, où tout le monde vous connaissait même si vous ne connaissiez personne.

— Je me contenterai de Jack, conclut Kim en griffonnant sur le registre. Bonne visite.

— Merci, répondit Marie avant de se tourner vers Jack. Venez. C'est par ici.

Elle l'entraîna dans le salon. La télé était éteinte et personne ne jouait au bridge près de la fenêtre.

— Il y a un office religieux et un petit déjeuner copieux le dimanche, expliqua-t-elle à Jack. Alors les pensionnaires commencent leur journée plus tard que les autres jours.

— Je vois, dit Jack en observant les couloirs, de part et d'autre du salon. D'après l'extérieur, je m'attendais à ce que l'intérieur soit sombre et déprimant.

Il se mit à imiter le ton des publicités.

— Même si Hemlock Hills n'a pas une architecture très attrayante, l'établissement offre des espaces lumineux et confortables à ses résidents.

Marie esquissa un sourire. Ce n'était pas particulièrement drôle, mais Jack faisait un effort pour détendre l'atmosphère.

— Vous avez peut-être un avenir dans la chaîne de télé locale, lui dit-elle.

— Mais ça m'obligerait à renoncer à la patrouille des crottes.

— Il est bien difficile de faire des choix face à tant d'opportunités, ironisa-t-elle. C'est à gauche.

Puisque Astrid était déjà partie de ce côté, cette précision était sans doute inutile.

— Comment les gens arrivent-ils à se repérer alors qu'il n'y a pas de numéro sur les portes ? demanda Jack.

Marie fronça les sourcils et regarda une porte.

— Oh ! J'avais oublié. Ils ont retiré les numéros parce qu'ils s'apprêtent à repeindre. Ne vous en faites pas, je sais où je vais, répondit-elle en continuant à se diriger vers la porte devant laquelle Astrid était assise.

— Tant mieux. Allez-vous me donner le moindre indice sur la personne que je dois rencontrer ?

— Elle s'appelle Dotty Hazzard. C'est ma grand-mère adoptive, une bonne amie et un excellent juge de caractère.

— Je suis ici pour me faire juger ?

— Vous êtes ici pour rencontrer la personne qui m'est le plus chère.

— J'en suis honoré, répondit sincèrement Jack.

Puisque Marie ne s'ouvrait pas facilement, c'était un véritable saut de la foi.

Elle ne réagit pas du tout comme il s'y attendait. Elle se figea alors qu'elle allait frapper et lui lança :

— Vous vous moquez de moi ?

— Pas du tout, se défendit-il. Je suis sérieux. Alors que vous ne savez rien sur moi, vous me faites assez confiance pour me présenter…

Mince. Il avait déjà oublié le nom de la grand-mère adoptive.

— … quelqu'un que vous aimez, reprit-il. Pourquoi ne serais-je pas honoré ?

Il attendit qu'elle réponde pendant d'interminables secondes. Qui aurait pu imaginer qu'elle prendrait mal cette phrase ? Il aurait payé cher pour passer une minute dans sa tête et comprendre ce qui – ou qui – l'avait rendue aussi méfiante. Elle finit par inspirer profondément et soupirer.

— Désolée, dit-elle. Je n'ai pas l'habitude d'entendre ce genre de chose.

— Quel genre de chose ?

— D'entendre parler d'honneur.

Ne sachant pas quoi répondre à ce triste constat, il opta pour l'humour.

— Quoi qu'il en soit, je ne m'attendais pas à rencontrer ma belle-famille si vite.

— Très drôle, ironisa-t-elle en esquissant quand même un sourire.

— Je vous entends parler dehors et c'est très malpoli ! Entre donc, Marie, et présente-moi ce jeune homme que tu…

Marie ouvrit la porte.

— J'allais frapper, se justifia-t-elle.

Elle s'approcha du fauteuil dans lequel une vieille dame était assise, mais Astrid l'atteignit la première.

— Qui est la plus belle ? dit la vieille dame. Si tu es gentille avec Sassy Cat, je te donnerai une friandise.

— Assise ! ordonna Marie avant d'étreindre la vieille dame. C'est bon de te voir.

— Moi aussi, je suis contente de te voir. Tu sais que tes visites me font toujours plaisir. Maintenant, présente-moi ton ami.

Marie se tourna vers lui.

— Dotty, voici Jack.

— Enchanté, madame, dit-il en tendant la main à Dotty.

Elle la prit entre les siennes.

— Mon Dieu ! Vous avez peut-être oublié votre nom, mais vous n'avez pas oublié vos bonnes manières. C'est un plaisir de vous rencontrer. Asseyez-vous. Pas toi, Marie,passe-moi le bocal.

Jack s'assit sur le canapé qui se trouvait à côté du fauteuil de Dotty.

— Je croyais qu'Astrid n'aurait droit à une friandise qu'à la fin, dit Marie en prenant un bocal sur une étagère.

— Allons ! Astrid sait que je plaisantais. N'est-ce pas, chérie ?

— Tu la corromps pour qu'elle t'aime plus que moi, dit Marie en tendant le bocal à Dotty avant de s'asseoir à côté de Jack.

La vieille dame donna un biscuit à la chienne.

— Et alors ? répliqua-t-elle. Je n'ai plus beaucoup de temps devant moi. Tu l'auras pour toi toute seule quand je serai morte.

— Tu as soixante-quatorze ans, Dotty. Tu as encore de longues années devant toi.

— Ou je peux mourir la semaine prochaine.

— Ce sont les meilleurs qui partent en premier, dit Marie avec un sourire narquois.

— Vous voyez comme elle est méchante avec moi, Jack ? Je suis sûre que vous êtes bien plus gentil.

L'espièglerie que Dotty réveillait en Marie plaisait beaucoup à Jack. Il se pencha pour chuchoter comme si Marie ne pouvait pas l'entendre :

— Bien sûr, madame. Je sais que Marie a mauvais caractère.

— Tu vois ! s'écria Dotty en se frappant la cuisse. Et ta chienne et ton homme me préfèrent à toi. Qu'en dis-tu ?

Marie croisa les bras.

— C'est tellement absurde que je ne prendrai pas la peine d'en dire quoi que ce soit.

Dotty observa Jack si intensément qu'il en aurait rougi s'il avait été du genre à rougir. Apparemment satisfaite par ce qu'elle voyait, elle lui demanda :

— Alors, que pensez-vous de mon petit paradis, Jack ?

— Je trouve votre chambre… farfelue.

Ce n'était peut-être pas un grand compliment, mais c'était l'adjectif qui lui semblait le mieux convenir à la décoration de la pièce.

Dotty écarquilla les yeux, puis hocha la tête.

— C'est une déco branchée, non ?

Marie ricana.

— Vous ne savez pas ce que vous avez raté en 1967, les jeunes, dit Dotty.

— Vous étiez à San Francisco ? lui demanda Jack.

— Bien sûr. Je vivais dans un appartement d'Haight-Ashbury avec des amis. Puis, en 1969, on est allés en stop à New York pour Woodstock.

— C'est vrai ?

— Et c'est parti, grommela Marie en levant les yeux au ciel, alors que Jack sentait bien qu'elle s'amusait autant que lui.

Dotty leur raconta ses aventures de hippie pendant presque une heure.

— Peux-tu aller nous chercher de la limonade, Marie ? finit-elle par demander.

Marie se tourna vers lui.

— Vous m'accompagnez, Jack ? Je n'ai pas assez de mains.

— Allons ! s'écria Dotty. Contente-toi de disparaître. J'aimerais avoir un petit tête-à-tête avec Jack.

— Voilà qui est plus clair, commenta Marie avant de quitter la pièce.

Dotty s'enfonça dans son fauteuil.

— Très bien, Jack. Je sais déjà que vous avez de bonnes manières. Que pouvez-vous me dire d'autre sur vous-même ?

— Pas grand-chose.

— Ne soyez pas idiot. Je sais que vous êtes amnésique. Ce que je veux que vous me disiez, c'est ce que vous avez découvert sur l'homme que vous êtes au plus profond de vous. Ce qui compte vraiment.

— Eh bien... Je n'aime pas les brutes. J'aime le travail bien fait et la justice. Je crois être un homme intègre et je sais que la vérité a beaucoup d'importance.

Il réfléchit quelques secondes avant d'ajouter :

— Et j'aime les chiens.

Astrid s'appuya contre sa cuisse comme si elle avait compris qu'elle était concernée.

— C'est un bon début, dit Dotty. Quoi d'autre ?

Après une brève hésitation, il vida son sac :

— Je sais que Marie cache quelque chose et qu'elle a peur en permanence. Ça me donne envie de la protéger. Je ne sais pas... Elle m'attire d'une manière qui n'est pas seulement...

— Sexuelle ?

Il pouffa.

— C'est ça.

— Très bien. Poursuivez. Et ne vous en faites pas : j'ai horreur des potins. Ce que vous me direz ne sortira pas de cette pièce.

— Je ne sais pas pourquoi, mais j'ai l'impression qu'elle ment souvent tout en étant une personne fondamentalement honnête. Elle a érigé un mur autour d'elle et je doute que quelqu'un puisse l'abattre.

— Avez-vous envie d'essayer ?

— J'aimerais voir ce qu'il y a derrière, mais...

— Vous avez peur, aussi. Vous avez peur de tout ce que vous ignorez sur vous-même.

Et de ce que je sais sur moi-même, songea-t-il.

— C'est vrai. Et si j'étais marié, pour commencer ?

— Que vous dit votre instinct ?

Il fut surpris. Dotty était la première personne qui l'interrogeait sur ses pressentiments et qui semblait prête à leur accorder du crédit.

— Je crois que je ne le suis pas.

— Ce doit être vrai, alors. Qu'est-ce qui vous tracasse, à part ça ?

— J'ai des flashs. Ce sont des scènes de violence qui m'apparaissent.

Et de mort.

— Mais vous n'êtes pas plus violent que moi. Ce qui signifie que vous avez radicalement changé ou que vous n'avez jamais été violent. Que pouvez-vous me dire d'autre sur mon amie ?

— Je sais qu'elle adore les animaux. Elle aime les enfants, aussi, d'après ce que j'ai vu. Je suis sûr qu'elle ferait une très bonne mère. Elle garde ses distances avec tout le monde, même avec les gens qu'elle voit le plus souvent. Je ne comprends pas pourquoi. Je sais aussi qu'elle se sent vaguement responsable de moi depuis qu'elle m'a sauvé, même si elle a peur de moi à certains moments.

— Et ?

— Et je sais que je tiens à elle.

— Nous y voilà.

Oui, c'était le cœur du problème.

Dotty lui laissa quelques secondes pour mesurer l'importance de cet aveu.

— Eh bien, Jack, je dirais que vous en savez bien plus sur vous que beaucoup de gens qui n'ont jamais perdu la mémoire, conclut-elle.

— Merci, dit-il. Ça me rassure que vous le pensiez.

On frappa à la porte.

— J'ai les mains pleines ! Est-ce que quelqu'un pourrait ouvrir ?

Jack se leva et ouvrit la porte alors que Marie s'apprêtait à donner un nouveau coup de pied dedans. Il prit deux des trois verres de limonade qu'elle tenait, en tendit un à Dotty et se rassit avec l'autre.

— Qu'est-ce que j'ai raté ? demanda Marie.

— Pas grand-chose, chérie, répondit Dotty. On a juste papoté.

Jack vida sa limonade d'un trait, puis demanda :

— Où se trouvent les toilettes des visiteurs ?

— Servez-vous des miennes, répondit Dotty en lui montrant une porte entrouverte.

— Faites-moi plaisir, Dotty, insista-t-il. Dites-moi où se trouvent celles des visiteurs pour que Marie puisse parler de moi dans mon dos.

Dotty éclata de rire et se frappa la cuisse.

— Allez vers le fond du couloir. Vous les trouverez facilement.

— Merci, dit-il. À tout à l'heure.

Alors qu'il fermait la porte de la chambre, il entendit Marie chuchoter :

— Qu'en penses-tu ?

Il n'entendit pas la réponse de Dotty. Une fois dans le

couloir, il se retrouva face à des portes que rien ne distinguait les unes des autres. Génial. Il y avait de fortes chances qu'il fasse irruption dans la chambre d'un pensionnaire.

Comme ce n'était sans doute pas très grave, il commença par ouvrir la porte du bout. C'était celle d'une réserve remplie de balais et de bidons de détergent. La suivante était fermée par une serrure à code. Il devait s'agir d'une sortie. Derrière celle d'après, il trouva des bonbonnes d'oxygène et une grosse machine qui permettait de les remplir. Il aurait dû commencer par la porte la plus proche de la chambre de Dotty, qui révéla ce qu'il cherchait. Il se soulagea, puis se lava interminablement les mains pour permettre à Marie de cuisiner Dotty.

Quand il estima s'être absenté assez longtemps, il sortit des toilettes et frappa à la porte de Dotty.

— Entrez ! lui lança-t-elle. J'ai cru que vous étiez tombé dans le trou.

— Je me suis un peu perdu parce que les portes sont toutes identiques, répondit-il.

— Zut ! J'avais oublié. Désolée.

— Ce n'est pas grave. J'ai trouvé les toilettes à la quatrième tentative.

— Bravo. J'aime les hommes qui ne baissent pas les bras face à l'adversité quand ils veulent quelque chose, dit Dotty en lui décochant un clin d'œil. Alors, avez-vous des projets pour le reste de la journée, tous les deux ?

Jack regarda Marie, qui haussa les épaules.

— J'ai pensé qu'on pourrait déjeuner quelque part, dit-il. Je ne dois reprendre le travail que dans l'après-midi.

— Alors vous feriez bien de filer avant que les restaurants ne soient bondés, répondit Dotty. Et il faut que je me prépare pour ma séance de kiné.

Quand elle se leva, Marie et Jack l'imitèrent.

— C'était un plaisir de vous rencontrer, Jack, conclut la vieille dame.

— Tout le plaisir était pour moi. J'espère qu'on reviendra vite vous voir.

— Quand vous voulez, Et si Marie n'est pas assez gentille pour vous inviter, venez donc seul. On donnera des choses à raconter à toutes ces vieilles harpies.

— Marché conclu, répondit Jack en lui souriant.

Dotty prit Marie dans ses bras, puis étreignit Jack. Il ne savait absolument pas s'il avait des parents ou des grands-parents encore en vie, mais le câlin de Dotty lui procura un plaisir vaguement familier.

— Maintenant, allez vous amuser et revenez vite me raconter vos aventures !

Jack ouvrit la porte et s'effaça pour laisser sortir Marie et Astrid.

— Est-ce que j'ai réussi l'examen ? demanda-t-il dans le couloir.

— Un examen ? Je ne vois pas de quoi vous parlez, répondit Marie avec un grand sourire.

— Comme vous voudrez, mais je sais que je l'ai conquise. Je plais aux vieilles dames.

Une truffe humide lui poussa la main.

— Et aux chiens, ajouta-t-il en caressant Astrid. Je plais aux vieilles dames et aux chiens.

— Vous devez vous baser sur votre expérience limitée avec Dotty et Astrid pour dire ça, puisque vous ne vous souvenez pas de ce qui précède, répliqua Marie. Et, malheureusement pour vous, je ne suis ni une vieille dame ni un chien.

— Mais je vous plais aussi, dit-il en enroulant un bras autour de sa taille.

Elle éclata de rire.

— Dans vos rêves !

Non, elle n'avait pas sa place dans ses rêves remplis d'horreurs.

À moins qu'elle ne réussisse à les transformer par magie comme elle guérissait ses migraines.

9

La chaleur de midi les attendait dehors. Alors qu'ils regagnaient sa voiture, Marie éprouva successivement de la joie, de la gratitude et du soulagement. Elle ne savait pas à quoi s'attendre quand elle avait amené Jack à Hemlock Hills.

Et Jack avait accepté de venir alors qu'il n'avait rien à y gagner. Cela la touchait.

— Merci d'être venu voir Dotty, dit-elle en déverrouillant sa voiture. C'est vrai que vous lui avez plu.

Le problème, c'était qu'elle était aussi sous le charme de Jack. De plus en plus. Cela ne collait pas avec son plan.

— C'était un plaisir. C'est une femme très sympathique et bien plus perspicace qu'elle ne le laisse paraître.

Marie se sentit fondre un peu plus. Il avait vite cerné sa grand-mère de substitution.

Après avoir attaché Astrid à l'arrière, elle s'approcha de la portière du conducteur, que Jack avait ouverte pour elle. Elle n'était pas habituée à tant de galanterie. Génial. Il était beau, musclé, il plaisait aux vieilles dames et aux animaux, et c'était aussi un gentleman.

Mon plan pour me débarrasser de lui se déroule à merveille, songea-t-elle amèrement.

— Avez-vous faim ? demanda-t-il en montant en voiture à son tour.

— Je meurs de faim. Qu'est-ce qui vous fait envie ?

Elle démarra.

— Tout me va, mais...

— Mais quoi ?

— Je sais qu'on a déjà dîné chez les Bartwell avant-hier, mais j'ai vu quelque chose sur la carte que j'aimerais goûter.

— Quoi donc ?

— La patate glacée, répondit-il en attachant sa ceinture.

Elle éclata de rire. Elle reconnaissait que ce dessert avait un nom bizarre, mais il était absolument délicieux. C'était une boule de glace à la vanille en forme de pomme de terre, roulée dans de la poudre de cacao avec un peu de crème fouettée par-dessus. Le résultat ressemblait effectivement à une pomme de terre au four.

— Vendu, répondit-elle.

— Et Astrid ? demanda Jack. Il fait trop chaud pour qu'on la laisse dans la voiture.

— Ne vous en faites pas. Les Bartwell acceptent les animaux.

Quand ils entrèrent dans la brasserie, Marie regarda Jack observer la salle. Les propriétaires avaient laissé les briques nues et les tuyaux de l'ancien entrepôt, ce qui donnait une certaine atmosphère à l'endroit. Les téléviseurs placés sur les murs diffusaient soit du sport, soit des informations en continu.

— Je n'avais pas remarqué les flippers, l'autre soir, dit Jack.

— Il y a aussi des fléchettes, dit Marie en lui montrant un autre coin de la pièce. Certains clients les supplient d'installer des billards, mais ça m'étonnerait qu'ils le fassent.

Un jeune serveur les entraîna vers une table et leur tendit des menus.

— Voulez-vous boire quelque chose ? demanda-t-il.

— Regardez le tableau derrière le bar, dit Marie à Jack. Ils ont d'excellentes bières artisanales.

Tandis que Jack plissait les yeux pour essayer de déchiffrer le tableau, Marie offrit un sourire au serveur.

— Je vais prendre votre bière à l'orange sanguine et un bol d'eau pour Astrid, s'il vous plaît.

— Et je vais tenter le Grog des sept démons, dit Jack.

— Je vous apporte ça pendant que vous regardez le menu, dit le serveur après avoir noté leur commande sur son calepin.

Jack parcourut la carte des yeux.

— Ces sandwichs ont l'air délicieux !

— Cet endroit n'a pas toujours été aussi chic, expliqua-t-elle. Au début, les plats étaient assez basiques. Mais leurs bières ont eu beaucoup de succès. Quand des touristes ont commencé à venir exprès pour dîner chez eux, les Bartwell ont décidé d'améliorer la carte.

— Que Dieu bénisse les touristes ! dit Jack en fermant son menu.

Le serveur réapparut avec leurs bières.

— Avez-vous choisi ? demanda-t-il.

Marie commanda le jambon grillé au gouda et aux oignons caramélisés sur du pain complet, Jack de la poitrine fumée à l'aïoli sur une tortilla.

— Gardez de la place pour le dessert, leur conseilla le serveur en ramassant les menus.

Jack et Marie se regardèrent et pouffèrent.

— J'avais oublié le dessert, dit Jack.

— C'est pourtant pour ça qu'on est venus.

Ils burent une gorgée de leur bière.

— Elle est très bonne, commenta Jack.

Marie se contenta d'acquiescer.

Un silence s'ensuivit. Il n'était pas vraiment inconfortable, plutôt... plein de suspense. Marie se demanda comment engager la conversation et finit par décider de mettre les pieds dans le plat.

— Quitte à risquer de gâcher cette belle journée, pourquoi êtes-vous parti si vite, vendredi soir ? demanda-t-elle.

Jack fixa sa bière.

— Vous pouvez me dire de me mêler de mes affaires, si vous ne voulez pas en parler, reprit-elle. J'espère juste que ce n'était pas à cause de moi.

— Bien sûr que non, répondit-il, les traits crispés. Mais je reconnais que j'étais en colère.

— Pourquoi ? À cause du crétin qui m'a abordée ?

Jack releva la tête.

— Lui ? Au début seulement. Je n'ai jamais aimé les brutes.

Marie posa sa bière.

— Vous voyez ? C'est ce que pense Dotty. Vous ne savez rien sur votre passé, mais vous savez quel genre d'homme vous êtes.

— C'est ce qu'elle vous a dit ? Je n'ai peut-être pas autant confiance en moi qu'elle.

— Alors vous devriez peut-être avoir confiance en elle, répliqua Marie. C'est un excellent juge de caractère. Que s'est-il passé le soir du barbecue, au juste ?

— Je vous ai plaquée au sol. J'ai perdu la tête à cause de simples pétards.

Les épaules de Jack s'affaissèrent.

Mon Dieu.

Elle voulut prendre ses mains, mais il les écarta.

— Donnez-moi vos mains, s'il vous plaît, dit-elle en posant les siennes sur la table, les paumes vers le haut.

Il ne bougea pas.

— Vous savez ce que j'ai vu l'autre soir ? reprit-elle. Un homme qui m'a protégée par réflexe, qui était prêt à prendre une balle pour me protéger. Vous m'avez servi de bouclier alors que vous nous pensiez en danger. À mes yeux, ça fait de vous un héros.

Jack parut encore plus embarrassé.

— Donnez-moi vos mains, répéta-t-elle.

Cette fois, il posa ses grandes mains sur les siennes.

— C'était le résultat d'un traumatisme, poursuivit-elle.

Vous avez dû vivre quelque chose d'horrible. C'est tout. Ça ne fait pas de vous quelqu'un de dangereux et ça ne vous fait pas baisser dans mon estime.

Il la regarda intensément, comme elle commençait à s'y habituer.

— Et si j'avais causé ce qui m'a traumatisé ? demanda-t-il.

Elle n'avait pas envisagé cette hypothèse.

— Réfléchissez deux minutes, dit-elle. Vous parlez d'un homme que Dotty approuve, qui a aidé une chienne à mettre bas et qui m'a sauvée d'un ivrogne de manière superflue.

Elle esquissa un sourire. Il parlait d'un homme auprès de qui elle se sentait en sécurité, qui la prenait dans ses bras comme si elle était infiniment précieuse et qui l'étourdissait par ses baisers.

Un homme que j'aimerais voir rester à Jasper.

Jack lui offrit un sourire un peu triste, mais sincère, et se redressa. Que ses mots aient provoqué cette transformation la rendit heureuse.

— Jambon grillé et gouda.

Marie tressaillit et lâcha les mains de Jack. Le serveur posa leurs assiettes sur la table.

— Et la poitrine fumée pour monsieur. Voulez-vous autre chose ?

Ils lui assurèrent qu'ils avaient tout ce qu'ils voulaient et le serveur s'empressa d'aller servir d'autres clients. L'établissement commençait à se remplir d'amateurs de bières et de sports. L'un des écrans diffusait un championnat de golf, un autre une émission de football.

Bien sûr, un autre écran diffusait du hockey, comme dans tout bar sportif de l'Idaho qui se respectait. Il y avait aussi un match de football universitaire, une émission sur la pêche à la truite et une chaîne d'informations dont les présentateurs commentaient les débats du Congrès.

Marie réprima un gémissement de plaisir à la première

bouchée. Quand elle regarda Jack pour savoir s'il était content de son choix, elle s'aperçut qu'il l'observait avec un sourire amusé.

— Qu'y a-t-il ?

Elle posa son sandwich et s'essuya la bouche, convaincue qu'elle avait du gouda partout.

— Je m'attendais à vous voir danser sur votre chaise.

— Ce sandwich le mériterait, répondit-elle. Et le vôtre ?

Il prit une bouchée et émit un grognement de plaisir exagéré.

Marie reprenait son sandwich quand elle se figea. Il y avait une photo d'Abel Gaines sur cinq des sept écrans.

— ... le fugitif aurait été repéré près de la frontière entre l'Utah et l'Idaho.

Abasourdie, elle n'entendit pas la suite. Abel venait dans l'Idaho. Pour la tuer. Que pouvait-elle croire d'autre ? Il avait juré de le faire. Malgré toutes les précautions qu'elle avait prises, il l'avait retrouvée. Mais comment ? George ? Était-ce pour cela qu'il ne répondait pas ? Peut-être.

L'estomac noué, elle jeta un coup d'œil à Jack.

— Il aurait au moins un complice avec lui. D'après les autorités, il est armé et dangereux. Si vous le voyez, appelez la police sur-le-champ.

Jack perdit l'appétit alors que le présentateur parlait de l'évasion de Gaines, puis montrait des images de son arrestation. Une forêt qui n'était que trop familière à Jack apparut à l'écran. Les voitures de police s'approchaient de la base de Gaines en soulevant la poussière d'un chemin de terre.

C'est impossible !

Des hommes qui portaient des gilets pare-balles, accroupis derrière leurs véhicules, essuyaient les tirs des occupants d'une vieille ferme. Des images tournées par hélicoptère montrèrent le bâtiment situé entre deux collines, en Virginie occidentale. De la fumée s'en échappait. Deux secondes plus tard, les vitres explosèrent et des flammes apparurent.

Jack sentit son cœur s'affoler et une migraine le gagner. Il connaissait cet endroit. Ces arbres. Cette ferme. Les flammes et l'horrible sensation de brûlure. Quand un marshal menotta un homme et le força à se tourner vers la caméra, Jack reconnut son visage.

Abel Gaines.

Jack effleura son poignet. Il était là, ce jour-là. Il était avec Abel Gaines. Le fugitif s'approchait-il de Jasper à cause de lui ?

La vie qu'il commençait à imaginer avec la belle vétérinaire fut anéantie par ce qu'il devait être. Un criminel. Un tueur. Quand il regarda Marie, il s'aperçut qu'elle le fixait, l'air terrifiée.

10

— Je ne peux vraiment pas attendre que Raoul ait fini. Peux-tu rester à l'accueil deux minutes, s'il te plaît ?

— Bien sûr, répondit Marie. Vas-y.

— C'est l'un des inconvénients de l'âge, grommela Liz en se précipitant aux toilettes.

La journée du mercredi touchait à sa fin. Trois jours s'étaient écoulés depuis le déjeuner de Marie avec Jack. La salle d'attente du cabinet était déserte, le téléphone ne sonnait pas et Marie, contente d'être seule quelques minutes, posa son coude sur le comptoir et son menton dans sa main. De l'autre, elle caressa distraitement Astrid.

Depuis l'horrible moment chez les Bartwell où elle avait appris qu'on avait repéré Abel à la frontière de l'Idaho, elle était parvenue à trois conclusions.

La première, qu'Abel n'avait qu'une raison de venir dans l'Idaho : la tuer, comme il l'avait juré. Abel était un psychopathe qui mentait à propos de tout, mais il allait jusqu'au bout quand il s'était mis une idée en tête. Il avait décidé de la tuer et il s'approchait de son but, d'après les informations.

Cela, Marie l'avait compris immédiatement. Le déjeuner était devenu pesant, Jack et elle avaient fini leur sandwich en ne disant presque rien, elle avait été soulagée qu'il renonce à la glace et elle avait presque compté les secondes du trajet quand elle l'avait ramené à l'académie.

Le dimanche soir, terrifiée, elle n'avait pas réussi à dormir. Astrid, qui sentait son angoisse, avait fait les cent pas toute la nuit.

Le lundi, les informations avaient annoncé que les différents services de police se réunissaient à Boise pour coordonner leurs efforts. Mais Abel était malin et Marie avait passé la journée à sursauter au moindre bruit.

Liz avait eu la bonté de ne pas l'interroger sur son comportement étrange, mais Astrid, qui sentait que quelque chose n'allait pas sans comprendre quoi, avait refusé de manger.

Le mardi, Marie en avait eu assez. Elle devait analyser son problème rationnellement, comme si elle n'était pas concernée, au lieu de vivre dans la peur. Quand Abel s'était évadé, il aurait pu aller n'importe où et il avait choisi l'Idaho. Ce ne pouvait pas être une coïncidence.

Savait-il qu'elle était à Jasper ? Elle devait espérer le meilleur et se préparer au pire, comme sa grand-mère Mae le lui aurait conseillé. Elle devait trouver un moyen de se protéger en partant du principe qu'Abel savait exactement où elle était.

Cette idée l'avait amenée à sa deuxième conclusion.

Elle ne savait pas ce qui était arrivé à George Murphy, pourquoi il ne la rappelait pas et n'avait pas répondu au SOS qu'elle lui avait envoyé, mais elle était certaine qu'il n'était pas de mèche avec Abel Gaines.

Même si les agents de liaison étaient discrets, Marie avait appris certaines choses sur George au fil des ans. D'abord, elle savait qu'il était marié et qu'il avait deux enfants adultes. Il approchait de la retraite et il lui avait dit plusieurs fois qu'il avait hâte de faire du golf et de passer plus de temps avec ses petits-enfants.

De plus, l'un de ses amis était mort pendant le siège de la base d'Abel. Elle était sûre que George n'avait pas aidé Abel à s'évader et ne lui avait livré aucune information sur elle.

À vrai dire, le fait de découvrir comment Abel savait où

elle était n'avait pas grand intérêt. Il le savait. Point. Il y avait une petite chance pour qu'il ne connaisse pas sa nouvelle identité, mais ce n'était pas un véritable obstacle. Il savait qu'elle était vétérinaire et il n'y avait qu'un vétérinaire à Jasper. Ce n'était pas sorcier.

Elle compta les faits qu'elle pouvait tenir pour certains sur ses doigts. Premièrement, Abel voulait sa peau. Deuxièmement, il savait qu'elle était à Jasper et sa nouvelle identité ne la protégeait pas. Troisièmement, elle ne pourrait pas compter sur l'aide de son agent de liaison quand Abel la trouverait.

Sa troisième conclusion concernait Jack. Tout indiquait qu'il était un complice d'Abel. Le fait qu'il ait débarqué à Jasper au moment de l'évasion. Sa certitude qu'il devait y rester « parce que son instinct le lui disait ».

Même si elle croyait maintenant que son amnésie était bien réelle, ses flashs étaient un indice de plus. Et la réaction qu'il avait eue chez les Bartwell couronnait le tout.

Dans sa situation, n'importe qui se serait méfié de Jack. Les apparences étaient contre lui. Mais après avoir passé cinq ans à se reprocher son manque de jugement, elle avait finalement admis que sa mésaventure lui avait enseigné une chose ou deux. Tous les humains étaient capables de dissimulation, mais il fallait être un grand psychopathe pour réussir à cacher qu'on était un psychopathe.

Sous les complications de la vie de Jack, elle avait découvert des valeurs absolument contraires à ce qu'incarnait Abel Gaines. Il était bon envers ceux qui souffraient, prêt à aider, humble, reconnaissant, respectueux de la vie, et il avait le réflexe de défendre les faibles et les opprimés. Jack ne pouvait pas être un sbire d'Abel.

Malgré les apparences, elle était parvenue à la conclusion que Jack était un homme bon auquel elle tenait. Beaucoup.

— La terre appelle le Dr Beaumont ! Marie ! Tu m'entends ?

Marie sursauta.

— Quoi ? Qu'y a-t-il ?

— Tu étais partie à des années-lumière d'ici, répondit Liz en secouant la tête. Qu'est-ce qui t'arrive ? Tu t'es comportée bizarrement toute la semaine. Es-tu malade ?

— Je suis préoccupée, c'est tout.

— J'aurais aimé pouvoir dire que ça avait un rapport avec le bel amnésique. Malheureusement, tu ne passes pas ton temps à sourire. Es-tu sûre que tu ne couves pas quelque chose ?

— Oui, j'en suis sûre, mais merci de t'en soucier et désolée de t'avoir inquiétée. Si on fermait plus tôt, ce soir, puisqu'il n'y a personne ?

— Inutile de me le dire deux fois, répondit Liz en ramassant les clés du cabinet.

Elle alla verrouiller la porte et retourner le panneau.

— Raoul devrait avoir bientôt fini de s'occuper de Whiskers, dit Marie en s'étirant. Avons-nous autre chose à faire ?

— Si aucune urgence ne nous tombe dessus, rien, répondit Liz en rangeant son bureau.

— Bien. Je crois que je vais prendre un bain chaud et me coucher tôt. Je suis à bout de force. Je n'ai personne à rappeler non plus ?

— Non, mais j'ai reçu un coup de fil bizarre, tout à l'heure.

— Bizarre comment ? demanda Marie en arrangeant des brochures posées sur le comptoir.

— Pour commencer, ce monsieur a demandé à parler à Megan, pas à Marie ou au Dr Beaumont.

Les brochures échappèrent à Marie et se répandirent par terre. Tétanisée, Marie les regarda sans les voir. Dans une autre vie, quand elle était une autre femme, elle s'appelait Megan. Très peu de gens le savaient.

Était-ce George ? La réponse lui vint en même temps que la question. George l'aurait appelée sur son portable. Elle se ressaisit assez pour entreprendre de ramasser les brochures.

— Mon Dieu ! Je commanderai un porte-brochures demain

matin, dit Liz en venant l'aider. J'ai dit à ce monsieur qu'il s'était trompé de numéro, qu'aucune Megan ne travaillait ici. Alors il m'a répondu que sa langue avait fourché et qu'il voulait dire Marie.

Respire.

Marie lutta désespérément pour retrouver son calme et sa lucidité.

— Je ne sais pas pourquoi, mais ça a éveillé ma méfiance, poursuivit Liz, les sourcils froncés. J'ai eu l'impression qu'il mentait, mais ce n'est pas le plus étrange. Comme je le fais toujours quand tu pratiques une opération ou que tu n'es pas là, je lui ai dit que tu étais temporairement indisponible. Alors je crois l'avoir entendu dire que ça allait devenir permanent. Il avait un ton menaçant, en tout cas, mais je ne suis pas sûre d'avoir bien entendu parce qu'il grommelait. Ça m'a donné la chair de poule. Personne ne te harcèle, j'espère ?

Si tu savais...

— Pas à ma connaissance, mentit Marie.

Des mensonges et encore d'autres mensonges. C'était ce qu'elle détestait le plus dans sa vie secrète.

Reste impassible et sois rationnelle, s'ordonna-t-elle.

Avant de lui fournir une nouvelle identité, les responsables du programme l'y avaient préparée pendant des semaines et lui avaient répété inlassablement ce qu'elle était censée faire dans des situations comme celle-ci. Malheureusement, la première étape était de contacter son agent de liaison, qui était toujours injoignable.

Ressaisis-toi !

Elle se gifla mentalement en ramassant les dernières brochures.

— Tiens, dit-elle en les tendant à Liz. Ne t'inquiète pas pour ce coup de fil. C'était sans doute un client contrarié que je ne laisse pas tout en plan pour lui répondre immédiatement.

T'a-t-il laissé un nom ou un numéro ? Je le rappellerai pour tirer ça au clair.

Elle se prépara à entendre le nom qui la hantait depuis cinq ans.

— Je lui ai demandé son nom, mais il m'a raccroché au nez. Quel malotru ! Comme c'était un numéro masqué, je ne peux rien te dire de plus.

— Alors ça s'arrête là, dit Marie tandis que Liz reposait les brochures sur le comptoir. S'il tient vraiment à me parler, il rappellera. Rentre chez toi. Je fermerai la porte de derrière quand Raoul aura fini. À demain.

Liz prit son sac et en extirpa ses clés de voiture.

— Grâce à toi, j'ai le temps d'aller chercher une bouteille de vin avant la réunion du club, dit-elle. On vient de lire un roman plein de suspenses qui s'appelle *La Justice à tout prix*. Ce sera une réunion passionnante. C'est une nouvelle auteure. Un nom comme Marshmallow ou Marshland. Il faut que je retienne pour pouvoir acheter la suite de la série. Bonne soirée !

Liz fila par la porte de derrière.

Un quart d'heure plus tard, Raoul partit aussi après avoir installé Whiskers dans un box pour la nuit. Marie verrouilla la porte de derrière et éteignit.

— Allez, viens ! dit-elle à Astrid. La journée est finie.

Elle était au milieu de l'escalier qui menait à son appartement quand le téléphone sonna. Elle eut envie d'ignorer l'appel, mais elle redescendit. Il pouvait s'agir d'une urgence. Arrivée dans son bureau, elle inspira profondément avant de décrocher.

— Allô ? Le docteur Beaumont à l'appareil.

— Ça faisait longtemps, Megan. Oh ! pardon ! C'est *Marie* maintenant, c'est ça ? Megan t'allait mieux.

Le sang de Marie se glaça dans ses veines et ses mains se

mirent à trembler, mais elle s'attendait à moitié à cet appel. Elle s'interdit de montrer sa peur à Abel.

— Que veux-tu ?

— Ce que je veux depuis que tu m'as trahi, répondit-il d'une voix à la fois douce et menaçante.

— Alors ce sera un nouvel échec pour toi.

Craignant que ses jambes ne se dérobent, elle s'assit dans son fauteuil. Au moins, sa voix ne tremblait pas.

— Serais-tu devenue courageuse depuis la dernière fois qu'on s'est parlé ?

— J'ai aussi obtenu un permis de port d'arme.

Pour une fois, mentir lui fit un bien fou.

— C'est sexy ! Mais as-tu déjà tué quelqu'un ?

— Ce ne sera pas nécessaire. Le FBI t'attrapera bien avant que tu ne m'atteignes.

— En es-tu sûre ?

— Si tu n'as rien d'autre à dire…

— Bien sûr que si. Dire que je t'avais demandé de m'épouser… C'était une erreur. Au lieu de m'aimer comme je t'aimais, tu m'as trahi et ta trahison a causé la mort de mon petit frère. Il me paraît tout naturel de te faire partager ma douleur. Malheureusement, ta grand-mère est déjà six pieds sous terre et tu n'as personne d'autre. Il a fallu que je cherche une autre voie.

— Je raccroche.

— Très bien, mais passe mon bonjour à tes amis à quatre pattes, chérie. Je viendrai bientôt leur apporter une friandise. Très bientôt.

Il raccrocha sur ces mots.

11

Dès qu'Abel eut raccroché, Marie ramassa ses clés et fonça dans la pièce où elle gardait les animaux en observation. Il n'y avait que Whiskers, ce soir, et elle allait bien. Même si Marie avait elle-même verrouillé la porte de derrière après le départ de Raoul, elle alla s'assurer qu'elle était bien fermée.

Elle pouvait mettre l'alarme pour protéger ses patients pendant ses absences et Astrid ne la quittait jamais, mais ce taré parlait peut-être des chiens de l'académie, voire des gens qui y travaillaient. C'était une chose de craindre pour sa vie – celle-ci n'était menacée que par sa propre faute, après tout – c'en était une autre de mettre ceux qui lui étaient chers en danger. Emma était innocente. Pire, elle ne se doutait pas de ce qui pouvait lui tomber dessus.

Marie frémit.

Pourvu qu'Abel ne soit pas déjà là-bas.

— Viens, Astrid !

Marie déverrouilla la porte et l'ouvrit prudemment. Le soleil qui déclinait offrait encore beaucoup de lumière et le parking semblait désert. Elle mit l'alarme, verrouilla la porte et courut jusqu'à sa voiture avec Astrid.

Elle attacha Astrid et se mit au volant en un temps record, puis elle fonça vers l'académie en brûlant les stops et en dépassant les limites de vitesse. Elle appela Emma et grommela un juron lorsqu'elle tomba sur le répondeur.

— Emma, c'est Marie. Rappelle-moi dès que tu auras ce message.

Un terroriste va peut-être essayer de te tuer. Comment je le sais ? Désolée, je ne suis pas autorisée à le dire.

Elle tenta vainement d'appeler Piper et Tashya. Même Barbara, la secrétaire de l'académie, ne répondit pas. Marie serra le volant pour empêcher ses mains de trembler. Elle avait le souffle court et elle transpirait. Elle reconnaissait parfaitement les symptômes de la panique.

Tu es en train de le laisser gagner. Calme-toi.

Sa raison lui assurait qu'Abel ne pouvait pas avoir franchi tous les barrages routiers que la police avait dressés sur son chemin. Il devait ne prendre que de petites routes, ce qui ne lui permettait pas d'aller très vite. Il ne pouvait pas être déjà à Jasper. Et pourtant...

Elle prit le dernier virage trop vite et souleva un nuage de poussière avant de s'arrêter entre la maison et le chenil. Tout semblait normal, mais... où étaient-ils tous ? Elle détacha Astrid.

— Viens !

Elle courut d'abord vers la maison.

— Emma ! cria-t-elle en entrant par la porte de derrière.

Celle-ci n'était pas verrouillée, mais elle ne l'était presque jamais. Marie ne trouva personne dans le vestibule ni dans la cuisine.

— Emma !

Personne dans la chambre de son amie, ni dans la salle de bains ou dans les autres chambres. La maison était déserte. Marie sortit par la porte de devant.

De plus en plus inquiète, elle courut vers la grange.

— Cherche ! ordonna-t-elle à Astrid, qui était plus rapide qu'elle.

La chienne fila.

Marie crut faire une crise cardiaque quand elle l'entendit

aboyer. Craignant ce qui l'attendait, elle ralentit avant d'entrer dans la grange. Astrid était en train de jouer avec Amaya, qui semblait ravie de la retrouver.

— Tu m'as fait une peur bleue, Astrid, dit Marie en reprenant son souffle, les mains sur les cuisses. Et toi ? Pourquoi n'es-tu pas avec tes petits dans le chenil ?

Elton et Presley tournèrent la tête vers elle et la regardèrent avec une parfaite indifférence. Marie se redressa.

— Viens ! dit-elle à Astrid.

Elles partirent en direction du chenil avec Amaya. Alors que les deux chiennes s'y engouffraient, Marie frappa à la porte de la caravane.

— Jack !

Pas de réponse. Elle entra. Tout était en ordre et Jack n'était pas là. Toute tremblante et de plus en plus essoufflée, elle fonça vers le chenil.

Elle n'entendait ni voix ni aboiements et le silence la terrifiait.

Non !

Quand quelqu'un s'engouffra dans le chenil, Jack s'était accroupi pour gratter le ventre d'Astrid et Emma caressait Amaya. Il reconnut les courbes de Marie soulignées par le soleil de fin de journée. En revanche, il ne reconnut pas la terreur qu'il lut dans ses yeux. Elle haletait comme si elle venait de courir un marathon.

Astrid se précipita à ses pieds.

— Mon Dieu ! Qu'est-ce qui t'arrive ? s'écria Emma.

Marie, pétrifiée, les regardait comme si elle voyait quelque chose d'incroyable. Jack ne devina pas si cela lui semblait incroyablement bon ou incroyablement mauvais.

— Tout le monde va bien ? finit-elle par demander.

— Bien sûr, dit Jack en se redressant. Pourquoi ça n'irait pas ?

— Je n'ai réussi à avoir personne au téléphone.

— Mince ! s'écria Emma. J'ai oublié le mien dans la camionnette. Quelle idiote ! Je vais le chercher.

Alors qu'elle s'approchait de Marie, Emma s'arrêta et fronça les sourcils.

— Tu es en nage. Combien de temps as-tu couru ? Le fait que je ne réponde pas au téléphone ne justifie pas ça. Explique-moi tout de suite ce qui se passe.

Jack vit Marie se métamorphoser. Sa panique céda la place à l'expression butée d'une femme qui cherchait un moyen d'expliquer son comportement inhabituel.

Depuis le déjeuner chez les Bartwell, quand il avait vu la réaction horrifiée de Marie au bulletin d'information concernant Abel Gaines, Jack était sûr de deux choses.

Il avait un lien avec Abel Gaines.

Marie avait un lien avec Abel Gaines.

Et Gaines était en cavale. Dans l'Idaho, d'après ce qu'on savait. Ce n'était vraiment pas le bon moment pour être amnésique.

— J'ai cru qu'il y avait un problème et je suis venue m'assurer que tout allait bien, répondit Marie.

Jack s'approcha d'elle à son tour.

— Pourquoi pensiez-vous qu'il y avait un problème ? demanda-t-il.

Il lut de la peur dans ses beaux yeux bleus. Elle était si discrète qu'il s'était longtemps senti perdu, mais il était maintenant certain que ses secrets la terrifiaient.

— Je me suis visiblement trompée.

Elle se retourna pour partir.

— Oh non ! s'écria Emma en la retenant par le bras. Tu ne t'en iras pas avant de m'avoir expliqué pourquoi tu as volé à notre secours. Merci, d'ailleurs.

Comme souvent, Marie posa une main sur la tête d'Astrid. Elle agitait les doigts de l'autre, sans doute sans s'en apercevoir.

Quand elle baissa les yeux, Jack sut qu'elle était sur le point de mentir.

— J'ai reçu un coup de fil anonyme qui m'a inquiétée, alors je suis venue m'assurer que c'étaient des menaces en l'air.

— Qui a pu faire une chose pareille ? s'écria Emma. Je lui tordrais le cou si je l'avais sous la main.

Jack estima qu'Emma ne posait pas la bonne question.

— Qu'est-ce qui vous a autant inquiétée dans ce que cette personne a dit, Marie ? demanda-t-il avec douceur.

— Peu importe. Viens, Astrid.

C'était comme si elle venait de lui claquer une porte au nez et cela l'exaspéra.

— Si, ça importe ! répliqua-t-il. Qu'est-ce que cette personne a dit ?

— Je me sens tellement bête..., dit Marie, l'air désemparée. Pourquoi insistez-vous ?

— Parce qu'on en parlera à Jason, qui ne devrait plus tarder, répondit Emma. Qui sait ? Il attrapera peut-être ce vaurien.

— Je n'attendrai pas Jason, grommela Marie. Je vous ai dit que ce n'était rien, alors j'aimerais que vous arrêtiez d'en faire toute une histoire.

Jack fronça les sourcils. Depuis le premier jour, elle testait ses réactions et ses souvenirs comme un gamin avec un bâton tripote une charogne trouvée au bord de la route. Il ne la laisserait pas s'en tirer si facilement. Le moment était venu de renverser les rôles.

— Vous avez donc reçu un coup de fil qui vous a fait assez peur pour que vous accouriez, mais vous estimez qu'il n'est pas nécessaire de nous rapporter le contenu de ce coup de fil ni d'en parler à Jason, résuma-t-il. C'est bien ça ? Et ne répétez pas que ce n'était rien. Vos actions prouvent le contraire.

Les mâchoires de Marie se crispèrent. Jack crut voir la muraille derrière laquelle elle se cachait s'élever de plusieurs mètres. Que lui était-il donc arrivé pour qu'il lui soit si difficile de se confier ? Cela avait-il un rapport avec Abel Gaines ?

— J'ai besoin de prendre l'air.

Elle sortit du chenil avec Astrid sur les talons. Comme lui, la chienne sentait que quelque chose n'allait pas.

Ils la suivirent tous.

— Que se passe-t-il ? demanda Emma en se protégeant les yeux du soleil pour mieux y voir.

Jack et Marie suivirent son regard. Une colonne de fumée s'élevait au-dessus de la ville.

— Mon Dieu non ! s'écria Marie. Viens, Astrid !

Elle fonça vers sa voiture.

— Va avec elle, dit Emma à Jack. Elle n'est pas en état de conduire.

Dévoré par le besoin de protéger Marie, il courut après elle.

12

Passe mon bonjour à tes amis à quatre pattes, chérie.

— Pas le cabinet ! gémit-elle.

Whiskers s'y trouvait et il n'était pas question que Marie laisse la pauvre chatte brûler vive.

Jack atteignit sa voiture avant elle et s'adossa à la portière du conducteur.

— Donnez-moi vos clés, dit-il. Je conduis.

— Poussez-vous ! Vous n'avez pas de permis. Vous n'avez pas le droit de conduire.

— Vous risquez de vous tuer si vous conduisez dans cet état, répliqua-t-il en tendant la main. Et de tuer Astrid.

— Très bien.

Chaque seconde comptait et elle n'était effectivement pas dans son état normal. Elle lui donna les clés, fonça attacher Astrid et monta à l'avant. Jack, qui avait déjà mis le moteur en route, démarra dès qu'elle ferma la portière.

— Allez-vous enfin me dire ce qui se passe ou me laisserez-vous me mettre en danger dans l'ignorance de ce qui m'attend ? grommela-t-il sans quitter la route des yeux.

— De quoi parlez-vous ? Il y a un incendie et je veux me rendre utile, c'est tout.

— Alors vous voici pompier, tout à coup ? ironisa-t-il en élevant la voix.

Elle le fusilla du regard. Elle aussi pouvait crier.

— C'est quoi, votre problème ?

— C'est *vous*, mon problème. Vous êtes...

— Je ne vous ai pas demandé de venir, alors fichez-moi la paix, le coupa-t-elle.

— Vous me mentez. Vous me mentez depuis le premier jour. Dites-moi ce qui vous fait aussi peur !

— Attention !

Jack donna un coup de volant pour éviter un lièvre qui traversait la route. Les pneus crissèrent et une odeur de caoutchouc brûlé flotta dans l'air. Jack poursuivit presque sans ralentir.

— C'est votre conduite qui me fait peur.

— Merde, grommela-t-il. Avez-vous une idée de ce qui brûle ?

Elle se ressaisit subitement. Elle aurait dû rester concentrée au lieu de se disputer avec Jack. Alors qu'ils s'approchaient de la ville, elle s'aperçut que la fumée ne se trouvait pas du côté de son cabinet. Son cœur manqua un battement.

— Oh non ! gémit-elle. Plus vite, Jack. On dirait que c'est Hemlock Hills.

Ils tombèrent sur une scène complètement chaotique. Des pompiers aspergeaient le bâtiment avec les lances de deux camions-citernes, mais l'incendie semblait incontrôlable. Des gyrophares clignotaient de tous les côtés et il y avait des policiers et des pompiers partout. Certains couraient, d'autres criaient, d'autres encore entraînaient des pensionnaires couverts de suie à l'écart du danger.

— Où est Dotty ? s'écria Marie. Je ne la vois pas.

— Ne paniquez pas, répondit Jack avec un calme qui l'exaspéra. On ne pourra pas s'approcher. Les pompiers nous en empêcheront. Dotty est sans doute déjà dehors. Regardez, ils ont emmené les pensionnaires sur la pelouse de cette maison. Allons la chercher là-bas.

Cet incendie n'était sûrement pas un accident. Si c'était

Abel qui l'avait déclenché, il savait que Dotty lui était chère et il l'avait prise pour cible.

— Arrêtez-vous ! cria-t-elle. Laissez-moi sortir !

— Non. C'est trop dangereux.

Les abords de la maison de retraite étaient encombrés de véhicules et de groupes de curieux. Comme Jack fut forcé de rouler au pas, elle descendit de la voiture sans attendre qu'il s'arrête.

— Marie, non ! cria-t-il.

Je dois sauver Dotty, songea-t-elle en fonçant vers le bâtiment en feu.

Les lieutenants Cal Hoover et Margaret Avery, de la police de Jasper, la repérèrent et lui barrèrent la route.

— Arrêtez-vous, docteur Beaumont !

— Dotty est à l'intérieur ! hurla-t-elle. Il faut que je la trouve !

— Calmez-vous, docteur. Vous devriez la chercher devant chez Jim Nance. C'est là que les pompiers ont emmené les pensionnaires.

Si on me dit encore une fois de me calmer...

Elle recula comme si elle avait l'intention d'obéir aux policiers, mais son instinct lui disait que Dotty n'était pas devant chez Jim Nance. Quand Hoover et Avery baissèrent leur garde, elle s'élança et réussit à les contourner.

— Docteur !

Elle les ignora et ils ne la poursuivirent pas. Ils devaient rester à leur poste. Après avoir franchi l'angle du bâtiment, elle tomba sur trois pompiers qui maniaient une lance. Même s'ils n'avaient pas été là, elle n'aurait pas pu aller plus loin.

L'incendie était si violent à l'arrière de la maison de retraite que la chaleur la força à reculer. Les flammes dévoraient l'oxygène autour d'elle et le peu d'air que Marie arrivait à respirer lui brûlait la gorge.

Ce n'était pas un plaisant feu de cheminée, c'était un

véritable enfer. Elle entendit des craquements, puis la partie gauche du bâtiment s'effondra dans une gerbe d'étincelles.

Marie tomba à genoux, une main sur la bouche, et fondit en larmes.

Dotty ! Tout est de ma faute !

D'autres pompiers vinrent en renfort avec une deuxième lance. Comme tout le monde l'ignorait, Marie regarda l'eau et les flammes se livrer un duel titanesque. L'eau finit par l'emporter. Quand les flammes moururent, le chef de la police Doug Walters, le lieutenant Avery et le capitaine des pompiers, Rich Newcomb, se trouvaient à quelques pas de Marie. Ils semblaient ne pas la voir.

— Il y a un peu trop d'incendies à mon goût ces derniers temps, dit Walters.

Newcomb acquiesça.

— C'est vrai, mais on n'a pas affaire à un feu de forêt, cette fois.

— Tout le monde est sorti ? demanda Walters au lieutenant Avery.

— Il n'a pas été facile de vérifier sans numéros sur les portes, mais le directeur vient d'arriver, répondit le lieutenant. Cal est avec lui. Ils sont en train de compter les pensionnaires. On devrait savoir si tout le monde est sain et sauf dans quelques minutes.

— Bien, dit Walters avant de se tourner vers le capitaine des pompiers. Vos hommes sont sûrs qu'il y a un corps ?

Newcomb acquiesça.

— Tout à fait sûrs. Près du lieu de l'explosion.

Un corps ? Une explosion ? Marie perdit le peu d'espoir qui lui restait.

— Est-ce que ça pourrait être un accident ? demanda Walters.

— Ça pourrait, mais c'est peu probable.

— Pourquoi ? demanda Avery en croisant les bras.

— Même en tenant compte de l'explosion des bonbonnes d'oxygène, l'incendie a progressé extrêmement vite. Ça nous incite à suspecter la présence d'un combustible.

Marie se raidit. Les bonbonnes d'oxygène avaient explosé. Elles étaient entreposées près de la chambre de Dotty. Et il y avait… un corps. Un sanglot lui échappa.

Cela attira l'attention de Walters.

— Bon sang ! grommela-t-il. Emmenez-la à l'écart, Avery.

Le lieutenant enroula son bras autour des épaules tremblantes de Marie.

— Venez, Marie. Vous n'êtes pas en sécurité ici.

Terrassée par la culpabilité, elle n'avait plus la force de bouger.

— Vous connaissez un pensionnaire ? demanda Avery.

Marie hocha la tête.

— Venez. Ils ont été regroupés devant chez Jim Nance. Je parie qu'on trouvera la personne que vous cherchez là-bas.

— Mais… le corps ?

— On ne saura pas qui c'est avant l'autopsie. Comment s'appelle cette personne ?

— Dotty.

— Je suis sûre qu'on trouvera Dotty chez Jim Nance. Vous pouvez vous lever ?

Marie hocha encore la tête et se leva en vacillant un peu. Avery laissa son bras autour de ses épaules et l'entraîna loin des ruines fumantes de la maison de retraite où Dotty avait vécu.

— J'ai l'impression que des gens vous font signe, dit le lieutenant alors qu'elle s'approchait de la pelouse.

Marie regarda dans la direction qu'Avery lui indiquait et n'en crut pas ses yeux. Dotty, qui portait ses chaussons dorés et qui avait le visage couvert de suie, avait une boule de poils roussis sur les genoux. Elle agitait les bras comme un moulin. Jack, qui se tenait derrière elle, avait une main posée sur son épaule. Son regard intense fit fondre Marie, même à cette distance. Astrid était assise devant eux comme si elle montait la garde.

— Mon Dieu, murmura Marie en répondant aux signes de Dotty.

— Allez les rejoindre, dit Avery.

Marie n'eut pas besoin qu'on le lui dise deux fois. Encore un peu chancelante, elle se dirigea vers le groupe en accélérant peu à peu. Quand elle atteignit la chaise, elle tomba à genoux et prit Dotty dans ses bras.

Sassy Cat grogna, mais elle supporta de se faire bousculer.

— J'ai cru... J'ai cru... Je n'en reviens pas, balbutia Marie.

— Tout va bien, lui assura Dotty en caressant ses cheveux. Je suis un peu secouée, c'est tout. Je ne me suis même pas cassé un ongle.

— Je ne sais pas ce que j'aurais fait s'il t'était arrivé quelque chose.

— Je vais bien. Et Sassy Cat aussi, grâce à Jack.

— Je n'ai pas fait grand-chose, intervint Jack. La chatte essayait d'échapper à Dotty, qu'un pompier aidait à venir par ici. J'ai juste tenu la chatte sur le reste du trajet.

— Ne gâchez pas tout ! C'est mon histoire et je la raconte comme je veux, dit Dotty avant de se pencher vers Marie. Il nous a sauvées toutes les deux. Il nous a *portées* jusqu'ici.

Marie leva les yeux vers lui et murmura :

— Merci.

Pendant les deux heures suivantes, les pompiers s'assurèrent que l'incendie était complètement éteint et les policiers tentèrent de mettre de l'ordre dans le chaos. Enfin, ils obtinrent la certitude que tous les pensionnaires et tous les membres du personnel étaient sains et saufs.

La nuit était tombée discrètement, presque sans que personne ne s'en aperçoive. Le directeur d'Hemlock Hills avait tout de suite pris des mesures pour reloger les pensionnaires. Marie et Jack accompagnèrent Dotty au motel Salmon River pour l'aider à s'installer dans sa chambre provisoire.

Puisque l'enquête commençait juste, personne ne mentionna le corps qui avait été trouvé, mais Marie s'autorisa à espérer que c'était celui d'Abel, tué par son propre crime.

Si ce n'était pas lui, lequel des gens auxquels Marie tenait serait sa prochaine cible ?

Sur la route de l'académie, Jack observa Marie à la dérobée. Elle était échevelée, couverte de suie et parfaitement immobile.

Ce n'est pas bon.

Elle était en état de choc. Par chance, il y avait un poncho dans la voiture. Il l'avait enveloppée dedans pour la tenir au chaud. Il s'était aussi arrêté dans une épicerie pour acheter des bouteilles d'eau et des barres de céréales, mais Marie n'y touchait que lorsqu'il le lui ordonnait.

Ce n'était pas la Marie entêtée et indépendante qu'il connaissait. Elle l'avait laissé conduire sans protester. Pire, elle avait oublié d'attacher Astrid à l'arrière et il avait dû s'en charger. Elle était trop pâle et son regard était vide.

Le coup de téléphone, son arrivée inopinée à l'académie, leur arrivée précipitée à Hemlock Hills, puis l'horreur de croire que Dotty était morte l'avaient vidée. En pleine chute d'adrénaline, elle arrivait à peine à garder les yeux ouverts. Il se gara près de la caravane.

Après avoir détaché Astrid, il ouvrit la portière de Marie et détacha sa ceinture. Elle soupira comme si elle avait le poids du monde sur les épaules, puis sortit lentement de la voiture.

Jack l'aida à entrer dans la caravane et à s'asseoir sur le petit canapé. Astrid se posta aussitôt à ses pieds. Quand il eut fermé la porte, il sortit la bouteille de whisky que Shane lui avait laissée en guise de cadeau de bienvenue. Il remplit deux petits verres, en tendit un à Marie et s'assit à côté d'elle.

Elle resta immobile de longues secondes, en tenant son verre à deux mains, puis elle cligna des yeux.

— Où sommes-nous ?

— Dans la caravane.

Marie hocha la tête. Elle parut découvrir le verre qu'elle tenait, but une gorgée et le posa sur une tablette.

— Si j'avais perdu Dotty..., murmura-t-elle, les yeux emplis de larmes.

— Vous ne l'avez pas perdue, la coupa-t-il. Elle va bien.

— Mais si elle était morte dans cet incendie, je... Je... Oh ! Jack !

Elle se blottit contre lui et se mit enfin à pleurer. Le cœur serré, il attendit que la crise passe.

Quand Marie finit par se calmer, elle releva la tête et pressa doucement ses lèvres contre les siennes.

Jack sentit son cœur s'affoler. Il aida Marie à retirer son poncho, puis changea de position pour l'attirer contre lui. Il fut instantanément en érection.

— Jack, murmura-t-elle contre ses lèvres, les seins pressés contre son torse.

Alors la passion lui fit perdre toute retenue. Il l'embrassa follement, aussi essoufflé que s'il escaladait une montagne. Suffoquer ne lui avait jamais paru aussi bon.

Quand ils se levèrent, elle tira fébrilement sur son T-shirt, qu'il s'empressa de retirer. Alors ils traversèrent la caravane sans cesser de s'embrasser. Ils se cognèrent dans un placard de la cuisine, puis furent bloqués par la porte de la salle d'eau. Jack la claqua et ils atteignirent enfin la chambre.

Ils tombèrent sur le lit en s'embrassant toujours. Il retira le T-shirt de Marie et lutta contre son soutien-gorge. Lorsqu'il réussit enfin à caresser ses seins, elle se cambra en gémissant.

Il la fit rouler sur le dos, lui retira son jean, puis se leva pour se débarrasser du sien.

Marie, nue, le dévorait des yeux. Dès que son jean tomba par terre, elle se redressa pour lui retirer son boxer. Elle ne prit pas le temps de le caresser des doigts ou des lèvres. Le regard brûlant de désir, elle l'attira sur elle et recommença à l'embrasser.

Quand elle écarta les cuisses, il dut mobiliser toute sa volonté pour ne pas la pénétrer immédiatement.

Elle se mit à gémir et essaya de l'attirer en elle.

— Je n'ai pas encore mis de préservatif, grogna-t-il contre ses lèvres.

— Je prends la pilule.

Alors plus rien n'aurait pu l'arrêter. Il plongea en elle et la terre bascula sur son axe.

— Plus fort, le supplia Marie.

Appuyé sur ses coudes, il lui obéit, la prenant de toutes ses forces et s'offrant entièrement à elle. Lorsqu'elle cria en s'agrippant au drap, il l'accompagna dans la jouissance.

Il s'effondra sur elle. Ils étaient tous les deux trempés de sueur et hors d'haleine. Même s'il n'avait aucune envie de se séparer d'elle, il roula sur le côté pour la laisser reprendre son souffle. Elle se blottit dans ses bras. Il déposa un baiser sur son front, puis ils restèrent immobiles, épuisés et satisfaits, jusqu'à ce que Marie se mette à frissonner.

— Ça va ? lui demanda-t-il d'une voix rauque.

— Oui, murmura-t-elle. Mais j'aimerais bien boire quelque chose.

— De l'eau ou du whisky ?

— Du whisky, je crois.

Il alla chercher la bouteille et leurs verres dans le salon. Quand il revint, Marie s'était glissée sous le drap, la tête appuyée à un oreiller. Ses yeux pétillaient encore de désir.

Il s'installa à côté d'elle et lui tendit son verre.

— Tu sais ce que je pense ? demanda-t-elle après avoir bu une gorgée.

— D'abord, je suis surpris que tu penses tout court. J'en suis incapable. Alors, que penses-tu ?

Elle posa son verre sur la table de nuit.

— Je pense que si on était dans un vieux film, on serait en train de fumer une cigarette.

Il la regarda, désarçonné.

— Comme les personnages le font toujours après une scène particulièrement torride, tu sais ? expliqua-t-elle. On ne fume pas, bien sûr, mais ce qu'on vient de vivre justifierait une cigarette.

Il éclata de rire.

— Quoi ? Arrête de te moquer de moi, dit-elle en lui donnant un petit coup de coude.

Alors il la fit rire aussi en faisant semblant de fumer une cigarette.

Après un long moment, ils se calmèrent et se sourirent.

Il l'attira contre lui et recommença à l'embrasser. Cette fois, il prit tout son temps pour explorer son corps. Caresser sa peau satinée, découvrir les moindres détails de son corps, et ce qu'elle aimait ne pouvait pas se faire dans la précipitation.

Il glissa délicatement ses doigts en elle et attendit qu'elle ait un nouvel orgasme pour la pénétrer. Ils s'entraînèrent vers des plaisirs inconnus, jouissant ensemble, puis retrouvant leurs esprits encore enlacés. Ils se regardèrent au même instant et firent semblant de fumer une cigarette, ce qui les fit sourire comme seuls des amants pouvaient le faire.

— Comment Dotty est-elle devenue ta grand-mère adoptive ? demanda-t-il en l'attirant contre son torse.

— Grâce à Sassy Cat, répondit-elle avant de lui raconter l'adoption de la chatte par les pensionnaires de la maison de retraite.

Jack fut ravi de l'écouter parler, ce qu'elle fit avec de plus en plus d'enthousiasme. Quand elle s'interrompit pour boire une gorgée de whisky, il l'interrogea sur sa vraie grand-mère.

— C'était une femme merveilleuse, répondit-elle. J'aurais aimé que tu la rencontres. Elle a laissé sa vie en suspens pour m'élever. Ensuite, quand elle aurait dû se mettre à voyager ou à faire des choses qui lui plaisaient, elle a découvert qu'elle avait un cancer.

Marie plongea son regard dans le sien.

— La vie peut être très injuste, parfois, ajouta-t-elle.

— Je ne voulais pas te rendre triste, lui dit-il.

— Ne sois pas désolé. Ça me fait plaisir de parler d'elle. Je n'en ai pas souvent l'occasion.

Et c'est moi qu'elle a choisi pour se confier.

La chaleur qui envahit Jack n'avait rien à voir avec le whisky.

— Ça te dirait de faire quelque chose d'amusant ce week-end ? demanda-t-il.

— Comme quoi ? répondit-elle avant de bâiller.

— Du rafting ?

— À condition que le parcours soit facile. Je ne suis pas très douée pour ça.

— Mais tu veux bien m'accompagner ?

— Je veux bien si tu me laisses dormir maintenant.

Il déposa un baiser sur son front, ravi par la perspective de se réveiller auprès d'elle le lendemain.

Alors que le sommeil le gagnait, il se mit à redouter les cauchemars qui l'attendaient et se concentra sur les souvenirs de leurs étreintes. Cela l'apaisa, mais une question déplaisante lui traversa l'esprit.

Comment quelque chose d'aussi bon peut-il me paraître aussi mal ?

13

Le lendemain matin, Marie laissa un mot à Jack avant de sortir de la caravane avec Astrid sans le réveiller. Il avait sûrement besoin de se reposer, songea-t-elle, le sourire aux lèvres.

Elle rencontra le regard d'Astrid dans le rétroviseur.

— Oh ! ça va ! lui lança-t-elle. Ça ne m'arrive pas souvent.

Mais ça valait vraiment la peine d'attendre pour vivre une nuit pareille.

Astrid souffla.

Marie se gara devant son cabinet et monta dans son appartement par l'escalier extérieur. Elle prit une douche rapide, se changea et nourrit Astrid, qu'elle laissa dans la salle d'attente du cabinet. Elle envoya un texto à Liz pour lui demander de la promener quand elle arriverait.

Après avoir verrouillé, Marie alla chez les Millard dans l'espoir d'apprendre quelque chose sur l'incendie.

Elle choisit une table près de l'entrée.

— Voulez-vous le menu ? lui demanda Vera Millard en approchant avec une cafetière.

— Non merci. Je prendrai juste un café.

— Est-ce que Liz est malade ? demanda Vera en la servant. C'est toujours elle qui vient chercher votre café, non ?

Marie secoua la tête.

— Non, Liz va très bien. J'avais juste envie de le boire ici, ce matin.

— Ah bon, dit Vera, fidèle à sa rudesse légendaire.

Quand elle s'éloigna, Marie s'installa confortablement sur la banquette et but son café en prenant tout son temps. Plusieurs clients entrèrent.

Enfin, songea Marie, de longues minutes plus tard, quand la porte s'ouvrit une nouvelle fois.

L'agent Ava Callan rejoignit trois de ses collègues au comptoir. Marie la connaissait mieux que tous les policiers qui étaient arrivés avant elle. C'était sa chance.

— Ava ! lui lança-t-elle.

Ava se retourna et Marie l'invita à la rejoindre. La policière dit deux mots à son voisin de comptoir avant de venir s'installer à la table de Marie avec son café.

— C'est une bonne surprise, dit Ava. Liz vient chercher ton café, d'habitude.

— Tout le monde connaît donc mes habitudes et mon emploi du temps ? s'écria Marie.

Ava pouffa.

— C'est une petite ville, répondit-elle. Après avoir vécu à Chicago, j'ai du mal à supporter que tout le monde se mêle de mes affaires. Mais tu es ici depuis plus longtemps que moi. Rassure-moi : on finit par s'y faire ?

— Repose-moi la question dans dix ans, dit Marie.

Malheureusement, il y avait de fortes chances pour qu'elle soit toujours en train d'acheter sa sécurité au prix de la solitude dix ans plus tard. Elle ne buvait pas son café chez les Millard pour la même raison qu'elle n'avait pas de petit ami, n'appartenait pas à un club de lecture et n'allait pas danser. En évitant de prendre des habitudes, elle échappait à des questions embarrassantes sur son passé. Elle savait que les gens, dès qu'on se liait à eux, commençaient à se confier et attendaient qu'on en fasse autant.

Elle ne pouvait pas se le permettre. Elle n'était venue chez les Millard ce matin que pour essayer d'obtenir des informations sur l'incendie et sur le corps. Ce n'était sans doute pas une idée brillante, d'ailleurs, puisque son apparition semblait être un scoop.

Elle sourit à Ava.

— Comment va Lacey ? lui demanda-t-elle.

Deux mois plus tôt, Marie avait opéré la coéquipière canine d'Ava, qui avait été blessée par l'explosion d'une bombe.

— Très bien. J'ai suivi tes conseils et je lui ai fait reprendre le travail progressivement. Elle est comme neuve, maintenant.

— J'en suis ravie. Heureusement qu'elle n'a pas été plus gravement brûlée.

Marie grimaça intérieurement. C'était une perche lamentable.

— Ça aurait été horrible, répondit Ava en touillant son café. En parlant d'incendies, tu étais à Hemlock Hills hier, non ? Qui est le bel homme qui t'accompagnait ?

Mais Ava a saisi la perche.

— J'ai vu la fumée et j'ai voulu m'assurer que tout le monde allait bien, répondit Marie. Je n'en reviens pas que Dotty ait réussi à sauver Sassy Cat.

— Et le bel homme ? insista Ava en haussant un sourcil.

— C'est Jack. Astrid et moi l'avons trouvé au bord de la route il y a quinze jours.

— L'amnésique ? Eh bien ! Tu as bon goût en matière de sauvetages hasardeux. Sortez-vous déjà ensemble ?

Marie se sentit rougir.

— Allons ! On se connaît à peine. Mais on ira faire du rafting ce week-end.

— Sympa.

— J'espère que ça le sera. Je n'ai pas beaucoup d'expérience et ça me fait un peu peur.

— Laisse-toi tomber dans l'eau et attends qu'il te sauve, suggéra Ava.

Marie secoua la tête.

— J'ai deux objectifs : ne pas me ridiculiser et ne pas me noyer. J'hésite encore sur l'ordre de priorité.

Elle attendit qu'Ava arrête de rire pour revenir au sujet qui l'intéressait.

— Sait-on comment l'incendie s'est déclaré ? J'ai entendu parler d'une explosion. Ce n'était pas une bombe, j'espère ?

— Dotty a vraiment bien fait de chercher la chatte dès qu'elle a senti de la fumée, répondit Ava avant de se mettre à chuchoter. Eh non, ce n'était pas une bombe. L'incendie a démarré dans les toilettes, à côté de la chambre de Dotty. Si elle avait encore été de ce côté du bâtiment...

Ces mots donnèrent la chair de poule à Marie.

— Et qu'est-ce qui l'a provoqué ? Un visiteur qui a fumé en cachette ?

Les quelques pensionnaires qui refusaient d'arrêter de fumer savaient qu'ils devaient sortir pour cela.

Ava secoua la tête.

— Le capitaine des pompiers a fait venir un enquêteur de Boise. C'est un incendie criminel. D'après ce que j'ai compris, le pyromane a versé du combustible dans les toilettes. Et comme c'était un vieux bâtiment, le combustible a coulé sous le plancher et s'est répandu dans les pièces voisines : la chambre de Dotty et la réserve debonbonnes d'oxygène. Quand le pyromane a mis le feu, les bonbonnes ont vite surchauffé. On n'est encore sûrs de rien, mais on pense que le type est entré dans la réserve en cherchant une sortie. Comme tu le sais, il n'y avait plus rien d'indiqué sur les portes à cause des travaux de peinture qui allaient commencer. Le type n'aurait pas eu le temps de ressortir de la réserve avant que lesbonbonnes n'explosent.

— Alors vous pensez que le corps est celui du pyromane ?

Ava invita Marie à se rapprocher pour qu'elle puisse baisser encore la voix.

— On en est sûrs, répondit-elle. L'enquêteur a emporté des échantillons à Boise, où ils ont l'une de ces machines qui permettent d'obtenir un profil génétique en moins de deux heures.

— Un autre café, mesdames ?

Vera s'était plantée devant leur table, sa cafetière en main. Marie et Ava se redressèrent pour lui permettre de les servir.

— Vous parlez de l'incendie chez les vieux ?

Ava prit un air surpris.

— L'incendie d'Hemlock Hills ? Non, je racontais à Marie une histoire qui m'est arrivée à Chicago, quand j'étais aux stupéfiants.

— Ça avait l'air bien secret, en tout cas, commenta Vera.

— Je parlais à voix basse pour que personne ne perde l'appétit à cause de moi, répondit Ava. Qui a envie d'entendre parler pendant le petit déjeuner d'un type qui s'est fourré tellement de sachets d'héroïne dans...

— Je sais que vous n'êtes pas parmi nous depuis longtemps, agent Callan, mais je n'apprécie pas qu'on ait des conversations de ce genre dans mon établissement, la coupa Vera. Si vous voulez continuer à boire notre café mondialement célèbre et à manger ici, vous feriez bien de raconter vos histoires de manière moins détaillée.

— Oui madame, répondit Ava avec l'air penaud qui convenait.

Dès que Vera tourna les talons, Ava tira la langue dans son dos.

— Merde, dit-elle. Elle va me mettre au coin.

— Je n'y suis pour rien, se défendit Marie. Je n'ai pas dit un mot. En tout cas, ne me raconte rien que tu es censée garder pour toi. Je ne voudrais pas que tu aies des ennuis avec le chef Walters.

Ava se pencha de nouveau et l'invita à en faire autant.

— Il y aura une conférence de presse dans la journée,

chuchota-t-elle. Tu l'apprends juste un peu plus tôt que les autres. Et puis tous mes collègues en parlent, alors ce n'est plus vraiment confidentiel.

— Alors il y a eu un test ADN ? demanda Marie en se réjouissant qu'Ava ait encore envie de parler.

— Oui, et on pense que le pyromane est le fugitif qu'on recherche depuis une semaine.

Submergée par ses émotions, Marie cligna des yeux. Elle se réjouissait qu'Abel soit mort. Elle se reprochait qu'il ait essayé de tuer Dotty pour la faire souffrir. Elle était soulagée de ne plus être sa proie. Elle redoutait qu'il y ait encore des complices d'Abel dans les environs. Mais, si Abel était mort, pourquoi se donneraient-ils la peine d'essayer de la tuer ? Avec toute l'attention que l'incendie attirerait sur Jasper, ils auraient intérêt à filer.

— Le laboratoire de Boise est convaincu que c'est lui et a transmis les échantillons au FBI, poursuivit Ava, qui ne se doutait pas du tumulte qui régnait dans l'esprit de Marie. Tu ne trouves pas ça bizarre qu'un terroriste, après s'être évadé, traverse la moitié du pays pour incendier une maison de retraite ?

— Oui, c'est bizarre, répondit Marie en baissant les yeux.

Et pourquoi George semblait-il ne pas avoir été informé de ce qui se passait à Jasper ? Sa disparition était de plus en plus déroutante et Marie n'accordait plus aucune confiance au programme. Elle était livrée à elle-même.

— Il faut que j'y aille, dit Ava après avoir consulté sa montre. Regarde les infos ce soir, si tu peux. Elles donneront sûrement plus de détails.

— Je le ferai. Et je ne répéterai à personne ce que tu viens de me dire d'ici là, promis.

Marie voulait des informations, mais pas aux dépens de la carrière d'Ava. Elle se sentait bien assez coupable comme cela.

— Ne t'en fais pas. Ce n'est pas officiel, mais ce n'est pas non plus confidentiel, répondit Ava en se levant. On devrait déjeuner ensemble, un de ces jours. C'est triste qu'on ne se voie que quand je t'amène Lacey.

— J'en serais ravie. Appelle-moi quand tu auras un moment de libre.

Elle pouvait peut-être enfin commencer à se faire des amis.

Marie paya l'addition et sortit du restaurant. Au lieu de regagner son cabinet immédiatement, elle alla sur la place et s'assit sur un banc. Des gens passaient. Les magasins ouvraient. Les parterres de fleurs lui parurent magnifiques.

Maintenant qu'Abel était mort, elle pouvait sans doute quitter le programme. Elle pouvait continuer à s'appeler Marie Beaumont, puisque c'était sous ce nom que tout le monde la connaissait ici, ou reprendre sa véritable identité, tirer Megan Burnett des oubliettes. Elle devrait faire une liste des avantages et des inconvénients pour se décider, mais elle avait enfin des options.

Bien sûr, elle ne pouvait pas le faire *tout de suite*. Elle devait d'abord contacter son agent de liaison. Si elle ne trouvait pas George, n'importe lequel de ses collègues ferait l'affaire. Elle voulait avoir un feu vert officiel. Si George ne la contactait pas rapidement, elle irait à Boise pour prendre les choses en main.

Ce serait si merveilleux de ne plus avoir à mentir à personne... Et maintenant qu'elle avait confiance en Jack, elle pourrait voir comment leur relation évoluait. Après cinq années de solitude, elle était prête à passer à autre chose.

Elle esquissa un sourire. La nuit précédente avait été merveilleuse. Elle s'était abandonnée aux caresses de Jack comme si elle retrouvait la liberté. C'était un amant attentionné, qui n'avait laissé libre cours à sa passion que lorsqu'elle l'y avait incité.

Sa gentillesse envers Dotty et envers les animaux avait achevé de la conquérir. Elle était si à l'aise avec lui, à présent, qu'elle ne comprenait plus comment elle avait pu se méfier de lui. Et elle ne voulait plus du tout le voir quitter Jasper.

Elle inspira profondément l'air frais de la montagne et observa la ville comme si elle était chez elle. C'était un endroit où elle avait sa place et des amis à qui elle pouvait parler. Ce n'était plus le lieu de son exil, où elle était destinée à vivre dans la solitude et dans la peur. Par cette belle matinée ensoleillée, tout lui semblait possible.

La conférence de presse dont Ava lui avait parlé fut diffusée le jeudi soir. Toutes les chaînes locales et trois chaînes nationales y envoyèrent des journalistes.

D'après Liz, toute la ville en avait parlé le vendredi. Marie ne l'avait pas constaté elle-même. En dehors du saut qu'elle avait fait à l'académie pour donner son cadeau de mariage à Tashya et d'une visite à Dotty, elle n'avait pas quitté son cabinet. Elle évitait de parler aux gens parce que ses émotions étaient trop intenses. Elle était trop directement concernée.

Mais onétait samedi matin et elle était prête à essayer de s'amuser un peu. Si quelqu'un pouvait l'aider à se détendre, c'était bien Jack. Ils formaient un couple parfait, en un sens. Elle voulait oublier son passé et il n'arrivait pas à se souvenir du sien.

Après s'être garée devant la maison d'Emma, Marie détacha Astrid et sortit son sac du coffre. Comme la chienne partit aussitôt en direction du chenil, Marie l'appela :

— Reviens, Astrid ! On va d'abord dans la maison.

Quand Astrid la rejoignit, Marie posa son sac pour la caresser.

— Tout le monde ira au mariage de Jason et Tashya ce week-end, lui expliqua-t-elle. Alors on restera ici et on pourra jouer avec les animaux.

— Est-ce que je peux faire partie des animaux avec lesquels vous jouerez ? lui lança Jack, qui venait d'apparaître sur le perron.

Astrid tourna la tête vers lui, gémit, puis jeta un regard suppliant à Marie.

— J'ai le droit de lui faire un câlin ? demanda Jack.

— Comment je pourrais vous résister si vous vous liguez contre moi ? répondit Marie en se redressant. Vas-y, Astrid.

Un instant plus tard, Astrid et Jack se roulaient par terre.

Le sourire aux lèvres, Marie les laissa s'amuser et emporta son sac dans la chambre d'amis. Quand elle redescendit, Jack, qui ne jouait plus avec Astrid, enroula un bras autour de sa taille. Ils se regardèrent un long moment, puis elle effleura sa bouche en se rappelant les sensations qu'elle lui avait procurées quelques jours plus tôt.

Jack lui caressa la joue et approcha ses lèvres des siennes. Elle se hissa sur la pointe des pieds pour l'embrasser, mais il se redressa, la forçant à attendre, la rendant folle de désir. Quand il l'embrassa enfin, ce fut avec tant de passion qu'elle en perdit le souffle et que ses jambes se mirent à trembler.

— Sommes-nous sûrs de vouloir aller faire du rafting ? demanda-t-il avec un sourire espiègle qui la fit rire.

— Absolument, répondit-elle avant de baisser les yeux vers Astrid, qui les observait. Mais pas toi, chérie. Tu restes à la maison aujourd'hui.

— Je t'ai rarement vue sans elle, lui fit remarquer Jack.

— Je ne veux pas passer mon temps à craindre qu'elle tombe à l'eau.

Ils se dirigèrent vers le chenil. Astrid avait la queue et les oreilles baissées.

— J'ai l'impression que ça la rend malheureuse, dit Jack.

C'était si évident que Marie ne prit pas la peine de répondre.

Elle fit entrer Astrid dans le box d'Amaya.

— Soyez bien sages toutes les deux, dit-elle en la caressant.

Lorsqu'elle ferma la porte du box, ils entendirent un hurlement. Jack écarquilla les yeux, ce qui fit rire Marie.

— Ce sont ses gènes de Beagle, expliqua-t-elle.

— Maintenant, je comprends mieux pourquoi tu la laisses rarement seule. Quel raffut !

— C'est pénible, hein ?

Ils en rirent ensemble, même si ce n'était pas la raison pour laquelle Marie se séparait rarement d'Astrid. Mais, pour la première fois, elle ne craignait pas d'être en danger sans sa chienne, d'autant moins que Jack serait auprès d'elle.

— Surtout, ne le lui dis pas. Ça pourrait la vexer, ajouta-t-elle.

Ils montèrent en voiture et Marie prit la direction du club de rafting. C'était une belle matinée. Des dizaines de petits nuages blancs flottaient dans le ciel bleu.

Il y avait foule aux abords du club. Marie jeta un coup d'œil dans le rétroviseur par réflexe et fut surprise de ne pas y voir Astrid. Elle se sentit subitement vulnérable et scruta la foule en se demandant si quelqu'un détonnait ou lui accordait un peu trop d'attention.

— As-tu fait beaucoup de rafting ? demanda Jack.

Elle soupira lentement, pour que Jack ne s'en aperçoive pas. Abel était mort. Elle avait retrouvé sa vie. Elle se força à sourire et à arrêter de serrer le volant.

— Je ne suis pas une très bonne nageuse, mais j'en ai fait un peu, répondit-elle. Seulement des parcours de classe II et III, et seulement avec un guide. Je jure devant Dieu qu'on ne me verra jamais sur un parcours de classe IV ou de classe V. Il y a un ou deux morts tous les ans et je n'ai pas envie que ça tombe sur moi.

Avec ma chance...

— Alors merci de me faire confiance, dit Jack.

Marie trouva une place de parking.

— Pourquoi est-ce que je te fais confiance, d'ailleurs ? le taquina-t-elle en coupant le moteur.

Ils sortirent de la voiture.

— Je vais te l'expliquer, annonça Jack.

— Pour commencer, arrête de me regarder comme ça, dit-elle en agitant un index menaçant.

Son regard était pire que n'importe quel chant de sirène. Si elle devait se retrouver sur l'eau, elle avait besoin d'être lucide.

Jack esquissa un sourire adorablement arrogant.

— Comme quoi ? demanda-t-il avec une fausse innocence.

— Comme si tu ne le savais pas, monsieur l'Hypnotiseur.

Il éclata de rire.

— Je suis sérieuse. Arrête ou je fais demi-tour.

— Tu préfères ça ? demanda-t-il en louchant.

— Très drôle.

— Si je suis M. l'Hypnotiseur, tu dois être Mlle « J'ai peur de l'eau et je suis prête à employer n'importe quel prétexte pour me défiler ». Enchanté.

Marie leva les yeux au ciel, claqua sa portière et alla récupérer son sac dans le coffre.

— Rappelle-moi pourquoi je te fais confiance, s'il te plaît.

— En feuilletant des magazines de rafting, j'ai eu de plus en plus l'impression que j'en avais déjà fait, dit-il en prenant son sac. Alors hier, j'ai pris la Vieille Bleue pour aller au bord de la rivière et observer les gens qui passaient. Et devine quoi ?

— La Vieille Bleue ?

— Ma bicyclette.

— Tu l'as baptisée la Vieille Bleue ?

— Elle est bleue. Je n'allais pas l'appeler la Vieille Rouge. Et arrête de changer de sujet. Alors, tu devines ?

— Non, je t'écoute.

— J'ai eu des flashs qui ne m'ont pas donné de migraine. Apparemment, les bons souvenirs et les souvenirs de choses qui ne me sont pas arrivées personnellement ne me font pas souffrir. Quoi qu'il en soit, j'avais l'impression d'avoir déjà fait du rafting. Et du kayak. Souvent. Mais je voulais en être sûr. Alors j'ai eu une longue discussion avec Blaze. Un chic type, soit dit en passant. Il m'a parlé de son problème de bombe et il m'a dit que tu avais sauvé l'un des héros de cette histoire.

— Lacey, la chienne d'Ava. Oui. Elle a été grièvement blessée, mais elle s'en est sortie.

— Grâce à toi.

— Je n'y suis pas pour rien, c'est vrai, mais cette chienne s'est battue férocement pour survivre, comme Amaya. Qu'as-tu appris en parlant à Blaze ?

Malgré elle, Marie se laissa gagner par l'enthousiasme de Jack. Ses yeux pétillaient de joie et son sourire était contagieux.

— Rien. C'est ça qui est merveilleux. J'ai compris tout ce qu'il disait. Je connaissais tous les mots qu'il employait. Marmite, sac de sauvetage, sac étanche, nageur...

— Qu'est-ce que ça veut dire ? Je ne connais pas ces mots, moi.

Jack pouffa.

— Une marmite est un tourbillon formé par la rencontre de deux courants. Un sac de sauvetage est un équipement de secours. Un sac étanche, comme le nom l'indique, sert à garder tes affaires au sec.

— Et un nageur ? Personne ne nage dans ces rapides.

— Non. Un nageur, c'est quelqu'un qui est tombé à l'eau.

— Jure-moi que ça ne m'arrivera pas.

— Je te le jure. C'est pour ça qu'avec Blaze, on a conclu qu'il valait mieux qu'on prenne un kayak double. C'est plus facile à contrôler.

— Pourquoi on ne prendrait pas aussi un guide ?

Ils entrèrent dans le club de Blaze, rempli de gens qui se préparaient à faire une descente.

— Parce que je serai ton guide, répondit Jack en bombant le torse d'une manière comique.

— Jack ! cria Blaze de l'autre bout de la pièce avant de se frayer un chemin entre ses clients. Vous êtes là. Parfait. J'ai préparé votre matériel.

Il se tourna vers Marie.

— Je suis ravi de vous revoir, lui dit-il. C'est une journée parfaite. Vous allez adorer les bassins entre les rapides, assez profonds pour apaiser l'âme… et les rapides eux-mêmes, qui sont la raison de votre présence. Puisque l'eau n'est pas trop froide, vous n'aurez pas besoin de combinaisons.

— Comme tu l'avais prédit, intervint Jack.

— J'ai du flair pour ça. Et vous avez de la chance d'être avec Jack, Marie. Il s'y connaît. Il fera un très bon guide.

— Je suis ravie d'entendre ça.

Parce que ma vie sera entre ses mains.

— Mettez vos affaires dans des casiers, poursuivit Blaze. J'ai déjà préparé votre sac étanche et je vous ai réservé des places sur la navette Greenleaf pour le retour. Votre kayak est déjà dans l'eau. Vous n'avez plus qu'à prendre votre VFI et à décoller. Passez une bonne journée !

Marie jeta un regard interrogateur à Jack.

— VFI ?

— Vêtement de flottaison individuel. C'est comme ça que les professionnels appellent un gilet de sauvetage.

Elle pouffa.

— Merci pour cette journée, lui dit-elle sincèrement.

À quand remontait la dernière fois qu'elle s'était sentie aussi détendue et joyeuse, qu'elle avait consacré une journée entière à s'amuser ?

— Oh ! j'oubliais ! ajouta Blaze. Sortez de l'eau avant le milieu de l'après-midi. D'après la météo, ces jolis petits nuages vont se rassembler. On devrait avoir un orage en fin de journée.

— C'est bon à savoir, répondit Jack, que cela ne parut pas inquiéter.

— Il faut que je file. Amusez-vous bien ! leur lança Blaze avant de disparaître.

— Un orage ? répéta Marie.

— Pas question que tu te défiles ! dit Jack. Viens. Tout se passera bien.

Il prit les choses en main. Il leur trouva des gilets de sauvetage, des casques et des chaussons en néoprène.

— Même si l'eau n'est pas froide, on aura les pieds mouillés en permanence, lui expliqua-t-il. Ces chaussons rendront la balade plus confortable.

— Tu sais que je t'interrogerai sur tous ces souvenirs plus tard ? lui dit-elle.

— Et je te répondrai du mieux possible, promit-il. Même si je ne sais pas trop d'où tout ça sort.

Il l'aida à s'installer à l'avant du kayak et lui montra des poignées.

— Si tu tombes à l'eau, attrape l'une de ces poignées et je t'aiderai à remonter à bord.

— Ça ne me rassure pas du tout.

Il éclata de rire.

— Arrête de t'en faire.

Il lui tendit une pagaie et s'installa à l'arrière.

— C'est contraire à ma nature, répliqua-t-elle.

— Peux-tu au moins essayer pendant quelques heures ?

Elle se retourna et lui offrit un sourire crispé.

— Voilà. C'est la version de moi qui ne s'en fait pas.

— C'est moi qui ne suis plus rassuré, tout à coup, plaisanta Jack.

— Écoute, je n'ai fait du kayak qu'une seule fois dans ma vie. C'était un kayak simple et j'étais sur un tout petit lac.

— Les kayaks doubles se comportent de la même manière, lui expliqua-t-il. On pagaie ensemble, du même côté en même temps. Si on a besoin de manœuvrer, je m'en chargerai.

— Très bien, capitaine !

Ils s'entraînèrent sur les eaux calmes du point de départ jusqu'à ce que les mouvements paraissent plus naturels à Marie, puis ils s'engagèrent dans le courant. Les rapides, qui n'étaient pas trop méchants, étaient séparés par des bassins paisibles.

Marie leva les yeux vers le ciel. Elle était heureuse. Elle se sentait en sécurité. Ses sentiments pour Jack grandissaient et, si elle n'était pas complètement à côté de la plaque, c'était réciproque.

À un moment, ils tombèrent sur des rapides qui l'affolèrent un peu, mais Jack manœuvra habilement pour les tenir éloignés des plus gros rochers. Comme le vacarme de la rivière rendait difficile de s'entendre, ils n'échangèrent que quelques mots quand la situation l'exigeait.

Un peu plus bas, la rivière fourchait et il y avait un parcours de classe V à gauche. Le seul fait de penser aux vagues qui s'écrasaient sur les rochers et aux tourbillons donna la chair de poule à Marie.

Mais Jack savait ce qu'il faisait. Il avait promis qu'il ne lui arriverait rien et elle avait confiance en lui. Elle se retourna pour lui sourire.

C'était une journée merveilleuse.

14

Dès que Jack fut sur l'eau, la pagaie entre les mains, sa mémoire musculaire se réveilla. Il eut l'impression d'être rentré chez lui. Ses souvenirs plaisants ne lui revinrent pas d'un coup, mais ils s'insinuaient dans sa conscience. Et le fait de défier la rivière le remplissait de joie.

Il essaya de mettre de côté ses autres souvenirs, ceux qui le hantaient toujours toutes les nuits, et la possibilité qu'il ait été un complice d'Abel Gaines. D'après les informations, ce dernier était mort. Tout lien que Jack aurait pu avoir avec lui était mort du même coup.

Il se concentra sur Marie, dont les épaules bronzées ondulaient devant lui. Il ne l'avait jamais vue aussi heureuse et il se disait que c'était un peu grâce à lui. Lui faire l'amour avait été une révélation pour lui. Il espérait qu'elle ressentait la même chose.

Aujourd'hui, il comptait tout faire pour qu'elle se détende et qu'elle s'amuse un peu. Alors elle consentirait peut-être à se confier à lui. La veille, il avait bien examiné leur parcours avec Blaze. Dans une heure environ, il prendrait à droite à la fourche, pour éviter les rapides de classe V.

D'ici là, il se détendrait et s'amuserait aussi. Il en avait autant besoin que Marie. Il se délecta des sensations que ses muscles lui procuraient et rit chaque fois que des vagues les éclaboussaient.

Alors qu'il contemplait les falaises et la forêt qui les entouraient, un autre souvenir lui revint. Celui d'un homme qui lui parlait. Il ne savait pas qui était cet homme, mais l'histoire qu'il racontait se mit en place dans sa tête.

Un soir, pendant la Seconde Guerre mondiale, Winston Churchill dînait au 10, Downing Street, quand les sirènes avaient annoncé un bombardement. Churchill aurait senti le danger et dit à son personnel de quitter la cuisine immédiatement. Quelques minutes plus tard, une bombe était tombée là.

Comme Churchill, Jack se mit à pressentir un danger. Il serra sa pagaie plus fort et scruta la rivière. Pas de zone de friction entre deux courants. Pas de siphon, Dieu merci. Ils pouvaient aspirer un kayak et le garder sous l'eau encore un long moment après la noyade de son occupant. Il regarda les rives sans rien percevoir d'alarmant, puis leva les yeux vers les falaises. Rien.

Qu'est-ce qui avait causé son pressentiment ?

Alors la pagaie sauta entre ses doigts si brutalement qu'il faillit la lâcher. Au même instant, un morceau de plastique lui fouetta la joue.

— Mais qu'est-ce que...

En hauteur, sur sa droite, il vit quelque chose briller. Cela aurait pu être une arme, sauf qu'il n'avait entendu aucune détonation. Avait-il touché un rocher en pagayant sans s'en apercevoir ? Il en doutait, mais c'était plus vraisemblable que le fait que quelqu'un leur tire dessus.

Un gros rocher apparut au milieu de la rivière. C'était la fourche. Ils devaient passer à sa droite pour rester dans les rapides de classe II.

À gauche du rocher commençait le parcours de classe V. Sa pagaie était endommagée et Marie était une débutante. Il ne fallait *surtout pas* qu'ils partent de ce côté.

Alors qu'ils s'approchaient du rocher, Jack souleva sa

pagaie pour prendre appui sur la pierre. Une balle fit sauter un éclat de roche juste devant son visage. De nouveau, il n'avait entendu aucune détonation. Le tireur utilisait un silencieux.

Jack enfonça la pagaie dans l'eau et se pencha pour manœuvrer plus vite. Le kayak obliqua sur la gauche sans qu'il ait le temps d'expliquer à Marie pourquoi ils avaient changé de direction.

— Jack ! cria-t-elle.

Ils n'étaient plus dans les rapides de classe II.

Dès que le kayak s'engagea dans les rapides de classe V, Marie sut qu'elle allait mourir. Son esprit s'affola à la recherche d'une explication. Abel était mort, mais pas ses complices. Il avait été vu avec quelqu'un à la frontière entre l'Idaho et l'Utah. Il ne pouvait pas s'agir de Jack, puisqu'il était déjà en ville. Mais il fallait bien que quelqu'un l'ait repérée pour Abel et ce quelqu'un *pouvait* être Jack.

Jack allait la tuer. C'était la seule explication plausible. Il l'avait incitée à baisser sa garde en se montrant gentil et en lui faisant l'amour. Puis, quand Abel était mort, il avait dû décider de finir le travail. Il l'avait emmenée à l'endroit parfait pour maquiller son meurtre en accident.

Elle devait avoir un vrai problème pour s'être de nouveau trompée à ce point sur un homme. Peu importait qu'Emma, Dotty et même Astrid se soient trompées aussi.

Le kayak était déjà secoué d'une manière terrifiante. Elle jeta un coup d'œil par-dessus son épaule. Jack pagayait comme un fou pour garder le contrôle de l'embarcation. Quand le kayak plongea sur la gauche, elle hurla, glissa sa pagaie sous ses jambes et agrippa les poignées. Ils se mirent à tourner, aspirés par un vortex. Ils finirent par s'en dégager et le kayak bascula dans un rapide de classe V.

— Non ! hurla-t-elle.

Ils slalomèrent entre des rochers gros comme des voitures, rebondirent sur des vagues et plongèrent sous l'eau. Puis ils se retrouvèrent dans une zone où deux courants s'affrontaient, qui finit par les pousser vers ce qui ressemblait à un geyser.

Jack cria quelque chose qu'elle ne comprit pas. Elle se tourna vers lui.

Il cria encore, mais sa voix était couverte par le bruit du torrent. Quand il souleva sa pagaie, elle se rendit compte que celle-ci était cassée. Il la lui montra, puis il montra celle qu'elle avait glissée sous ses jambes et pointa son doigt vers son torse.

Marie pouvait encaisser beaucoup de choses sans perdre la tête. Visiblement, des rapides de classe V, la trahison de Jack et la peur de mourir, c'était trop.

Oh oui, je vais te donner ma pagaie !

Elle la ramassa et essaya de frapper Jack. Seul un excellent réflexe épargna Jack de la recevoir en pleine tête et de perdre la mémoire pour de bon, cette fois. Après avoir esquivé le coup, il attrapa la pagaie et la lui arracha.

Déséquilibrée, elle s'empressa de se retourner et d'agripper les poignées. Alors ils atteignirent ce qui ressemblait à un geyser. L'eau passait par-dessus des rochers, tombait dans un trou, puis rebondissait sur un autre rocher qui la renvoyait en arrière.

Le kayak s'envola. Elle serra les poignées de toutes ses forces, mais la violence de la chute la projeta par-dessus bord.

Alors la rivière se mit à jouer avec elle comme un chien avec un nouveau jouet. Elle fut entraînée vers le fond et resta coincée sous l'eau jusqu'à ce que ses poumons lui brûlent. Quand elle émergea enfin, elle cracha et toussa.

Elle réussit à tendre ses jambes devant elle, ce qui était la position la moins dangereuse. Mais la rivière la tira sur le côté, puis la fit tourner, et elle se cogna la tête contre un rocher. Heureusement, son casque rembourré protégea son cerveau.

Elle tendit de nouveau les jambes et croisa les bras sur son torse comme un cadavre. Emportée à une vitesse folle, elle crut mourir chaque fois qu'elle se cogna contre un rocher ou se retrouva submergée. À l'endroit où la boucle rejoignait le lit principal de la rivière, le torrent furieux la cracha au milieu d'un bassin.

Elle nagea jusqu'à la rive et rampa hors de l'eau en respirant à grand-peine. Les bras tout engourdis, elle retira son casque et son gilet de sauvetage. Après s'être reposée une minute sur le dos, elle se leva. Ses jambes tremblaient, mais elle tenait dessus.

Cela recommençait. L'homme qu'elle aimait essayait de la tuer.

La peur que Jack ressentait en luttant contre les rapides n'était rien en comparaison de celle qui le saisit quand il découvrit la place avant vide. Il scruta les vagues en espérant voir la tête de Marie ou un bout de son gilet de sauvetage jaune fluo, mais elle avait complètement disparu.

Était-elle en train de se noyer, capturée par un siphon ?

— Marie !

Le torrent engloutit sa voix comme il avait englouti Marie. Jack réussit à sortir du trou dans lequel il était coincé, puis il essaya de freiner sa descente pour la repérer.

Crétin !

Puisqu'elle pesait moins lourd que le kayak, elle pouvait être déjà plusieurs centaines de mètres plus bas. Il se mit à pagayer comme un fou en guettant le moindre signe.

Pourquoi avait-elle essayé de le frapper ? Bien sûr, elle ne devait pas savoir qu'on leur avait tiré dessus ni qu'il essayait de les sauver. Il n'avait entendu aucune détonation et quand il avait acquis la certitude qu'il y avait un tireur, ils étaient déjà sur la partie de la rivière où l'on ne s'entendait même pas penser. Il lui avait juré que ce serait une descente paisible et ils s'étaient retrouvés dans des rapides de classe V. Quand elle s'était retournée, armée de sa pagaie, la haine qu'il avait lue sur son visage l'avait abasourdi.

Il lutta pour ne pas se retourner dans un coude du torrent, évita de justesse le dernier tourbillon et se retrouva projeté dans un bassin. Ignorant son épuisement, il pagaya jusqu'à la plage la plus proche. Il tomba à genoux quand il sortit du kayak, mais il se força à se relever et tira l'embarcation hors de l'eau. Il y avait un gros rocher à quelques mètres de lui. Il l'escalada et scruta les environs sans voir de gilet de sauvetage jaune fluo ni de casque.

La colère le gagna. Marie avait eu parfaitement raison de le haïr. Il avait promis de ne pas la mettre en danger et il avait échoué. Il avait pris la mauvaise décision en voulant échapper au tireur. Avait-il condamné Marie en essayant de lui sauver la vie ?

Il descendit du rocher et courut jusqu'au kayak. Où était le sac étanche ? Il y avait une fusée de détresse à l'intérieur.

— Non !

Le sac avait disparu, comme Marie. Il pouvait être des kilomètres en aval ou coincé sous un rocher.

Il remit le kayak à l'eau et y monta. Le point d'arrivée ne devait plus être très loin. Plus vite il l'atteindrait, plus vite il pourrait signaler la disparition de Marie. Les secours pourraient la rechercher et la police traquer celui qui leur avait tiré dessus.

Abel Gaines est mort, mais l'un de ses complices a clairement des comptes à régler avec moi.

Il avait peut-être passé tout ce temps à s'inquiéter pour la mauvaise raison. Et s'il était une cible, non un criminel ? Dans ce cas, tous ceux qui l'approchaient risquaient de devenir des victimes collatérales.

— Marie ! gémit-il.

Les falaises lui renvoyèrent l'écho de son cri, qu'il entendit comme un reproche. Il était tombé amoureux de Marie. Il avait bien failli percer son armure. Maintenant, les mystères de son passé reposaient peut-être au fond de la rivière.

15

Cachée derrière un pin, Marie guetta Jack. Leur kayak finit par jaillir de la même boucle qu'elle, mais au lieu de s'approcher d'elle, Jack pagaya vers l'autre rive.

Elle s'adossa au tronc du pin, serra les poings et se frappa les cuisses.

Que tu es stupide !

Les règles draconiennes qu'elle avait respectées n'avaient pas suffi à l'empêcher de reproduire sa pire erreur. Elle avait été attirée par le charme et l'intelligence d'Abel. Il l'avait traitée avec respect. Avant de mettre les pieds dans sa salle de commandement aux murs couverts de cartes et où ses projets criminels étaient résumés sur des tableaux, elle avait même cru qu'il était l'homme de sa vie.

Et elle avait recommencé. Elle était tombée amoureuse de Jack. C'était le premier homme à qui elle avait fait l'amour en cinq ans, et même embrassé. Elle inspira profondément et arrêta de se flageller pour se concentrer sur sa survie.

Elle jeta un nouveau coup d'œil entre les branches et vit Jack fouiller le kayak. Elle en profita pour s'éclipser.

De son côté de la rivière, une pente boisée descendait jusqu'à la plage. Cachée par les arbres, elle s'éloigna de la rivière.

Désolée, Jack. Je ne mourrai pas aujourd'hui.

Arrivée en haut de la pente, Marie tomba sur une route. Elle prit la direction du point d'arrivée en espérant trouver quelqu'un qui accepterait de la ramener à sa voiture. Quand le ciel se couvrit, elle pressa le pas.

Il y avait plus de monde qu'elle ne s'y attendait au point d'arrivée. Elle repéra des policiers qui parlaient à des gens et se dirigea vers eux.

— Que s'est-il passé ? demanda-t-elle.

Quand tout le monde la regarda, elle se rendit compte que son apparence devait être déroutante.

— Que vous est-il arrivé, plutôt ? lui demanda un guide.

Comme elle ne voulait impliquer personne dans ses problèmes et qu'elle ne pouvait pas prouver que Jack avait essayé de la tuer, elle haussa les épaules.

— Je suis tombée à l'eau.

— Vous faisiez du rafting ? demanda le guide, visiblement contrarié qu'un employé de Blaze l'ait abandonnée.

— Non, du kayak. L'ami avec lequel je descendais est encore sur la rivière. Il ne devrait plus tarder à arriver.

Elle devait filer avant et trouver un moyen de se protéger.

— Je suis désolée de vous embêter, mais l'un de vous pourrait-il me ramener au club, où je suis garée ?

L'un des policiers s'avança.

— Je suis l'agent Hampton, madame, se présenta-t-il. Je me ferai un plaisir de vous raccompagner.

Marie le remercia et monta dans sa voiture de patrouille. Alors qu'ils partaient vers le nord, elle regarda la rivière. Un kayak orange s'approchait du point d'arrivée.

Jack se mettrait à la traquer dès qu'il apprendrait qu'elle était en vie.

Mais elle serait prête, cette fois.

Ce serait *lui* qui ne verrait rien venir.

Après avoir tiré le kayak hors de l'eau, Jack repéra un policier qui parlait à l'un des guides de Blaze. Il se précipita vers lui.

— Mon amie est tombée de notre kayak et je ne l'ai pas

retrouvée ! dit-il au policier. Il faut lancer des recherches immédiatement. Quelqu'un nous a ti...

— Calmez-vous, mon ami, l'interrompit le policier. Reprenez depuis le début. Plus lentement.

Jack jeta un regard suppliant au guide.

— Je vous en prie ! On doit la retrouver avant qu'il ne soit trop tard !

— Comment s'appelle votre amie ? demanda le guide.

— Marie Beaumont. Elle est tombée à l'eau quand...

— Je connais Marie, le coupa le guide. Rassurez-vous. Elle était ici il y a une minute et elle va bien.

Jack eut envie de rire, de pleurer et d'embrasser le guide.

— Vous en êtes sûr ? Elle va bien ?

— Elle était juste complètement trempée.

Le policier s'écarta de deux pas pour parler dans sa radio.

— Comment s'appelle le gars que je dois emmener au poste, Jenny ?

— Jack, répondit son interlocutrice.

— Une seconde, dit le policier avant de se tourner vers Jack. Comment vous appelez-vous ?

Le soulagement de Jack céda la place à de la méfiance.

— Pourquoi me demandez-vous ça ?

La radio du policier crachota.

— Quoi, Jenny ?

— Si c'est Jack, tu dois l'emmener au poste immédiatement, Nugent.

— Pourquoi ? demanda Jack.

— Vous avez entendu la dame, dit l'agent Nugent. Suivez-moi.

— Vous ne savez même pas si je suis l'homme dont elle parle !

— Vous êtes l'amnésique, n'est-ce pas ? demanda le guide.

— Montrez-moi des papiers d'identité qui prouvent que vous n'êtes pas Jack, sinon je vous embarque, dit le policier.

— Vous ne pouvez pas...

— Oh que si, je peux, dit l'agent Nugent en détachant ses menottes de sa ceinture. Ne m'obligez pas à me servir de ça.

Quand Jack recula, le policier le saisit par le bras, le força à se retourner et le menotta. Dix secondes plus tard, Jack fut poussé à l'arrière d'une voiture de patrouille.

Le jour où il s'était réveillé amnésique avait été le plus frustrant de sa vie... jusqu'à celui-ci. Aujourd'hui, Marie avait disparu. Par bonheur, elle était apparemment saine et sauve. Et il se faisait arrêter sans qu'on lui explique pourquoi.

Il essaya d'assembler les pièces du puzzle. Ses cauchemars. Le fait qu'il ait reconnu le visage d'Abel Gaines. Sa certitude que quelque chose le reliait à Marie. Finalement, son hypothèse la plus pessimiste concernant son identité semblait être la bonne.

Il était un complice d'Abel chargé de faire le sale boulot.

Et il allait se retrouver derrière les barreaux.

16

Le policier entraîna Jack menotté à l'intérieur du poste. Aussitôt, des souvenirs d'endroits similaires lui revinrent. Des odeurs de papier, de moisissure, de cuir, toujours avec des traces d'urine ou de vomi. Une migraine le gagna. Était-il condamné à les subir jusqu'à la fin de ses jours ?

Alors qu'ils traversaient le hall, la femme asiatique qui se trouvait à l'accueil se précipita vers eux.

— Pourquoi l'as-tu menotté ?

— Tu m'as dit de l'amener, Jenny. Je l'ai amené.

— Je ne t'ai pas dit de l'arrêter. Retire-lui ça tout de suite, ordonna-t-elle avant de s'adresser à Jack. Vous devez savoir que presque tout le monde assiste au mariage de Jason à McCall. Certains policiers de McCall ont eu la gentillesse de remplacer les collègues, mais… Vous voyez.

— Ce n'est pas grave, dit Jack alors que le policier lui retirait les menottes. Vous devez être Jenny Dix. Jason m'a parlé de vous.

— C'est bien moi, répondit la jeune femme. Appelez-moi Jenny.

Jack fit rouler ses épaules et massa ses poignets.

— À cet instant, vous êtes la nouvelle personne que je chéris le plus au monde, Jenny, dit-il. Pouvez-vous m'expliquer ce que je fais ici ?

— Suivez-moi. Tu peux surveiller l'accueil cinq minutes, Nugent ? Je reviens.

Jenny entraîna Jack jusqu'à une petite salle d'interrogatoire.

— Asseyez-vous, lui dit-elle. J'ai quelque chose à vous montrer.

Jack s'assit, inspira profondément et se prépara au pire.

Deux minutes plus tard, Jenny revint avec un carton, qu'elle posa délicatement sur la table. C'était un vieux carton, un peu froissé et un peu déchiré, qu'il n'aurait pas manipulé avec autant de précautions.

Elle s'assit en face de lui et posa une main sur le carton.

— Est-ce que le nom « Finnegan » vous dit quelque chose ? demanda-t-elle sur le ton qu'on employait pour annoncer des nouvelles horribles à des proches de victimes.

— Il devrait ? demanda Jack, les mâchoires crispées.

— Peut-être pas maintenant, mais ça finira par vous revenir. C'est votre nom.

Ils avaient découvert son identité. Jack Finnegan. Cela lui était très vaguement familier.

Puisque Jenny avait fait retirer ses menottes, il n'était ni un complice connu d'Abel Gaines ni recherché pour autre chose. Il se détendit un peu.

— Comment savez-vous que c'est mon nom ?

— Ce matin, un randonneur est venu nous voir. Il suivait le sentier qui se trouve en contrebas de l'endroit où on vous a trouvé et il est tombé sur une camionnette noire. Elle était en miettes. Elle a dû tomber de la falaise. À l'intérieur, il a trouvé votre sac. Quand j'ai examiné son contenu, j'ai compris qu'il vous appartenait et j'ai envoyé Nugent vous chercher à la rivière.

Une camionnette noire. Un sac. Finnegan.

— Comment saviez-vous que j'étais à la rivière ?

— C'est une petite ville, répondit Jenny en haussant les épaules. Je vous laisse regarder ça. Je ne sais pas si ça vous aidera. Je serai derrière la porte, si vous avez besoin de quoi que ce soit.

— Merci.

Je suppose. J'espère.

— Je sais que ça ne me regarde pas, mais je pense que ça vous fera plaisir, ajouta Jenny avant de quitter la pièce.

Il se leva et ouvrit le carton, qui contenait un sac couvert de boue. À l'intérieur, il trouva un portefeuille posé sur des vêtements moisis. Jack se rassit pour examiner ce qu'il contenait. Comme tout était mouillé, il sortit délicatement chaque document.

Il trouva d'abord un permis de conduire avec sa photo et une adresse à Seattle.

— Jack Finnegan, murmura-t-il.

Il trouva ensuite des cartes de crédit à son nom et deux photos collées l'une à l'autre. Sur celle qui était visible, il y avait une femme, deux petites filles et un petit garçon. Son cœur se brisa. C'étaient sa mère et ses deux sœurs, qui avaient été tuées par son père.

Le sac contenait aussi une mallette en cuir. Il la sortit, l'ouvrit et faillit la laisser tomber. Il y avait un insigne de marshal à son nom à l'intérieur.

Bombardé par les souvenirs qui lui revenaient tous en même temps, Jack prit sa tête entre ses mains. Il était un marshal. Il ne faisait pas partie de la bande d'Abel Gaines. Il se souvenait de la fusillade parce qu'il y avait participé, du côté des forces de l'ordre.

Marie ! Il n'avait plus à se méfier de ses sentiments pour elle par crainte d'être un criminel. Il ouvrit la porte et tomba sur Jenny.

— Tout va bien ? lui demanda-t-elle.

— Mieux que bien. Merci de m'avoir trouvé le plus vite possible. J'aimerais juste faire un rapport avant de partir. Je ne suis pas sûr que ça serve à grand-chose vu le peu d'informations dont je dispose, mais je veux qu'il y ait une trace.

— Bien sûr. De quoi s'agit-il ?

— Quand on faisait du kayak, tout à l'heure, quelqu'un nous a tiré dessus du haut d'une falaise. Une balle a touché ma pagaie et une autre un rocher, en me manquant de peu.

Il s'effleura la joue, à l'endroit où il avait reçu le morceau de pagaie.

— C'est horrible ! dit Jenny en l'entraînant vers son bureau. Est-ce que Marie va bien ?

— Le tireur ne nous a pas touchés.

Cela ne répondait pas exactement à la question, mais il n'était pas sûr que Marie aille bien.

Jenny nota le peu qu'il avait à lui dire.

— J'enverrai quelqu'un sur les lieux le plus vite possible, promit-elle. J'espère qu'on retrouvera des douilles ou un autre indice. C'étaient peut-être des balles perdues de chasseurs, mais ils n'auraient pas dû tirer en direction de la rivière. Je préviendrai les gardes-chasse, à tout hasard.

— Merci.

Il espéra que Jenny avait raison, même si l'idée d'avoir failli provoquer la noyade de Marie sans raison le rendait malade.

— Est-ce que quelqu'un pourrait m'emmener à l'académie canine ?

— L'agent Nugent a presque fini son service. Il peut vous ramener en partant.

Jack alla récupérer le carton.

— Le randonneur a aussi trouvé votre arme dans la camionnette, ajouta Jenny. On la garde pour le moment. Il faut que ce soit le chef qui vous la remette.

— Pas de problème, répondit-il. C'est bien la dernière chose dont j'ai besoin.

17

La météo ne s'était pas trompée : le ciel vira au gris. Marie vit des éclairs au loin, le vent se leva et l'air se mit à sentir la pluie. Comme un soldat à la veille de la bataille, elle tremblait à cause de l'adrénaline et elle avait l'estomac noué.

Un nuage de poussière l'informa que quelqu'un approchait. Son cœur se mit à battre plus vite et elle essuya ses mains moites sur son jean. Elle ne voulait pas abattre Jack. Elle voulait juste qu'il s'en aille ou qu'il se fasse arrêter. Peu importait, tant qu'il disparaissait de sa vie.

Elle attendait, assise en tailleur sur le toit de la caravane. Elle s'allongea sur le ventre et plaça la Winchester d'Emma contre son épaule.

Jack l'avait dupée, mais elle n'avait pas l'intention de jouer les victimes pour autant. Emma se servait de cette carabine pour effrayer les coyotes et les lynx. Marie s'en servirait pour effrayer un serpent à deux pattes.

Qui embrasse comme un dieu.

— Je t'attends, Jack.

Sa colère était nourrie par ses souvenirs du début de la journée. Qu'elle avait été stupide !

Une petite voiture rouge franchit le portail de l'académie.

Son serpent à deux pattes occupait le siège du passager.

— Tu ne me vois pas, mais je te vois, murmura-t-elle en le visant. N'espère pas me surprendre une deuxième fois.

Elle ne reconnut pas le conducteur. Était-ce un homme d'Abel ? Un innocent qui avait pris Jack en stop ? Elle s'en soucierait plus tard. Quand la voiture s'arrêta près de la grange, Marie cria à sa coéquipière :

— Ne bouge pas, Astrid !

Elle l'avait postée derrière la caravane, au pied de l'échelle, pour que personne ne puisse monter sur le toit sans qu'elle le sache.

Jack sortit de la voiture.

Après avoir dit quelque chose au conducteur, il alla ouvrir le coffre et en sortit un carton. Il s'arrêta près de la portière du conducteur pour dire encore quelques mots à celui-ci avant de s'approcher de la caravane.

Marie visa, inspira, expira la moitié de l'air que contenaient ses poumons et tira.

Le recul fut douloureux et ses oreilles se mirent à bourdonner.

La balle frappa le sol juste devant Jack en soulevant de la poussière.

Il lâcha le carton, courut jusqu'à la voiture et ouvrit la portière du passager pour se cacher derrière, le lâche. Au même moment, le conducteur sortit de la voiture et imita Jack en se cachant derrière sa propre portière. À la différence de Jack, il pointa une arme sur elle.

Elle ne s'attendait pas à cela.

— Marie ! cria Jack en observant les environs comme s'il ne l'avait pas repérée.

— Je te tiens en joue, Jack ! La première balle était un avertissement. Remontez dans la voiture et allez-vous-en !

Jack feignit la surprise.

— Tu me tiens en joue ? C'est toi qui as tiré ?

Quel comédien !

Elle tira de nouveau.

— Ça te va comme réponse ? Dégagez, ton complice et toi !

— Explique-moi ce qui se passe, Marie !

C'était savoureux.

— Tu viens d'essayer de me tuer.

— À la rivière ? Ce n'est pas ce qui s'est passé.

— Tu mens. Pour la dernière fois, va-t'en !

— Accorde-moi une minute pour que je t'explique tout.

— Il n'est pas ques...

Le conducteur tendit quelque chose au-dessus de sa tête.

— Marie ! Je suis l'agent Nugent, de la police de McCall. Posez votre arme et descendez de là les mains en l'air.

Elle l'entendit demander moins fort à Jack :

— Avez-vous essayé de la tuer à la rivière ?

— Non ! protesta Jack. Quelqu'un nous tirait dessus. Je l'ai dit à Jenny quand j'étais au poste.

À travers la lunette de la carabine, Marie vit que le conducteur tenait un insigne.

— Je ne vous crois ni l'un ni l'autre ! leur lança-t-elle.

Jack sortit de sa cachette.

— C'est un vrai policier, Marie, dit-il en lui parlant comme à un animal apeuré. La police a trouvé les affaires que j'avais perdues la nuit de l'orage. Jenny vient de me les rendre. Je m'appelle Jack Finnegan et je suis un marshal.

— Prouve-le !

Jack s'approcha du carton qu'il avait lâché et en sortit un insigne. Elle l'examina à travers la lunette, mais comment pouvait-elle savoir s'il était authentique ?

— Ne bouge pas !

Elle appela le standard du bureau des marshals de Boise et demanda à parler à Jack Finnegan.

— Qui êtes-vous ? demanda la standardiste.

— Peu importe. Je veux savoir s'il y a un Jack Finnegan chez vous.

— Je suis désolée, madame, mais je ne peux pas vous dire si quelqu'un est ou n'est pas l'un de nos employés. Si vous voulez laisser un message...

Merde.

Marie raccrocha.

— Madame ? lança le « policier » caché derrière sa portière, qui la tenait toujours en joue. Appelez la police de Jasper et demandez à parler à Jenny. Elle vous confirmera nos identités.

Pourquoi pas ?

Marie composa le numéro.

— Police de Jasper, s'agit-il d'une urgence ?

— C'est Jenny ? demanda Marie. Je suis le Dr Beaumont.

— Marie ? Que puis-je faire pour vous ?

— Pouvez-vous me dire quel est le nom de famille de Jack « Je ne me souviens de rien ».

— Vous n'êtes pas encore au courant ? répondit Jenny avec enthousiasme. On a retrouvé ses effets personnels. Il s'appelle Jack Finnegan et c'est un marshal. Je n'en reviens pas !

— En êtes-vous sûre, Jenny ? Je n'ai pas le temps de vous expliquer la situation, mais ma vie en dépend.

— Ça va ? Avez-vous besoin...

— J'ai juste besoin que vous me confirmiez que c'est un marshal.

— Oui, c'en est bien un. Quand on a récupéré ses affaires, je l'ai reconnu sur la photo de son permis de conduire. J'ai même fait des recherches sur lui. C'est un agent exemplaire.

— Merci, Jenny. À plus tard.

Marie descendit du toit de la caravane sans savoir si elle était embarrassée, encore inquiète ou simplement soulagée. Mais elle garda la carabine à la main et ordonna à Astrid de rester à ses pieds tandis qu'elle s'approchait des deux hommes.

— Vous voulez bien poser cette carabine ? demanda l'agent Nugent, qui tenait toujours son insigne.

Marie posa l'arme par terre. Nugent prit Jack et elle à part l'un après l'autre jusqu'à ce qu'il soit convaincu qu'ils allaient bien et qu'ils n'allaient pas se tirer dessus.

— Puisque vous semblez pouvoir résoudre ce malentendu, je vous laisse, finit-il par conclure.

— Merci de m'avoir ramené, lui dit Jack.

Nugent pouffa.

— C'est moi qui vous remercie. Je n'avais pas eu une journée aussi intéressante depuis longtemps.

— Il fallait que je sois sûre, vous comprenez ? lui dit Marie.

— Non, je ne comprends pas tout, mais l'essentiel, c'est que vous tiriez les choses au clair entre vous.

Marie hocha la tête. Nugent monta en voiture et les salua en partant.

Marie regarda Jack sans bouger. Apparemment, il y avait une limite au nombre d'émotions qu'elle pouvait encaisser sans que son cerveau ne se débranche. Astrid gémit et leva la tête vers elle, mais Marie n'était pas encore prête à lui permettre de baisser sa garde.

— Je vais t'expliquer ce qui s'est passé à la rivière, puis tu me diras pourquoi tu as cru que je voulais te tuer, proposa Jack, qui semblait désemparé. Mais est-ce que je peux te montrer mes affaires d'abord ?

Marie soupira, ramassa la carabine et mit le cran de sûreté.

— Tu dis ça à toutes les filles ?

Il pouffa.

— Non, tu es la première et j'espère bien que tu seras la dernière.

Cela la fit sourire.

— Allons dans la caravane, dit-il en ramassant le carton. Il va bientôt pleuvoir.

Il s'approcha d'elle avec méfiance et Astrid se mit à grogner.

— Et si tu lui disais de se détendre ? suggéra Jack. J'aimerais conserver tous mes appendices, surtout ceux qui sont à hauteur de mâchouillage.

— Repos, Astrid.

— Juste le temps qu'elle soit sûre que je ne suis pas un

criminel, ajouta Jack en tendant sa main pour qu'Astrid la renifle.

— Elle l'a su tout de suite, elle.

Quand Astrid se mit à faire la fête à Jack, quelque chose céda en Marie.

— Je suis désolée, Jack. Tu ne sais pas à quel point... J'avais une bonne raison de penser que tu... Que pouvais-je penser d'autre ? Les rapides de classe V et...

— Quelqu'un nous a tiré dessus, dit-il. Jenny pense que c'étaient peut-être des balles perdues de chasseurs et j'espère qu'elle a raison. Mais si elle se trompe, je ne sais pas lequel de nous deux était la cible. Dis-moi pourquoi quelqu'un pourrait vouloir te tuer.

Elle secoua la tête.

— Je...

— Tu ne veux toujours pas te confier à moi, même en sachant qui je suis ?

— Si, je le veux. Mais je ne peux pas.

Il prit sa main et l'entraîna vers la caravane. Avant d'y entrer, il se tourna vers elle et déclara :

— Si tu ne me dis pas la vérité, on n'aura plus rien à se dire.

Il était évident que ce n'était pas une menace en l'air et elle en avait assez de mentir.

— D'accord. Je vais te dire la vérité.

— Étais-tu blonde ?

Elle éclata de rire.

— C'est ça que tu veux savoir ?

— Pour commencer.

Il lui offrit un sourire et elle se sentit fondre.

Jack posa le carton qui contenait sa vie tout entière sur le comptoir de la cuisine. Marie ordonna à Astrid de se coucher sur le petit canapé, puis elle se tourna lentement vers lui, comme une fillette récalcitrante. Elle resta près de la porte, peut-être prête à fuir.

— Donne-moi cette carabine, s'il te plaît.

Il avait plutôt tendance à faire confiance aux gens, mais il y avait des limites. Marie lui donna l'arme sans protester. Après s'être assuré que le cran de sûreté était mis, il la posa dans un coin.

— Où as-tu appris à tirer ? demanda-t-il.

Elle hésita.

— Je veux la vérité, Marie.

— C'est quelqu'un qui s'appelle George qui m'a appris à tirer.

— Quelle révélation ! ironisa-t-il. Il faudra que je te tire les vers du nez, n'est-ce pas ?

Elle haussa les épaules et répondit :

— On ne se refait pas.

Il soupira.

— Revenons à ma première question. As-tu été blonde ?

— Oui, répondit-elle avec un sourire timide.

Pourquoi je le savais ?

Il s'adossa au comptoir de la cuisine et croisa les bras pour masquer sa frustration. Il avait recouvré l'essentiel de sa mémoire. Il se rappelait sa mère, ses sœurs, l'endroit où il avait grandi, son enfance. Il se souvenait de ses études, de son envie d'entrer dans la police, d'affaires qu'il avait traitées et il se souvenait très bien de la fusillade à la base d'Abel Gaines.

Mais il y avait encore des trous. Il ne savait pas d'où venait la cicatrice de son poignet ni ce qu'un marshal de Seattle faisait à Jasper la nuit de l'orage qui lui avait fait perdre la mémoire. Ce qui le frustrait le plus, c'était qu'il ne savait pas quelle était la place de Marie dans tout cela.

— As-tu connu Abel Gaines personnellement ?

Marie frissonna.

— Tu as froid, constata-t-il. Je t'apporte quelque chose.

Il alla fouiller le placard et en sortit une chemise à carreaux rouges et noirs.

Marie s'était changée depuis leur excursion, mais son

T-shirt n'était pas adapté à la chute brutale de la température. Elle enfila la chemise avec un soupir de soulagement.

— Merci.

— Alors, Abel...

— C'est mon tour, le coupa-t-elle. Montre-moi ce qu'il y a dans ce carton.

Il hésita. Les secrets de Marie l'intéressaient plus que les siens, mais il le lui avait promis.

— Vas-y, regarde, répondit-il.

Marie examina le contenu de son portefeuille, soupesa son insigne et le bombarda de questions. Il expliqua qu'il était avec sa mère et ses deux sœurs sur la photo et promit de lui parler d'elles un jour. Non, il n'était pas marié et ne l'avait jamais été. Il n'avait pas de fiancée, pas de petite amie. Pas d'enfant. Pas même un animal de compagnie.

— J'ai connu Abel Gaines personnellement, finit-elle par dire, les bras croisés, en évitant son regard. J'ai soigné son cheval et je suis sortie avec lui pendant quelque temps.

Une migraine fulgurante le força à se masser le front. Le lien. Elle connaissait Abel. À une époque où elle était blonde. Elle avait soigné son cheval. Elle était sortie avec lui. Il releva la tête et regarda Marie, il la regarda *vraiment*, en l'imaginant blonde. Sur une photographie. Dans un dossier.

Il sentait que ses souvenirs atteignaient presque sa conscience. Que faisait un marshal de Seattle à Jasper ? Il ne travaillait plus à Seattle. Il avait été transféré à Boise. Oui, c'était bien cela... Mais pourquoi ? Parce qu'un agent, un George quelque chose, était mort subitement. D'une crise cardiaque. Jack avait été chargé de le remplacer.

C'est quelqu'un qui s'appelle George qui m'a appris à tirer.

— Marie, fais-tu partie du programme de protection des témoins ?

— Oui, murmura-t-elle. C'est pour ça que je ne pouvais rien te dire.

Il attrapa ses épaules, fou de joie.

— Je me souviens de tout, maintenant ! George Murphy est mort d'une crise cardiaque. Je suis ton nouvel agent de liaison. La nuit de l'orage, Abel venait de s'évader. On a gardé l'information secrète pour me rendre plus facile de te déplacer. Je venais à Jasper pour te trouver.

Marie écarquilla les yeux.

— C'est pour ça que George était injoignable ? Je n'ai pas arrêté d'essayer de le contacter depuis que je t'ai trouvé.

— Je suis désolé qu'il soit mort, lui dit-il. Ça doit être dur de perdre quelqu'un dont on dépend entièrement. Je sais que la vie des témoins protégés est difficile.

Marie hocha la tête et alla s'asseoir sur le canapé.

— Je t'ai dit comment j'avais rencontré Abel et je suis sûre que le reste est dans mon dossier. As-tu compris ce qui provoquait tes migraines ?

— J'ai participé au siège de la base de Gaines, répondit-il en s'asseyant à côté d'elle. J'ai eu des migraines chaque fois que des souvenirs de cette journée me revenaient. Mes flashs. Il y avait aussi du sang, des cadavres et du feu dans mes cauchemars.

Marie effleura sa cicatrice.

— Elle vient de là ?

En observant sa peau abîmée, il se rappela brusquement que la cicatrice venait effectivement de là.

— J'ai essayé de sauver un collègue quand une poutre enflammée lui est tombée dessus, expliqua-t-il.

— Essayé ?

— Il a été transporté à l'hôpital, mais ses blessures étaient trop graves, répondit-il en plongeant son regard dans celui de Marie. Il est mort le lendemain.

— Oh ! Jack, murmura-t-elle en lui caressant la joue.

Il pressa ses lèvres contre les siennes et la serra dans ses bras. Il aurait aimé l'y garder pour toujours.

Il la comprenait, à présent. Il comprenait sa réticence à parler aux gens et sa peur, qui plongeaient leurs racines dans le fait qu'elle était la proie d'Abel Gaines. Comment aurait-elle pu ne pas se méfier de lui quand il avait débarqué à Jasper sans aucun souvenir ?

Puisqu'elle ne comprenait pas pourquoi George était injoignable et qu'elle ne savait pas qu'il était son nouvel agent de liaison, il avait eu de la chance qu'elle ne lui mette pas la Winchester sous le nez dès le premier jour. Elle devait être perdue et terrifiée. Malgré cela, elle lui avait progressivement accordé sa confiance.

Il interrompit leur baiser. Ils étaient tous les deux à bout de souffle. L'homme qu'il avait été n'était pas heureux depuis trop longtemps. Dans son travail. Dans sa vie. Sans le savoir, il cherchait ce qui pouvait lui rendre son entrain. Et il l'avait trouvé à Jasper, dans l'Idaho. Marie était ce qui manquait à sa vie.

Il prit son visage entre ses mains et lui décocha son meilleur regard de M. l'Hypnotiseur.

— Je t'aime, Marie.

18

Épuisés et comblés, ils se reposaient dans les bras l'un de l'autre. Rien n'avait jamais semblé aussi naturel à Jack que de sentir Marie blottie contre lui. Il écarta une mèche de son visage.

Une seule chose aurait pu rendre ce moment encore plus parfait : qu'elle lui dise qu'elle l'aimait aussi. Mais il comprenait qu'elle aurait besoin de temps pour ressentir la même chose que lui et il était prêt à attendre.

Il s'était mis à pleuvoir. Ce n'était pas un énorme orage, mais une bonne averse ponctuée de coups de tonnerre. Elle les isolait du monde extérieur, comme s'ils étaient les deux seuls humains sur la planète. Il appréciait ces moments de silence confortable après le sexe.

Sexe. Non, ce mot ne convenait pas à ce qui se passait entre eux. La première fois, après l'incendie, ils avaient vécu quelque chose de merveilleux en cédant à la passion, mais c'était effectivement du sexe.

C'était tout à fait différent, à présent. Il savait qui il était et pourquoi Marie se comportait comme elle le faisait. À présent, ils étaient honnêtes et vulnérables. Il avait l'impression d'avoir montré son âme à Marie et d'avoir vu la sienne. Maintenant, ils faisaient l'amour.

Marie releva la tête et lui sourit. Il aurait pu passer le reste de sa vie à contempler ses lèvres sensuelles.

— Pourquoi souris-tu ? lui demanda-t-il.

— Comme si tu ne le savais pas.

— Je le sais peut-être, mais ce sont des choses que les hommes aiment entendre.

— J'ai beaucoup de raisons de sourire, dit-elle en caressant ses jambes du bout du pied. Et je suis dans un lit avec le meilleur des hommes.

Leur baiser devint vite torride.

— Qu'y a-t-il ? demanda Marie quand il s'écarta en grognant.

— Tu vas me tuer. J'ai besoin d'un peu de temps de récupération.

Elle éclata de rire.

— Les femmes sont clairement supérieures aux hommes sur ce plan.

— Je ne le contesterai pas.

Elle se mit à lui caresser le torse.

— Jack ? dit-elle timidement quelques secondes plus tard.

— Quoi ?

— Ne renonce pas à m'aimer, s'il te plaît.

— Si tu me promets de ne pas me repousser.

— Marché conclu.

Quand il s'engageait dans quelque chose, c'était à fond. Mais il commençait à craindre de l'étouffer. Dans l'immédiat, il valait sans doute mieux qu'il change de sujet.

— Tu entends ? lui demanda-t-il. On dirait qu'il y a beaucoup de vent, tout à coup.

— Il paraît que tu es un policier héroïque. Tu n'as quand même pas peur d'un peu de vent ?

— Non, madame. C'était une simple observation.

Alors qu'il l'embrassait, toutes les lumières s'éteignirent.

— Pourquoi les orages sont-ils aussi méchants, par ici ? demanda-t-il.

— Les coupures de courant ne durent pas très longtemps, en général, lui assura Marie.

Elle se redressa, trouva ses vêtements à tâtons et s'habilla.

— Si celle-ci est longue, Emma a deux générateurs, un pour la maison et un pour le chenil, ajouta-t-elle.

— Tant mieux, parce qu'on dirait que les chiens n'aiment pas trop l'obscurité.

Il s'habilla à son tour.

— Je vais voir comment ils vont, annonça Marie. Tu n'as pas d'imperméable à me prêter, j'imagine.

— Ça m'étonnerait.

Il fouilla dans le placard.

— Que penses-tu de ça ? demanda-t-il en lui tendant une vieille veste de chasse.

— Pourquoi pas, répondit-elle. C'est mieux que rien.

Elle enfila la veste, mit son téléphone dans une poche et se dirigea vers la porte.

— Tu n'es pas obligé de m'accompagner, dit-elle. C'est idiot qu'on se mouille tous les deux.

— Laisse-moi juste une minute, s'il te plaît. Il faut que j'aille aux toilettes.

— Laisse tomber. Je reviens dans cinq minutes.

Elle sortit de la caravane avec Astrid.

— Ce qu'elle peut être têtue ! grommela-t-il.

Pendant qu'il se soulageait, il eut l'impression que les chiens étaient de plus en plus affolés. Il mettait ses bottes quand il entendit une détonation.

Il tourna aussitôt la tête vers la Winchester. Sa terreur était encore plus grande que celle qu'il avait ressentie lorsque Marie était tombée à l'eau. La personne qui leur avait tiré dessus depuis la falaise les avait retrouvés et ce n'était clairement pas un chasseur.

Il ramassa la carabine et se précipita dehors.

L'orage était bien plus violent que Marie ne s'y attendait. Il pleuvait des cordes et le vent transformait ses cheveux mouillés en fouets. Sans les lampes extérieures du chenil, elle ne pouvait que tituber dans les ténèbres.

Astrid s'était éloignée. Marie l'entendait encore aboyer, mais un mauvais pressentiment la gagna.

En pataugeant dans la boue et en agitant les bras pour ne pas perdre l'équilibre, elle partit en direction du chenil. Sa réaction était ridicule. Abel était mort et Jack n'était pas l'un de ses complices. Il avait pu se tromper en croyant qu'on leur tirait dessus, à la rivière. Ou bien Jenny avait raison et ce n'était qu'un chasseur à qui on devait retirer son permis. Marie devait rester prudente jusqu'à ce qu'ils en soient tout à fait sûrs, évidemment, mais elle était prête à vivre au lieu de se contenter d'exister.

Un éclair lui permit de voir le chenil, l'enclos et un homme qui pointait une arme sur elle. Elle cria. Presque au même instant, elle entendit un coup de feu et ressentit une douleur intense au bras gauche.

Elle devait regagner la caravane... Mais un gémissement apeuré l'attira dans le chenil. Elle venait de s'y enfermer quand une balle traversa la porte.

Elle se plaqua contre le mur de béton et toucha prudemment son bras. Elle sentit du sang sur ses doigts. Elle était blessée.

— Pourquoi ai-je laissé la Winchester dans la caravane ?

Elle sortit son téléphone et appela les urgences. Une voix enregistrée l'informa qu'il n'y avait pas de réseau.

— Génial.

Elle ne prit pas la peine de se demander qui lui avait tiré dessus. Elle s'était trompée en croyant que Jack était un complice d'Abel, mais il y en avait bien un dans les parages.

Elle sursauta quand la porte du chenil s'ouvrit et se referma.

— Marie ? Ça va ? demanda Jack avant de la bousculer dans l'obscurité.

— Oui. J'ai juste été touchée au bras. Mais j'ai été assez stupide pour laisser la Winchester dans la caravane.

— Je l'ai. Je l'ai prise quand j'ai entendu le coup de feu. Donne-moi ton téléphone.

Il l'aida à retirer la veste et observa sa blessure à la lumière du téléphone.

— On dirait que la balle n'a fait que traverser la partie grasse de ton bras.

— Viens-tu de dire que je suis grasse ?

— Je veux juste dire que l'os et les muscles n'ont pas été touchés.

Il retira son T-shirt et s'en servit pour lui bander le bras.

— Où est Astrid ?

— Elle s'est éloignée de moi. Je l'ai entendue aboyer juste avant de me faire tirer dessus. Il faut que je la retrouve.

— Il n'est pas question que tu sortes.

— Jack...

— On va l'appeler, dit-il en se postant de l'autre côté de la porte.

Marie le suivit. Jack entrouvrit la porte. Tandis qu'il la tenait pour que le vent ne la fasse pas claquer, Marie siffla et appela Astrid. Avoir un chien dressé pour vous protéger n'était rassurant que jusqu'au moment où le chien lui-même était en danger. Marie appela encore Astrid. Enfin, elle l'entendit aboyer.

— Viens, Astrid, viens ! Elle arrive, Jack.

Jack attira Marie derrière lui et ouvrit la porte plus grand. Astrid, qui était complètement trempée, se réfugia dans le chenil. Jack claqua la porte et Marie s'agenouilla aussitôt pour s'assurer qu'elle n'était pas blessée.

— Dieu merci ! s'écria-t-elle.

Elle serra sa chienne dans ses bras, puis grimaça lorsque Astrid se secoua en la couvrant de boue.

— Y a-t-il des lanternes ou quoi que ce soit qui pourrait nous fournir de la lumière ? demanda Jack en l'attirant sous une fenêtre, là où il y avait une plus grande portion du mur.

— Il y a peut-être des lampes de poche quelque part. Je vais chercher.

Quand elle se redressa, un éclair zébra le ciel. Elle jeta un coup d'œil par la fenêtre, poussa un cri et se remit sous la fenêtre.

— C'est Abel !

— Il est censé être mort dans l'incendie.

— Eh bien, la police s'est trompée, parce que je viens de le voir et il est aussi vivant que toi et moi.

Jack retira le cran de sûreté de la carabine. Ils retournèrent près de la porte et Jack attendit, un genou à terre, qu'un éclair lui permette de voir sa cible. Alors la vitre explosa. Astrid se blottit contre Marie. La pauvre chienne avait été dressée pour attaquer des menaces, pas pour gérer des pluies d'éclats de verre.

— Restez où vous êtes, toutes les deux, dit Jack avant de s'approcher de la fenêtre.

Il posa le canon de la carabine sur le rebord de celle-ci et attendit. Il tira à la faveur d'un nouvel éclair. Abel riposta, puis Jack tira encore.

Marie jura.

— Le vois-tu ? demanda-t-elle.

— Je l'ai vu un instant, mais plus rien. Est-ce que la porte de derrière est verrouillée ?

Marie s'empressa d'aller vérifier.

— Oui, elle est verrouillée.

Une nouvelle balle entra par la fenêtre. Puis une rafale traversa la porte.

— Il faut lui tendre un piège, dit Jack. C'est lui qui a l'avantage, pour le moment. Peux-tu tirer malgré ta blessure ?

— Oui.

Elle était capable de tout ce qui pourrait les débarrasser d'Abel Gaines.

— Je vais prendre la pelle et déverrouiller la porte de

derrière. Reste ici et tire par la fenêtre. S'il pense qu'on est tous les deux là, il aura peut-être l'idée de faire le tour.

— Et si ça ne lui vient pas à l'esprit ?

— Je trouverai un moyen de l'attirer, répondit Jack avant de l'embrasser. N'oublie pas que tu ne tires pas pour l'atteindre, alors ne prends aucun risque.

Elle acquiesça. Jack se mit à chercher la pelle à la lumière de son téléphone. Quand il lui annonça qu'il était en position, elle tira, puis se mit à couvert pendant qu'Abel ripostait. Après quelques échanges, il ne riposta plus.

— Sois prudent ! dit-elle à Jack. Il est peut-être en train de faire le tour.

— Je suis prêt, répondit-il. Va dans le bureau d'Emma. Tu y seras plus en sécurité.

— Pas question.

Astrid courait entre Marie et Jack, prête à aider celui qui en aurait besoin. Elle s'arrêta net, poussa un grognement sourd et fonça vers Jack. Abel venait d'apparaître de l'autre côté de la porte de derrière, qui était à moitié vitrée.

Marie cria quand elle vit Astrid traverser la vitre pour mordre le bras d'Abel. Du sang s'égoutta des morceaux de verre encore attachés au cadre – le sang d'Astrid.

Jack ouvrit la porte en brandissant sa pelle. Abel essayait d'échapper à Astrid, qui lui tenait toujours le bras. Jack ne pouvait pas frapper Abel sans risquer de toucher la chienne. Il rentra dans le chenil. Abel s'y engouffra dans la foulée et abattit son arme sur la tête d'Astrid, qui gémit avant de tomber sur le flanc.

Alors Marie vit rouge. Jack souleva la pelle pour frapper Abel. Abel pointa son arme sur Jack. Marie tira et atteignit Abel en plein torse.

Elle se précipita aussitôt auprès d'Astrid. La pauvre bête était couverte de coupures et avait une vilaine entaille sur le crâne. Elle était consciente, elle gémissait et son regard exprimait sa souffrance.

— Comment va-t-elle ? demanda Jack.

— Il faut que je m'occupe vite de ces coupures, répondit Marie. Est-il...

— Il est mort. On n'aura plus jamais à se soucier d'Abel Gaines.

Jack se pencha pour prendre Astrid dans ses bras comme il aurait porté un enfant.

— Mets-la sur la table de la salle de dressage, l'exhorta Marie avant d'aller chercher des serviettes dans un placard. Ma sacoche est dans la maison. Je reviens.

— Non, Marie ! On ne sait pas s'il était seul. Dis-moi où est ta sacoche. Je vais la chercher. Fais-moi confiance, pour une fois !

Elle lui expliqua où se trouvait sa sacoche et lui demanda aussi d'apporter la bouteille d'eau distillée dont Emma se servait pour repasser. Jack revint avec les deux quelques minutes plus tard.

— Je comprends le rodéo maintenant, dit Marie en sortant une pince à épiler et des bandes de sa sacoche. Ces huit minutes ont été les plus longues de ma vie.

— Le rodéo dure huit secondes, pas huit minutes, princesse.

— Ça revient au même.

— As-tu besoin de l'anesthésier ? demanda Jack.

— Je vais d'abord essayer sans et voir comment elle réagit.

Comme elle ne pouvait pas se servir de son bras gauche, Jack en tint lieu.

— Peux-tu verser de l'eau distillée sur l'entaille de sa tête et sur ces coupures, s'il te plaît ?

Marie l'observa en caressant Astrid.

— Il n'y a que la blessure de la tête qui saigne encore, constata-t-elle. Fais pression dessus avec une serviette pendant que je m'occupe des coupures.

Elle mit des lunettes grossissantes et entreprit de retirer les éclats de verre des entailles avec la pince à épiler.

Les lumières se rallumèrent subitement et Marie prit conscience que la pluie s'était calmée. Quand elle fut certaine d'avoir retiré tous les éclats de verre, elle désinfecta les coupures et répéta l'opération sur l'autre flanc d'Astrid. Après avoir nettoyé et bandé les coupures qu'Astrid avait sur les pattes, Marie examina l'entaille de la tête. Celle-ci saignait déjà moins et elle n'était pas aussi profonde que Marie l'avait d'abord cru. Ils la rincèrent et Jack recommença à faire pression pendant que Marie rangeait ses affaires.

— Merci pour ton aide, dit-elle à Jack quand leurs regards se rencontrèrent. Avec mon bras blessé, je n'y serais jamais arrivée toute seule.

Quand Jack souleva la serviette une nouvelle fois, l'entaille ne saignait plus. Il fit le tour de la table pour prendre Marie dans ses bras.

— Merci de m'avoir sauvé, répondit-il avant de l'embrasser.

— Je crois qu'on s'est tous sauvés l'un l'autre.

— Pas du tout, protesta Jack. C'est la deuxième fois que tu me sauves et là, c'était au péril de ta vie.

Elle lui offrit un sourire.

— Si on ajoute que j'ai plus ou moins essayé de te tuer deux fois, à la pagaie et à la carabine, on peut dire qu'on est quittes.

La tête posée contre le torse de Jack, Marie ne pouvait plus ignorer ses sentiments. Elle avait été inquiète, prudente, hésitante, bien décidée à ne pas s'attacher. Malgré cela, elle s'était attachée. Elle marmonna.

Jack s'écarta et scruta son visage en lui tenant les épaules.

Elle baissa les yeux.

C'est absurde !

Elle avait affronté le fléau de son existence et elle avait gagné, mais elle avait peur d'exprimer ce qu'elle ressentait. Elle releva la tête et plongea son regard dans celui de Jack.

— Je t'aime, répéta-t-elle.

Voilà. Elle l'avait dit. À voix haute. À Jack.

— C'était si dur que ça ?

— Oui, répondit-elle en l'enlaçant aussi fort qu'elle le pouvait avec un seul bras.

— Alors ça compte encore plus à mes yeux.

Astrid gémit et Marie s'écarta de Jack pour s'occuper d'elle.

— Il n'y a toujours pas de réseau, dit celui-ci après avoir essayé de passer un coup de fil.

— Mais on doit pouvoir appeler du fixe, maintenant que l'électricité est revenue, l'informa Marie. Va voir dans le bureau d'Emma.

Marie continua à réconforter Astrid pendant que Jack appelait la police.

À son retour, elle lui dit d'un ton espiègle :

— Les invités du mariage seront horriblement jaloux quand ils découvriront qu'on a plus de choses à raconter qu'eux.

Jack enroula un bras autour de sa taille et caressa le museau d'Astrid de son autre main.

— Et notre histoire finit aussi bien que la leur, compléta-t-il.

19

— J'adore cet auvent.

Après le chaos du samedi, ce dimanche après-midi était d'une sérénité extraordinaire. Une légère brise faisait onduler l'herbe et les oiseaux gazouillaient. Jack et Marie, installés sur des chaises longues, contemplaient la nature à l'ombre de l'auvent de la caravane.

— Quand as-tu compris comment il fonctionnait ? demanda Marie à Jack en posant son verre sur une petite table qu'ils avaient sortie du chenil.

— Shane m'a fait découvrir son existence la semaine dernière, mais c'est la première fois que j'ai l'occasion de m'en servir, répondit Jack en prenant sa main. Il est plus plaisant quand on a de la compagnie.

Marie pouffa.

— Je suis en train de découvrir que bien des choses sont plus plaisantes quand on a de la compagnie.

La veille, lorsqu'ils avaient appelé la cavalerie, presque toutes les voitures de police et toutes les ambulances de Jasper étaient arrivées, gyrophares et sirènes allumés.

Eddie, l'ambulancier qui avait aidé Marie le jour où elle avait trouvé Jack, avait insisté pour qu'elle aille à l'hôpital. Elle avait refusé. Il n'était pas question qu'elle abandonne Astrid, qui avait été blessée en essayant de les sauver. Elle savait bien que sa blessure au bras n'était pas grave, même si elle lui faisait horriblement mal.

— Très bien, je comprends, avait concédé Eddie en nettoyant sa blessure sur place. Mais promettez-moi d'aller voir un médecin lundi matin.

Astrid, qui était couchée sur un coussin à côté d'eux, surveillait l'allée. Emma, Piper et Shane ne tarderaient plus à rentrer du mariage et Astrid semblait le savoir.

— Tu as hâte de retrouver ton train-train, hein ? dit Marie en se penchant pour lui gratter l'oreille.

Astrid remua la queue.

— Moi aussi, reconnut Marie, même si elle avait bien conscience que son train-train allait changer du tout au tout.

Elle tourna la tête vers Jack et fut frappée, comme toujours, par l'intensité de son regard. Quand sa vie n'était que mensonges, elle craignait qu'il ne soit capable de lire en elle comme dans un livre ouvert. Maintenant, elle espérait réussir à surmonter ses dernières réticences. Elle aspirait à tout partager avec lui.

— Je n'en reviens toujours pas que tu sois mon agent de liaison, lui dit-elle.

Ce qui n'était pas nécessairement une bonne chose, puisqu'ils n'étaient pas censés nouer de liens personnels.

— Mais tu ne le resteras pas très longtemps, ajouta-t-elle.

Jack haussa un sourcil.

— Tu as décidé de quitter le programme ?

— Et comment ! J'ai eu envie de le faire dès que j'ai cru qu'Abel était mort dans l'incendie.

Jack secoua la tête.

— Je ne te mentirai pas : un instant, j'ai pensé que tu délirais quand tu m'as dit que c'était lui, hier soir.

— Je ne t'en veux pas. J'ai moi-même davantage confiance en ma santé mentale depuis que le laboratoire a confirmé que c'était son frère qui était mort dans l'incendie. Et je me réjouis que la police ait trouvé des douilles qui correspondaient à l'arme d'Abel sur la falaise. Ce sera bon de ne plus passer mon temps à regarder par-dessus mon épaule.

Le FBI leur avait aussi assuré que tous les anciens complices d'Abel étaient soit morts, soit incarcérés ou avaient changé de vie.

— Vas-tu continuer à t'appeler Marie ou redevenir Megan ? demanda Jack.

— Je ne me suis pas encore décidée, répondit-elle en reprenant son verre. Mais je penche pour Marie. À chaque fois que je pense au prénom « Megan », c'est *sa* voix que j'entends. Et tout le monde m'appelle Marie, ici.

Et j'aime entendre ta *voix prononcer ce prénom quand on fait l'amour.*

— J'ai l'impression que c'est tout vu. Il faudra que je prévienne mes supérieurs. Il y aura sans doute de la paperasse, si tu quittes le programme.

— J'espère que ça ne prendra pas trop longtemps, puisque les agents de liaison ne sont pas censés avoir de liens personnels avec leurs témoins.

— Que je suis bête ! s'écria Jack. Le soir de l'incendie, quand on a fait l'amour, j'ai eu l'impression étrange qu'on faisait quelque chose de mal. Mon subconscient savait que ce n'était pas autorisé.

— Je suis contente que tu l'ais ignoré, mais il faudra sûrement qu'on soit sages le temps que la situation s'éclaircisse, maintenant que tu as perdu l'alibi de l'amnésie.

— À ce propos... Moi aussi, j'ai pris une décision.

Il va me dire qu'il me quitte, songea Marie.

— Je vais démissionner.

Marie fut à la fois soulagée et abasourdie.

— Quoi ? Tu ne vas quand même pas démissionner pour qu'on puisse faire l'amour. La paperasse ne devrait pas prendre...

Il éclata de rire.

— Je ne démissionne pas pour qu'on fasse l'amour. Maintenant, je me souviens que mon métier ne me satisfaisait plus depuis un moment. Depuis la fusillade, à vrai dire. Je ne crois pas souffrir d'un syndrome de stress post-traumatique, puisque je n'en ai eu les symptômes que pendant mon amnésie, mais je suis presque sûr que je ne serai plus jamais heureux de faire ce métier.

Il lui décocha un sourire avant d'ajouter :

— Et il y a le sexe.

Marie pouffa.

— Je ne dirai pas que ça m'attriste, mais que comptes-tu faire ? Trouver autre chose à Boise ?

C'était envisageable. Boise n'était qu'à trois heures de route. Elle pouvait même s'y installer.

— Oh non !

Il se pencha vers elle et chuchota :

— Il y a une belle vétérinaire qui vit dans une toute petite ville qui s'appelle Jasper, vois-tu. J'ai l'intention de la courtiser jusqu'à ce qu'elle accepte de passer le reste de sa vie avec moi.

Il déposa un baiser sur sa main et se redressa.

— Puisque je veux vivre ici, je pense que je vais suivre le conseil de Jason et offrir ma candidature à la police de Jasper.

— Tu ferais ça pour moi ? demanda Marie, la gorge serrée.

— Je ferai ça pour nous deux. J'aime beaucoup Jasper et ses habitants. Une habitante, en particulier.

Astrid leva la tête et gémit.

— Je t'aime aussi, Astrid, lui dit Jack.

Ils se levèrent tous les trois en voyant un nuage de poussière au bout de l'allée.

— Les voilà, dit Marie. Je parie que Tashya était une très belle mariée. Et j'aurais adoré voir Jason en smoking.

Jack pouffa.

— Et rater nos propres festivités de ce week-end ?

— *Tout* n'a pas été horrible, lui rappela-t-elle. Et ce qui était horrible est fini.

Emma se gara près de la caravane et Piper, Shane et elle sortirent de la voiture.

— Tu as raté le plus beau des mariages, Marie ! s'écria Piper. Il n'y a pas eu un seul accroc.

— À part les mariés, j'espère, intervint Jack.

Comme tout le monde le regardait, il expliqua :

— J'espère qu'ils ont bien accroché.

Emma soupira.

— Moi, j'espère que tu retrouveras le sens de l'humour avec la mémoire, dit-elle.

Jack et Marie échangèrent un sourire complice.

— Parlez-nous du mariage, dit Marie.

Emma et Piper s'emballèrent aussitôt et leur livrèrent plein de détails et d'anecdotes.

— En gros, c'était magique et très romantique, résuma Marie.

— Oui, répondit Piper. Le buffet était délicieux, le champagne a coulé à flots et on a beaucoup dansé. Et devine qui a attrapé le bouquet ?

Piper prit une pose de présentatrice de jeu télévisé.

— Tada !

— Emma ? C'est vrai ? C'est toi qui as attrapé le bouquet, Emma ? Alors il ne nous reste plus qu'à te trouver un homme.

— Je n'ai pas envie de parler de ça, grommela Emma en rougissant.

— Ça ne te tuerait pas d'avoir une vie sociale, tu sais, dit Marie en lui renvoyant ses propres paroles avec un immense plaisir.

— Assez parlé du mariage, déclara Emma. Et désolée que vous soyez restés coincés ici. Comment ça s'est passé ?

— Eh bien, on s'est fait tirer dessus alors qu'on faisait du kayak, commença Jack.

Shane, Piper et Emma écarquillèrent les yeux.

— Puis j'ai failli me noyer dans des rapides de classe V, enchaîna Marie.

— Il y a eu un autre gros orage, dit Jack.

— Mais avant ça, un randonneur a trouvé la camionnette de Jack avec ses affaires dedans, précisa Marie. Il a recouvré la mémoire et on a appris que c'était un marshal.

Les trois invités du mariage les regardaient tour à tour comme s'ils suivaient un match de tennis.

— Marie est un témoin protégé depuis cinq ans.

— Et Jack se trouve être mon agent de liaison.

— Abel Gaines n'est pas mort dans l'incendie d'Hemlock Hills. Il nous a attaqués ici hier soir. Il a cassé deux vitres du chenil et bien abîmé la porte. Désolé pour ça.

— Abel m'a tiré une balle dans le bras, il a assommé Astrid et il a bien failli tuer Jack.

— Mais Marie m'a sauvé en l'abattant. Du coup, elle va quitter le programme de protection des témoins, précisa Jack en enroulant un bras autour de la taille de Marie pour l'attirer contre lui.

— Et il va démissionner pour venir s'installer ici, compléta Marie avec un grand sourire.

— Oui, je vais essayer d'entrer dans la police de Jasper.

Marie haussa les épaules.

— Bref, ça a été un week-end tout à fait ordinaire à Jasper, dans l'Idaho.